Automaten, Sprachen und Maschinen für Anwender

Reihe Informatik

Herausgegeben von Karl Heinz Böhling, Ulrich Kulisch, Hermann Maurer

unter Mitwirkung von Gerhard Barth, Franz-Josef Brandenburg, Arndt Bode, Hans-Peter Kriegel, Roland Mittermeier, Edgar Nett und Christian Ullrich

Diese Reihe bringt einführende Darstellungen zu verschiedenen Teildisziplinen der Informatik

Automaten, Sprachen und Maschinen für Anwender

von
Dr. Jürgen Albert
Prof. Dr. Thomas Ottmann
Universität Karlsruhe

Bibliographisches Institut Mannheim/Wien/Zürich
B.I.-Wissenschaftsverlag

CIP-Titelaufnahme der Deutschen Bibliothek

Albert, Jürgen:
Automaten, Sprachen und Maschinen für Anwender
von Jürgen Albert; Thomas Ottmann. – Unveränd. Nachdr.
Mannheim; Wien; Zürich: BI-Wiss.-Verl., 1990
(Reihe Informatik; Bd. 38)
ISBN 3-411-01651-5
NE: Ottmann, Thomas:, GT

Unveränderter Nachdruck 1990
Druck: Druckerei Krembel, Speyer
Bindearbeit: Progressdruck GmbH, Speyer
Printed in Germany
ISBN 3-411-01651-5

Vorwort

Das vorliegende Buch entstand aus Vorlesungen, die seit mehreren Jahren an der Universität Karlsruhe für künftige Diplom-Wirtschaftsingenieure der Fachrichtung Operations Research/Informatik gehalten werden.

Unter dem Aspekt der Anwendung werden wichtige Gebiete der Theoretischen Informatik vorgestellt und anhand ausführlich behandelter Beispiele deren Bezug zu Problemlösungen der Praxis erläutert. Insbesondere waren wir bemüht, abstrakte Begriffsbildungen sorgfältig zu motivieren und auch den notwendigen technischen Apparat so gering wie möglich zu halten, ohne jedoch in eine nur noch oberflächliche Darstellung zu verfallen.

Im ersten Kapitel besprechen wir die durch endliche Automaten bzw. reguläre Mengen repräsentierten Kontrollstrukturen sowie deren Verwendung bei lexikalischer Analyse und Mustererkennungs-Verfahren. Die Definition von höheren Programmiersprachen durch kontextfreie Grammatiken (BNF-Systeme, Syntaxgraphen) und Methoden der Syntaxanalyse sind die Hauptthemen des zweiten Kapitels. Das abschließende dritte Kapitel beschäftigt sich mit dem für die Informatik zentralen Begriff des Algorithmus und seiner Präzisierung mit Hilfe von mathematischen Modellen von Maschinen zusammen mit den dazu gehörenden Sprachen. An diesen Modellen werden u.a. die Semantik von Sprachen und die Komplexität von Algorithmen erläutert.

Mit diesem Buch sollen hauptsächlich Studenten angesprochen werden, die eine kompakte und nicht zu formale Einführung in die Theorie endlicher Automaten, formaler Sprachen und in die Berechenbarkeits- und Komplexitätstheorie suchen und vornehmlich an deren Bedeutung für die praktischen Anwendungen interessiert sind. Beim Leser setzen wir lediglich die Kenntnis einer höheren Programmiersprache wie PASCAL und elementare mathematische Fertigkeiten voraus.

Wir sind Herrn H. Maurer zu Dank verpflichtet, von dem die Anregung zu diesem Buch ausging und der uns auch manchen wertvollen inhaltlichen Hinweis gab, sowie Frau G. Hartlieb und Frau W. Toussaint für die oft mühevolle Reinschrift verschiedener Stadien des Manuskripts.

Karlsruhe, November 1982

J. Albert Th. Ottmann

Inhaltsverzeichnis

Kapitel I: Endliche Automaten

1. Automatenmodelle

1.1 Beispiele und Motivation

Zu den uns wohlbekannten Dingen des täglichen Lebens gehören heute Automaten der unterschiedlichsten Konstruktionen und Einsatzgebiete.
Kaffeeautomat, Schreibmaschine, Geldwechselautomat, Waschmaschine sind einige Beispiele für relativ einfache "automatisch" arbeitende Maschinen.
Dagegen haben Taschenrechner, elektronische Registrierkassen, Großrechenanlagen eine wesentlich kompliziertere innere Struktur.

Während zur Beschreibung des Aufbaus und der Funktionen einfacher Automaten die Umgangssprache ausreicht, sind insbesondere die heutigen Computer bereits so kompliziert, daß man abstrakte Modelle zu ihrer Beschreibung auf mehreren Abstraktionsebenen benötigt.

Wir wollen in diesem Abschnitt ein Automatenmodell entwickeln, das wegen seiner einfachen Struktur gewissermaßen die untere Grenze in einer Hierarchie von abstrakten Modellen darstellt. Es wird also auch die Frage zu diskutieren sein, in welchen Fällen unser einfaches Modell, der sogenannte "endliche Automat", ein adäquates Beschreibungsmittel ist.

Allen physikalisch realisierten Automaten ist gemeinsam, daß sie auf gewisse Signale und Eingaben ihrer Umwelt in einer bestimmten Weise reagieren.
Solche Signale können z.B. dadurch gegeben werden, daß Tasten gedrückt werden wie bei Schreibmaschinen, Taschenrechnern,

Registrierkassen usw., Münzen eingeworfen wie bei Fahrkartenautomaten, Spielautomaten, Fernsprechern usw. oder Zeichen eingelesen werden, die evtl. zuvor auf einem Speichermedium wie z.B. Lochkarten, Magnetplatten oder Bändern gespeichert waren.

Für jeden Automaten gibt es also einen für ihn typischen Satz von elementaren Signalen, mit denen die Umwelt auf den Automaten einwirken kann und die der Automat akzeptiert. Diese Menge von Signalen nennt man das Eingabealphabet des Automaten.

Nehmen wir als Beispiel den Kaffeeautomaten, so setze sich dessen Eingabealphabet aus den folgenden einzelnen Aktionen zusammen:

Wasser einfüllen,
Filterpapier einlegen,
Kaffeepulver einfüllen,
Strom einschalten.

Kürzen wir diese elementaren Operationen durch W, F, K und S ab, dann sind z.B. WFKS oder auch FKWS und FWKS als korrekte Eingabefolgen anzusehen, die nach einiger Zeit zum gewünschten Ergebnis, nämlich heißem Kaffee, führen.
Dagegen sind die Folgen WFS (gefiltertes, heißes Wasser), KWS (Kaffeesatz in der Kanne) oder SFK (Überhitzung des Geräts) weit weniger erfolgreich.

Durch einzelne Eingaben und somit auch durch Eingabefolgen können wir also den "inneren Zustand" des Automaten verändern.
Bei einer korrekten Bedienungsfolge, z.B. WFKS, wird der Anfangszustand des Kaffeeautomaten (Wasserbehälter leer, kein Filterpapier eingelegt, kein Kaffeepulver eingefüllt, Strom abgeschaltet) übergeführt in den "Erfolgszustand" (Wasserbehälter gefüllt, Filterpapier eingelegt, Kaffeepulver im Filter, Strom eingeschaltet), wobei einige Zwischenzustände durchlaufen werden.

Ein solcher Zwischenzustand ist z.B. (Wasserbehälter gefüllt, Filterpapier eingelegt, noch kein Kaffeepulver eingefüllt, Strom abgeschaltet), der durch die Eingabe K übergeht in den nächsten Zwischenzustand (Wasserbehälter gefüllt, Filterpapier eingelegt, Kaffeepulver im Filter, Strom abgeschaltet).

Der Automat reagiert also auf eine Eingabe durch Übergang in einen anderen Zustand und zwar in Abhängigkeit vom momentanen inneren Zustand und vom gerade erhaltenen Eingabezeichen.

Diese Art der Beschreibung werden wir nachher in kompakter Notation in unserem Automatenmodell wiederfinden. Ebenso wird dort die besondere Kennzeichnung derjenigen inneren Zustände auftauchen, die zu korrekten Eingabefolgen gehören.

Diese Zustände werden wir "Endzustände" nennen, da sie ausgehend vom Anfangszustand <u>nach</u> Eingabe von korrekten Eingabefolgen erreicht werden.

Bevor wir "endliche Automaten" formal definieren, soll ein ausführlich behandeltes Beispiel zu einer weiteren Klärung der inneren Struktur dieses Automatentyps beitragen.
Wir betrachten ein "mechanisches" Beispiel, einen Fahrscheinautomaten, dessen Beschreibung wir für diesen Zweck stark vereinfachen.

<u>Beispiel 1.1: Fahrscheinautomat</u>

Dieser Automat verkaufe Fahrkarten im Wert von 3 DM. Exakt dieser Betrag ist einzuwerfen und zwar entweder 3 mal 1 DM oder eine 1 DM- und eine 2 DM-Münze, wobei im letzten Fall die Reihenfolge nicht vorgeschrieben ist. Nach dem Drücken eines Ausgabeknopfes erhält man dann den Fahrschein.
Unser Eingabealphabet besteht also in diesem Fall aus den Aktionen

Einwerfen einer 1 DM-Münze,
Einwerfen einer 2 DM-Münze,
Drücken der Ausgabetaste.

Wir kürzen diese Eingabesignale ab durch die Symbole 1, 2 und A. Man überlegt sich leicht, daß dieser Fahrscheinautomat mindestens 4 verschiedene innere Zustände benötigt, denn er muß ja "mitzählen", wieviel Geld bereits eingeworfen wurde, bevor ein Fahrschein ausgegeben werden kann. Wir nennen diese Zustände s_o, s_1, s_2, s_3 und weisen ihnen die folgenden Bedeutungen zu:

s_o: Anfangszustand, auf den Einwurf der ersten Münze wird gewartet.

s_1: 1 DM ist bereits eingeworfen, weitere Münzen werden erwartet.

s_2: 2 DM sind eingeworfen, 1 DM wird noch erwartet.

s_3: 3 DM sind eingeworfen, das Betätigen der Ausgabetaste wird nun erwartet.

Der Automat geht durch die Fahrscheinausgabe vom Zustand s_3 wieder in den Anfangszustand s_o über.

Ferner soll das Drücken der Ausgabetaste in den Zuständen s_o, s_1, s_2 keine Veränderung bewirken.

Die Funktionsweise des Automaten, die wir so verbal erläutert haben, können wir auch in einem Graphen darstellen, indem wir den Übergang von irgendeinem Zustand s in einen Zustand t bei Eingabe von X zeichnen als eine Kante

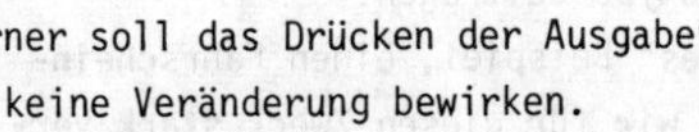

Ferner sei der Startzustand q durch 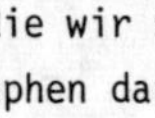 und ein Endzustand r durch 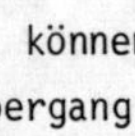 markiert.

Somit erhalten wir den Graphen:

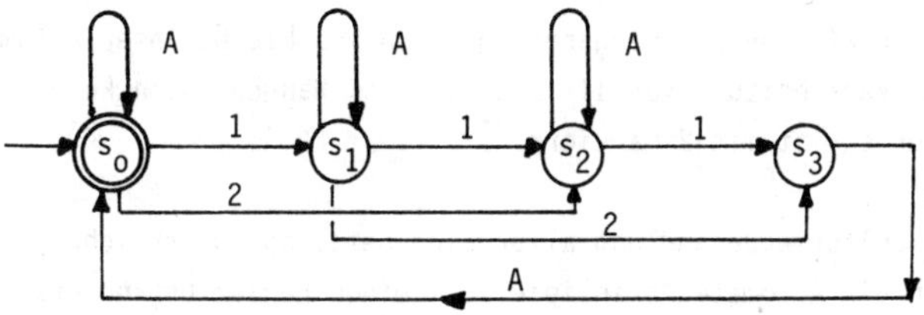

Man sieht an diesem Beispiel, daß ein Startzustand durchaus gleichzeitig Endzustand sein kann.

An diesem Graphen läßt sich nun sehr leicht nachverfolgen, welche Zustände bei der Verarbeitung einer vorgegebenen Sequenz von Eingabezeichen angenommen werden.

Beispielsweise gehört zur Eingabefolge 1A2A1 die Zustandsfolge $s_1s_1s_3s_os_1$.

Wir erhalten diese Zustandsfolge, indem wir die Knotenmarkierungen derjenigen Knoten aufschreiben, die auf dem Pfad, ausgehend von s_o, mit der Kantenmarkierungsfolge 1A2A1 liegen.

Da s_o auch Endzustand ist, sind also diejenigen Eingabefolgen als erfolgreich anzusehen, deren zugehörige Zustandsfolgen mit s_o enden, so z.B. 111A oder 2AA1A12A. Man sagt hier auch, daß der Automat eine Eingabefolge F "akzeptiert", wenn die zu F gehörige Zustandsfolge vom Anfangszustand in einen der Endzustände führt.
Ein Automat filtert somit aus der Menge aller beliebigen Eingabefolgen diejenigen heraus, die "korrekt" gebildet sind. Die Menge aller Eingabefolgen, die von einem Automaten akzeptiert werden, nennt man die Sprache des Automaten.

In unserem Beispiel ist 111A ein Wort in der Sprache des Automaten, 1AA1 jedoch nicht.

Betrachten wir nun die Eingabefolge 112A, so bleibt unser Automat nach der Verarbeitung von 11 im Zustand s_2 hängen, denn keine Kante aus s_2 ist mit 2 markiert.

Um eine uniforme Behandlung aller Eingabefolgen zu erreichen, kann man die Automaten prinzipiell um einen Fehlerzustand erweitern, in den alle Folgen geführt werden, bei denen der Automat zuvor blockiert hätte.

In unserem Beispiel nennen wir diesen Fehlerzustand f und erhalten als erweiterten Graphen:

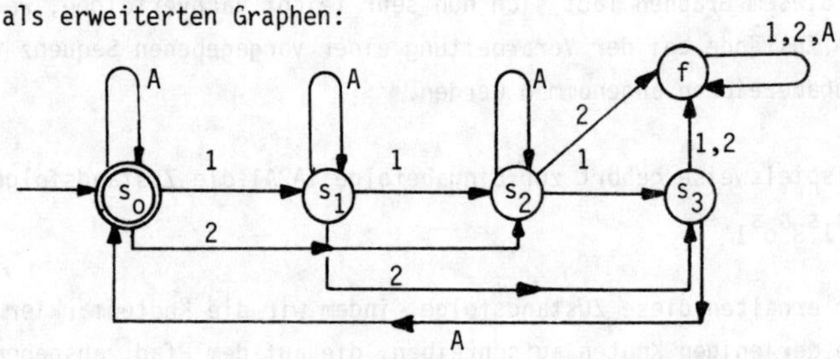

In unserem erweiterten Graphen gehört nun zu jedem Paar (Zustand, Eingabesymbol) genau ein Folgezustand. Dieser Graph beschreibt also eine Funktion vom cartesischen Produkt aus Zustandsmenge und Eingabealphabet in die Zustandsmenge.

Die Funktionstafel sieht für unser Beispiel so aus:

	1	2	A
s_o	s_1	s_2	s_o
s_1	s_2	s_3	s_1
s_2	s_3	f	s_2
s_3	f	f	s_o
f	f	f	f

Diese Funktion heißt Zustandsüberführungsfunktion oder kürzer Übergangsfunktion. Aus Übergangsfunktion und der Angabe des Anfangszustands und der Endzustände können wir auch den Graphen des Automaten rekonstruieren.
Die beiden Beschreibungsarten sind also gleichwertig und sollen auch in späteren Beispielen gleichberechtigt verwendet werden.

Im folgenden Abschnitt werden wir unsere bisherigen Betrachtungen zusammenfassen und präzisieren durch ein mathematisches Modell endlicher Automaten.

1.2 Determinierte endliche Automaten

In den vorangegangenen Beispielen hatten wir gesehen, daß das Verhalten eines endlichen Automaten im wesentlichen festgelegt ist durch die Angabe der Übergangsfunktion, zum Beispiel in der bereits verwendeten Tabellenform. Implizit sind damit auch zwei weitere Komponenten des Automaten, nämlich die vorhandene Zustandsmenge und die Menge der Eingabezeichen fixiert.

Zur Bestimmung korrekter Eingabefolgen sind weiterhin die Angabe eines Anfangszustands und der Menge der Endzustände nötig.

Somit charakterisieren wir in der nachfolgenden Definition einen endlichen Automaten durch insgesamt fünf Komponenten.

Definition 1.2:

Ein determinierter endlicher Automat A ist gegeben durch

- eine endliche Menge S von Zuständen,
- eine endliche Menge Σ von Eingabezeichen,
- einen Anfangszustand $s_0 \in S$,
- eine Endzustandsmenge $F \subseteq S$,
- eine Übergangsfunktion $\delta : S \times \Sigma \to S$.

Wir schreiben hierfür kurz $A = (S,\Sigma,s_o,F,\delta)$, womit auch ausgedrückt wird, daß wir den Automaten A mit dem angegebenen 5-Tupel identifizieren.

Man beachte, daß wir hier von der Übergangsfunktion δ verlangen, daß sie für alle Paare (s,x), $s \in S$, $x \in \Sigma$ einen Folgezustand liefert. Dies ist keine schwerwiegende Einschränkung, da wir eine nur partiell definierte Übergangsfunktion durch Erweiterung der Zustandsmenge um einen einzigen Zustand immer zu einer totalen Funktion ergänzen können. Wir lassen daher im folgenden auch partielle Übergangsfunktionen zu, ohne dies besonders zu erwähnen.
Für unser Beispiel 1.1 des Fahrscheinautomaten erhalten wir somit die kompakte Darstellung
$A = (\{s_o,s_1,s_2,s_3,f\}, \{1,2,A\}, s_o, \{s_o\}, \delta)$ mit der Festlegung der Übergangsfunktion δ durch die Tafel:

δ	1	2	A
s_o	s_1	s_2	s_o
s_1	s_2	s_3	s_1
s_2	s_3	f	s_2
s_3	f	f	s_o
f	f	f	f

Unsere Übergangsfunktion gibt bisher die Zustandsänderung bei Eingabe eines einzelnen Symbols an. Da wir jedoch ganze Eingabefolgen verarbeiten wollen, wird nun die Definition von δ entsprechend erweitert.

Für ein Alphabet Σ bezeichnen wir mit Σ^* die Menge aller endlichen Symbolfolgen über Σ, das ist die Menge aller Worte über dem Alphabet Σ einschließlich des leeren Worts ε.
Beispielsweise:
$\{0,1\}^* = \{\varepsilon,0,1,00,01,10,11,000,001,010,011,100,...\}$.

Die Erweiterung einer Übergangsfunktion δ: $S \times \Sigma \to S$ zu einer Funktion δ: $S \times \Sigma^* \to S$ wird durch iterierte Anwendung der ursprünglichen Funktion erreicht.

Das Lesen der leeren Eingabefolge erzeugt keine Zustandsänderung. Wird im Zustand s ein Wort mit Anfangssymbol a vorgelegt, so geht der Automat in den Zustand $\delta(s,a)$ und liest dann das nächste Symbol, geht in den nächsten Zustand usw.
In unserer Notation dargestellt:

für alle $a \in \Sigma$, $w \in \Sigma^*$, $s \in S$ ist

$\delta(s,\varepsilon) = s$

$\delta(s,aw) = \delta(\delta(s,a),w)$.

Damit können wir nun exakt beschreiben, welche Worte von einem endlichen Automaten als korrekte Eingabefolgen akzeptiert werden.

Definition 1.3:

Die von einem endlichen Automaten $A = (S,\Sigma,s_0,F,\delta)$ akzeptierte Menge von Worten ist $T(A) = \{w \in \Sigma^* \mid \delta(s_0,w) \in F\}$.
T(A) heißt auch die Sprache von A.

Im nachfolgenden Beispiel wollen wir die Fähigkeit endlicher Automaten, gewisse Strukturen zu erkennen, ausnützen, um die Korrektheit von Zahldarstellungen in PASCAL zu überprüfen.

Beispiel 1.4:

In PASCAL werden Zahlenkonstante in Dezimaldarstellung verwendet. Gültige Zahldarstellungen sind z.B.

14   -1.35   2.5 E + 4   0.01 E -10

Dabei ist E zu lesen als "mal 10 hoch". Tritt in einer Zahl der Dezimalpunkt oder das E auf, so muß davor und danach mindestens eine Ziffer stehen. Nach E ist auch ein Vorzeichen erlaubt. Kommata sind verboten.

Die folgenden Beispiele sind demnach nicht zulässig:

.6   4.223,6   E10   5.E-16

Im PASCAL Report wird die Syntax von PASCAL in kompakter, präziser Weise in der sogenannten Backus-Naur-Form (BNF) spezifiziert. Wir werden auf dieses Beschreibungsmittel später genauer eingehen.
Der Ausschnitt der Syntax, der die Zahldarstellung definiert, ist jedoch suggestiv genug, um unmittelbar verstanden zu werden. (Jensen/Wirth, 1975, pp. 10, 111)

<number> ::= <unsigned number>|<sign><unsigned number>
<unsigned number> ::= <unsigned integer>|<unsigned real>
<unsigned integer> ::= <digit>{<digit>}
<unsigned real> ::=
    <unsigned integer>.<digit>{<digit>}|
    <unsigned integer>.<digit>{<digit>}E<scale factor>|
    <unsigned integer>E<scale factor>
<scale factor> ::= <unsigned integer>|<sign><unsigned integer>
<digit> ::= 0|1|2|3|4|5|6|7|8|9
<sign> ::= +|-

Diese Regeln sind wie folgt zu lesen: Eine Zahl (number) ist eine vorzeichenlose Zahl (unsigned number) oder ein Vorzeichen (sign) gefolgt von einer vorzeichenlosen Zahl. Eine vorzeichenlose Zahl ist eine vorzeichenlose ganze Zahl (unsigned integer) oder eine vorzeichenlose reelle Zahl (unsigned real). usw.
Die spitzen Klammern grenzen sogenannte syntaktische Variable ein, ::= ist zu lesen als "ist" und "|" als "oder". Die geschweiften Klammern zeigen eine beliebige k-fache Wiederholung des Klammerinhalts an, einschließlich der Möglichkeit, ihn ganz wegzulassen, d.h. k=0 zu wählen.
Verkleinern wir nochmals den Ausschnitt der PASCAL-Definition auf

<unsigned integer> ::= <digit>{<digit>}

<digit> ::= 0|1|2|3|4|5|6|7|8|9 ,

so können wir ohne Schwierigkeiten einen determinierten endlichen Automaten angeben, der genau diese vorzeichenlosen ganzen Zahlen akzeptiert, nämlich

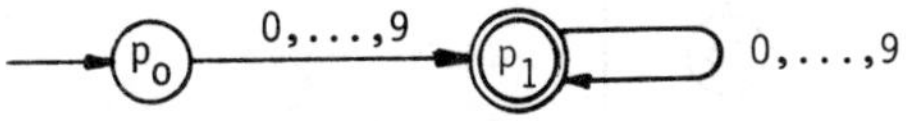

Die Definition des Exponenten

<scale factor> ::= <unsigned integer>|
<sign><unsigned integer>

führt somit zu dem Automaten

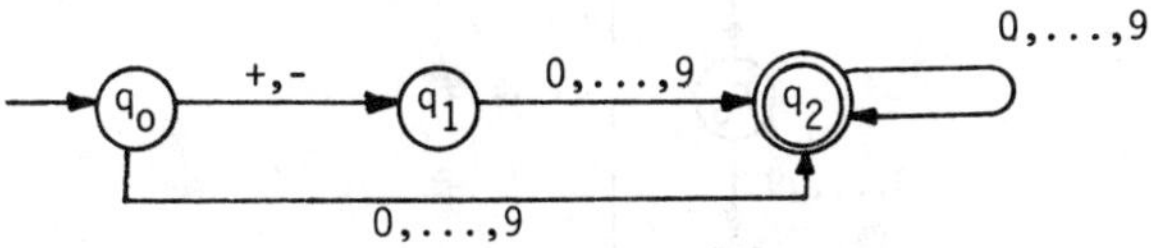

Hiermit setzen wir nun den Automaten für die vorzeichenlosen reellen Zahlen zusammen.

<unsigned real> ::=
<unsigned integer>.<digit>{<digit>}|
<unsigned integer>.<digit>{<digit>}E<scale factor>|
<unsigned integer>E<scale factor>

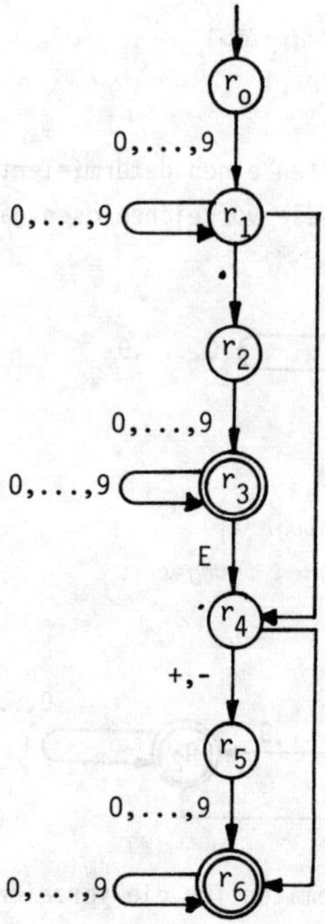

Die Erweiterung zum endlichen Automaten für beliebige PASCAL-Zahlen ist nun beinahe trivial, da gilt

<number> ::= <unsigned number>|
<sign><unsigned number>
<unsigned number> ::= <unsigned integer>|
<unsigned real>

Wir erhalten schließlich:

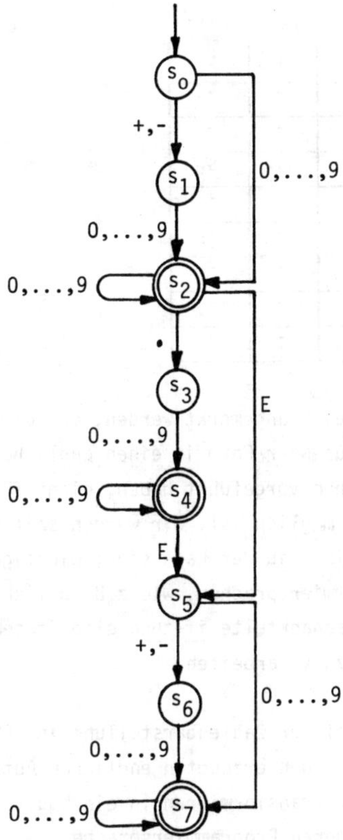

Wir repräsentieren diesen Automaten als 5-Tupel $A = (S,\Sigma,s_o,F,\delta)$ folglich durch

$S = \{s_o,s_1,s_2,s_3,s_4,s_5,s_6,s_7\}$

$\Sigma = \{0,1,2,3,4,5,6,7,8,9,+,-,.,E\}$

$F = \{s_2,s_4,s_7\}$

und

δ	0,...,9	+,-	.	E
s_o	s_2	s_1	-	-
s_1	s_2	-	-	-
s_2	s_2	-	s_3	s_5
s_3	s_4	-	-	-
s_4	s_4	-	-	s_5
s_5	s_7	s_6	-	-
s_6	s_7	-	-	-
s_7	s_7	-	-	-

Es soll hier jedoch sogleich angemerkt werden, daß das Umsetzen einer Regelmenge in Backus-Naur-Form in einen endlichen Automaten, wie wir es hier ad hoc vorgeführt haben, nicht für jede beliebige BNF-Regelmenge möglich ist. Wir werden später zeigen, daß endliche Automaten nicht in der Lage sind, wichtige Konstruktionen in höheren Programmiersprachen, wie z.B. beliebige arithmetische Ausdrücke oder geschachtelte if-then-else-Statements, richtig zu erkennen und zu verarbeiten.

Wir wollen dieses Beispiel der Zahlendarstellung in PASCAL noch weiter ausbauen, indem wir den erzeugten endlichen Automaten durch einen naiven Ansatz transformieren in ein äquivalentes Prüfprogramm in einer höheren Programmiersprache.

Wir betrachten den Graphen des determinierten endlichen Automaten einfach als die Rohform eines Flußdiagramms.

Wir verwenden eine Variable CH. CH habe immer den Wert des aktuellen Eingabesymbols. Das Einlesen des jeweils nächsten Symbols besorge eine Prozedur NEXTCHAR(.). Die Schreibweise "(.)" soll hier und im folgenden immer andeuten, daß bei einer tatsächlichen Implementation an diesen Stellen auch entsprechende formale oder aktuelle Parameter einzufügen sind.

Nun treffen wir die folgenden Zuordnungen:

Jedem Zustand s_i entspricht eine Marke i in unserem Programm.

Jeder markierten Kante 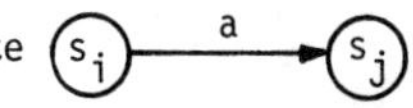

ordnen wir bei der

Marke i ein Statement der Art "*if* *CH='a'* *then* *goto j*;" zu. Ist die Kante mit einer Menge X von Symbolen markiert, so fragen wir, ob CH in X vorkommt.
Eine weitere Prozedur FAIL(.) werde aufgerufen, wenn die Eingabe keine korrekt dargestellte Zahl ist.
Bei Endzuständen ist zu prüfen, ob das nächste Symbol ein korrektes Folgesymbol nach einer Zahl ist. Erlaubt sind hier i.a. Blank, Wagenrücklauf-Zeilenvorschub, arithmetische Operationen u.ä.. Die Menge dieser Zeichen nennen wir hier DELIMITER.
Da es uns zunächst nur um die prinzipielle Möglichkeit der Übertragung von endlichen Automaten in Programme geht, wollen wir uns mit Programmfragmenten begnügen, die in PASCAL-ähnlicher Notation formuliert sind.

```
DIGIT := ['0'..'9'];
SIGN := ['+', '-'];
procedure NUMBERTEST(.);
    .....
label: 0,1,2,3,4,5,6,7;
0: CH := NEXTCHAR(.);
   if CH in SIGN then goto 1;
   if CH in DIGIT then goto 2
                  else FAIL(.);

1: CH := NEXTCHAR(.);
   if CH in DIGIT then goto 2
                  else FAIL(.);
           :
           :
7: CH := NEXTCHAR(.);
   if CH in DIGIT then goto 7;
   if CH in DELIMITER then write('Zahldarstellung korrekt')
                      else FAIL(.)
```

Der so erzeugte Programmtext ist offensichtlich alles andere als wohlstrukturiert. Worauf es uns bei dieser Transformation ankam, war das rein mechanische Übertragen jeden Zustands und der herausführenden Kanten in ein Stückchen Programmtext.

Diese Arbeit kann man auch einem Computer-Programm, einem "Scanner-Generator", überlassen, der als Eingabe eine Spezifikation des betreffenden endlichen Automaten erhält, und hieraus ein Programm erzeugt, das den endlichen Automaten simuliert.

Die Einsatzmöglichkeiten solcher Scanner-Generatoren liegen vor allem in der Programmerstellung zur Textverarbeitung z.B. in Compilern, Texteditoren und Mustererkennungsverfahren.

Aber es werden auch Anwendungen diskutiert und erprobt, die z.B. eine automatische Fertigungskontrolle für gedruckte Schaltungen ermöglichen und in einem anderen Fall die rechnergestützte Analyse von Elektrokardiogrammen vorsehen. (Jarvis, 1976).

Bevor wir nun eine generelle Untersuchung der Eigenschaften von endlichen Automaten beginnen, stellen wir zuerst eine allgemeinere Form, den nichtdeterminierten endlichen Automaten vor. Solche Automaten, bei denen die Zustandsübergänge nicht strikt von den Eingabefolgen abhängen, haben oft wesentlich weniger Zustände als gleichwertige determinierte Automaten.

1.3 Nichtdeterminierte endliche Automaten

In unserer bisherigen Definition der Funktion δ erhielten wir aus aktuellem Zustand und Eingabesymbol genau einen Folgezustand, bzw. höchstens einen Folgezustand, wenn δ partiell war. Statt dessen lassen wir nun jeweils eine Menge möglicher Folgezustände zu. Wir haben also keine Funktion von $S \times \Sigma$ in S mehr, sondern eine Übergangsrelation, d.h. eine Teilmenge R von $S \times \Sigma \times S$.

Ein Element (s,a,s') aus R ist also zu interpretieren als

" Im Zustand s ist bei Eingabe von a ein Übergang in den Zustand s' möglich".

Bei der graphischen Darstellung des Automaten kann dasselbe Symbol an mehreren Kanten stehen, die aus einem Zustand herausführen.

Definition 1.5:

Ein nichtdeterminierter endlicher Automat A besteht aus

- einer endlichen Menge S von Zuständen
- einer endlichen Menge Σ von Eingabezeichen
- einer Menge $S_o \subseteq S$ von Anfangszuständen
- einer Menge $F \subseteq S$ von Endzuständen
- einer Übergangsrelation $R \subseteq S \times \Sigma \times S$.

Vergleichen wir diese Spezifikation einmal mit der Definition determinierter endlicher Automaten. Man stellt leicht fest, daß die determinierten endlichen Automaten sich gerade beschreiben lassen als nichtdeterminierte endliche Automaten mit einelementiger Menge von Anfangszuständen und rechts-eindeutiger Übergangsrelation R, (d.h. wenn (s,a,s'), $(s,a,s'') \in R$, dann $s'=s''$).

Im nichtdeterminierten Fall wird ein Eingabewort genau dann akzeptiert, wenn es eine mögliche Folge von Übergängen von einem Anfangszustand in einen Endzustand bewirkt.

Definition 1.6:

Die von einem nichtdeterminierten endlichen Automaten $A = (S,\Sigma,S_o,F,R)$ akzeptierte Menge von Worten ist

$$T(A) = \{w \in \Sigma^* \mid \text{es existiert eine Folge } (s_o,a_1,s_1), (s_1,a_2,s_2),\ldots,(s_{n-1},a_n,s_n) \text{ von Elementen aus R mit } s_o \in S_o,\ s_n \in F \text{ und } w = a_1a_2 \ldots a_n\}$$

Für den Fall des leeren Wortes ε wird hier implizit definiert, daß $\varepsilon \in T(A)$ ist, wenn $S_o \cap F \neq \emptyset$.

Beispiel 1.7:

Betrachten wir die Menge aller Worte über dem Alphabet {0,1}, die als drittletztes Symbol eine Null haben, d.h. alle Worte der

Gestalt u0v, mit $u \in \{0,1\}^*$ und $v \in \{00, 01, 10, 11\}$.

Man sieht unmittelbar, daß diese Sprache vom folgenden nichtdeterminierten endlichen Automaten akzeptiert wird:

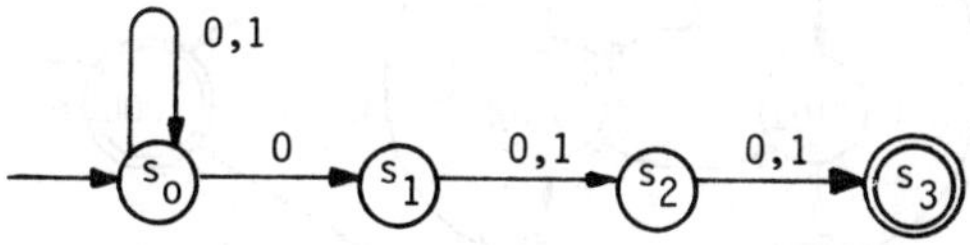

Der Nondeterminismus dieses Automaten beschränkt sich allein auf $(s_0,0)$, wo s_0 und s_1 als Folgezustände möglich sind. Trotzdem erfordert es einiges Nachdenken, einen gleichwertigen determinierten Automaten zu konstruieren; es ist sogar zunächst noch unklar, ob ein solcher determinierter Automat überhaupt existiert.

Die Idee für die Konstruktion eines äquivalenten determinierten endlichen Automaten ist hier die folgende: Da wir das rechte Wortende beim Einlesen der Eingabesequenz nicht erraten können, müssen wir uns die drei zuletzt gelesenen Symbole in den Zuständen merken. Wir führen also die Zustände
$t_{000}, t_{001}, t_{010}, \ldots, t_{111}$ ein.

Als Endzustände haben wir deshalb
$t_{000}, t_{001}, t_{010}, t_{011}$. Als Anfangszustand nehmen wir t_{111}.

Zur Konstruktion des Graphen stellen wir uns vor, daß wir ein Fenster, das über 3 Eingabesymbole reicht, über das Eingabewort hinwegschieben. Wir erhalten als Lösung den sehr symmetrisch aufgebauten Graphen:

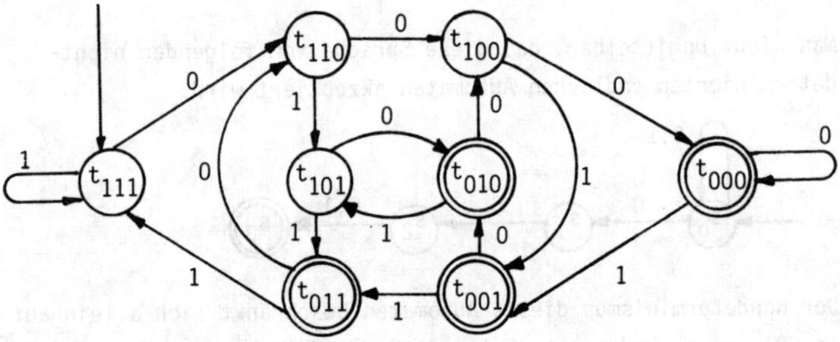

Nun stellen wir uns dieses Problem in allgemeinerer Form und fragen nach einem endlichen Automaten für alle Worte über {0,1}, bei denen das k-te Symbol von rechts eine Null ist, für ein festes $k \geq 1$. Wir können die obigen Konstruktionsprinzipien voll übernehmen und erhalten einen nichtdeterminierten Automaten mit k+1 Zuständen und dazu einen determinierten mit 2^k Zuständen.

Bezüglich der Zustandszahlen schneiden hier also die determinierten Automaten extrem schlecht ab.
Man kann zeigen, daß es keine determinierten endlichen Automaten mit weniger als 2^k Zuständen gibt, die genau diese Wortmengen akzeptieren.

Wir wenden uns nun der Frage zu, ob es vielleicht einen nichtdeterminierten endlichen Automaten gibt, dessen Sprache von keinem determinierten Automaten akzeptiert werden kann.
Anders ausgedrückt: Ist die Klasse der Sprachen, die von nichtdeterminierten endlichen Automaten akzeptiert werden, eine echte Obermenge der Klasse, die von den determinierten endlichen Automaten akzeptiert wird? Die Antwort hierzu ist "nein" und dies wollen wir nun beweisen.

Satz 1.8:

Zu jedem nichtdeterminierten endlichen Automaten A kann man einen determinierten endlichen Automaten A' konstruieren, der genau dieselbe Sprache akzeptiert, d.h. T(A) = T(A').

Beweis:

Der nichtdeterminierte endliche Automat A sei beschrieben durch $A = (S,\Sigma,S_o,F,R)$.

Wenn wir für das Wort $w = a_1a_2...a_n \in \Sigma^*$ feststellen wollen, ob $w \in T(A)$ gilt, können wir dazu simultan alle Pfade im Graphen von A verfolgen, die mit $a_1a_2...a_n$ beschriftet sind.
Wir starten mit der Zustandsmenge $Q_o = S_o$ und konstruieren sukzessive die Mengen
$Q_1 = \{t \in S \mid \exists s \in Q_o: (s,a_1,t) \in R\}$
$Q_2 = \{t \in S \mid \exists s \in Q_1: (s,a_2,t) \in R\}$
usw.

Es ist schließlich $w \in T(A)$, wenn Q_n mindestens einen Endzustand enthält, d.h. $Q_n \cap F \neq \emptyset$.

Man beachte, daß der Übergang von einer Zustandsmenge Q_i nach Q_{i+1} nur von Q_i und a_{i+1} abhängig war. Diese Beobachtungen machen wir uns nun bei der Konstruktion des zu A äquivalenten determinierten Automaten A' zunutze.

Es sei $A' = (S',\Sigma,s_o',F',\delta')$ mit $S' = \{t_Q \mid Q \subseteq S\}$.

Für jede Teilmenge Q von S enthält S' also einen Zustand t_Q, deshalb nennt man diese Konstruktion auch die Teilmengenkonstruktion. Die restlichen Definitionen ergeben sich damit zwangsläufig:

$s'_o = t_{S_o}$,

$F' = \{t_Q \mid Q \cap F \neq \emptyset\}$,

und $\delta': S' \times \Sigma \to S'$ wird festgelegt durch

$\delta'(t_Q,a) = t_{Q'}$ mit $Q' = \{q' \in S \mid \exists q \in Q: (q,a,q') \in R\}$.

Man zeigt nun für ein beliebiges $x = a_1a_2...a_n \in \Sigma^*$:
$x \in T(A)$ genau dann, wenn $x \in T(A')$.
Es gilt nach Konstruktion von A' nämlich:
$a_1...a_n \in T(A')$ gdw

$\exists Q_o = S_o, Q_1, Q_2, ..., Q_n \subseteq S$:

$\delta'(t_{Q_i}, a_{i+1}) = t_{Q_{i+1}}$ für $i = 0,...,n-1$,

und $t_{Q_n} \in F'$ gdw

$\exists q_o \in S_o, q_1, q_2, ..., q_n \in S$:

$(q_i, a_{i+1}, q_{i+1}) \in R$ für $i = 0,...,n-1$

und $q_n \in F$ gdw

$a_1...a_n \in T(A)$. □

Da eine m-elementige Menge bereits 2^m verschiedene Teilmengen besitzt, kann die Teilmengenkonstruktion sehr große determinierte Automaten liefern. Häufig sind jedoch nicht alle in S' erzeugten Zustände überhaupt in A' erreichbar.

Beispiel 1.7: (Fortsetzung)

Im Automaten

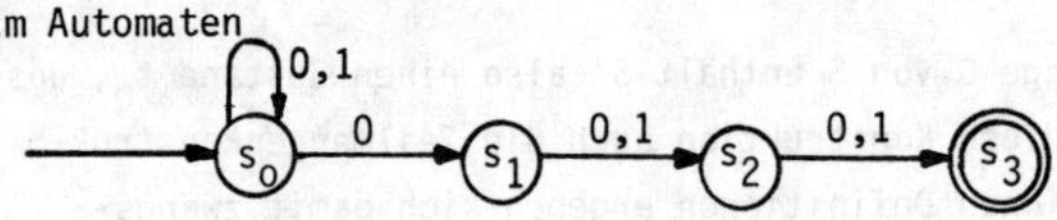

sind nur die Teilmengen $\{s_o\}$, $\{s_o,s_1\}$, $\{s_o,s_1,s_2\}$, $\{s_o,s_1,s_2,s_3\}$,

$\{s_0,s_2\}$, $\{s_0,s_1,s_3\}$, $\{s_0,s_3\}$, $\{s_0,s_2,s_3\}$ für die Konstruktion des determinierten Automaten nötig.

Man erhält diese Mengen z.B. durch sukzessives Nachverfolgen aller möglichen Pfade im ursprünglichen Graphen, beginnend mit der Menge der Anfangszustände. Diese ist bei uns $\{s_0\}$; dann erstellen wir schrittweise die folgende Tabelle:

Zustandsmenge \ Eingabe	0	1
$\{s_0\}$	$\{s_0,s_1\}$	$\{s_0\}$
$\{s_0,s_1\}$	$\{s_0,s_1,s_2\}$	$\{s_0,s_2\}$
$\{s_0,s_1,s_2\}$	$\{s_0,s_1,s_2,s_3\}$	$\{s_0,s_2,s_3\}$
$\{s_0,s_2\}$	$\{s_0,s_1,s_3\}$	$\{s_0,s_3\}$
$\{s_0,s_1,s_2,s_3\}$	$\{s_0,s_1,s_2,s_3\}$	$\{s_0,s_2,s_3\}$
$\{s_0,s_2,s_3\}$	$\{s_0,s_1,s_3\}$	$\{s_0,s_3\}$
$\{s_0,s_1,s_3\}$	$\{s_0,s_1,s_2\}$	$\{s_0,s_2\}$
$\{s_0,s_3\}$	$\{s_0,s_1\}$	$\{s_0\}$

Wir tragen zuerst die Anfangszustandsmenge ein und berechnen hierzu die Zustandsmengen bei Eingabe von 0 und 1. Neu auftretende Mengen werden unter der Rubrik "Zustandsmenge" eingetragen und deren Tabelleneinträge ermittelt, solange bis keine neuen Zustandsmengen mehr erscheinen.

Diese Tabelle gibt natürlich nichts anderes an als die Übergangsfunktion des determinierten Automaten, bereits beschränkt auf dessen erreichbare Zustände.

Die Zuordnung zwischen dieser Tabelle und dem Graphen im ersten Teil unseres Beispiels 1.7 wollen wir dem Leser überlassen.

1.4 Automaten mit ε-Übergängen

Für einige Anwendungen endlicher Automaten, z.B. bei Mustererkennungs-Verfahren, erweist es sich als sehr bequem, auch "spontane" Übergänge von einem Zustand in einen nächsten zuzulassen. Ohne daß ein Eingabesymbol verarbeitet wird, kann der Automat seinen aktuellen Zustand verändern.

Man kann das im Formalismus des nichtdeterminierten Automaten als Erweiterung einbauen, indem Zustandsänderungen beim Lesen des leeren Wortes ε auftreten dürfen. In der Übergangsrelation können nun auch Elemente der Art (s,ε,s') enthalten sein, wobei dies gerade einen möglichen "spontanen" Übergang von s nach s' bedeutet.

Bei den endlichen Automaten kann man so erzwingen, daß nur <u>ein</u> Anfangszustand und <u>ein</u> Endzustand vorliegt, was für das Zusammensetzen verschiedener Automaten ein beträchtlicher Vorteil ist.

Dazu ersetzt man bei den Anfangszuständen

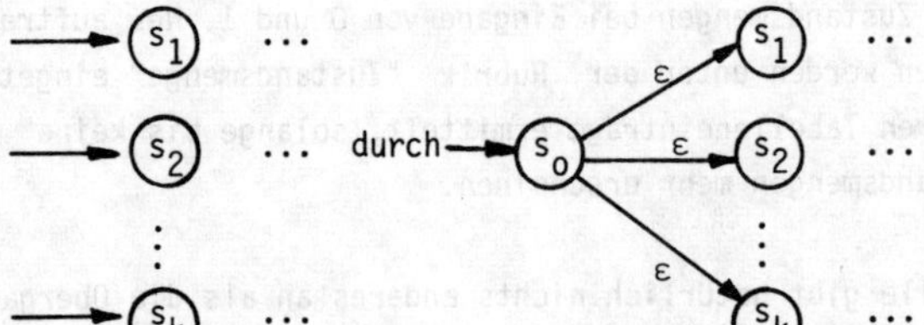

und analog bei den Endzuständen

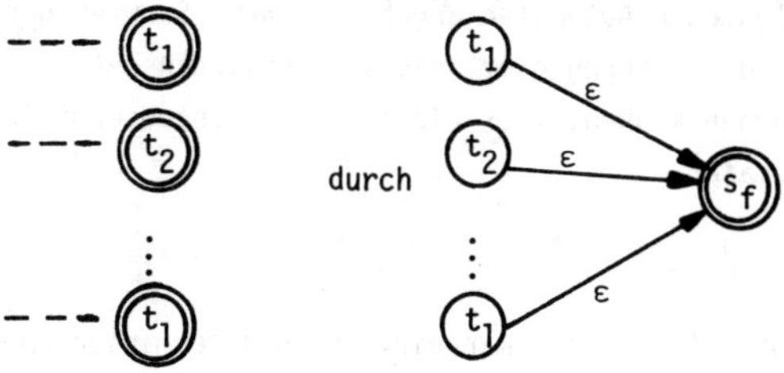

Definition 1.9:

Ein endlicher (nichtdeterminierter) ε-Automat A ist gegeben durch:

- eine endliche Menge S von Zuständen
- eine endliche Menge Σ von Eingabezeichen
- einen Anfangszustand $s_o \in S$
- einen Endzustand $s_f \in S$
- eine Übergangsrelation $R \subseteq S \times (\Sigma \cup \{\varepsilon\}) \times S$.

Das Akzeptieren von Worten definieren wir wie beim nichtdeterminierten Automaten.

Definition 1.10:

Die von einem endlichen ε-Automaten $A = (S,\Sigma,s_o,s_f,R)$ akzeptierte Menge von Worten ist:

$$T(A) = \{w \in \Sigma^* \mid \text{es existiert eine Folge } (s_o,a_1,s_1), (s_1,a_2,s_2),\ldots,(s_{n-1},a_n,s_f) \text{ von Elementen aus R und } w = a_1a_2\ldots a_n\}$$

Im Vergleich zur Sprachdefinition von nichtdeterminierten Automaten ist zu beachten, daß nun einige der obigen a_i's das leere Wort ε sein können und dann nur einen leeren Beitrag zu w liefern.

Nach unseren Überlegungen zu Beginn dieses Abschnitts ist es klar, daß wir zu jedem nichtdeterminierten endlichen Automaten einen äquivalenten ε-Automaten angeben können. Schwieriger ist die Frage, ob es Sprachen gibt, die von endlichen ε-Automaten akzeptiert werden können, aber nicht durch nichtdeterminierte endliche Automaten.

Satz 1.11:

Zu jedem ε-Automaten A kann man einen nichtdeterminierten Automaten A' angeben mit T(A) = T(A').

Beweis:

In einem ersten Schritt werden wir A in einen einfacheren ε-Automaten $\bar{A}$ überführen und diesen anschließend in A'.

Es sei $A = (S,\Sigma,s_o,s_f,R)$ und es gebe vom Anfangszustand s_o und in den Endzustand s_f nur ε-Übergänge, was wir o.E. annehmen können.

Schritt 1: Elimination von ε-Zyklen:

Nehmen wir an, in A gibt es eine Folge von ε-Übergängen

Dann sind offenbar die von einem Zustand dieses Zyklus aus erreichbaren Zustände von allen Zuständen aus erreichbar. Wir können also die Zustände $s_1,\ldots,s_n$ in offensichtlicher Weise zu einem einzigen Zustand s zusammenfassen, ohne dabei die akzeptierte Menge von Eingabezeichenreihen zu verändern. Diesen Schritt führe man so lange aus, bis keine ε-Zyklen (mit Länge n > 1) mehr auftreten. Läßt man nun noch die evtl. verbleibenden Übergänge (s,ε,s) weg, so erhält man einen ε-Automaten $\bar{A}$, der immer noch dieselbe Menge von Eingabezeichenreihen akzeptiert.

Ferner gilt:
Für jeden Zustand s bildet die Menge der ε-Pfade in den Zustand s einen zyklenfreien Teilgraphen des Übergangsgraphen $\bar{A}$.

Die ε-Übergänge werden nun endgültig eliminiert durch Ausführung des folgenden Schritts:

Schritt 2: Elimination von ε-Übergängen:

Sei s ein Zustand, aus dem wenigstens ein nichtspontaner Übergang (also nicht nur ε-Übergänge) herausführen. Für jeden Zustand s', von dem es eine Folge von ε-Übergängen in s hinein gibt, ersetze man die ε-Übergänge durch alle Übergänge (s',a,t), für jedes Eingabezeichen a und jeden Zustand t, für die (s,a,t) ein möglicher Übergang ist. Ersetzt man schließlich noch den einzigen Endzustand s_f, in den es nach Annahme nur ε-Übergänge gibt, durch die Menge F aller der Zustände, die sich durch ε-Übergänge in s_f überführen lassen, und nimmt F als neue Endzustandsmenge, so erhält man insgesamt den gesuchten nichtdeterminierten Automaten A' ohne ε-Übergänge mit T(A) = T(A'). □

Wir wollen nun die einfache und übersichtliche Art des Zusammensetzens von ε-Automaten an einem Beispiel demonstrieren.

Dazu kehren wir zu den zulässigen PASCAL-Zahlen zurück (Beispiel 1.4) und erweitern nun für beliebig lange nichtleere Folgen von PASCAL-Zahlen, zwischen denen Blanks oder Wagenrücklauf-Zeilenvorschub-Zeichen zur Trennung stehen.

Beispiel 1.12:

Ein ε-Automat, der genau die zulässigen PASCAL-Zahlen akzeptiert (vgl. Beispiel 1.4) ist z.B. A_1:

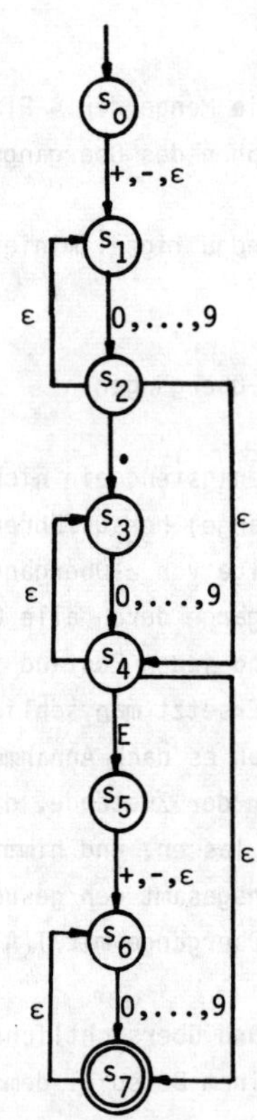

Eine beliebige nichtleere Folge von Blanks "␣" und "↵" akzeptiert z.B. der ε-Automat A_2:

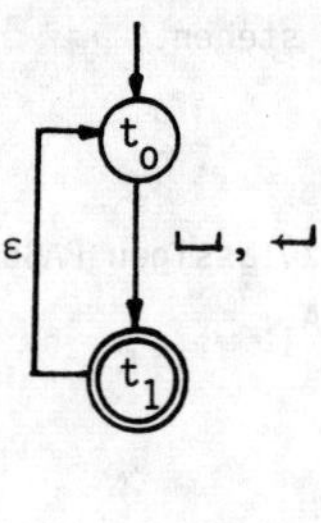

Legen wir nun einen ε-Übergang zwischen s_7 und t_o und behalten t_1 als einzigen Endzustand, so haben wir einen ε-Automaten, der zulässige PASCAL-Zahlen gefolgt von Trennzeichen akzeptiert.

Wir können diesen Automaten beliebig oft durchlaufen, wenn wir einen ε-Übergang zwischen t_1 und s_o legen.

Nun wollen wir noch zulassen, daß nach der letzten gelesenen PASCAL-Zahl auch die Trennzeichen fehlen können.

Dazu schaffen wir uns einen neuen Endzustand s_f und legen ε-Übergänge von s_7 und t_1 nach s_f.
Dies ergibt uns den gewünschten ε-Automaten, der nichtleere Folgen zulässiger PASCAL-Zahlen akzeptiert, die durch Trennzeichen voneinander abgesetzt sind.

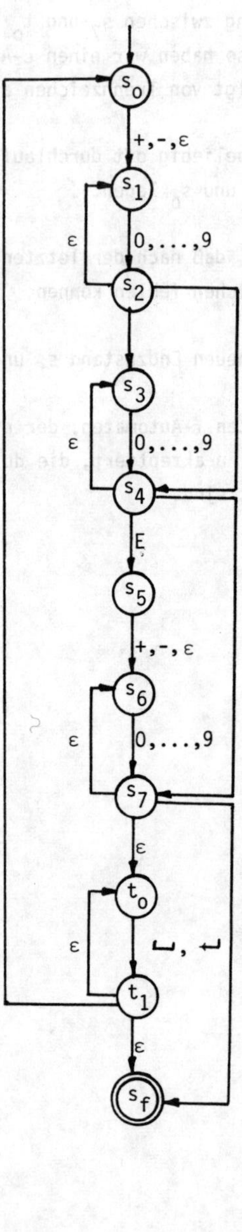
s_o
+,-,ε
s_1
ε
0,...,9
s_2
s_3
ε
ε
0,...,9
ε
s_4
E
s_5
+,-,ε
s_6
ε
ε
0,...,9
s_7
ε
t_o
ε
⊔, ↵
ε
t_1
ε
s_f

In diesem ersten Abschnitt haben wir nunmehr drei verschiedene Modellvarianten endlicher Automaten vorgestellt. Wir zeigten, daß alle drei dieselben Sprachen akzeptieren können, wobei jedoch in den behandelten Beispielen auch deutlich wurde, daß sehr wohl Unterschiede bestehen, was die Eignung der Automaten für bestimmte Aufgaben angeht.

Will man für einen endlichen Automaten A und ein Eingabewort x wissen, ob x von A akzeptiert wird, so können wir dies am schnellsten feststellen, wenn der Automat determiniert ist, (z.B. ob 10E1 eine zulässige PASCAL-Zahl ist in Beispiel 1.4).

Wollen wir einen Automaten schnell aus vorhandenen Bausteinen zusammensetzen, so eignen sich hierfür besser die nichtdeterminierten Automaten, die auch in den Zustandszahlen um Größenordnungen unter äquivalenten determinierten Automaten liegen können (vgl. Beispiel 1.7 und 1.12).

Entsprechend schwieriger ist es, beim nichtdeterminierten Automaten festzustellen, ob ein Eingabewort x akzeptiert wird oder nicht, da i.a. allen Pfaden mit der Beschriftung x zu folgen ist.

Nach dem eben Gesagten lohnt es sich also, einen determinierten Automaten zu konstruieren, wenn dieser viele Eingabeworte zu analysieren haben wird (z.B. lexikalische Analyse in Compilern), andernfalls einen nichtdeterminierten Automaten (z.B. in einigen Anwendungen der Mustererkennung in Texteditoren).

2. Die Familie der regulären Sprachen

Im ersten Abschnitt dieses Kapitels hatten wir schon mehrmals gesehen, daß ein und dieselbe Sprache von verschiedenen endlichen Automaten akzeptiert werden kann. Die Menge aller Sprachen, die von endlichen Automaten akzeptiert werden, nennt man auch die Familie der regulären Sprachen. Für diese Sprachklasse geben wir zunächst eine "automatenfreie" Charakterisierung und untersuchen danach die folgenden Fragen:
Welche Operationen auf regulären Sprachen erzeugen wieder reguläre Sprachen?
Wie findet man zu einer regulären Sprache den "einfachsten" determinierten Automaten?
Welche Probleme sind für reguläre Sprachen algorithmisch lösbar?

2.1 Reguläre Ausdrücke

Unser bisheriges Beschreibungsmittel für eine bestimmte Klasse von Sprachen, das des endlichen Automaten, können wir als aus der Graphentheorie abgeleitet betrachten. Die sprachdefinierende Wirkung des Automaten ergibt sich aus dem Ja-Nein-Test für Eingabeworte, für die der Übergangsgraph durchlaufen wird.

Hier stellen wir nun ein Beschreibungsmittel vor, das generierende Wirkung hat, d.h. durch Ausführen bestimmter Operationen erzeugen wir uns schrittweise alle Worte der Sprache. Diese Methode ist an die Mengenalgebra angelehnt, und die erwähnten Operationen sind wie folgt auf Mengen von Worten erklärt:

Seien L, L_1, L_2 Mengen von Worten über einem Alphabet Σ.

Man definiert dann als die <u>Verkettung</u> (das Produkt) von L_1 und L_2 die Menge L_1L_2 durch

$L_1L_2 = \{w_1w_2 \in \Sigma^* \mid w_1 \in L_1, w_2 \in L_2\}$, die Potenz $L^{(i)}$ von L für $i \geq 0$ durch

$L^{(0)} = \{\varepsilon\}$, $L^{(1)} = L$, $L^{(i+1)} = L^{(i)}L$,

und damit die Iteration L^* von L als

$$L^* = \bigcup_{i=0}^{\infty} L^{(i)}$$

L^* besteht also aus der Menge aller Worte, die durch endlich häufiges Hintereinanderschreiben von Worten aus L entstehen.

Für $L = \Sigma$ ist also L^* die Menge aller Worte über dem Alphabet Σ in Übereinstimmung mit der bereits früher getroffenen Vereinbarung.

Reguläre Ausdrücke sind Namen zur Bezeichnung von bestimmten Mengen von Worten über einem gegebenen Alphabet Σ. Ist α ein solcher Ausdruck, so soll mit $L(\alpha)$ die von α bezeichnete Teilmenge von Σ^* bezeichnet werden. $L(\alpha)$ heißt auch die von α bezeichnete Sprache. Wir definieren beide Begriffe induktiv wie folgt:

Definition 2.1:

Sei Σ ein endliches Alphabet.

(1) $\emptyset$ ist ein regulärer Ausdruck über Σ und $L(\emptyset) = \emptyset$.
(2) ε ist ein regulärer Ausdruck über Σ und $L(\varepsilon) = \{\varepsilon\}$.
(3) Für jedes $a \in \Sigma$ ist a ein regulärer Ausdruck über Σ und $L(a) = \{a\}$.
(4) Sind α und β reguläre Ausdrücke über Σ so auch α^*, $(\alpha\beta)$, $(\alpha \cup \beta)$ und es ist $L(\alpha^*) = L(\alpha)^*$, $L((\alpha\beta)) = L(\alpha)L(\beta)$ und $L((\alpha \cup \beta)) = L(\alpha) \cup L(\beta)$.
(5) Nur die nach (1) - (4) erzeugbaren Ausdrücke sind regulär.

Auf den ersten Blick mag die Unterscheidung zwischen regulären Ausdrücken und den von ihnen bezeichneten Mengen sehr künstlich erscheinen.

Diese Unterscheidung zwischen Namen als syntaktischen Gebilden und den von ihnen bezeichneten Objekten ist jedoch auch aus vielen anderen Bereichen wohlbekannt: Beispielsweise kann man (7+5)/6 und 1+1 als verschiedene Namen für dieselbe ganze Zahl auffassen. Etwas Entsprechendes kann auch für reguläre Ausdrücke beobachtet werden: So bezeichnen z.B. $(a(b \cup c))$ und $((ac) \cup (ab))$ offensichtlich dieselbe Menge von Worten über $\{a,b,c\}$, ebenso z.B. $((a \cup \varepsilon)a)^*$ und a^*.

Man nennt zwei reguläre Ausdrücke α und β äquivalent, wenn sie dieselbe Sprache bezeichnen, also $L(\alpha) = L(\beta)$ gilt.

Zur einfacheren Mitteilung von regulären Ausdrücken vereinbaren wir einige "Klammerersparnis-Regeln". Außenklammern dürfen weggelassen werden; * hat höchste Priorität, dann Verkettung (d.h. Nebeneinanderschreiben), dann $\cup$; ferner wird Rechtsklammerung angenommen.

Beispiel 2.2:

Sei $\Sigma = \{a,b\}$. Dann ist

$$((a \cup b)^*(((aa) \cup (bb))(a \cup b)^*))$$

ein regulärer Ausdruck über Σ. Mit der oben genannten Klammervereinbarung kann dieser Ausdruck kürzer so geschrieben werden:

$$(a \cup b)^*(aa \cup bb)(a \cup b)^*.$$

Reguläre Ausdrücke sind ein sehr bequemes Hilfsmittel zur expliziten Beschreibung von Wortmengen.

Beispiel 2.3:

(1) $0(0 \cup 1)^*$ bezeichnet die Menge aller Bitfolgen, die mit 0 beginnen.

(2) $(1 \cup 2 \cup 3 \cup 4 \cup 5 \cup 6 \cup 7)(0 \cup 1 \cup 2 \cup 3 \cup 4 \cup 5 \cup 6 \cup 7)^*$ bezeichnet die Menge aller natürlichen Zahlen in Oktaldarstellung.

(3) $(0 \cup 1)^*0(0 \cup 1)(0 \cup 1)$ beschreibt die Menge aller Bitfolgen, die als drittletztes Symbol eine 0 haben. Dies war die Sprache aus Beispiel 1.7.

Wir werden zeigen, daß man mit regulären Ausdrücken genau die von endlichen Automaten akzeptierbaren Wortmengen bezeichnen kann. Dazu zeigen wir zuerst:

<u>Satz 2.4:</u>

Zu jedem (determinierten) endlichen Automaten $A = (S,\Sigma,s_1,F,\delta)$ kann man einen regulären Ausdruck α angeben mit $T(A) = L(\alpha)$.

Zum Beweis nehmen wir an, daß A die Zustandsmenge $S = \{s_1,..,s_n\}$ hat, wobei s_1 der Anfangszustand von A ist. Dann definieren wir Mengen $E(i,j,k)$ für beliebige $i,j,k \leq n$ so, daß $E(i,j,k)$ genau <u>die</u> Worte $x \in \Sigma^*$ enthält, die den Zustand s_i in den Zustand s_j überführen, und zwar so, daß zwischendurch höchstens Zustände mit Index $\leq k$ auftreten. Die Mengen $E(i,j,k)$ kann man induktiv wie folgt erhalten:

(i) $E(i,j,0) = \{a \in \Sigma \mid \delta(s_i,a) = s_j\}$

(ii) $E(i,j,k) = E(i,j,k-1) \cup E(i,k,k-1)(E(k,k,k-1))^*E(k,j,k-1)$

Offenbar ist

(iii) $T(A) = (\bigcup_{\substack{j \\ s_j \in F}} E(1,j,n)) \cup N$

$$\text{mit } N = \begin{cases} \{\varepsilon\}; & \text{falls } s_1 \in F \\ \emptyset\ ; & \text{sonst.} \end{cases}$$

Nun ist klar, daß man für alle i,j reguläre Ausdrücke angeben kann, die $E(i,j,0)$ bezeichnen. Aus (ii) kann man ferner eine Vorschrift ablesen, wie man aus regulären Ausdrücken zur Bezeichnung der Mengen $E(i,j,k-1)$, $E(i,k,k-1)$, $E(k,k,k-1)$ und

$E(k,j,k-1)$ einen regulären Ausdruck zur Bezeichnung von $E(i,j,k)$ erhält. (iii) zeigt schließlich, wie man daraus einen regulären Ausdruck α mit $L(\alpha) = T(A)$ gewinnt. □

Das in obigem Beweis angegebene Verfahren zur Konstruktion eines regulären Ausdrucks liefert i.a. sehr lange und unübersichtliche Ausdrücke, die oft erheblich vereinfacht werden können.

Wir zeigen nun, daß auch umgekehrt zu jedem regulären Ausdruck α ein endlicher Automat A mit $L(\alpha) = T(A)$ existiert, dessen Zustandszahl von der Länge des Ausdrucks α abhängt. Bei der Länge von α werden alle Klammern und Operationssymbole mitgezählt; also z.B. für $\alpha = ((a \cup \varepsilon)^*(aa))$ ist Länge(α) = 12.

Ferner sei #S die Anzahl der Elemente in der Menge S.

<u>Satz 2.5:</u>

Zu jedem regulären Ausdruck α über dem Alphabet Σ kann man einen (nichtdeterminierten) ε-Automaten $A = (S,\Sigma,s_o,s_f,R)$ angeben mit $L(\alpha) = T(A)$ und:

(1) $\#S \leq 2\cdot$Länge(α)
(2) Für jedes $s \in S$ gibt es höchstens zwei Übergänge <u>aus</u> dem Zustand s
(3) Es gibt keinen Übergang <u>in</u> den Anfangszustand s_o von A und keinen Übergang <u>aus</u> dem Endzustand s_f von A (d.h. es gibt kein $s \in S$, $a \in \Sigma \cup \{\varepsilon\}$, so daß $(s,a,s_o) \in R$ oder $(s_f,a,s) \in R$ ist).

<u>Beweis:</u> durch Induktion über $|\alpha|$:

1. Ist $|\alpha| = 1$, so ist $\alpha = \emptyset$ oder $\alpha = \varepsilon$ oder $\alpha = a$ für ein $a \in \Sigma$. In jedem Fall erfüllt offenbar einer der folgenden Automaten die Behauptung:

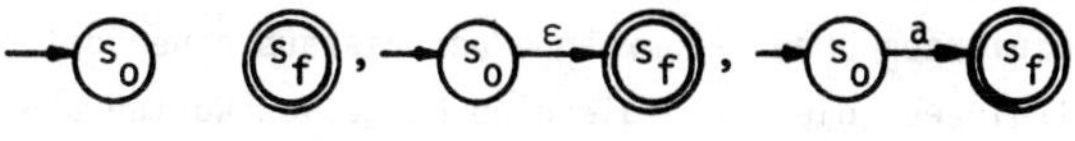

2. Seien nun Automaten A' und A" mit den oben genannten Eigenschaften und den Anfangs- bzw. Endzuständen s_o' und s_o'' bzw. s_f' und s_f''. Seien ferner $L(\beta) = T(A')$ und $L(\gamma) = T(A'')$. Dann gilt:

(i) Besteht α aus der Verkettung von β und γ, $\alpha = \beta\gamma$, so ist $L(\alpha) = T(A)$ für den folgenden Automaten A, der auch die Forderungen (1), (2), (3) des Satzes erfüllt.

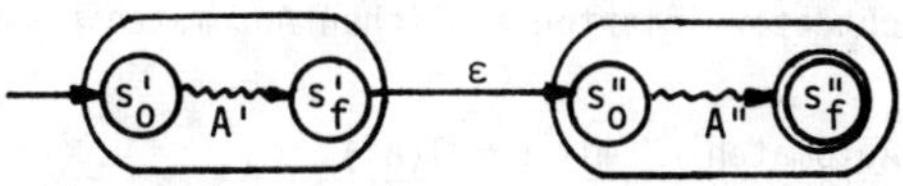

(s_o' ist also Anfangszustand und s_f'' Endzustand von A).

(ii) Für $\alpha = \beta \cup \gamma$ hat der folgende Automat A die geforderten Eigenschaften

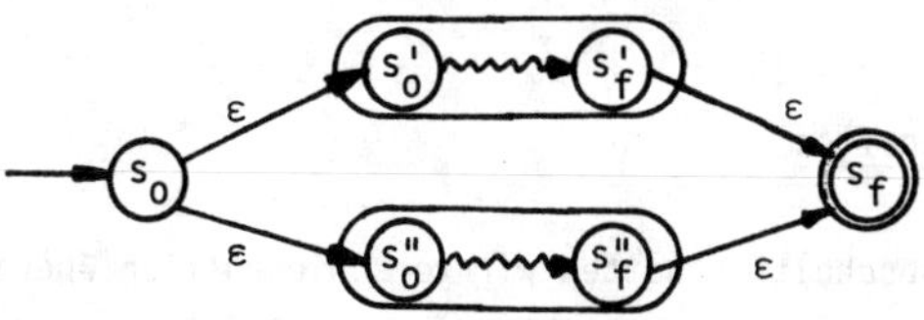

(iii) Für $\alpha = \beta^*$ konstruiert man den Automaten A:

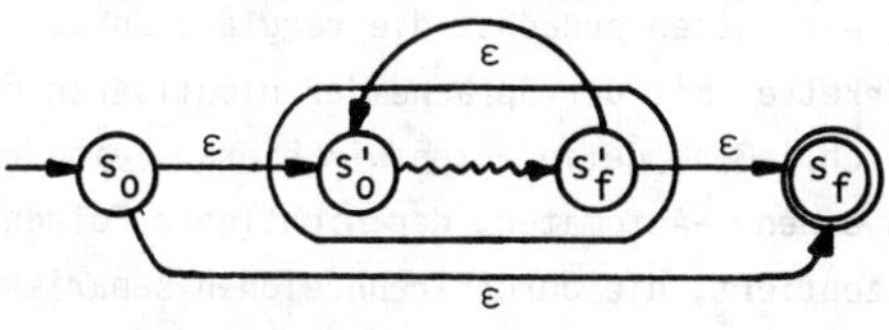

Die so konstruierten Automaten A erfüllen offensichtlich die Behauptung des Satzes, da wir voraussetzen, daß A' und A" sie für β und γ erfüllen. □

Nach den Sätzen 1.11 und 1.8 können wir zu jedem ε-Automaten einen nichtdeterminierten ohne ε-Übergänge und hieraus einen determinierten konstruieren, die genau dieselbe Menge von Worten akzeptieren. Zusammen mit den letzten beiden Sätzen erhalten wir so eine vierfache Charakterisierung dieser Klasse von Wortmengen.

Korrolar 2.6:

Sei $L \subseteq \Sigma^*$. Dann sind folgende Aussagen äquivalent:

(1) Es gibt einen determinierten endlichen Automaten A mit
$L = T(A)$

(2) Es gibt einen nichtdeterminierten endlichen Automaten A' mit
$L = T(A')$.

(3) Es gibt einen ε-Automaten A" mit $L = T(A")$

(4) Es gibt einen regulären Ausdruck α mit $L = L(\alpha)$.

Eine Menge $L \subseteq \Sigma^*$, die eine der Bedingungen (1) - (4) erfüllt, nennt man kurz regulär oder eine reguläre Sprache über dem Alphabet Σ.

2.2 Abschlußeigenschaften

In den bisherigen Abschnitten hatten wir verschiedentlich Operationen auf regulären Sprachen ausgeführt und als Resultat wiederum reguläre Sprachen erhalten.
So im Beispiel 1.12: Wir hatten zunächst die reguläre Sprache der PASCAL-Zahlen verkettet mit der Sprache der nichtleeren Folgen über ␣, ↵. Anschließend definierten wir hieraus eine reguläre Sprache durch einen ε-Automaten, der nichtleere Folgen von PASCAL-Zahlen akzeptiert, die durch Trennzeichen separiert sind.

Ferner hatten wir im Beweis von Satz 2.5 vorgeführt, wie Verkettung, Vereinigung und Sternoperation aus regulären Sprachen

wiederum zu regulären Sprachen führt. Man sagt dann auch, daß die Familie der regulären Sprachen unter diesen Operationen abgeschlossen ist.
Wir geben nun eine Reihe weiterer Operationen an, die diese Eigenschaft haben.

Zum jeweiligen Nachweis der Abschlußeigenschaft können wir immer die günstigste Charakterisierung aus Korollar 2.6 herausgreifen.

So ist z.B. der Abschluß unter Verkettung, Vereinigung, Stern trivial bei der Darstellung regulärer Mengen durch reguläre Ausdrücke.

Eine andere Abschlußeigenschaft, die mit regulären Ausdrücken recht elegant bewiesen wird, ist die für die Operation "Spiegelbild". Für ein Wort $w = a_1a_2 \ldots a_n$, $n \geqq 0$, a_i aus einem Alphabet Σ, ist das Spiegelbild $sp(w) = a_n \ldots a_2a_1$.
Nun zeigen wir:

<u>Satz 2.7:</u>

Zu jedem regulären Ausdruck α kann man einen regulären Ausdruck $\bar{\alpha}$ angeben mit

$$L(\bar{\alpha}) = \{sp(w) \mid w \in L(\alpha)\}.$$

<u>Beweis:</u>

Wir konstruieren $\bar{\alpha}$ induktiv über den Aufbau von α.

$$\bar{\emptyset} = \emptyset, \quad \bar{\varepsilon} = \varepsilon, \quad \bar{a} = a \quad \text{und}$$

für reguläre Ausdrücke β,γ:

$$\overline{(\beta\gamma)} = (\bar{\gamma}\bar{\beta}), \ \overline{(\beta \cup \gamma)} = (\bar{\beta} \cup \bar{\gamma}),$$

$$\overline{\beta^*} = \bar{\beta}^*.$$

Dann zeigt man leicht für beliebige Worte w:

$w \in L(\alpha)$ gdw $sp(w) \in L(\bar{\alpha})$. □

Zum Vergleich möge der interessierte Leser versuchen, aus dem determinierten Automaten im Beispiel 1.4 einen determinierten Automaten zu bauen, der zulässige PASCAL-Zahlen "rückwärts" liest und akzeptiert.

Prinzipiell möglich ist dies über den Umweg - reguläre Ausdrücke - ε-Automaten - nichtdeterminierte Automaten, wie wir aus den Sätzen 2.4, 2.5, 1.11 bereits wissen.

Mit Hilfe ähnlicher Umwege können wir für jede der Charakterisierungen regulärer Sprachen auch effektive Konstruktionen für die im folgenden Satz aufgelisteten Operationen ableiten.

Satz 2.8:

Seien L_1 und L_2 reguläre Teilmengen von Σ^*. Dann sind auch die folgenden Mengen regulär:

(1) L_1L_2

(2) $L_1 \cup L_2$

(3) L_1^*

(4) $L_1^+ = L_1L_1^*$

(5) $\overline{L}_1 = \Sigma^* - L_1$ das Komplement von L_1 bezüglich Σ^*

(6) $L_1 \cap L_2$

(7) $L_1 - L_2$

(8) $sp(L_1) = \{sp(w) \mid w \in L_1\}$

Beweis:

(1), (2), (3), (4) folgen direkt aus der Definition regulärer Ausdrücke und der erzeugten Sprachen.

Bei (5) nehmen wir an, daß L_1 von einem determinierten endlichen Automaten A akzeptiert wird: $A = (S,\Sigma,s_0,F,\delta)$ und δ sei für alle Paare aus $S \times \Sigma$ definiert.
Dann werden genau die Worte aus Σ^*, die A nicht akzeptiert, von dem Automaten $A' = (S,\Sigma,s_0,S-F,\delta)$ akzeptiert. Also $\overline{L}_1 = T(A')$.

Für (6) schreiben wir den Durchschnitt als
$L_1 \cap L_2 = \overline{\overline{L}_1 \cup \overline{L}_2}$ und verwenden (5) und (1).

(7) folgt aus $L_1 - L_2 = L_1 \cap \overline{L}_2$ zusammen mit (5) und (6).

Schließlich (8) wurde soeben in Satz 2.7 implizit bewiesen. □

Man kann noch viele weitere Abschlußeigenschaften für die Klasse der regulären Mengen angeben. Die betreffenden Operationen sind aber meist nicht mehr solche elementaren Mengenfunktionen wie die oben aufgeführten. Wir wollen deshalb hier nicht weiter darauf eingehen.

Eine weitere Charakterisierung der regulären Sprachen werden wir im Zusammenhang mit Backus-Naur-Form Regeln in einem späteren Kapitel (II, 2) behandeln.

Diese Vielzahl an verschiedenen Charakterisierungen und Abschlußeigenschaften ist ein Indiz für die Wichtigkeit regulärer Mengen bei der Verarbeitung von Symbolfolgen.

2.3 Reduzierte endliche Automaten

Bei den bisher verwendeten Verfahren zur Konstruktion von determinierten endlichen Automaten hatten wir gesehen, daß oft Automaten entstehen, die sehr viele Zustände enthalten. Häufig sah man jedoch schnell, daß dabei überflüssige Zustände auftraten, die man entfernen konnte, ohne die vom Automaten akzeptierte Sprache zu verändern.

Da bei einer Implementation des Automaten als Prüfprogramm die Anzahl der Zustände direkt den Platzbedarf des Programms beeinflußt, bemüht man sich natürlich, möglichst kleine Automaten zu finden, die die betreffende Sprache akzeptieren. So z.B. bei der lexikalischen Analyse von Programmen; oft hat man hier noch Automaten mit hundert und mehr Zuständen.

Wir zeigen nun ein Verfahren, das zu einem beliebigen determinierten endlichen Automaten einen gleichwertigen liefert, der die kleinstmögliche Anzahl von Zuständen besitzt.
Zunächst ist offensichtlich, daß alle Zustände entfernt werden können, die vom Anfangszustand unerreichbar sind.
Aber es gibt noch weitere Möglichkeiten, die Zustandszahlen zu verringern.

<u>Beispiel 2.9:</u>

In PASCAL (und in vielen anderen Sprachen) darf ein Name für eine Variable, ein Programm, eine Prozedur, usw. die folgende Gestalt haben:

<identifier> ::= <letter>{<letter or digit>}
<letter or digit> ::= <letter>|<digit>
<letter> ::= A|B| ... |Z
<digit> ::= 0|1| ... |9

Der folgende Automat A akzeptiert diese Wortmenge

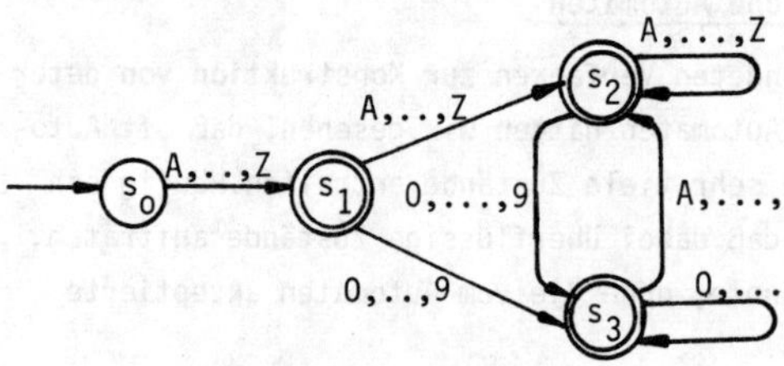

Betrachtet man A etwas genauer, so stellt man fest, daß die Zustände s_1,s_2 und s_3 dieselbe "Funktion" beim Akzeptieren von Worten haben, d.h. für alle Worte w gilt: (s_1,w) ist ein Endzustand gdw (s_2,w) Endzustand gdw (s_3,w) Endzustand.

Daher identifizieren wir s_1,s_2 und s_3 und erhalten A':

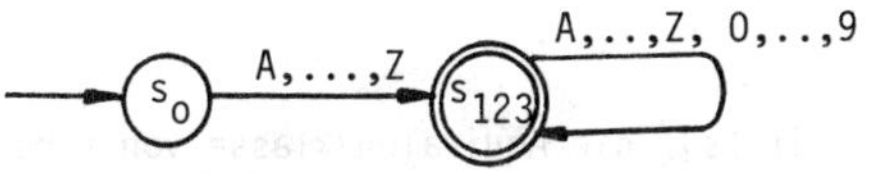

A und A' akzeptieren dieselbe Menge von Worten und A' kann nicht weiter vereinfacht werden.

Definition 2.10:

Sei $A = (S,\Sigma,s_o,F,\delta)$ ein determinierter endlicher Automat. Zwei Zustände s und s' aus S heißen äquivalent bezüglich A, kurz: $s \sim_A s'$, wenn für alle $w \in \Sigma^*$ gilt: $\delta(s,w) \in F$ gdw $\delta(s',w) \in F$. Der Automat A heißt reduziert, wenn für alle Zustände $s,s' \in S$ aus $s \sim_A s'$ schon $s = s'$ folgt und wenn alle Zustände vom Anfangszustand aus erreichbar sind. (D.h. für jedes $s \in S$ gibt es ein $w \in \Sigma^*$, so daß $s = \delta(s_o,w)$).

Die Relation "$\sim_A$" zwischen Zuständen von A hat offenbar die für eine Äquivalenzrelation typischen Eigenschaften, nämlich:

(1) Reflexivität: Für alle $s \in S$ ist $s \sim_A s$.

(2) Symmetrie: Für alle $s,s' \in S$ gilt: Wenn $s \sim_A s'$, so auch $s' \sim_A s$.

(3) Transitivität: Für alle $s,s',s'' \in S$ gilt: Wenn $s \sim_A s'$ und $s' \sim_A s''$, so ist auch $s \sim_A s''$.

Hierauf basiert nun unser Verfahren zur Konstruktion eines reduzierten endlichen Automaten:

Zunächst lassen wir im Automaten $A = (S,\Sigma,s_o,F,\delta)$ alle von s_o aus nicht erreichbaren Zustände weg. Die verbleibenden Zustände teilen wir in Äquivalenzklassen nach der Relation "$\sim_A$" ein.

Wir fassen dann alle Zustände einer Klasse zu einem einzigen Zustand eines neuen und nunmehr reduzierten Automaten A' zusammen. A' ist unser gesuchter Automat mit minimaler Zustandszahl, der äquivalent zu A ist.

Genauer: Bezeichnen wir mit $[s]_A$ die Äquivalenzklasse von s bezüglich der Relation "$\sim_A$", also $[s]_A = \{s' \mid s' \sim_A s\}$, so kann man $A' = (S',\Sigma,s_o',F',\delta')$ wie folgt definieren:

$$s' = \{[s]_A \mid s \in S\}$$

$$s_o' = [s_o]_A$$

$$F' = \{[s]_A \mid s \in F\}$$

$$\delta'([s]_A,a) = [\delta(s,a)]_A, \text{ für beliebige } s \in S,\ a \in \Sigma.$$

Hinter dieser Konstruktion steckt ein aus der Algebra wohlbekanntes Verfahren, nämlich das "Durchdividieren" nach einer Äquivalenzrelation.

Man überzeugt sich nun zunächst davon, daß die Definition der neuen Übergangsfunktion δ' vernünftig, d.h. unabhängig vom Repräsentanten s der Klasse $[s]_A$ ist. Dann zeigt man, daß $T(A) = T(A')$ ist und schließlich, daß A' reduziert ist.

Wir verzichten hier auf einen Beweis dieser Aussagen, geben jedoch ein Verfahren zur Konstruktion des (bis auf Isomorphie eindeutig bestimmten) reduzierten Automaten zu einem gegebenen determinierten Automaten an (vgl. Algorithmus 2.11).

Zuvor noch ein paar allgemeinere Bemerkungen zum Zusammenhang zwischen diesen Automaten A und A':

Seien $A = (S,\Sigma,s_0,F,\delta)$ und $A' = (S',\Sigma, s_0',F',\delta')$ zwei determinierte endliche Automaten. Dann nennt man A' ein <u>homomorphes Bild</u> von A, wenn es eine Abbildung $\varphi: S \to S'$ gibt, die mit den Übergangsfunktionen wie folgt verträglich ist:

(i) $\varphi(s_0) = s_0'$

(i) für alle $s \in S$, $a \in \Sigma$ ist
$\varphi(\delta(s,a)) = \delta'(\varphi(s),a)$

(iii) $s \in F$ gdw $\varphi(s) \in F'$.

Man zeigt leicht mit der obigen Definition des homomorphen Bildes:
Ist A' homomorphes Bild von A, so gilt $T(A') = T(A)$.

Ist die Abbildung φ sogar umkehrbar eindeutig, so heißen A und A' isomorph. φ kann dann als "Umbenennung" der Zustände von A aufgefaßt werden.

Der zu einem Automat A durch "Durchdividieren" nach der Äquivalenzrelation "$\sim_A$" gewonnene Automat A' ist stets homomorph zu A jedoch i.a. nicht isomorph zu A, (vgl. Beispiel 2.9).

<u>Algorithmus 2.11:</u>

<u>Eingabe:</u> Ein determinierter endlicher Automat
$A = (S,\Sigma,s_0,F,\delta)$, bei dem alle Zustände von s_0 aus erreichbar sind.

<u>Ausgabe:</u> Der reduzierte determinierte Automat
$A' = (S',\Sigma,s_0',F',\delta')$ mit $T(A) = T(A')$.

Methode:

Es genügt offenbar, die Zustandsmenge $S' = \{[s]_A \mid s \in S\}$ zu bestimmen, da δ', s_o', F' daraus kanonisch erhalten werden können. Die Bestimmung der Äquivalenzklassen $[s]_A$ bezüglich der Relation "$\sim_A$" erfolgt nach dem sogenannten "state merging" Verfahren:

Nach Definition gilt für zwei äquivalente Zustände s und s', daß ($\delta(s,w) \in F$ gdw $\delta(s',w) \in F$ für alle $w \in \Sigma^*$). Sei zunächst $w = \varepsilon$. Offenbar können Zustände $s \in F$, $s' \in S\text{-}F$ nicht äquivalent sein bezüglich "$\sim_A$".
Man beginnt also mit einer Aufteilung von S in die Blöcke F und S-F.
Für jeden Block und jedes Zustandspaar s, s' hieraus untersucht man nun, ob für jedes $a \in \Sigma$ jeweils $\delta(s,a)$ und $\delta(s',a)$ im selben Block der aktuellen Aufteilung liegen. Wenn nicht, muß der betrachtete Block entsprechend aufgeteilt werden. Ist bei keinem der Blöcke mehr eine Aufteilung möglich, so sind die gesuchten Äquivalenzklassen erreicht.

Also:

Schritt 1: $S_{1,1} = F$ und $S_{1,2} = S\text{-}F$ bilden die Partition π_1.

Schritt 2: Sei π_k die Partition bestehend aus den Blöcken $S_{k,1},\ldots,S_{k,n_k}$.

Dann erhält man die Partition π_{k+1} durch evtl. Aufteilung von Blöcken aus π_k, so daß zwei Zustände s und s' genau dann zum selben Block von π_{k+1} gehören, wenn für jedes $a \in \Sigma$ gilt: $\delta(s,a)$ und $\delta(s',a)$ gehören zum selben Block von π_k.

Schritt 3: Schritt 2 wird solange durchgeführt, bis keine weitere Aufteilung mehr möglich ist.

<u>Beispiel 2.12:</u>

Wir erläutern das obige Verfahren am folgenden Automaten:

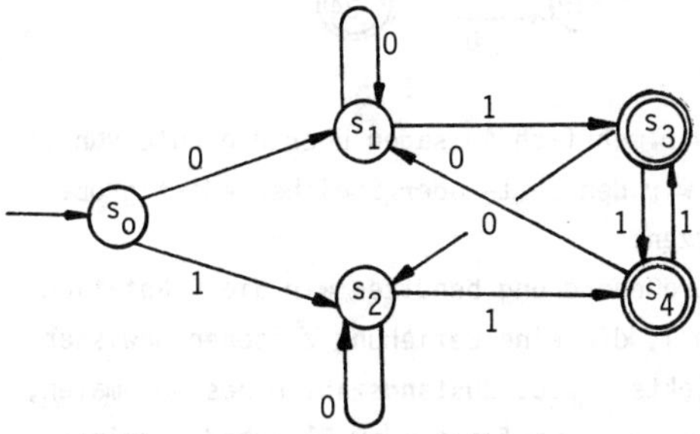

Partition	$S_{1,1}$		$S_{1,2}$		
Zustand / Eingabe	s_3	s_4	s_o	s_1	s_2
0	$S_{1,2}$	$S_{1,2}$	$S_{1,2}$	$S_{1,2}$	$S_{1,2}$
1	$S_{1,1}$	$S_{1,1}$	$S_{1,2}$	$S_{1,1}$	$S_{1,1}$

$S_{1,2}$ wird aufgeteilt in $\{s_o\}$ und $\{s_1,s_2\}$.

Partition	$S_{2,1}$		$S_{2,2}$	$S_{2,3}$	
Zustand / Eingabe	s_3	s_4	s_o	s_1	s_2
0	$S_{2,3}$	$S_{2,3}$	$S_{2,3}$	$S_{2,3}$	$S_{2,3}$
1	$S_{2,1}$	$S_{2,1}$	$S_{2,3}$	$S_{2,1}$	$S_{2,1}$

Keine weitere Aufteilung ist möglich.

Wir identifizieren also s_3 und s_4 und ebenfalls s_1 und s_2. Damit erhalten wir A':

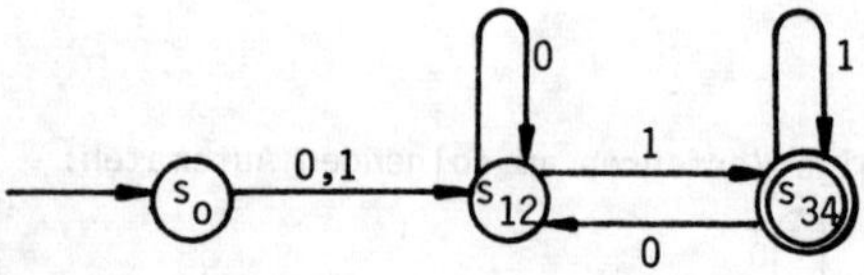

Im folgenden werden wir mehrfach Aussagen über die Güte von Verfahren machen, indem wir den Zeit- oder Speicherbedarf größenordnungsmäßig abschätzen.
Zur Darstellung der Größenordnung benützen wir die O-Notation (gesprochen: "Groß-Oh"), die eine Beziehung zwischen gewissen Größen des Eingabeobjekts - z.B. Zustandszahl eines Automaten, Länge eines Worts, usw. - zu Laufzeit oder Platzbedarf eines Verfahrens herstellt.

Definition 2.13:

Man schreibt für zwei Funktionen f, g über den natürlichen Zahlen (oder über Vektoren natürlicher Zahlen) in die reellen Zahlen

$$f(n) = O(g(n)),$$

wenn es Konstante $c_1, c_2 > 0$ gibt, so daß

$$f(n) \leqq c_1 \cdot g(n) + c_2$$

für alle n, die größer als ein n_o sind.

Satz 2.14:

Zu jedem determinierten Automaten A läßt sich ein bis auf Isomorphie eindeutig bestimmter äquivalenter reduzierter Automat A', der "Minimalautomat" von A, bestimmen. A' kann durch das "state merging" Verfahren in $O(n^2)$ Schritten konstruiert werden, wenn n die Zustandszahl von A ist.

Den Nachweis, daß das im Algorithmus 2.11 beschriebene Verfahren wirklich die Äquivalenzklassen der Zustände von A bezüglich "$\sim_A$" liefert, kann man so führen:

Man definiert Äquivalenzrelationen "$\sim^k$", für k = 1,2,..., zwischen Zuständen s, s' von A:

s $\sim^k$ s' gdw (für alle Eingabeworte w mit Länge kleiner als k gilt: $\delta(s,w) \in F$ gdw. $\delta(s',w) \in F$).

Dann zeigt man, daß die Partition π_k genau aus den Äquivalenzklassen bezüglich "$\sim^k$" besteht, d.h. jeder Block in π_k enthält genau alle Zustände, die durch Eingabeworte mit Länge < k nicht unterscheidbar sind. Da der Ausgangsautomat nur n Zustände hat, und jeder "Verfeinerungs"-Schritt 2 wenigstens einen zusätzlichen Block erzeugt, muß der Algorithmus 2.11 schließlich eine Partition π_m mit $\pi_m = \pi_{m+1}$, $m \leqq n$ liefern. Offenbar gilt für jeden Block dieser Partition, daß er genau alle bezüglich "$\sim_A$" äquivalenten Zustände enthält.

Da man bei jedem Verfeinerungsschritt alle Zustände eines jeden Blocks der bisher erzeugten Partition überprüfen muß, und insgesamt höchstens n verschiedene Partitionen erzeugt werden, kommt man mit $O(n^2)$ Schritten aus (bei fester Größe des Eingabealphabetes Σ).

Wir erwähnen noch, daß es ein Verfahren gibt, mit dem man die Äquivalenzklassen von A bezüglich "$\sim_A$" in $O(n \cdot \log n)$ Schritten bestimmen kann. (Hopcroft, 1971).

Zum Ende dieses Abschnitts wollen wir noch kurz überlegen, ob die obigen Sätze und Verfahren auch auf nichtdeterminierte endliche Automaten anwendbar sind.

Als illustrierendes Beispiel betrachten wir die Automaten A_1, A_2:

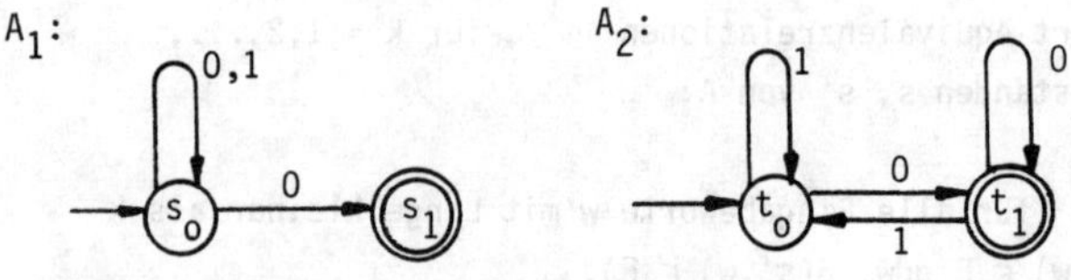

Beide Automaten akzeptieren genau alle die Bitfolgen, die mit 0 enden und beide sind zustandsminimal. Aber wir werden sie sicherlich nicht als isomorph ansehen können.

Also gibt es i.a. mehrere äquivalente, zustandsminimale nichtdeterminierte Automaten, die nicht isomorph sein müssen (und dennoch dieselbe Sprache akzeptieren).

2.4 Algorithmen für endliche Automaten

Wir haben bereits eine ganze Reihe von konstruktiven Verfahren zur Lösung von Problemen im Zusammenhang mit endlichen Automaten oder regulären Mengen kennengelernt. Wir erwähnen nur die wichtigsten:

- Konstruktion eines determinierten Automaten zu einem gegebenen nichtdeterminierten.
- Konstruktion eines regulären Ausdrucks zu einem gegebenen endlichen Automaten (und umgekehrt).
- Konstruktion des Minimalautomaten zu einem gegebenen determinierten Automaten.

Das wohl naheliegendste Problem in diesem Zusammenhang ist jedoch das bislang nicht näher behandelte Wortproblem:

Gegeben sei ein endlicher Automat A (oder ein regulärer Ausdruck α) und ein Wort w. Gehört w zu T(A) (bzw. zu $L(\alpha)$)?

Für einen determinierten endlichen Automaten $A = (S,\Sigma,s_0,F,\delta)$ ist dies gleichbedeutend mit der Frage, ob $\delta(s_0,w,) \in F$ ist oder nicht. Die Berechnung von $\delta(s_0,w)$ ist in O(Länge(w)) Schritten möglich, also auch die Beantwortung des Problems "$w \in T(A)$?".

Ist $A = (S,\Sigma,S_0,F,R)$ ein nichtdeterminierter Automat, so geht das offenbar nicht mehr so einfach. Würde man zu A zunächst einen determinierten Autoamten A' mit T(A) = T(A') konstruieren, und dann wie vorher verfahren, so benötigt man zur Lösung des Wortproblems unter Umständen eine Anzahl von Schritten, die nicht nur linear mit der Länge von w sondern auch exponentiell mit der Anzahl der Zustände von A wächst. Ähnlich ungünstig ist der Umweg über determinierte Automaten im Falle, daß A ein Automat mit ε-Übergängen ist. Wir zeigen nun, daß dieser Umweg nicht nötig ist:

<u>Satz 2.15:</u>

Es sei $A = (S,\Sigma,s_0,s_f,R)$ ein (nichtdeterminierter) ε-Automat mit

(i) $\#S = m$,

(ii) Für jeden Zustand $s \in S$ gibt es höchstens k Übergänge von s, d.h. $\#\{(s,a,s') \mid R \in a \cup \Sigma \cup \{\varepsilon\},\ s' \in S\} \leq k$ für alle $s \in S$.

Dann kann man für jedes Wort $w \in \Sigma^*$ der Länge n in $O(k \cdot m \cdot n)$ Schritten entscheiden, ob $w \in T(A)$ ist oder nicht.

Zum <u>Beweis</u> zeigen wir, daß für jedes Wort $w = a_1 \dots a_n$ die Menge aller vom Anfangszustand aus durch Eingabe von $a_1 \dots a_n$ erreichbaren Zustände in der im Satz genannten Schrittzahl bestimmt werden kann. Genauer: Wir ermitteln für jedes i, $1 \leq i \leq n$,

S_i = Menge aller vom Anfangszustand von A durch Eingabe von $a_1 \dots a_i$ erreichbaren Zustände und überprüfen schließlich, ob $s_f \in S_n$ ist oder nicht.

Zur Bestimmung der Mengen S_i verwenden wir das folgende Verfahren:

Algorithmus 2.16:

Eingabe: Ein ε-Automat $A = (S,\Sigma,s_o,s_f,R)$ und ein Wort $w = a_1a_2...a_n \in \Sigma^*$.

Ausgabe: Die Folge von Zustandsmengen $S_o,S_1,S_2,...,S_n$ mit S_i = Menge aller Zustände, die durch Eingabe von $a_1a_2...a_i$ vom Zustand s_o erreicht werden können.

Methode:

Setze $T_o = \{s_o\}$, dann berechne nacheinander

$S_o,T_1,S_1,T_2,S_2,...,T_n,S_n$, wobei

$S_i = T_i \cup \{s' \in S \mid s'$ durch einen oder mehrere ε-Übergänge von einem Zustand in T_i erreichbar$\}$

S_i ist der "ε-Abschluß" von T_i,
und
$T_i = \{t \in S \mid \exists\ s \in S_{i-1}$ mit $(s,a_i,t) \in R\}$

Die Berechnung eines T_i benötigt offensichtlich höchstens $O(k\cdot m)$ Schritte.

Bei der Erweiterung von T_i zum zugehörigen S_i verwenden wir nun eine Schlange von Zuständen, damit Zustände, die über mehrere ε-Pfade von T_i erreichbar sind, nicht mehrfach betrachtet werden:

```
Sᵢ := Tᵢ;
markiere jedes t ∈ Sᵢ als "betrachtet";
markiere jedes t ∈ S - Sᵢ als "unbetrachtet";

SCHLANGE := Sᵢ;
while SCHLANGE ≠ ∅ do
   begin nimm erstes Element t aus SCHLANGE und entferne es;
      for each u mit (t,ε,u) ∈ R do
         if u "unbetrachtet" then
            begin markiere u als "betrachtet";
                  füge u zur SCHLANGE und zu Sᵢ hinzu
            end {for-Schleife}
   end {while-Schleife}
```

Da es nach Voraussetzung für jedes t aus S höchstens k Elemente $u \in S$ gibt mit $(t,\varepsilon,u) \in R$, benötigt die for-Schleife für jedes t höchstens $O(k)$ Schritte.

Jedes Element von S kann höchstens einmal in die SCHLANGE aufgenommen werden, also kann die while-Schleife in $O(k\cdot m)$ Schritten ausgeführt werden. Damit reichen insgesamt $O(k\cdot m\cdot n)$ Schritte zur Bestimmung von $S_0,S_1,\ldots,S_n$ aus. □

Will man für einen gegebenen regulären Ausdruck α und ein vorgelegtes Wort x der Länge n feststellen ob $x \in L(\alpha)$ ist oder nicht, so bieten sich offenbar zwei Möglichkeiten an:

1) Man kann zu α zunächst einen ε-Automaten (nach Satz 2.5) konstruieren, der genau $L(\alpha)$ akzeptiert, zu diesem Automaten einen äquivalenten ohne ε-Übergänge angeben (nach Satz 1.14) und diesen schließlich (via Teilmengenkonstruktion) determiniert machen und das Wortproblem für diesen Automaten lösen.

Insbesondere wegen des eventuell exponentiellen Wachstums der

Zustandszahl bei der Ausführung der Teilmengenkonstruktion dürfte dies Verfahren kaum praktikabel sein. Daher verfährt man besser nach folgendem zweiten Verfahren:

2) Man konstruiert zu α einen ε-Automaten A mit $L(\alpha) = T(A)$ entsprechend Satz 2.5. Dann hat A höchstens $2 \cdot$Länge(α) Zustände. Da wir die Alphabetgröße als fest gegeben annehmen, benötigt die gesamte Konstruktion von A größenordnungsmäßig höchstens soviele Schritte, wie A Zustände hat. Außerdem hat jeder Zustand von A höchstens 2 Folgezustände. Daher kann man auf A und das Eingabewort x direkt den Algorithmus 2.16 anwenden und erhält als Folgerung von Satz 2.15, daß man in $O(2 \cdot 2 \cdot \text{Länge}(\alpha) \cdot n) = O(\text{Länge}(\alpha) \cdot n)$ Schritten entscheiden kann, ob $x \in T(A)$ ist oder nicht.

Daher gilt:

Satz 2.17:

Für jeden regulären Ausdruck α und jedes Wort x kann man in $O(\text{Länge}(\alpha) \cdot \text{Länge}(x))$ Schritten feststellen, ob $x \in L(\alpha)$ ist oder nicht.

Um das Wortproblem für reguläre Ausdrücke möglichst effizient lösen zu können, sind offenbar möglichst "kurze" reguläre Ausdrücke wünschenswert. Man könnte nun also versuchen, analog zur Zustandsminimierung bei determinierten Automaten, ein "schnelles" Verfahren zu finden, das zu einem gegebenen regulären Ausdruck α einen Ausdruck α' mit minimaler Länge erzeugt, wobei $L(\alpha) = L(\alpha')$. Man kann zeigen, daß ein solches Verfahren mit vertretbarem Zeitaufwand nicht existiert. (Vgl. Garey/Johnson 1979, p. 268).
Wir haben eine Menge von Worten $L \subseteq \Sigma^*$ schlichtweg regulär genannt, wenn es uns auf die Form der Darstellung von L (durch einen regulären Ausdruck, durch einen endlichen determinierten, nicht-

determinierten oder ε-Automaten) nicht ankam. Unsere bisherigen Überlegungen zeigen, daß das Wortproblem für reguläre Mengen entscheidbar ist. Diese etwas unpräzise Formulierung meint folgendes:
Es gibt ein allgemeines, effektives Verfahren zur Lösung jedes Einzelproblems in dieser Klasse der Wortprobleme. Diese Problemklasse enthält genau alle Probleme "$x \in L$?", wobei x ein beliebiges Wort und L eine beliebige reguläre Menge von Worten ist. Die Entscheidbarkeit oder algorithmische Lösbarkeit eines "Problems" bedeutet also genau genommen stets die Existenz eines allgemeinen Verfahrens (eines Algorithmus) zur Lösung sämtlicher Einzelprobleme einer ganzen Klasse von Problemen.

Die algorithmische Lösbarkeit des Wortproblems an sich hängt, wie wir gesehen haben, nicht von der Form der Darstellung regulärer Mengen ab, wohl aber die Komplexität des Lösungsverfahrens. Weil die verschiedenen Möglichkeiten zur Mitteilung regulärer Mengen effektiv ineinander überführbar sind, genügt es, sich auf eine (möglichst bequeme) Form der Darstellung regulärer Mengen zu beziehen, um die Entscheidbarkeit einer Klasse von Problemen nachzuweisen. Das benutzen wir im Beweis des folgenden Satzes.

Satz 2.18:

Es gibt effektive Verfahren, um für beliebige reguläre Mengen L_1 und L_2 und beliebige Worte x zu entscheiden, ob gilt:

(1) $x \in L_1$	(Wortproblem)
(2) $L_1 = \emptyset$	(Leerheitsproblem)
(3) L_1 endliche Menge	(Endlichkeitsproblem)
(4) $L_1 \cap L_2 = \emptyset$	(Durchschnittsproblem)
(5) $L_1 = L_2$	(Äquivalenzproblem)

Beweis:

(1) Die Entscheidbarkeit des Wortproblems haben wir bereits nachgewiesen in den vorangegangenen Sätzen.

(2) Zur Beantwortung der Frage, ob eine reguläre Menge L_1 leer ist, nehmen wir an, daß L_1 von einem determinierten endlichen Automaten $A = (S,\Sigma,s_o,F,\delta)$ akzeptiert wird, $L_1 = T(A)$, der n Zustände besitzt.
Wir zeigen, daß $T(A) \neq \emptyset$ ist, gdw A ein Wort w akzeptiert, dessen Länge < n ist.
Gibt es in T(A) ein Wort der Länge < n, so ist trivialerweise $T(A) \neq \emptyset$.

Es genügt also, die Umkehrung zu zeigen. Wir schließen indirekt und nehmen an, es ist $T(A) \neq \emptyset$ und es gibt kein Wort w mit Länge(w) < n in T(A).

Sei w_o ein kürzestes Wort in T(A). Nach unserer Annahme muß Länge$(w_o) \geq n$ sein, also $w_o = a_1a_2...a_m$, $m \geq n$. Da A nur n verschiedene Zustände hat, muß in der Folge der m+1 Zustände $\delta(s_o,\varepsilon)$, $\delta(s_o,a_1)$, $\delta(s_o,a_1a_2),...,\delta(s_o,a_1a_2...a_m)$ wenigstens zweimal derselbe Zustand auftreten. Sei etwa
$s = \delta(s_o,a_1...a_j) = \delta(s_o,a_1...a_ja_{j+1}...a_{j+k})$. Dann ist

$$\delta(s_o,a_1...a_ja_{j+1}...a_{j+k}...a_m) =$$
$$\delta(\delta(s_o,a_1...a_{j+k}),a_{j+k+1}...a_m) =$$
$$\delta(\delta(s_o,a_1...a_j),a_{j+k+1}...a_m) =$$
$$\delta(s_o,a_1...a_ja_{j+k+1}...a_m) \in F.$$

Im Automaten A haben wir also die folgenden Pfade:

A:

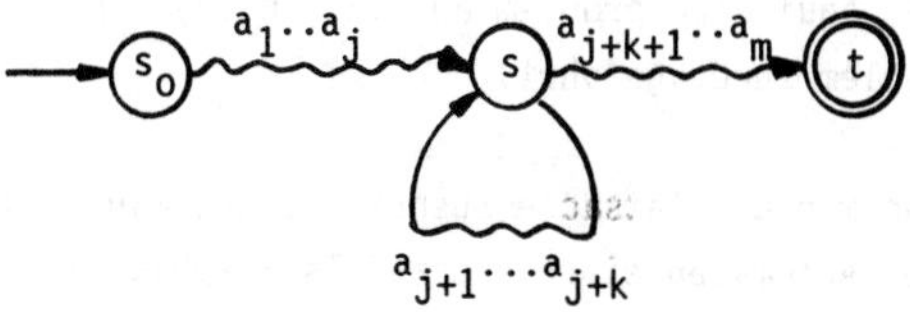

Daher ist auch $a_1...a_j a_{j+k+1}...a_m$ in T(A) im Widerspruch zu unserer Annahme, daß $a_1...a_m$ ein kürzestes Wort in T(A) ist.

Man kann also die Frage: "$L_1 = \emptyset$?" dadurch entscheiden, daß man für jedes der endlich vielen Worte w mit Länge(w) < n nachsieht, ob $\delta(s_o, w) \in F$ gilt oder nicht.

(3) Wir nehmen wieder an, daß $L_1 = T(A)$ ist, wobei A ein determinierter endlicher Automat mit n Zuständen ist. Dann zeigt man ähnlich wie unter (2), daß T(A) genau dann unendlich ist, wenn A wenigstens ein Wort w mit $n \leqq$ Länge(w) < 2n akzeptiert.

(4) Wir nehmen an, daß $L_1 = T(A_1)$ und $L_2 = T(A_2)$ für zwei determinierte endliche Automaten A_1 und A_2 ist. Zu A_1 und A_2 können wir effektiv einen determinierten Automaten A mit $T(A) = T(A_1) \cap T(A_2)$ konstruieren (auf einem durch die Identität $T(A_1) \cap T(A_2) = \overline{\overline{T(A_1)} \cup \overline{T(A_2)}}$ nahegelegten Umweg). Dann überprüfen wir, ob $T(A) = \emptyset$ ist oder nicht, wie unter (2) angegeben.

(5) Die Entscheidbarkeit des Äquivalenzproblems kann man über wenigstens zwei verschiedene Wege nachweisen.

1. Es gilt: $L_1 = L_2$ gdw
   $(L_1 \cap \overline{L}_2) \cup (\overline{L}_1 \cap L_2) = \emptyset$.
   Damit ist das Äquivalenzproblem auf das in (2) behandelte Leerheitsproblem zurückgeführt.

2. Zweitens kann man die Tatsache ausnutzen, daß man zu jedem endlichen Automaten einen bis auf Isomorphie eindeutig bestimmten Minimalautomaten finden kann: Sei $L_1 = T(A_1)$, $L_2 = T(A_2)$ und seien A_1 und A_2 zwei determinierte endliche Automaten. Dann bestimme man die Minimalautomaten A_1' und A_2' mit $T(A_i) = T(A_i')$, $i = 1,2$. $L_1 = L_2$ gilt, gdw A_1' und A_2' isomorph zueinander sind. Die Frage, ob zwei Automaten isomorph zueinander sind, kann man in endlich vielen Schritten entscheiden, da es nur endlich viele verschiedene Abbildungen zwischen den Zustandsmengen von A_1' und A_2' gibt. □

Es ging uns im soeben bewiesenen Satz nur um den Nachweis der prinzipiellen algorithmischen Lösbarkeit der angegebenen Probleme. Die angegebenen Lösungsverfahren sind keineswegs die jeweils einfachsten und schnellsten für die gerade vorliegende Art der Darstellung der regulären Mengen.

Wir wollen dies für das Äquivalenzproblem etwas genauer diskutieren: Wir haben im Beweis von Satz 2.18 angenommen, daß L_1 und L_2 durch zwei determinierte endliche Automaten A_1 und A_2 mit $T(A_1) = L_1$, $T(A_2) = L_2$ gegeben sind. Anstelle des Umwegs über den Leerheitstest für einen Automaten A mit $T(A) = (T(A_1) \cap \overline{T(A_2)}) \cup (\overline{T(A_1)} \cap T(A_2))$ oder über den Isomorphietest für zwei reduzierte endliche Automaten kann man direkter wie folgt vorgehen:
Seien $A_i = (S_i, \Sigma, s_i, F_i, \delta_i)$, $i = 1,2$, dann ist $T(A_1) = T(A_2)$ gdw für alle $x \in \Sigma^*$: $(\delta_1(s_1,x) \in F_1$ gdw $\delta_2(s_2,x) \in F_2)$.

Natürlich kann man nicht für alle (unendlich vielen) Worte $x \in \Sigma^*$ überprüfen, ob sie immer in beiden Automaten zu Endzuständen führen. Dies ist aber auch nicht nötig, da es nur $n_1 \cdot n_2$ verschiedene Zustandspaare in $S_1 \times S_2$ gibt (für $n_i = \#S_i$). Man berechnet ausgehend von (s_1,s_2) für immer längere Worte x die Paare $(\delta_1(s_1,x), \delta_2(s_2,x))$ und prüft, ob sie in $F_1 \times F_2$ oder $(S_1-F_1) \times (S_2-F_2)$ liegen. Dies wird solange fortgesetzt, bis keine neuen Zustandspaare mehr auftreten, oder ein x gefunden wurde, das von einem der Automaten akzeptiert wird, jedoch nicht vom anderen.

Somit ist die Folge "$T(A_1) = T(A_2)$?" spätestens nach $O(n_1 \cdot n_2)$ entschieden.

Genauer ist das Verfahren in folgendem Algorithmus beschrieben:

<u>Algorithmus 2.19:</u>

<u>Eingabe:</u> Zwei determinierte endliche Automaten $A_i = (S_i,\Sigma,s_i,F_i,\delta_i)$, $i = 1,2$, mit totalen Übergangsfunktionen δ_i.

<u>Ausgabe:</u> "Ja", wenn $T(A_1) = T(A_2)$, und "Nein" sonst.

<u>Methode:</u> Berechne für alle Worte $x \in \Sigma^*$ mit der Reihe nach wachsender Länge die Zustandspaare $(\delta_1(s_1,x), \delta_2(s_2,x))$ solange, bis keine neuen Paare mehr auftreten und sieh jedesmal nach, ob
$(\delta_1(s_1,x), \delta_2(s_2,x)) \in F_1 \times F_2 \cup (S_1-F_1) \times (S_2-F_2)$ gilt.

Algorithmus: (in Pseudo-PASCAL)

```
var S: Schlange; {S enthält nur vom Anfangszustandspaar aus er-
                  reichbare Zustandspaare}
    äqu: boolean; {äqu wird true gdw T(A_1) = T(A_2)}
begin {Äquivalenztest}
Markiere alle Zustandspaare aus S_1 × S_2 - {(s_1,s_2)} als
"unbetrachtet"; markiere (s_1,s_2) als "betrachtet";
S:= (s_1,s_2); äqu := true;
while S ≠ ∅ and äqu do
  begin
    nimm erstes Paar (s,t) von S und entferne es;
    if (s ∈ F_1 and t ∉ F_2) or (s ∉ F_1 and t ∈ F_2)
      then äqu := false
      else for each a ∈ Σ do
             if (δ_1(s,a), δ_2(t,a)) unbetrachtet
               then begin
                      markiere (δ_1(s,a),δ_2(t,a))  als betrachtet;
                      setze (δ_1(s,a),δ_2(t,a)) an das Ende von S
                    end
    end {while-Schleife}
  if äqu then write ('Ja')
  else write ('Nein')
end {Äquivalenztest}
```

Ist $n_1 = \#S_1$ und $n_2 = \#S_2$, so benötigt die Anfangsmarkierung offenbar $O(n_1 \cdot n_2)$ Schritte. Da jedes Paar $(s,t) \in S_1 \times S_2$ höchstens einmal in S aufgenommen wird, wird die while-Schleife höchstens $n_1 \cdot n_2$ mal durchlaufen. Ein einzelner Durchlauf der while-Schleife benötigt $O(m)$ Schritte, wenn $m = \#\Sigma$ ist. Damit kann der Algorithmus in insgesamt $O(m \cdot n_1 \cdot n_2)$ Schritten ausgeführt werden. Wir haben also gezeigt:

Satz 2.20:

Sind $A_i = (S_i,\Sigma,s_i,F_i,\delta_i)$, $i = 1,2$, zwei determinierte endliche Automaten, so kann die Frage, ob $T(A_1) = T(A_2)$ ist mit Hilfe von Algorithmus 2.19 in $O(\#\Sigma\cdot\#S_1\cdot\#S_2)$ Schritten entschieden werden.

Algorithmus 2.19 ist nicht das beste bekannte Verfahren zur Entscheidung des Äquivalenzproblems für zwei determinierte endliche Automaten. Es gibt ein Verfahren,das das Äquivalenzproblem in "fast linearer" Zeit entscheidet.
(Genauer: in $O(\alpha(n_1,n_2)\cdot(n_1+n_2)\cdot m)$ Schritten für eine sehr schwach wachsende Funktion α, die jedenfalls schwächer wächst als $\log(n_1+n_2)$.) (Vergleiche Aho/Hopcroft/Ullman, 1974, p. 143).

Falls zwei reguläre Menge L_1 und L_2 durch endliche determinierte Automaten gegeben sind, die genau L_1 bzw. L_2 akzeptieren, können wir das Äquivalenzproblem mit Hilfe von Algorithmus 2.19 einigermaßen effizient lösen. Die Verhältnisse werden ganz anders, wenn L_i durch reguläre Ausdrücke α_i mit $L_i = L(\alpha_i)$, $i = 1,2$, gegeben sind. Verfahren, die "$L(\alpha_1) = L(\alpha_2)$?" schnell (in Abhängigkeit von den Längen von α_1 und α_2) entschieden, sind nicht bekannt. Man kann im Gegenteil zeigen, daß das Äquivalenzproblem für reguläre Ausdrücke wegen des Zeitaufwands praktisch unlösbar ist (obwohl natürlich "theoretisch" lösbar), wenn man die Mittel zur Bildung regulärer Ausdrücke über die in Definition 2.1 zugelassenen Möglichkeiten hinaus geringfügig erweitert. (Vergleiche Hunt, 1973).

3. Anwendungen

3.1 Ein einfaches Pattern-matching Problem

Ein bekanntes Suchproblem mit vielen Anwendungen in der Textverarbeitung ist das Problem, in einem Textstück alle Vorkommen eines bestimmten Stichwortes ausfindig zu machen.

Dies tritt auf beim Erstellen von Stichwort-Listen für Bücher, beim Editieren und Redigieren von Texten, bei der Mustererkennung in digitalisierten Bildern, usw.

Beispielsweise: Es soll in diesem Kapitel jede Stelle gefunden werden, an der 'determiniert' auftritt. Oder es soll im gesamten Text 'Alphabet' durch 'Zeichenmenge' ersetzt werden.

Beispiele für Anwendungen bei der Programmerstellung sind: Namensänderungen von Variablen, Auffinden aller Stellen, von denen aus eine bestimmte Marke angesprungen wird, oder von denen aus eine bestimmte Prozedur aufgerufen wird, o.ä.

Aufgaben dieser Art sind als "Pattern-matching Probleme" bekannt. In diesem Abschnitt untersuchen wir die einfachste Version: In einer Zeichenkette x sollen ein oder alle Vorkommen der Zeichenkette y lokalisiert werden, bzw. eine Meldung erfolgen, wenn in x das Teilwort y nicht vorkommt.

Man kann dieses Problem als Spezialfall der Aufgabe auffassen, für einen regulären Ausdruck α, der natürlich von y abhängt, und das Wort x festzustellen, ob $x \in L(\alpha)$ ist oder nicht:

Es gilt nämlich für $x,y \in \Sigma^*$, und $\Sigma = \{c_1,\dots,c_r\}$:

y ist Teilwort von x gdw

$x \in L(\alpha)$, mit $\alpha = (c_1 \cup \ldots \cup c_r)^* \, y(c_1 \cup \ldots \cup c_r)^*$.

Man könnte das Pattern-matching Problem also so lösen: Konstruiere zu y den regulären Ausdruck α wie angegeben, mit Länge(α) = Länge(y)+c, wobei die Konstante c nur von der Anzahl der Elemente von Σ abhängt. Dann entscheide das Wortproblem "$x \in L(\alpha)$". Nach Satz 2.17 reichen dafür O(Länge(y)·Länge(x)) Schritte aus.

Dies ist genau die Schrittzahl, die auch das unmittelbar plausible "naive" Verfahren benötigt:
Sei etwa $x = a_1 \ldots a_n$, $y = b_1 \ldots b_m$. Dann lassen sich alle Vorkommen von y in x so bestimmen:

```
for i := 1 to n-m+1 do
  begin
    found := true;
    for j := 1 to m do
      if a_{i+j-1} ≠ b_j then found := false;
    if found then write ('y kommt vor an Position', i)
end;
```

Die oben erwähnte Größenordnung der Anzahl der Verfahrensschritte macht man sich leicht auch am folgenden Bild klar:

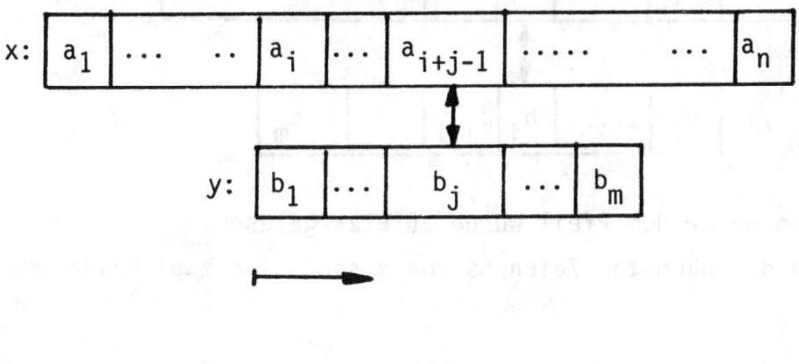

Überraschenderweise kann man jedoch einen Algorithmus angeben, der die Frage, ob y Teilwort von x ist, in O(Länge(x) + Länge(y)) Schritten beantwortet.

Die diesem Algorithmus zugrundeliegende Idee besteht darin, zum "Schlüsselwort" y einen determinierten endlichen Automaten M_y zu konstruieren, der auf Eingabe des Wortes x genau dann in einen Endzustand übergeht, wenn ein Vorkommen des Teilwortes y in x entdeckt wurde. M_y wird in zwei Schritten konstruiert:

Zunächst konstruiert man zu y einen determinierten "Skelettautomaten": Sei etwa $y = b_1 \ldots b_m$. Dann erhält der Skelettautomat m+1 Zustände 0,...,m und folgenden Übergangsgraphen:

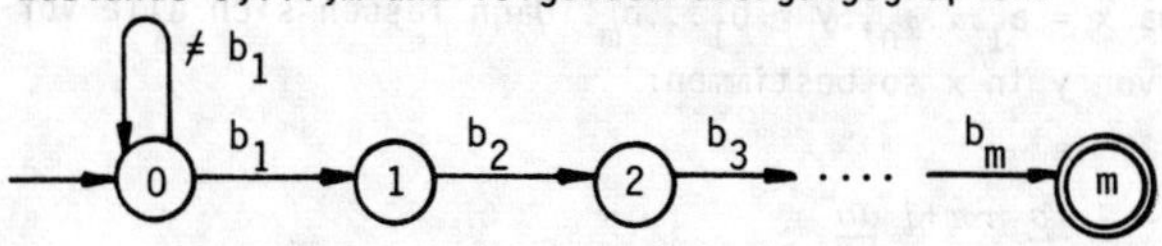

Der Skelettautomat wird nun zu einem vollständig definierten determinierten Automaten M_y so ergänzt, daß gilt:

M_y ist im Zustand j, $1 \leq j \leq m$, genau dann, wenn die letzten j gelesenen Buchstaben des Wortes x mit den ersten j Buchstaben von y übereinstimmen und dies j maximal ist.

Dies bedeutet, daß die folgende Situation vorliegt:

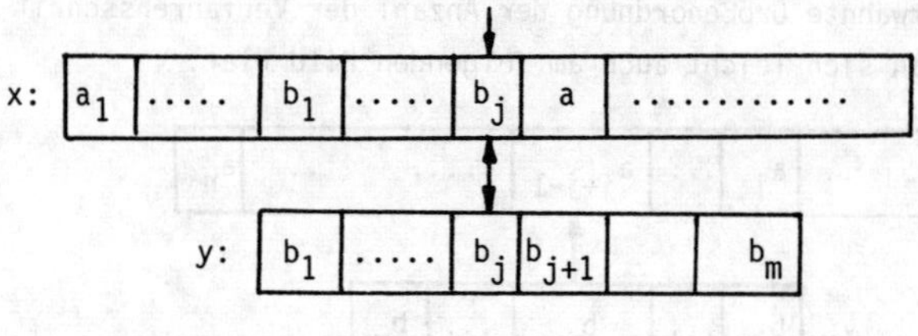

Das Zeichen unter dem Pfeil wurde zuletzt gelesen.

Beim Lesen des nächsten Zeichens von x sind also zwei Fälle möglich:

1. Entweder das nächste Zeichen ist b_{j+1}, dann geht M_y in den Zustand j+1 über.
2. Oder das nächste Zeichen ist verschieden von b_{j+1}.
   Sei etwa a das nächste Zeichen, $a \neq b_{j+1}$. Dann geht M_y über in den Zustand $k \leq j$, wobei k die größte Zahl ist derart, daß $b_1 \ldots b_k$ Endstück von $b_1 \ldots b_j a$ ist.

Denn dann sind offenbar wieder die letzten k gelesenen Zeichen (vom Eingabewort x) die ersten k Zeichen von y und k ist die größte Zahl dieser Art. Im zweiten Fall wird also das Schlüsselwort "um (j+1-k) Positionen nach rechts gesetzt".

Den so definierten Automaten M_y erhält man auch, indem man zum folgenden <u>nichtdeterminierten</u> Automaten

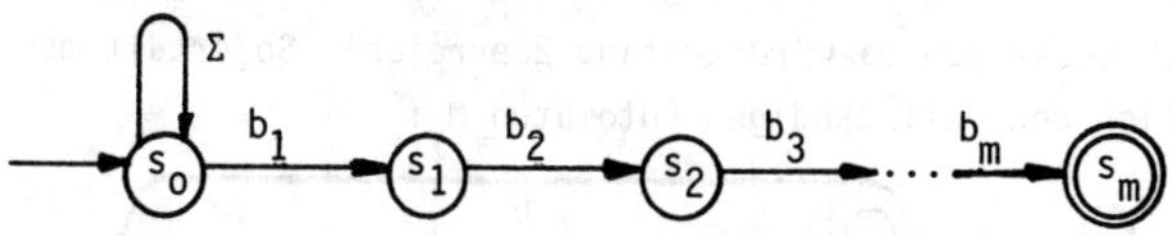

mit Hilfe der Teilmengenkonstruktion den zustandsminimalen determinierten erzeugt. Dies nur zur Erklärung der Funktion von M_y. Die Konstruktion über den Skelettautomaten ist wesentlich einfacher und schneller.

Wir demonstrieren dies nun an einem Beispiel:

<u>Beispiel 3.1:</u>

Sei y = babb, $x,y \in \{a,b\}^*$. Der zu y gehörige Skelettautomat hat folgenden Übergangsgraphen:

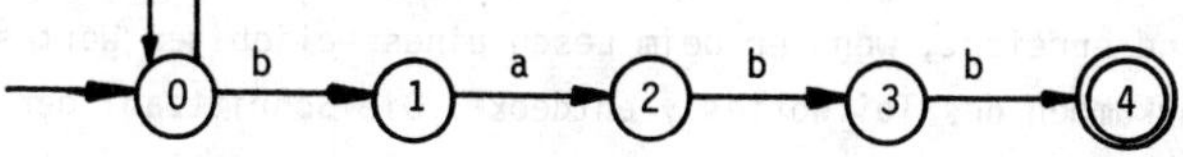

Zur Vervollständigung dieses Automaten überlegen wir uns: Gibt man im Zustand 1 nicht a sondern b ein, so sind die letzten zwei gelesenen Zeichen bb. Das Endstück maximaler Länge vom Wort bb, das Anfangsstück des Schlüsselwortes babb ist, ist b. Auf Eingabe von b geht der Skelettautomat über in den Zustand 1. Also muß man einen Übergang vom Zustand 1 in den Zustand 1 bei Eingabe von b vorsehen. Entsprechend schließt man in den anderen Fällen, z.B. im Falle des Zustands 3:
Der Skelettautomat gelangt in diesen Zustand nur, wenn die drei letzten gelesenen Zeichen bab waren. Wird nun als nächstes Zeichen kein b sondern ein a gelesen, also insgesamt baba als vier zuletzt gelesene Zeichen, so muß der Automat in den Zustand 2 übergehen; denn das Endstück ba ist das Endstück maximaler Länge von baba das zugleich Anfangsstück des Schlüsselwortes babb ist. Nach Lesen von ba wird Zustand 2 erreicht. So erhält man schließlich den vollständigen Automaten M_y:

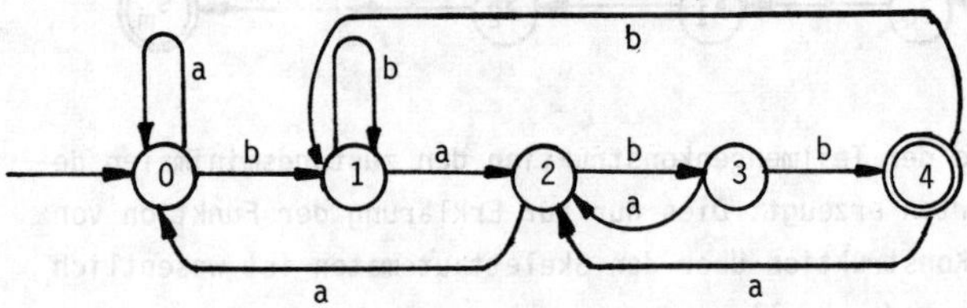

Der soeben konstruierte Automat signalisiert durch seinen Endzustand <u>alle</u> und nicht nur <u>ein</u> Vorkommen des Schlüsselwortes babb in $x \in \{a,b\}^*$.

Wir haben damit das Pattern-matching Problem reduziert auf die Aufgabe, zu einem gegebenen Schlüsselwort y einen determinierten endlichen Automaten M_y zu konstruieren, der genau dann einen Endzustand erreicht, wenn er beim Lesen eines beliebigen Wortes x ein Vorkommen des Teilwortes y entdeckt. Die Schrittzahl der Lösung des Pattern-matching Problems ist damit proportional zur

Summe der Anzahl der Schritte, die zur Konstruktion von M_y nötig ist, und der Länge von x.

In den meisten praktischen Fällen wird y ein relativ kurzes Wort sein, so daß sich M_y wie angegeben "per Hand" konstruieren läßt. Ein Verfahren zur Konstruktion von M_y in Länge(y) Schritten, und damit eine Lösung des Pattern-matching Problems, in insgesamt O(Länge(x) + Länge(y)) Schritten ist möglich und wird im nächsten Abschnitt für einen etwas allgemeineren Fall erläutert.

3.2 Gleichzeitige Suche nach mehreren Schlüsselworten

Wir betrachten jetzt die folgende Verallgemeinerung des Pattern-matching Problems (nach Aho/Corasick, 1975):

Anstelle eines einzigen Schlüsselwortes ist eine Menge $K = \{y_1,...,y_k\}$ von Schlüsselworten gegeben. Es sollen alle Vorkommen sämtlicher Schlüsselworte in einer gegebenen Zeichenkette x bestimmt werden.

Wir konstruieren zur Menge K von Schlüsselworten eine Pattern-matching Maschine. Diese Maschine hat endlich viele Zustände, die durch natürliche Zahlen repräsentiert werden. Auf sukzessive Eingabe der Zeichen von x führt die Maschine Zustandsübergänge durch. Im Unterschied zu den Zustandsübergängen bei endlichen determinierten Automaten können jedoch mehrere Zustände der Reihe nach durchlaufen werden, bevor das nächste Zeichen gelesen wird. Schließlich wird in bestimmten Zuständen eine Ausgabe erzeugt. Die Pattern-matching Maschine ist durch drei Bestimmungsstücke gegeben:

Eine goto-Funktion (sie entspricht der Übergangsfunktion des Skelettautomaten in der zuvor angegebenen Konstruktion), eine failure-Funktion f und eine Ausgabe-Funktion output. Die goto-Funktion ordnet Paaren (Zustand, Eingabesymbol) einen neuen Zustand oder die Botschaft "fail" zu.

Beispiel 3.2: (aus Aho/Corasick, 1975)

Sei K = {he, she, his, hers}. Die zu dieser Menge gehörige goto-Funktion ist gegeben durch den folgenden Übergangsgraphen:

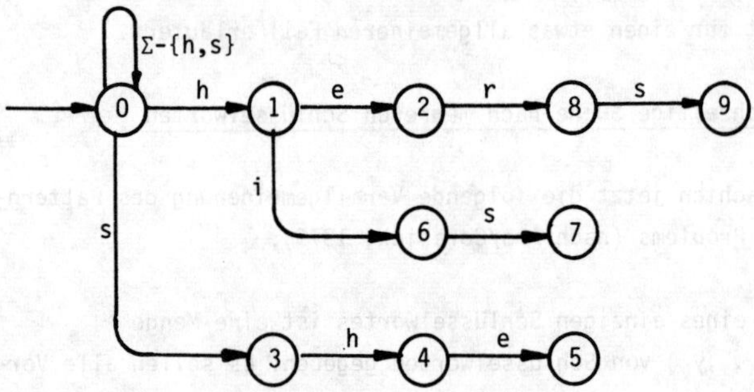

Es ist also beispielsweise goto(2,r) = 8. Gibt es für einen Zustand s und ein Symbol a keinen mit a beschrifteten, von s ausgehenden Pfeil, so ist goto(s,a) = fail; also z.B. goto(2,s) = fail.

Dieses Beispiel wurde seiner Übersichtlichkeit wegen gewählt. Offensichtlich kann man z.B. das Erkennen und Behandeln von Wortsymbolen in höheren Programmiersprachen ebenso durchführen. Für PASCAL wäre dies z.B. die Menge von Worten

{and, array, begin, case, const, div, do, downto, else, end, file, for, function, goto, if, in, label, mod, nil, not, of, or, packed, procedure, program, record, repeat, set, then, type, until, while}

Kehren wir nun wieder zu unserem Beispiel zurück. Man beachte, daß für kein Zeichen a goto(0,a) = fail ist! Offenbar entspricht jedem Zustand s genau ein Anfangsstück x_s eines oder mehrerer Schlüsselworte: Auf Eingabe von x_s im Anfangszustand wird der Zustand s erreicht. Wir sagen: x_s gehört zu s und umgekehrt.

Die der Konstruktion dieses Übergangsgraphen zugrundeliegende Zielvorstellung ist natürlich wieder, daß die Pattern-matching Maschine genau dann in einem Zustand s ist, wenn das zu s gehörende Wort x_s gerade das Anfangsstück eines oder mehrerer Schlüsselworte bildet.

Die failure-Funktion f bildet Zustände auf Zustände ab. Der failure-Funktion muß man immer dann folgen, wenn die goto-Funktion den Wert fail liefert. Genauer: Ist für einen Zustand s und ein Zeichen a goto(s,a) = fail, so ist zwar das s entsprechende Wort x_s Anfangsstück eines Schlüsselwortes, nicht aber das Wort $x_s a$. Also wird man vom Zustand s in den Zustand t = f(s) übergehen, der dem längsten echten Endstück x_t von x_s entspricht das Anfangsstück eines Schlüsselwortes ist, und dann prüfen, ob goto(t,a) ≠ fail ist, ob also vielleicht $x_t a$ Anfangsstück eines Schlüsselwortes ist oder nicht. Wenn ja, geht man in den Zustand goto(t,a), sonst in den Zustand f(t) zurück usw. Das Zurücksetzen des Zustandes durch die failure-Funktion endet spätestens dann, wenn der Anfangszustand erreicht ist.

Nehmen wir im Falle unseres obigen Beispiels 3.2 etwa an, daß die Pattern-matching Maschine sich im Zustand 7 befindet. Für jedes neue Zeichen a ist dann goto(7,a) = fail. Der Zustand 7 signalisiert, daß die 3 letzten Zeichen das Schlüsselwort his ∈ K waren:

K ∋ y :	h		i		s		
Zustand:	0	→	1	→	6	→	7
x :	... h		i		s		

Das längste echte Endstück von his, das Anfangsstück eines

Schlüsselwortes ist, ist das einbuchstabige Wort s. Diesem Anfangsstück entspricht der Zustand 3. Man setzt also f(7) = 3.

Aus entsprechendem Grund setzt man f(5) = 2, denn:

K ∋ y :		s	h	e
Zustand:	0	3	4	5
x :	...	s	h	e .....

Das längste Endstück von she, das Anfangsstück eines Schlüsselwortes in K ist, ist he. Da dies Wort he aus dem Anfangszustand in den Zustand 2 führt, ist f(5) = 2.

<u>Definition 3.3:</u>

Gehört zum Zustand s des <u>goto</u>-Graphen das Wort u und zum Zustand t das Wort v, so ist der Wert der <u>failure</u>-Funktion f(s) = t genau dann, wenn v das längste echte Endstück von u ist, das zugleich Anfangsstück eines Schlüsselwortes aus K ist.

Für unser obiges Beispiel 3.2 ist die <u>failure</u>-Funktion f durch folgende Tabelle gegeben:

i :	1	2	3	4	5	6	7	8	9
f(i):	0	0	0	1	2	0	3	0	3

Es ist leicht, hier die in Definition 3.3 genannte Eigenschaft zu überprüfen. Bevor wir auf den allgemeinen Fall eingehen, müssen wir natürlich zuvor Verfahren zur Konstruktion der <u>goto</u>- und <u>failure</u>-Funktionen angeben. Ferner wollen wir zunächst obiges Beispiel 3.2 durch Angabe der Ausgabe-Funktion <u>output</u> abschließen:

<u>output</u>(s) liefert für den Zustand s die Menge der bei Erreichen von s erkannten Schlüsselworte. Diese Menge kann natürlich leer sein. Für Beispiel 3.2 ist:

i :	2	5	7	9
output(i):	{he}	{she,he}	{his}	{hers}

und output(i) = ∅ sonst.

Nehmen wir nun an, goto-, failure- und output-Funktion sind zu einer Menge K von Schlüsselworten bekannt. Dann arbeitet die Pattern-matching Maschine nach folgendem Verhaltensmuster:

Algorithmus 3.4:

Eingabe: Eine Zeichenkette $x = a_1 \ldots a_n$; zu einer Menge K von Schlüsselworten konstruierte goto-, failure- und Ausgabe-Funktionen g,f und output.

Ausgabe: Alle Stellen, an denen Schlüsselworte aus K in x auftreten.

Methode:

```
begin
  Zustand := 0;
  for i := 1 to n do
    begin
      while g(Zustand, a_i) = fail do Zustand := f(Zustand)
      Zustand := g(Zustand, a_i);
      if output(Zustand) ≠ ∅ then
        begin
          write(i);
          write(output(Zustand))
        end
    end
end
```

Betrachten wir wieder unser Beispiel 3.2 und verfolgen wir die Übergänge der Pattern-matching Maschine beim Lesen des Wortes u s h e r s :

						2		
Zustand:	0 →	0 →	3 →	4 →	5 ↑	↘	8 →	9
x :		u	s	h	e		r	s
Ausgabe:		$\emptyset$	$\emptyset$	$\emptyset$	4 she he		$\emptyset$	6 hers

Nach den zuvor gemachten Bemerkungen dürfte klar sein, daß der Algorithmus 3.4 das Pattern-matching Problem korrekt löst in folgendem Sinne: Der nach dem i-ten Durchlauf der <u>for</u>-Schleife erreichte Zustand ist der Zustand s genau dann, wenn das zu s gehörige Wort x_s das längste Endstück von $a_1 \ldots a_j$ (also des bisher gelesenen Stückes von x) ist, das Anfangsstück eines Schlüsselwortes ist. Wir bezeichnen als die <u>Tiefe</u> eines Zustands s im <u>goto</u>-Graphen die Länge des kürzesten Pfades vom Anfangszustand zum Zustand s. Offenbar liefert die <u>failure</u>-Funktion f zu jedem Zustand s stets einen Zustand f(s) niedrigerer Tiefe.

Wenn wir einmal annehmen, daß die <u>goto</u>-, <u>failure</u>- und <u>output</u>-Funktionen gegeben sind, so kann man die Zeitkomplexität des Algorithmus 3.4 leicht abschätzen:

<u>Satz 3.5:</u>

Die nach Algorithmus 3.4 operierende Pattern-matching Maschine macht für ein Eingabewort x der Länge n höchstens 2n Zustandsübergänge.

<u>Beweis:</u>

Beim Lesen des Wortes x wird die <u>for</u>-Schleife genau n mal durchlaufen. Bei jedem einzelnen Durchlauf wird ausgehend von einem Zustand mit Tiefe d höchstens d-mal ein <u>failure</u>-Übergang vollzogen, also der Zustand auf einen Zustand niedrigerer Tiefe zurückgesetzt, und abschließend genau einmal ein <u>goto</u>-Übergang vollzogen. Dieser <u>goto</u>-Übergang führt von einer Tiefe d' zu d'+1 oder evtl. im Zustand 0 wieder zu 0. Die beim Lesen von x insgesamt durchgeführte Anzahl von failure-Übergängen kann deshalb höchstens so groß sein, wie die insgesamt durchgeführte Anzahl von goto-Übergängen. Da beim Lesen eines Wortes der Länge n genau n goto-Übergänge gemacht werden, folgt die Behauptung. □

Zur Illustration des obigen Beweises betrachten wir nochmals unser Beispiel 3.2, diesmal zusammen mit angegebenen Tiefen und den failure-Übergängen:

goto-Übergänge:

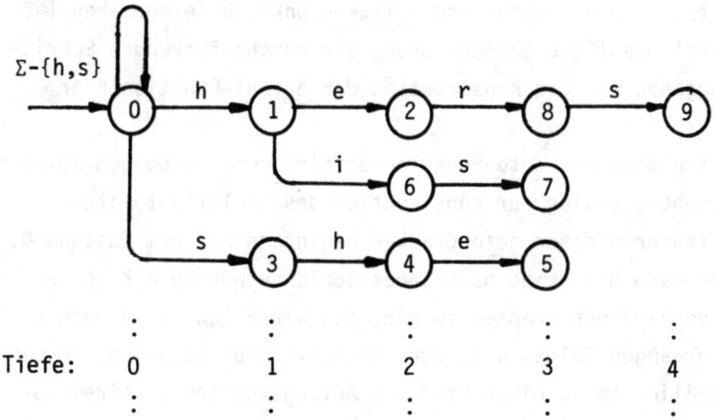

failure-Übergänge:

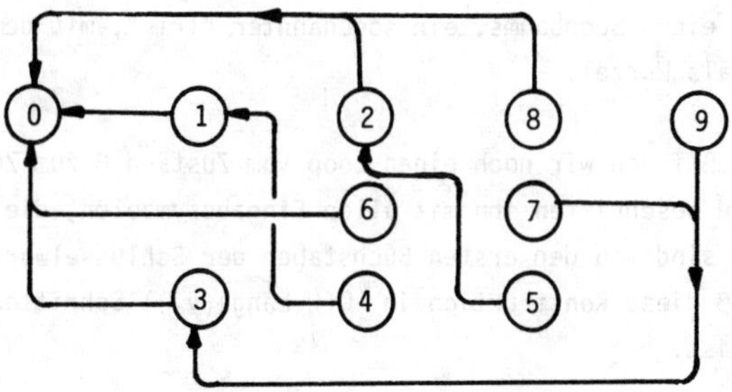

Man überzeugt sich schnell anhand einiger selbstgewählter Eingabeworte x von der Richtigkeit von Satz 3.5 und der Korrektheit der failure-Übergänge.

Wir werden nun nachweisen, daß dieses Pattern-matching Problem für $K = \{y_1,\ldots,y_k\}$ in $O(\text{Länge}(x) + \sum_i \text{Länge}(y_i))$ Schritten lösbar ist. Dazu muß man sich also nur noch davon überzeugen, daß die goto-, failure- und output-Funktionen in $O(\sum_i \text{Länge}(y_i))$ Schritten konstruierbar sind.

Da die Konstruktion der output-Funktion sich relativ leicht in die Konstruktion der goto- und failure-Funktion integrieren läßt (ohne Einfluß auf die Größenordnung der durchzuführenden Schritte), übergehen wir die Konstruktion der output-Funktion hier.

Die Konstruktion der goto-Funktion erfolgt, wie in obigem Beispiel 3.2 angegeben, analog zur Konstruktion des Skelettautomaten: Wir konstruieren einen goto-Graphen beginnend mit dem Zustand 0. Wir fügen dann der Reihe nach jedes Schlüsselwort $y \in K$ in den bislang vorhandenen Graphen so ein, daß wir allen schon vorhandenen Übergängen folgen und gegebenenfalls neue schaffen, so daß es schließlich genau einen Pfad vom Anfangszustand zu einem Zustand gibt, dessen Beschriftung gerade y ergibt.

Bis dahin ist der erzeugte Graph nichts anderes als eine besondere Art eines Suchbaums, ein sogenannter "Trie", mit dem Zustand 0 als Wurzel.

Zum Schluß fügen wir noch einen Loop vom Zustand 0 zum Zustand 0 hinzu und beschriften ihn mit allen Eingabesymbolen, die verschieden sind von den ersten Buchstaben der Schlüsselworte. Es ist klar, daß diese Konstruktion in $O(\sum_i \text{Länge}(y_i))$ Schritten ausführbar ist.

Der eigentlich kritische und keineswegs offensichtliche Punkt der ganzen Konstruktion ist die Bestimmung der failure-Funktion f in $O(\sum_i \text{Länge}(y_i))$ Schritten.

Wir müssen f so definieren, daß die in Definition 3.3 angegebene charakteristische Eigenschaft gültig wird. Für einen Zustand s des goto-Graphen mit Tiefe 1 ist das kein Problem: Setzen wir f(s) = 0, so ist diese Eigenschaft trivialerweise gültig, denn zu jedem Zustand s mit Tiefe 1 gehört ein Wort x_s mit Länge 1. Das einzige echte Anfangsstück eines derartigen Wortes ist das leere Wort ε, dem der Zustand 0 entspricht.

Nun führt eine "induktive" Bestimmung von f für Zustände mit Tiefe d > 1 zum gewünschten Ergebnis:

Nehmen wir also an, wir hätten bereits f für alle Zustände mit Tiefe kleiner als d definiert und erreicht, daß dafür die in Definition 3.3 formulierte Eigenschaft gilt. Wir müssen dann f auch für Zustände mit Tiefe d so definieren, daß sie gültig bleibt.

Sei s nun ein solcher Zustand mit Tiefe d, dann gehört zu s ein Wort u, das Anfangsstück eines oder mehrerer Schlüsselworte in K ist.

Für $u = a_1a_2 \ldots a_{d-1}a_d$ suchen wir also das längste Endstück $v = a_\ell a_{\ell+1} \ldots a_{d-1}a_d$ von u, das Anfangsstück eines Schlüsselworts in K ist. Der zu v gehörende Zustand t ist dann der Wert der failure-Funktion für s; wir müssen f(s) = t setzen.

Zur Bestimmung von t nützen wir nun aus, daß wir die failure-Funktion für alle Zustände mit Tiefe ≤ d-1 bereits kennen; also auch für den Zustand, der zu $a_1a_2 \ldots a_{d-1}$ gehört - wir nennen ihn r - und für die Zustände $f(r) = r_1$, $f(r_1) = r_2$, $f(r_2) = r_3, \ldots$. Diese Kette führt in höchstens d-1 Schritten zum Zustand 0 zurück, denn die Tiefe von $r_{i+1} = f(r_i)$ ist mindestens um eins kleiner als die von r_i.

Nach Konstruktion gehört zu jedem r_i ein Endstück x_i von $a_1 a_2 \ldots a_{d-1}$, das Anfangsstück eines Schlüsselwortes in K ist. Es liegt also die folgende Situation vor im <u>goto</u> Graphen:

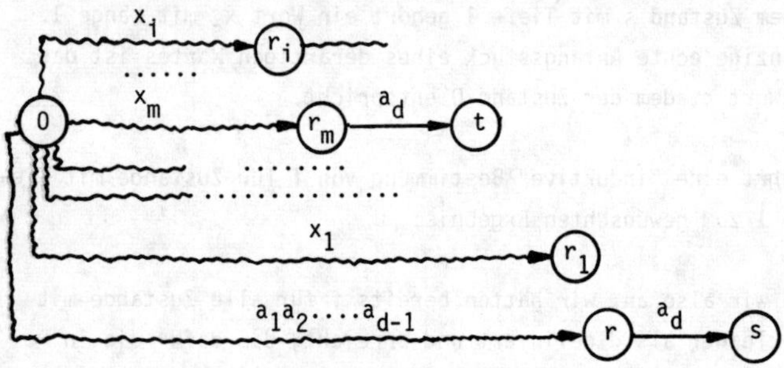

wobei gilt:

$u = a_1 a_2 \ldots\ldots a_{d-1} \mid a_d$

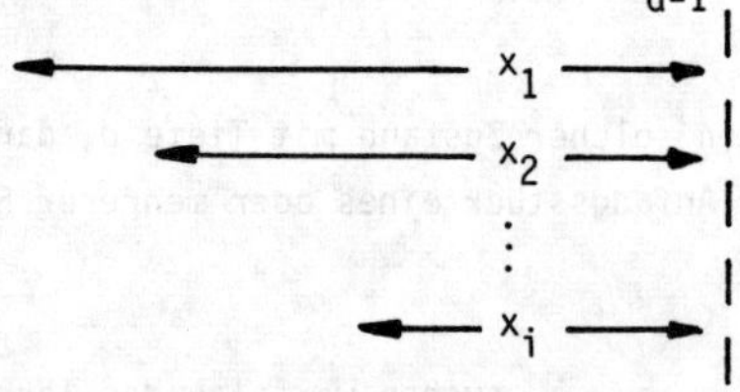

Offensichtlich müssen wir von den Zuständen $r_1, r_2, \ldots, r_i, \ldots$ den ersten herausgreifen, von dem eine Kante mit Beschriftung a_d ausgeht. Sei dies der Zustand r_m. Dann ist also $x_m a_d$ das Endstück maximaler Länge von u, das Anfangsstück eines Schlüsselwortes aus K ist. Folglich ist $t = f(s) = g(r_m, a_d)$ zu wählen.

Fassen wir also noch einmal kurz zusammen:
Ist $s = g(r,a_d)$, und gilt $r_1 = f(r)$, $g(r_i,a_d) = \text{fail}$,
$r_{i+1} = f(r_i)$ für $i = 1,\ldots,m-1$ und
$g(r_m,a_d) = t \neq \text{fail}$, so ist $f(s) = t$ zu setzen.
Damit kann die failure-Funktion wie folgt berechnet werden:

Algorithmus 3.6:

Eingabe: Die goto-Funktion g zu einer Schlüsselmenge K
Ausgabe: Die zugehörige failure-Funktion f.
Methode:

```
begin  {failure-Berechnung}
  Schlange := ∅;
   for each a mit g(0,a) = s ≠ 0 do
       begin
         Schlange := Schlange ∪ {s};
          f(s) := 0
       end; {Schlange enthält alle Zustände mit Tiefe 1}
   while Schlange ≠ ∅ do
     begin {Schlange-Bearbeitung}
       r sei erster Zustand (von links) in Schlange;
       entferne r aus Schlange;
     for each a mit g(r,a) = s ≠ fail do
         begin {f(s)-Berechnung}
           Schlange := Schlange ∪ {s};
           {Anhängen von s an das (rechte) Ende von Schlange}
           Zustand := f(r);
           while g(Zustand,a) = fail do
           Zustand := f(Zustand);
           {Zurücksetzen von Zustand bis eine mit a markierte
            Kante Zustand verläßt}
{+}         f(s) := g(Zustand,a)
         end {f(s)-Berechnung}
      end {Schlange-Bearbeitung}
 end  {failure-Berechnung}
```

Im ersten for-Loop werden alle Zustände mit Tiefe 1 berechnet und in einer first-in-first-out Liste "Schlange" gespeichert. Im while-Loop werden ausgehend von einem Zustand r mit Tiefe d-1 alle möglichen Nachfolgezustände von r mit Tiefe d berechnet, in Schlange aufgenommen und für sie der Wert der failure-Funktion berechnet.

Der goto-Graph hat insgesamt höchstens $L = \sum_i \text{Länge}(y_i)+1$ Zustände. Es kommen also höchstens O(L) Elemente in die Schlange. Also wird die äußere while-Schleife auch nur höchstens O(L) mal durchlaufen. Das Zurücksetzen des Zustandes an der Stelle {+} in 3.6 kann insgesamt (d.h. bei allen Durchläufen der äußeren while-Schleife) nicht öfter als O(L) mal auftreten.

Diese Abschätzung macht man sich am besten anhand des goto-Graphen klar, in dem die Bestimmung des Funktionswertes f(s) dargestellt ist. Ist hier zur Berechnung von f(s) sehr oft das Ausführen von "Zustand := f(Zustand)" nötig, so wird dann aber auch in allen Ketten von Zurücksetzungen, die durch s und f(s) laufen, eine große Distanz durch ein Zurücksetzen überbrückt.

Also kann Algorithmus 3.6 in insgesamt höchstens $O(\sum_i \text{Länge}(y_i))$ Schritten ausgeführt werden.

Wir wollen uns abschließend überlegen, wie man aus dem goto-Graphen und der failure-Funktion f einen determinierten endlichen Automaten gewinnen kann, der immer dann in einen Endzustand bei Lesen von x übergeht, wenn ein Vorkommen eines Schlüsselwortes $y \in K$ entdeckt wurde.

Dazu müssen alle failure-Übergänge der Pattern-matching Maschine eliminiert werden: Man berechnet einfach alle möglichen Folgen von failure-Übergängen im voraus mit Hilfe von Algorithmus 3.7:

Algorithmus 3.7:

Eingabe: goto-Funktion g und failure-Funktion f zu einer Menge $K = \{y_1,\ldots,y_k\}$ von Schlüsselworten.

Ausgabe: Übergangsfunktion δ eines determinierten endlichen Automaten, der alle Vorkommen von y_i in beliebigen Eingabeworten $x \in \Sigma^*$ entdeckt.

Methode:

```
begin {δ-Berechnung}
  Schlange := ∅;
  for each a ∈ Σ do
     begin
       δ(0,a) := g(0,a);
       if g(0,a) ≠ 0 then Schlange := Schlange ∪ {g(0,a)}
     end; {Schlange enthält alle Zustände mit Tiefe 1}
  while Schlange ≠ ∅ do
     begin {Schlange-Bearbeitung}
       r sei erster Zustand (von links) in Schlange;
       entferne r aus Schlange;
     for each a ∈ Σ do
       if g(r,a) = s ≠ fail
          then begin
                 Schlange := Schlange ∪ {s};
                 {Anhängen von s an das (rechte) Ende von
                 Schlange}
                 δ(r,a) := s
               end
{+}       else δ(r,a) := δ(f(r),a)
     end {Schlange-Bearbeitung}
end. {δ-Berechnung}
```

In der for-Schleife wird zunächst für den Anfangszustand 0 der Wert von $\delta(0,a)$ für beliebiges $a \in \Sigma$ festgelegt und alle Zustände mit Tiefe 1 im goto-Graphen auf die Schlange gesetzt. In der <u>while</u>-Schleife werden die Werte von δ für Zustände mit Tiefe $d \geqq 1$ und beliebige $a \in \Sigma$ festgelegt, wobei vorausgesetzt werden kann, daß die Werte von δ für Zustände mit Tiefe $\leqq d-1$ bereits bekannt sind. Da f(r) stets kleinere Tiefe als r hat, ist damit die in Zeile {+} des Algorithmus 3.7 erfolgte Zuweisung sinnvoll.

Algorithmus 3.7 kann offenbar in $O(\sum_i \text{Länge}(y_i))$ Schritten ausgeführt werden, wenn wir eine feste Größe des Alphabets Σ voraussetzen.

Es ist klar, daß der so definierte endliche Automat bei Lesen eines beliebigen Wortes x nur Länge(x) viele Zustandsübergänge macht.

<u>Beispiel 3.8:</u>

Für die Pattern-matching Maschine aus Beispiel 3.2 liefert Algorithmus 3.7 einen determinierten endlichen Automaten, dessen Übergangsfunktion durch folgende Tabelle gegeben ist:

(Für alle nicht explizit angegebenen Paare (s,a) ist $\delta(s,a) = 0$, also insbesondere für alle $a \notin \{e,i,h,r,s\}$).

		Tiefe1		Tiefe2			Tiefe3			Tiefe4
Zustand s	0	1	3	2	6	4	8	7	5	9
f(s)		0	0	0	0	1	0	3	2	3
δ(s,e)	0	2	0	0	0	5	0	0	0	0
δ(s,i)	0	6	0	0	0	6	0	0	0	0
δ(s,h)	1	1	4	1	1	1	1	4	1	4
δ(s,r)	0	0	0	8	0	0	0	0	8	0
δ(s,s)	3	3	3	3	7	3	9	3	3	3

Die Zeile {+} von Algorithmus 3.7 wurde hier z.B. bei der Berechnung von $\delta(2,h)$ ausgeführt. Da $g(2,h) = fail$, ist $\delta(2,h) = \delta(f(2),h) = \delta(0,h) = 1$.

Zum Schluß dieses Abschnitts sei noch erwähnt, daß der hier vorgestellte Algorithmus von Knuth, Morris, Pratt und dessen Erweiterung durch Aho, Corasick auch auf zweidimensionale Pattern-matching Probleme übertragbar ist. (Bird, 1977).

Sucht man in einer $n \times n$ Matrix von Symbolen nach jedem Auftreten einer $m \times m$ Pattern-Matrix, so ist dies mit dem Algorithmus von Bird in $O(m^2+n^2)$ Schritten möglich. Wie in den obigen Algorithmen sind diese Laufzeitabschätzungen optimal, denn im schlechtesten Fall muss eben jedes Pattern- und jedes Eingabe-Symbol mindestens einmal betrachtet werden.

Andere Verfahren, die ein sehr gutes durchschnittliches Laufzeitverhalten zeigen, sind z.B. die von Boyer/Moore, 1977, und Commentz-Walter, 1979. Im worst-case wird jedoch die Laufzeit im wesentlichen proportional zum Produkt der Länge aus Pattern und Eingabewort. Die Idee bei diesen verfeinerten Verfahren ist, daß man i.a. das Pattern um größere Stücke nach rechts schieben kann, wenn man an der aktuellen Stelle des Eingabeworts den Vergleich mit dem Pattern von rechts nach links durchführt und dabei auf ungleiche Symbole trifft.

3.3 Lexikalische Analyse

Neben den Pattern-matching Problemen ist die lexikalische Analyse von Quellprogrammen eines der klassischen Anwendungsgebiete endlicher Automaten.

Bei der Analyse von Quellprogrammen in höheren Programmiersprachen wird in der ersten Phase der Strom der Eingabezeichen zerlegt in primitive syntaktische Einheiten, die sogenannten "Tokens". Beispiele für Tokens sind (in PASCAL):

Wortsymbole wie BEGIN, END, IF, THEN, WHILE, ...

Operatoren wie +, *, :=, <, <=, ...

Namen von Variablen, Prozeduren, Funktionen, Typen wie MAX, ALPHA3, ENDSUMME,...

Zahlenkonstante wie 3.14, -1.51, 7E-14, ...

Interpunktionszeichen und Klammern wie :, ;, ', (,), [,],...

Der Übersetzer-Modul, der die lexikalische Analyse durchführt, der sogenannte "Scanner", liest also jedes einzelne Symbol des Quellprogramms, faßt entsprechende Symbolfolgen in Tokens zusammen und liefert deren interne Darstellung zur weiteren Bearbeitung ab. Beim ersten Auftreten eines Namens bzw. einer Konstanten ist zusätzlich ein Eintrag in den entsprechenden Tabellen notwendig. Hier wird dann der erkannte Tokentyp - also "Identifier" oder "Konstante" - zusammen mit dem Verweis auf den zugehörigen Tabellenplatz abgeliefert. Intern hat man also ein Token bei der weiteren Analyse durch eine Zahl oder durch ein Paar von Zahlen repräsentiert.

Auf dieser normierten Art der Darstellung ist die weitere Verarbeitung des Eingabeprogramms einfacher und effizienter.

Ferner sorgt der Scanner auch dafür, daß die für die Übersetzung nutzlosen Teile des Quellprogramms, wie Kommentare, Blankfolgen, Zeilenschaltungen eliminiert werden.

Aus den Beispielen 1.4 und 2.9 wissen wir schon, wie in PASCAL die Tokens "Zahlenkonstante" und "Identifier" aussehen dürfen. Ferner haben wir im Abschnitt 3.2 erläutert, wie für eine Menge von Schlüsselworten ein determinierter endlicher Automat erzeugt wird. Dieses Verfahren ist natürlich vollständig auf die

Wortsymbole in einer höheren Programmiersprache übertragbar und ebenso auf die Menge von Operations- und Interpunktionszeichen.

Es ist also noch die Frage zu klären, wie die so erzeugten Teilautomaten korrekt zusammengesetzt und implementiert werden.

Die erste Schwierigkeit ergibt sich aus der Überlappung von Wortsymbolen mit "formal richtig erzeugten" Identifiern. Wir haben Wortsymbole in PASCAL Programmen bisher durch Unterstreichen hervorgehoben, um dem menschlichen Leser das Erkennen von Wortsymbolen zu erleichtern. Beim tatsächlichen Eingeben von Programmen (etwa am Bildschirm) wird Unterstreichen zur Kennzeichnung von Wortsymbolen aber nicht verwendet. Ebensowenig werden große und kleine Buchstaben unterschieden.

Beispiel 3.9:

Aus der PASCAL-Definition für <identifier> und den Wortsymbolen (word-delimiters) in <special symbol> können wir jeweils die folgenden determinierten Automaten erzeugen:

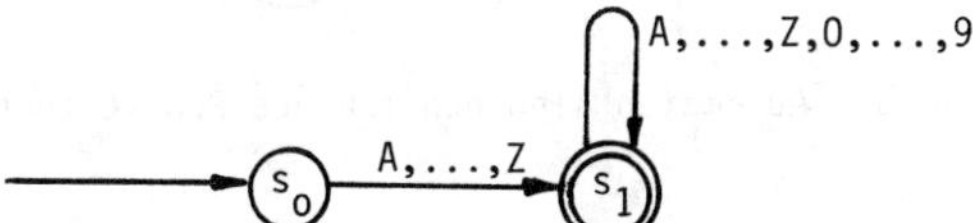

und für: AND, ARRAY, BEGIN, CASE, CONST, DIV, DO, DOWNTO, ELSE, END, FILE, FOR, FUNCTION, GOTO, IF, IN, LABEL, MOD, NIL, NOT, OF, OR, PACKED, PROCEDURE, PROGRAM, RECORD, REPEAT, SET, THEN, TO, TYPE, UNTIL, VAR, WHILE, WITH erhalten wir:

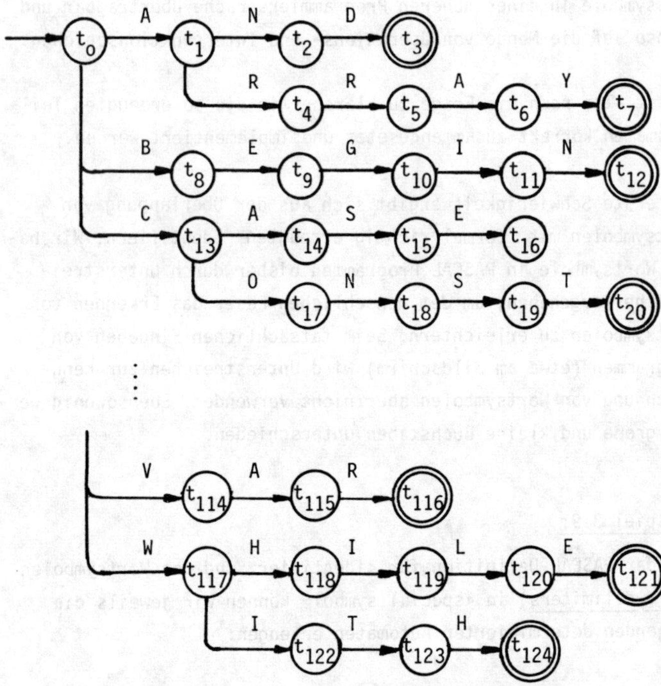

Beim Zusammensetzen der Automaten sind nun mehrere Punkte zu beachten:

In PASCAL sind die Schlüsselworte reserviert und können nur im Sinn der PASCAL-Definition gebraucht werden, also dürfen sie insbesondere nicht als Identifier verwendet werden.

Anders als beim Pattern-matching ist nicht jedes gefundene Pattern abzuliefern. Beispielsweise darf bei einer Folge ...DOWNTO ... nicht auch DO als Token abgeliefert werden, analog bei einem Identifier ENDSUMME nicht das END. Prinzipiell müssen also immer noch Symbole nach dem Tokenende gelesen werden, um ein Token korrekt zu erkennen. Typischerweise erkennt man ein Tokenende in PASCAL an einem nachfolgenden Blank, Zeilenende, Kommentar, Wechsel zu einem neuen Tokenbeginn wie nachfolgendem Operator, Klammerung, usw.

Beim Aufreihen von Symbolen zu einem Token hat man folglich die "Strategie des längsten passenden Anfangsstücks" anzuwenden, d.h. von der aktuellen restlichen Eingabe darf eine Anfangsfolge von Symbolen nur dann als Token abgeliefert werden, wenn jedes längere Anfangsstück nicht mehr zu einem Token zusammengesetzt werden kann.

Bei unserem Beispiel der endlichen Automaten für Identifier und Schlüsselwörter in PASCAL können wir also folgendermaßen vorgehen:

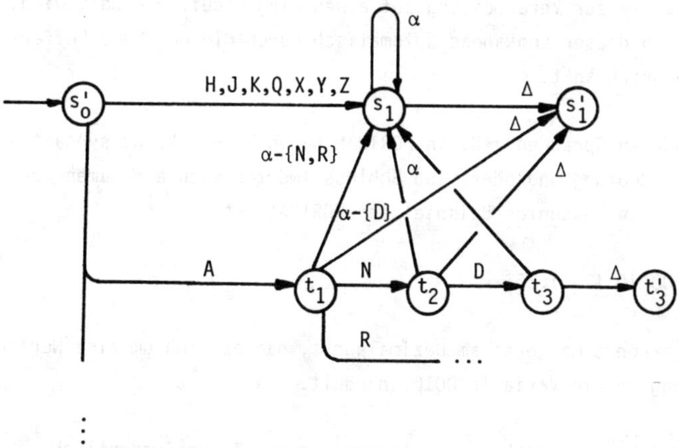

Hierbei verwenden wir zur Abkürzung

α = {A,...,Z, 0,...,9}

Δ = Menge der Begrenzer nach Identifier oder Schlüsselwort

= {␣,↵, +, -, *, /, (,), :, =, ...}

Keines der Schlüsselworte beginnt mit H,J,K,Q,X,Y oder Z, also gehen wir bei diesen Anfangsbuchstaben direkt zu s_1. Seien z.B. die nächsten 7 Eingabezeichen ANDY2:=, so werden wir über t_1, t_2, t_3 nach s_1 und s_1' geführt, wobei zuletzt : gelesen wurde. In s_1' können wir den Identifier ANDY2 abliefern, müssen dann aber ein Eingabefeld zurücksetzen, da wir bereits ein Symbol des nächsten Tokens ':=' gelesen haben.

Dieses Vorrücken des Eingabezeigers über das Tokenende hinaus - der 'Lookahead' - ist unvermeidlich, wie wir uns bereits überlegt hatten. Da üblicherweise der Strom der Eingabezeichen stückweise zur Verarbeitung auf einen Eingabepuffer geholt wird, ist also dieser Lookahead automatisch durch die gegebene Puffergröße beschränkt.

In anderen Sprachen z.B. in FORTRAN haben Blanks keine syntaktische Bedeutung und/oder sind Schlüsselwörter auch als Namen erlaubt. Ein bekanntes Beispiel aus FORTRAN ist:

DO 1Ø I = 1.25

Hier erkennt man erst am Dezimalpunkt, daß es sich um eine Wertzuweisung an die Variable DO1ØI handelt.

Offensichtlich ist hier die Abgrenzung von Tokens wesentlich schwieriger, so daß i.a. der Lookahead größer wird, bzw. zusätzlich in den Listen der deklarierten Variablen gesucht werden muß.

Sind jedoch die Schlüsselwörter ausschließlich in der vorgegebenen Bedeutung verwendbar, so kann man durch den folgenden Trick den endlichen Automaten wesentlich verkleinern.

Man trägt zu Beginn der lexikalischen Analyse alle Schlüsselworte in die Namenstabelle ein, zusammen mit einer entsprechenden Kennzeichnung und der internen Darstellung. Im endlichen Automaten spart man den Teil für die Schlüsselwörter ein und liefert sie immer als Identifier ab. Beim Versuch, solche "Identifier" in der Namenstabelle einzutragen, wird erkannt, daß ein Schlüsselwort vorliegt und gleichzeitig die Verwendung als Namen unterbunden. Auf dieselbe Weise verhindert man ja auch, daß derselbe Variablenname in einem Bereich für zwei verschiedene Objekte benützt wird.

Will man diese "Strategie der reservierten Worte" nicht einsetzen, so lohnt es sich, über eine effiziente Darstellung des endlichen Automaten innerhalb des Scanners nachzudenken.

Stellt man die Übergangsmatrix einfach als zweidimensionales Feld dar, das durch die Eingabesymbole und die Zustände indiziert ist, so hat man damit den Folgezustand zweifellos recht schnell ermittelt.

Bei einem Alphabet von ungefähr hundert verschiedenen Eingabezeichen und rund zweihundert oder mehr Zuständen ist die Matrix aber auch entsprechend groß.

Man kann die Übergangsmatrix kompakter abspeichern, wenn man Ähnlichkeiten der Zustände ausnützt. In unserem Beispiel 3.9 verhält sich der Zustand t_2 "fast für alle Eingabezeichen" so wie s_1. Solche Zustände faßt man zusammen und probiert dann bei den Zustandsübergängen durch, welcher der richtige ist. Die Information hierüber kann in mehreren kleinen Tabellen abgespeichert werden. Andererseits sind somit für einen Übergang eventuell mehrere Tabellenzugriffe erforderlich und unser Verfahren wird dadurch langsamer.

Auch hier haben wir also zwischen einem schnellen und einem platzsparenden Verfahren zu wählen.

Hiermit wollen wir das Kapitel über endliche Automaten und reguläre Mengen abschließen und noch kurz eine Bilanz des bisher Behandelten ziehen.

Endliche Automaten liefern uns Kontrollstrukturen zur Analyse von Zeichenreihen. Da diese Automaten nur durch die (endlichen) Zustände gewisse Informationen über bereits gelesene Zeichen speichern können, ist naturgemäß die Komplexität der erkennbaren Strukturen begrenzt. Als Komplexitätsmaß bietet sich hier die Zustandszahl eines minimalen determinierten Automaten an, da dies eine eindeutig zugeordnete Größe zu einer vorgegebenen regulären Menge ist (vgl. Satz 2.12).

Als Anwendungen haben wir die Pattern-matching Verfahren und die lexikalische Analyse in den vorangegangenen Abschnitten vorgestellt, da hier die Zustandszahlen auch für größere Aufgaben noch im Bereich von einigen hundert bleiben.

Prinzipiell können wir natürlich auch jeden Rechner als ein geschlossenes System ansehen, das nur endlich viele verschiedene innere Zustände annehmen kann.

Wollten wir aber das Verhalten des Rechners auf der Ebene der Bits mit Hilfe eines endlichen Automaten beschreiben, so würden wir dabei bereits bei einem Taschenrechner scheitern.

Denn schätzen wir einmal die Anzahl der einzelnen Speicher-,

Register- und Anzeigezellen, die jeweils die Werte 0 oder 1 annehmen können, auf 1000 ab, so erhalten wir die enorme Zahl von 2^{1000} inneren Zuständen. Diese Zahl ist wegen $2^{10} = 1024 > 10^3$ größer als 10^{300}. (Zum Vergleich: Man schätzt das Alter der Erde auf weniger als 10^{18} Sekunden.)

Diese "atomare" Art der Beschreibung eines Rechners wäre auch völlig uninteressant, da sehr große Klassen von Zuständen im Verhalten identisch sind.

Wichtiger und instruktiver sind Übergangsgraphen zur Beschreibung von Vorgängen auf höheren Abstraktionsebenen.

Beispielsweise die Übergänge der Prozesszustände bei der Prozessorzuteilung in einem "multi-processing"-System:

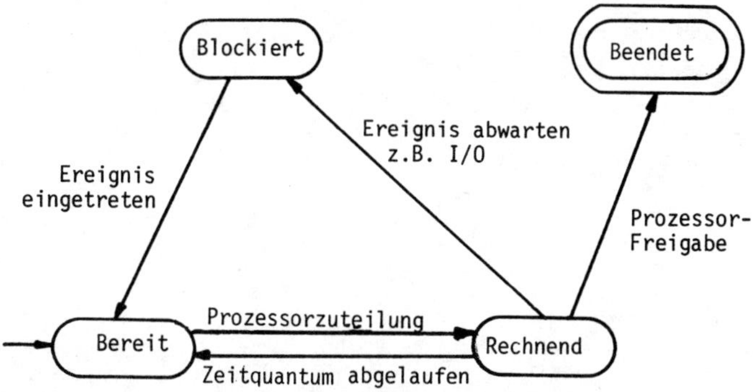

Die entsprechenden Verfeinerungen eines solchen Modells bestimmen somit das Design eines Teils des Betriebssystems eines Rechners.

Durch die unüberschaubare Fülle von möglichen internen Zuständen eines Rechners auf der Bitebene ist der Designer und der Benutzer gezwungen, zu abstrahieren und mit "abstrakten Maschinen" auf mehreren Ebenen zu arbeiten. Oft genügen hier dann endliche Automaten als Modelle, deren Aktionen als ganze Ketten von Einzelaktionen auf einer abstrakten Maschine niederer Stufe ablaufen.

- endl. Übersetzer
- endl. Transduktor

Bibliographische Hinweise

Ihren historischen Ursprung fand die Theorie der (determinierten) endlichen Automaten in der Modellierung von Vorgängen in Nervennetzen durch McCulloch/Pitts, 1943. Von Kleene stammt die Definition der regulären Ausdrücke und der Nachweis der Äquivalenz zum Konzept der endlichen Automaten (Kleene, 1956). Die Verallgemeinerung zu den nichtdeterminierten endlichen Automaten erscheint dann bei Rabin/Scott, 1959. Der hier in Satz 2.5 verwendete Beweis der effektiven Konstruktion eines nichtdeterminierten ε-Automaten zu einem gegebenen regulären Ausdruck folgt der in McNaughton/Yamada, 1960, angegebenen Darstellung.

Die Entwicklung der Theorie der regulären Ausdrücke und deren Axiomatisierung findet sich in Brzozowski, 1962 und 1964, bzw. Salomaa, 1966.

Eine weitere Möglichkeit der Charakterisierung regulärer Mengen durch Kongruenzrelationen von endlichem Index wird z.B. in Maurer, 1977, behandelt.

Detaillierte Darstellungen der Theorie endlicher Automaten sind u.a. in Minsky, 1967, Hotz/Walter, 1969, Eilenberg, 1974, Maurer, 1977 und Hotz/Estenfeld, 1981 zu finden.

Die wichtigsten Anwendungen endlicher Automaten stammen aus dem Bereich der Mustererkennung in Zeichenreihen, wie in den Abschnitten 3.1 bis 3.3 dargelegt wurde. Für die Themen "lexikalische Analyse" und "Scanner-Generatoren" sei hierzu auf die Arbeiten von Johnson et al, 1968 und Lesk, 1975 sowie auf die in Aho/Ullman, 1977 enthaltene, leichtverständliche Einführung hingewiesen. Von den neueren Anwendungen sei die Übertragung regulärer Ausdrücke in das Design integrierter Schaltkreise von Floyd/Ullman, 1982, erwähnt.

Die Verwendung endlicher Automaten für die effiziente Lösung von Pattern-matching Problemen wird in dem Übersichtsartikel von Aho, 1980, mit einer ausführlichen Liste von Literaturhinweisen behandelt.

KAPITEL II: FORMALE SPRACHEN

1. Grammatiken

Wenn wir für einen Satz in einer natürlichen Sprache wie Deutsch oder Englisch feststellen wollen, ob er korrekt gebildet ist, so prüfen wir dies an Hand der Regeln der jeweiligen Grammatik.

Oft genug begegnet man hierbei Grenzfällen, wo die syntaktische Korrektheit nicht eindeutig geklärt werden kann, weil sich z.B. der Sprachgebrauch gewandelt hat oder gerade dieser Fall durch die Regeln nicht erfaßt wird. So findet man etwa im Duden mehr als fünfzig Regeln über die Verwendung des Beistrichs. Darunter beispielsweise: "Gelegentlich ist es dem Schreibenden freigestellt, ob er einen Satzteil als Einschub werten will oder nicht." oder auch "Der Beistrich steht nicht, wenn in festen oder dichterischen Wendungen ein alleinstehendes Eigenschaftswort nachgestellt wird."

Bei der Definition von künstlichen Sprachen wie es z.B. Programmiersprachen (PASCAL, FORTRAN,...) oder auch die mathematische Formelsprache sind, ist man natürlich bemüht, solche Unsicherheit auszuschließen. Gerade bei Programmiersprachen, die ja für eine Verarbeitung durch eine Maschine konzipiert werden, achtet man auf eine klare, möglichst präzise formulierte Regelgebung.

In verschiedenen Beispielen des ersten Kapitels haben wir schon die Backus-Naur-Form (BNF) als Hilfsmittel zur Beschreibung bestimmter Zeichenfolgen erwähnt. Hier wollen wir nun an einigen weiteren Beispielen aus PASCAL die Mechanik der Anwendung von BNF studieren und später auch allgemeinere Regelsysteme betrachten.

Wir finden z.B. im PASCAL (vgl.Jensen/Wirth,1975,p.148 ff)

unter der Rubrik "Statements" die folgenden Angaben:

> Statements stellen algorithmische Aktionen dar und heißen ausführbar. Vor einem Statement kann eine Marke stehen, auf die sich goto-Statements beziehen können.
>
> *<statement> ::= <unlabelled statement>|*
> *<label>:<unlabelled statement>*
>
> *<unlabelled statement> ::= <simple statement>|*
> *<structured statement>*
>
> *<label> ::= <unsigned integer>*

Offenbar sollen die Worte in spitzen Klammern Mengen möglicher Zeichenreihen bezeichnen. Der vertikale Strich wird als "oder" gelesen.

In ähnlicher Weise geht die Beschreibung der Menge der in PASCAL möglichen Statements weiter:

> *<structured statement> ::= <compound statement>|*
> *<conditional statement>|*
> *<repetitive statement>|*
> *<with statement>*

Das compound-Statement legt fest, daß seine Komponenten-Statements in der Reihenfolge des Aufschreibens ausgeführt werden sollen. Die Symbole begin und end werden dabei als Statement-Klammern verwendet.

> *<compound statement> ::= begin<statement>*
> *{;<statement>}end*

Die geschweifte Klammer bedeutet, daß der Klammerinhalt in einer beliebigen endlichen, eventuell leeren Folge wiederholt wird. Der Gebrauch entspricht also dem *-Operator bei den regulären Ausdrücken (vgl. I.2.1), ebenso wie der vertikale Strich dem $\cup$.

Wir untersuchen nun den Aufbau dieser Regelmenge etwas genauer:

Programme und Teile von Programmen werden durch sogenannte Grammatiken, bestehend aus endlich vielen Produktionen oder (Ersetzungs-)Regeln, definiert. Zur Darstellung der Regeln verwendeten wir im obigen Ausschnitt der PASCAL-Definition die Backus-Naur-Form (BNF-Notation).

Jede Regel besteht aus einer linken und einer rechten Seite, die durch das Symbol ::= getrennt sind. Als weiteres Symbol, das ebenfalls zur Regelstrukturierung dient, kann auf der rechten Seite | zur Trennung von Ersetzungsalternativen auftreten.

Außer den eben genannten Hilfssymbolen treten zwei Sorten von Zeichen auf: Die in spitzen Klammern geschriebenen Nichtterminalzeichen und die Terminalzeichen, wie 'begin', 'end', ':', ';'. Die Nichtterminalzeichen bezeichnen Mengen von Zeichenreihen über dem Alphabet der Terminalzeichen. Die Regeln geben an, wie man beginnend bei einem ausgezeichneten Nichtterminalzeichen dem sogenannten Startsymbol, durch wiederholte Ersetzungen eine zulässige Terminalzeichenreihe erhalten kann. Der von uns oben angegebene Ausschnitt aus der Definition einer realen Programmiersprache enthält nicht genügend Regeln, um den Ersetzungsvorgang deutlich zu machen. Wir wählen als Beispiel die BNF-Darstellung eines besonders einfachen Typs von arithmetischen Ausdrücken wie z.B. ((a+3)*b) oder ((a*a)*a)*(b+9)).

Beispiel 1.1:

Die Menge der Ausdrücke einer imaginären Programmiersprache mit nur zwei Variablen a und b, den Zahlkonstanten 0,...,9 und den Operatoren +,-,*,: soll durch folgende Regeln festgelegt sein:

1. *<Ausdruck> ::= <Variable>|<Konstante>|*
(<Ausdruck><Operator><Ausdruck>)
2. *<Variable> ::= a|b*
3. *<Konstante> ::= 0|1|2|3|4|5|6|7|8|9*
4. *<Operator> ::= +|-|*|:*

Unsere Startvariable sei <Ausdruck>.

Aufgrund der ersten Regel wissen wir, daß ein Ausdruck die Gestalt

(<Ausdruck><Operator><Ausdruck>)   (*)

haben kann. Die erste Regel sagt auch, daß ein Ausdruck insbesondere eine Variable sein kann. Also kann ein Ausdruck die Form

(<Variable><Operator><Ausdruck>)   (**)

haben. Formal kann man das so deuten:

Wir haben in (*) das erste Vorkommen des Nichtterminalzeichens <Ausdruck> ersetzt durch eine auf der rechten Seite auftretende mögliche Alternative einer Regel (nämlich der 1. Regel), die das Nichtterminalzeichen <Ausdruck> auf der linken Seite stehen hat. Kurz:

(<Ausdruck><Operator><Ausdruck>)
⟹ (<Variable><Operator><Ausdruck>).

Ersetzt man nun <Variable> durch a, so erhält man

(a<Operator><Ausdruck>)

usw. Auf diese Weise kann man schließlich eine Ableitung für eine Terminalzeichenreihe erhalten, beispielsweise die folgende Ableitung für die Terminalzeichenreihe (a+(a*b)):

<Ausdruck>
==> (<Ausdruck><Operator><Ausdruck>) ; mit Regel 1
==> (<Variable><Operator><Ausdruck>) ; mit Regel 1
==> (a<Operator><Ausdruck>) ; mit Regel 2
==> (a+<Ausdruck>) ; mit Regel 4
==> (a+(<Ausdruck><Operator><Ausdruck>)); mit Regel 1
==> (a+(<Variable><Operator><Ausdruck>)); mit Regel 1
==> (a+(a<Operator><Ausdruck>)) ; mit Regel 2
==> (a+(a*<Ausdruck>)) ; mit Regel 4
==> (a+(a*<Variable>)) ; mit Regel 1
==> (a+(a*b)) ; mit Regel 2

Wir haben in dieser Ableitung beim Übergang von einer Zeile zur jeweils nächsten stets das erste Nichtterminalsymbol von links durch eine der Alternativen der rechten Seite der jeweils angegebenen Regeln ersetzt. Eine solche Ableitung heißt Linksableitung.

Die Menge aller Zeichenfolgen über dem Alphabet der Terminalzeichen, die sich durch Ableitungen aus der Startvariablen gewinnen lassen, nennen wir die Sprache des betreffenden BNF-Systems.

Durch sukzessive Regelanwendungen generieren wir also aus der Startvariablen alle Worte der Sprache. Jede Regelanwendung besteht dabei aus der Ersetzung eines Nichtterminalzeichens durch eine der Alternativen, die auf der rechten Seite der Regel auftreten.

Von einem systematischen Standpunkt aus ist es unnötig, mehr als eine mögliche Alternative auf der rechten Seite einer Regel zuzulassen. Beispielsweise könnte man die Produktion

2. *<Variable> ::= a|b*

gleichwertig durch zwei Regeln ersetzen:

2.1 <Variable> ::= a

2.2 <Variable> ::= b

Ferner kann man den oben erläuterten Vorgang des Ersetzens eines Nichtterminalzeichens durch eine Kette von Nichtterminal- und Terminalzeichen als Spezialfall eines allgemeineren Ersetzungsvorgangs auffassen:

Wir lassen Regeln mit linker Seite α und rechter Seite β zu, wobei α und β beliebige Worte aus Terminal- und Nichtterminalzeichen sind. Dann kann man aus einem Wort u ein Wort v dadurch ableiten, daß ein Vorkommen von α in u durch β ersetzt wird und daraus v entsteht. Das führt zur folgenden Definition von Semi-Thue Systemen, die, in einem noch zu präzisierenden Sinn, die mächtigsten Mechanismen zur effektiven Beschreibung von Sprachen sind.

Definition 1.2:

Ein Semi-Thue System ist ein Quadrupel $\Gamma = (V_N, V_T, R, w)$ mit:

V_N ist endliche Menge von Nichtterminalzeichen,
V_T ist endliche Menge von Terminalzeichen mit $V_N \cap V_T = \emptyset$,
R ist eine endliche Menge von Regeln (oder Produktionen):
$R \subseteq (V_N \cup V_T)^* \times (V_N \cup V_T)^*$, $w \in (V_N \cup V_T)^*$ ist das Startwort.

Man schreibt meistens $\alpha \to \beta$, wenn $(\alpha,\beta) \in R$ ist. (in der oben angegebenen BNF-Notation wurde die Darstellung $\alpha ::= \beta$ verwendet.) Die Anwendung einer Regel $\alpha \to \beta$ auf ein Wort w kann nun wie folgt definiert werden:

Kommt in w das Teilwort α vor, ist also $w = x\alpha y$ mit gewissen x und y, so kann α durch β ersetzt werden und ergibt $x\beta y$. Man schreibt: $x\alpha y \Longrightarrow x\beta y$. Also gilt:

$w \Longrightarrow w'$ gdw
$\exists x,y \in (V_N \cup V_T)^*$, $\alpha \to \beta \in R$:
$w = x\alpha y$ und $w' = x\beta y$.

Die Relation "$\Longrightarrow$" beschreibt die Ableitung eines Wortes aus einem anderen in einem Schritt.

Diese Relation läßt sich in natürlicher Weise für Ableitungsfolgen erweitern:

$w \overset{*}{\Longrightarrow} w'$ gdw Es ist $w = w'$ oder es gibt ein $n \geq 2$ und eine Folge $w_1,\ldots,w_n$, so daß $w = w_1$, $w_1 \Longrightarrow w_2,\ldots,w_{n-1} \Longrightarrow w_n$, $w_n = w'$.

Die Menge aller Worte über dem Alphabet der Terminalzeichen V_T, die durch eine Ableitungsfolge aus dem Startwort w gewonnen werden können, ist die von Γ erzeugte Sprache.

Definition 1.3:

Ist $\Gamma = (V_N, V_T, R, w)$ ein Semi-Thue System, so heißt die Menge

$$L(\Gamma) = \{v \in V_T^* \mid w \overset{*}{\Longrightarrow} v\}$$

die von Γ erzeugte Sprache.

Besteht das Startwort aus genau einem einzigen Nichtterminalzeichen $S \in V_N$ und enthält R keine Regeln der Form $\varepsilon \to \alpha$, (bei der also die linke Seite das leere Wort ist), so spricht man von einer Chomsky Grammatik (vom Typ 0).

Die oben angegebene Form der Beschreibung der Syntax von Programmiersprachen kann unmittelbar als Chomsky Grammatik interpretiert werden. Man muß nur die Worte in spitzen Klammern als Nichtterminalzeichen und begin, end, :, ;, . als Terminalzeichen auffassen. (Natürlich muß man zuvor alle Regeln gegebenenfalls durch mehrere Regeln so ersetzen, daß jede Regel nur noch eine Alternative auf der rechten Seite hat. Außerdem muß man "::=" als "$\rightarrow$" interpretieren). Die Beispiele fallen sogar unter einen spezielleren Typ von Chomsky Grammatiken, da auf den linken Seiten der Regeln immer genau ein Nichtterminalzeichen steht.

Definition 1.4:

Eine Chomsky Grammatik $G = (V_N, V_T, R, S)$ heißt

a) vom Typ 1 oder kontextsensitiv, wenn alle Regeln aus R die Form $\alpha A \beta \rightarrow \alpha\gamma\beta$ mit $\gamma \neq \varepsilon$ oder $S \rightarrow \varepsilon$ haben; erscheint $S \rightarrow \varepsilon$ in R, so darf S in keiner rechten Seite einer Regel von R auftreten,

b) vom Typ 2 oder kontextfrei, wenn alle Regeln aus R die Form $A \rightarrow \gamma$ haben,

c) vom Typ 3 oder rechtslinear, wenn alle Regeln aus R von einer der folgenden Formen sind:
$A \rightarrow aB$, $A \rightarrow B$, $A \rightarrow a$, $A \rightarrow \varepsilon$,

wobei $A, B \in V_N$, $a \in V_T$ und $\alpha, \beta, \gamma \in (V_N \cup V_T)^*$ sind.

Beispiel 1.1. kann als kontextfreie Grammatik $G = (V_N, V_T, R, S)$ aufgefaßt werden mit:

V_N = {<Ausdruck>,<Konstante>,<Variable>,<Operator>}

V_T = {(,a,b,),+,-,*,:,0,1,2,3,4,5,6,7,8,9}

S = <Ausdruck>

und einer Regelmenge, die sich in offensichtlicher Weise aus der in Beispiel 1.1. angegebenen ergibt:

R = {<Ausdruck> $\rightarrow$ <Variable>,...,<Operator> $\rightarrow$:}

Die Namen "kontextsensitiv" bzw. "kontextfrei" weisen darauf hin, daß die spezielle Form der Regeln von Typ 1 und Typ 2 Grammatiken auch eine andere Deutung des Ersetzungsvorgangs zuläßt: Die kontextsensitive Regel $\alpha A\beta \rightarrow \alpha\gamma\beta$ erlaubt die Ersetzung von A innerhalb eines Wortes, wenn A im "Kontext" links α, rechts β, auftritt. Dagegen erlaubt die Regel $A \rightarrow \gamma$ die "kontextfreie" Ersetzung von A durch γ.

Definition 1.5:

Eine Sprache L heißt vom Typ i, wenn es eine Grammatik G vom Typ i gibt mit L = L(G) (i = 0,...,3).
Man faßt die von Chomsky Grammatiken vom Typ i erzeugbaren Sprachen zu Sprachfamilien $\mathcal{L}_i$ zusammen.

$\mathcal{L}_1$ heißt Familie der kontextsensitiven, $\mathcal{L}_2$ Familie der kontextfreien Sprachen.

Aus der Definition folgt unmittelbar, daß gilt:

$$\mathcal{L}_3 \subseteq \mathcal{L}_2 \quad \text{und} \quad \mathcal{L}_1 \subseteq \mathcal{L}_0.$$

Wir werden im nächsten Abschnitt zeigen, daß die Familie $\mathcal{L}_3$ mit der Klasse der regulären Sprachen übereinstimmt.

Zusammen mit der Inklusion $\mathcal{L}_3 \subseteq \mathcal{L}_2$ folgert man hieraus dann, daß zu jeder Sprache, die von einem endlichen Automaten akzeptiert wird, eine spezielle (nämlich eine rechtslineare) kontextfreie Grammatik (ein BNF-System) existiert, die genau diese Sprache erzeugt. Ferner werden wir zeigen, daß auch $\mathcal{L}_2 \subseteq \mathcal{L}_1$ gilt und alle diese erwähnten Inklusionen echt sind.

Es ist meistens üblich, Nichtterminalzeichen durch Großbuchstaben und Terminalzeichen durch Kleinbuchstaben zu bezeichnen und S für das Startsymbol von Grammatiken zu reservieren. Damit genügt im allgemeinen die Angabe der Regelmenge zur Spezifikation einer Grammatik.

Um die Mitteilung größerer Regelmengen zu vereinfachen, faßt man wie in der BNF-Notation oft Regeln mit gleicher linker Seite zusammen und listet die möglichen rechten Seiten durch '|' getrennt nacheinander auf.

Ist $G = (V_N, V_T, R, S)$ eine Chomsky Grammatik, so faßt man alle mit den Regeln aus R ableitbaren Worte über dem Terminalalphabet zu L(G) zusammen. Alle überhaupt ableitbaren Worte heißen <u>Satzformen</u>, also:

Ist $w \in (V_N \cup V_T)^*$ und gilt $S \overset{*}{\Longrightarrow} w$, so heißt w Satzform bezüglich G.

<u>Beispiel 1.6:</u>

Wir zeigen die "Rechenfähigkeit" der allgemeinen Chomsky-Grammatiken an der folgenden Typ 0 Grammatik, die die Sprache

$\{\#a^{2^n}\# \mid n \geqq 0\}$ erzeugt.

Als Regelmenge nehmen wir hierzu:

$$
\begin{aligned}
S &\rightarrow \#aL\# \\
aL &\rightarrow Laa \\
\#L &\rightarrow \#R \mid \# \\
Ra &\rightarrow aaR \\
R\# &\rightarrow L\# \mid \#
\end{aligned}
$$

Hiermit können wir z.B. $\#a^4\#$ folgendermaßen aus S ableiten:

$$\begin{array}{ll} & S \\ \Longrightarrow & \# a L \# \\ \Longrightarrow & \# L a a \# \\ \Longrightarrow & \# R a a \# \\ \Longrightarrow & \# a a R a \# \\ \Longrightarrow & \# a a a a R \# \\ \Longrightarrow & \# a a a a \# \end{array}$$

Die beiden Nichtterminalzeichen L und R arbeiten hier wie "Lese-Schreibköpfe" auf einem Eingabeband. L wandert nach links und schreibt für jedes gelesene a zwei a's auf das Band, bis die linke Endmarke # erreicht wird. Hier kann L verschwinden oder zum "Lese-Schreibkopf" R werden, der analog nach rechts wandert und a's verdoppelt.

Dieser Zusammenhang von Typ 0 Grammatiken mit gewissen Maschinen, die mit Lese-Schreibköpfen auf Bändern arbeiten (den Turingmaschinen, vgl. Abschnitt III.6), ist keineswegs zufällig, sondern stellt vielmehr eine der grundlegenden Tatsachen für die Bereiche Automatentheorie und Formale Sprachen dar. Wir werden darauf später genauer eingehen.

2. Von den regulären zu den kontextfreien Sprachen

Eine durch eine Chomsky Grammatik gegebene Sprache erlaubt es, alle Worte der Sprache in nichtdeterminierter Weise systematisch zu erzeugen. Man spricht daher auch von *generativen* Grammatiken. Dagegen kann man die Charakterisierung einer Sprache als die von einem endlichen Automaten akzeptierte Menge von Worten als *analytisch* bezeichnen. Wir werden in diesem Abschnitt zeigen, daß die generative Charakterisierung von Sprachen durch rechtslineare Grammatiken und die analytische Charakterisierung durch endliche Automaten gleichwertig sind. Wir werden später auch analytische Charakterisierungen der größeren Sprachfamilien $\mathcal{L}_0, \mathcal{L}_1, \mathcal{L}_2$ kennenlernen.

Satz 2.1:

Sei $A = (S,\Sigma,s_o,F,\delta)$ ein determinierter endlicher Automat. Zu A kann man eine rechtslineare Grammatik G angeben, so daß $T(A) = L(G)$ ist.

Beweis:

Man kann den determinierten Automaten auf beinahe triviale Weise in eine rechtslineare Grammatik übertragen, indem man einer

Kante 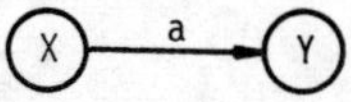 im Graphen von A einfach die Regel $X \to aY$

zuordnet. Wir definieren also $G = (V_N,V_T,R,S')$ wie folgt: $V_N = S$, $V_T = \Sigma$, $S' = s_o$, und R enthalte für jedes $a \in \Sigma$ und $s \in S$ eine Regel $s \to a\delta(s,a)$, für jedes $s \in F$ eine Regel $s \to \varepsilon$ und sonst keine Regeln. Zum Nachweis, daß $L(G) = T(A)$ ist, können wir o.E. annehmen, daß $\varepsilon \notin L(G)$ ist, denn es gilt:

$$\varepsilon \in T(A) \quad \text{gdw} \quad s_o \in F \quad \text{gdw}$$
$$s_o \to \varepsilon \in R \quad \text{gdw} \quad \varepsilon \in L(G).$$

Behauptung (1): $T(A) \subseteq L(G)$.

Beweis (1):

Sei $x \in T(A)$, $x = a_1 \ldots a_r$, $r \geqq 1$, $a_i \in \Sigma$. Dann ist $\delta(s_o, a_1 \ldots a_r) \in F$ und deshalb insbesondere $\delta(s_o, a_1 \ldots a_r) \to \varepsilon$ eine Regel in R. Daher erhält man folgende Ableitung in G:

$$
\begin{aligned}
s_o &\Longrightarrow a_1 \delta(s_o, a_1) \\
&\Longrightarrow a_1 a_2 \underbrace{\delta(\delta(s_o, a_1), a_2)}_{= \delta(s_o, a_1 a_2)} \\
&\quad \vdots \\
&\Longrightarrow a_1 \ldots a_r \delta(s_o, a_1 \ldots a_r) \\
&\Longrightarrow a_1 \ldots a_r
\end{aligned}
$$

Also ist $a_1 \ldots a_r \in L(G)$ und damit Behauptung (1) beweisen.

Behauptung (2): $L(G) \subseteq T(A)$.

Beweis (2):

Sei $w \in L(G)$, $w \neq \varepsilon$ und $s_o \Longrightarrow w_1 \Longrightarrow \ldots \Longrightarrow w_{r+1} = w$ eine Ableitung von w in G. Aus der Struktur der Regeln in R folgt, daß jedes aus s_o ableitbare Wort, das überhaupt ein Nichtterminalzeichen $s \in S = V_N$ enthält, nur ein einziges derartiges Zeichen, und zwar ganz am rechten Ende enthalten kann. Da $w = w_{r+1}$ kein Nichtterminalzeichen enthält, muß im letzten Schritt der Ableitung eine Regel mit rechter Seite ε angewandt worden sein. Nun kann man durch Induktion über j leicht beweisen: Falls in w_j ein Symbol aus S vorkommt, so hat w_j die Form: $w_j = a_1 \ldots a_j s$ mit $s = \delta(s_o, a_1 \ldots a_j)$. Damit folgt:

$w_r = a_1 \ldots a_r s$, mit $s = \delta(s_o, a_1 \ldots a_r)$, $w_{r+1} = a_1 \ldots a_r$

und $s \to \varepsilon \in R$. Wegen $s \to \varepsilon \in R$ ist nach unserer Konstruktion von

R der Zustand s ein Endzustand, also $\delta(s_o,w) = s \in F$, also $w \in T(A)$.

Damit ist auch Behauptung (2) bewiesen und insgesamt Satz 2.1 gezeigt. □

Wir zeigen jetzt, daß auch eine (nur formal schwächere) Umkehrung von Satz 2.1 gilt:

Satz 2.2:

Zu jeder rechtslinearen Grammatik $G = (V_N,V_T,R,S')$ kann man einen nichtdeterminierten ε-Automaten M angeben, so daß $L(G) = T(M)$.

Beweis:

Man definiere $M = (S,\Sigma,s_o,s_f,R_M)$ wie folgt:

$$S = V_N \cup \{s_f\},\ \Sigma = V_T,\ s_o = S'.$$

Ferner gebe es für jede Regel $A \to aB$ in R_M einen Übergang vom Zustand A zum Zustand B auf Eingabe von a, für jede Regel $A \to B$ einen ε-Übergang vom Zustand A in den Zustand B, für jede Regel $A \to a$ einen Übergang von A in den Endzustand auf Eingabe von a und schließlich zu jeder Regel $A \to \varepsilon$ einen ε-Übergang vom Zustand A in den Endzustand s_f von M. Sonst enthalte R_M keine weiteren Übergänge. Es ist nun leicht zu sehen, daß gilt: $w \in L(G)$ gdw es gibt einen Pfad vom Anfangszustand S' von M zum Endzustand s_f von M derart, daß die Beschriftung längs dieses Pfades hintereinandergelesen gerade w ergibt. Also ist $L(G) = T(M)$. □

Beispiel 2.3:

Wenden wir die Konstruktion des obigen Beweises auf die rechtslineare Grammatik G mit der Regelmenge R an,

$$\begin{aligned} R : S &\to 0A \mid A \\ A &\to 1A \mid 0B \mid 1 \\ B &\to 0B \mid 0 \end{aligned}$$

, so erhalten wir den ε-Automaten:

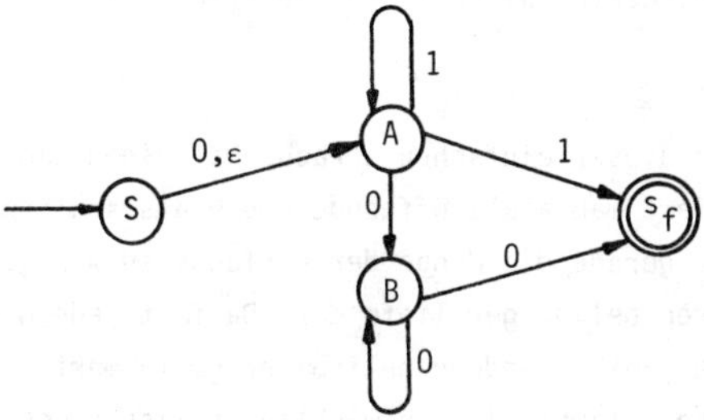

Als Korollar aus Satz 2.1 und Satz 2.2 erhält man die bereits erwähnte Tatsache, daß die Klasse der regulären Sprachen mit $\mathcal{L}_3$ zusammenfällt. Wir möchten noch bemerken, daß die Definition der Sprachfamilie $\mathcal{L}_3$ durch rechtslineare Grammatiken im Sinne von Definition 1.4 (c) auch auf andere Art hätte erfolgen können. Man kann nämlich zeigen:

Proposition 2.4:

(a) Zu jeder rechtslinearen Grammatik G kann man eine äquivalente "linkslineare" Grammatik G' angeben, so daß L(G) = L(G') ist und alle Regeln in G' die Form $A \to Ba$, $A \to B$, $A \to a$, oder $A \to \varepsilon$ haben.

(b) Jede von einer rechtslinearen (bzw. linkslinearen) Grammatik G erzeugte Sprache L, die das leere Wort ε nicht enthält, kann schon erzeugt werden durch eine rechtslineare (bzw. linkslineare) Grammatik G', bei der alle Regeln die Form $A \to aB$ oder $A \to a$ haben (bzw. $A \to Ba$ oder $A \to a$); d.h.

Regeln der Form $A \to B$ werden nicht benötigt.
Dem Teil (b) entspricht bei endlichen Automaten die Elimination von ε-Übergängen, was in I.1.11 vorgeführt wurde.

Die Charakterisierung der Sprachen in $\mathcal{L}_3$ als reguläre Mengen, also als von endlichen Automaten akzeptierbare Mengen, läßt sich leicht dazu verwenden, von bestimmten Sprachen zu zeigen, daß sie nicht in $\mathcal{L}_3$ liegen. Betrachten wir als Beispiel die Sprache $L = \{a^n b^n \mid n \geqq 0\}$.

Die Untersuchung gerade dieser einfachen Sprache hat einen wichtigen Grund. Interpretiert man a als öffnende und b als schließende Klammer, so stellt L gerade die Menge der einfachsten wohlgeformten Klammerstrukturen beliebiger Tiefe dar. Da fast jede höhere Programmiersprache die Verwendung beliebiger geklammerter arithmetischer Ausdrücke erlaubt, ist es wichtig zu wissen, ob wir solche Ausdrücke mit endlichen Automaten analysieren können oder nicht. Ähnliches gilt für blockstrukturierte Sprachen wie ALGOL oder PASCAL, bei der Klammerung der Blöcke durch <u>begin</u> und <u>end</u>.

Diese Sprache $L = \{a^n b^n \mid n \geqq 0\}$ können wir mit einer kontextfreien Grammatik G erzeugen, die genau die zwei Regeln $S \to aSb$ und $S \to \varepsilon$ enthält.

Wir wollen zeigen, daß es keine rechtslineare Grammatik gibt, die L erzeugt.

Denn, angenommen, es gäbe doch eine derartige Grammatik, dann müßte es auch einen determinierten endlichen Automaten A geben, der L akzeptiert. Sei etwa $A = (S,\{a,b\},s_o,F,\delta)$, und m die Anzahl der Zustände von A, also $m = \#S$. Man wähle $n > m$.
Weil $a^n b^n \in L = T(A)$ ist, muß $\delta(s_o,a^n b^n) \in F$ sein.

Unter den n+1 Zuständen s_o, $s_1 = \delta(s_o,a)$, $s_2 = \delta(s_o,aa)$,...
..., $s_n = \delta(s_o,\underbrace{a...a}_{n})$ müssen wenigstens zwei gleiche vorkommen.

Sei etwa $s_i = s_j$ mit $0 \leq i \leq j \leq n$. Dann ist:

$$\begin{aligned}\delta(s_o,a^{n-(j-i)}b^n) &= \delta(s_o,a^{i+(n-j)}b^n)\\ &= \delta(\delta(s_o,a^i),\ a^{n-j}b^n)\\ &= \delta(s_i,a^{n-j}b^n)\\ &= \delta(s_j,a^{n-j}b^n)\\ &= \delta(\delta(s_o,a^j),\ a^{n-j}b^n)\\ &= \delta(s_o,a^nb^n) \in F\end{aligned}$$

Im Übergangsgraphen von A haben wir also einen Pfad der folgenden Art:

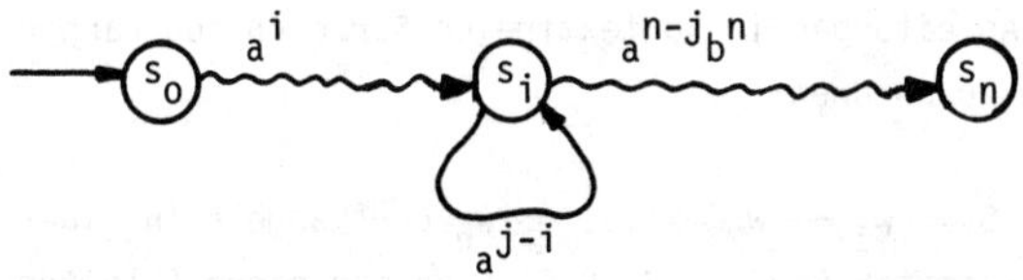

Also ist auch $a^{n-(j-i)}b^n$ in T(A). Dann kann aber nicht T(A) = L sein.

(Vergleiche auch die im Beweis von I.2.18 verwendete Argumentation.)

Damit haben wir als Folgerung aus der Charakterisierung der Sprachen in $\mathscr{L}_3$ als reguläre Mengen:

Korollar 2.5:

$\mathscr{L}_3 \subsetneqq \mathscr{L}_2$

Beweis:

$L = \{a^n b^n \mid n \geqq 0\} \in \mathscr{L}_2 - \mathscr{L}_3$. □

Die Verwendung von kontextfreien Grammatiken (bzw. BNF-Systemen) erlaubt uns also die formal exakte Beschreibung von Sprachen, die kompliziertere Strukturen beinhalten können, als es bei regulären Mengen möglich ist.

Wegen ihrer Bedeutung für die Definition von Programmiersprachen sind die kontextfreien Sprachen genau untersucht. Insbesondere sind leistungsfähige Analysetechniken für (spezielle) kontextfreie Sprachen entwickelt worden. Das Ziel dabei ist, zu einem gegebenen Wort (einen "Programm") eine Ableitung mit den Regeln der Sprache zu finden, wenn es eine solche gibt. Vergleiche Abschnitt 6 dieses Kapitels.

Es ist üblich, Ableitungen in kontextfreien Sprachen sogenannte Ableitungsbäume zuzuordnen:

Jeder Ableitung $S \Rightarrow w_1 \Rightarrow w_2 \Rightarrow \ldots \Rightarrow w_n$ der Länge n in einer kontextfreien Grammatik $G = (V_N, V_T, R, S)$ kann man einen Ableitungsbaum mit Wurzel S so zuordnen, daß die Beschriftung von links nach rechts gelesen gerade w_n ergibt. Die Definition erfolgt induktiv über n:

(0) Der Ableitung der Länge 0 wird der Baum mit einem einzigen, mit S beschrifteten Knoten (der Wurzel) zugeordnet.

(1) Ist T ein Ableitungsbaum für $S \Rightarrow w_1 \Rightarrow \ldots \Rightarrow w_{n-1}$ und entsteht w_n aus w_{n-1} durch Anwendung einer Regel $A \rightarrow x$ aus R, also: $w_{n-1} = w'Aw''$, $w_n = w'xw''$, so erhält man den Ableitungs-

baum für die Ableitung $S \Rightarrow \ldots \Rightarrow w_n$ aus T, indem man dem diesem Vorkommen von A entsprechenden Knoten des Randes von T so viele Söhne gibt, wie x Buchstaben hat und die Söhne der Reihe nach von links nach rechts mit den Buchstaben von x beschriftet.

Bei $x = \varepsilon$ wird ein einziger Knoten mit Beschriftung ε angehängt.

<u>Beispiel 2.6:</u>

Mit der folgenden Grammatik G erzeugen wir einfache geklammerte arithmetische Ausdrücke, wobei wir beliebige Variable und Konstante immer durch das Terminalzeichen a repräsentieren.

Als Nichtterminalzeichen verwenden wir E,T,F, wobei E für "Expression" steht, T für "Term" und F für "Faktor".

$G = (\{E,T,F\}, \{(,+,*,a,)\},R,E)$, wobei R die folgenden Regeln enthält:

$$E \rightarrow E + T \mid T$$
$$T \rightarrow T * F \mid F$$
$$F \rightarrow (E) \mid a$$

Eine Linksableitung für (a+a)*a in G ist:

$$E \Longrightarrow T \Longrightarrow T*F \Longrightarrow F*F \Longrightarrow (E)*F \Longrightarrow (E+T)*F \Longrightarrow$$
$$(T+T)*F \Longrightarrow (F+T)*F \Longrightarrow (a+T)*F \Longrightarrow$$
$$(a+F)*F \Longrightarrow (a+a)*F \Longrightarrow (a+a)*a$$

Dieser Ableitung entspricht folgender Ableitungsbaum:

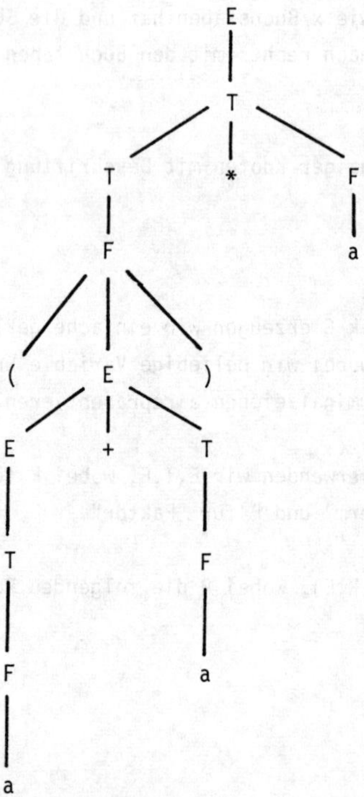

Es gibt noch andere mögliche Ableitungen in G für das Wort (a+a)*a, denen sämtlich derselbe Ableitungsbaum zugeordnet ist, z.B. die "Rechtsableitung":

E ==> T ==> T*F ==> T*a ==> F*a ==>
(E)*a ==> (E+T)*a ==> (E+F)*a ==>
(E+a)*a ==> (T+a)*a ==> (F+a)*a ==>
(a+a)*a

Bei Rechtsableitungen ersetzen wir also bei jedem Ableitungsschritt jeweils das erste Nichtterminalzeichen von rechts in der aktuellen Satzform.

Die Zuordnung zwischen Linksableitungen (oder auch Rechtsableitungen) und Ableitungsbäumen ist jedoch umkehrbar eindeutig. Dies sind auch die Ableitungstypen, die bei Verfahren zur Syntaxanalyse von Programmiersprachen verwendet werden.

Manchmal gibt es aber sogar für ein und dasselbe Wort zwei verschiedene Linksableitungen und damit zwei verschiedene Ableitungsbäume.

Beispiel 2.7:

Der folgende Ausschnitt aus der Definition einer Programmiersprache in BNF-Notation ist als "dangling else" bekannt: (vgl. z.B. Jensen/Wirth, 1975, p. 151).

<if statement> ::= if<expression>then<statement>|
if<expression>then<statement>else<statement>
<expression> ::= ...
<statement> ::= ...|<if statement>|...

Dann sieht man leicht, daß es zu einer Anweisung der Art:

if C_1 then if C_2 then S_1 else S_2

zwei verschiedene Ableitungsbäume gibt, nämlich:

1.

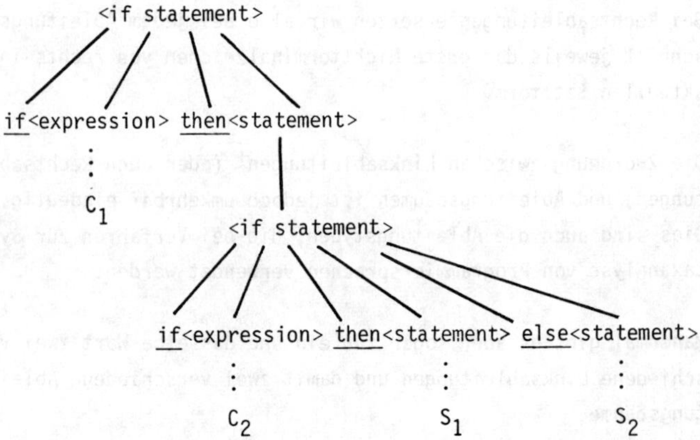

2.

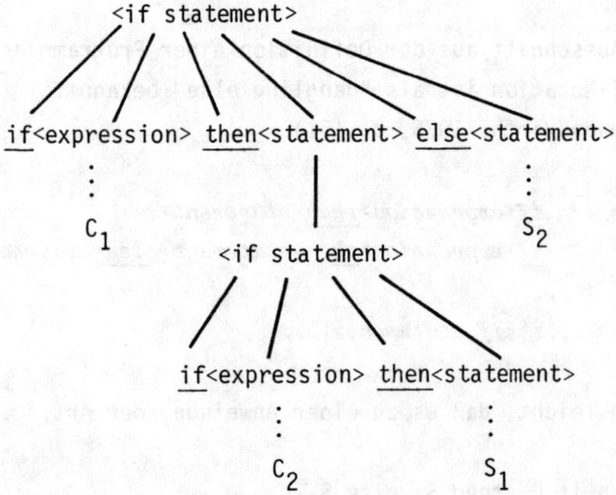

Diesen zwei verschiedenen Möglichkeiten zur Ableitung der geschachtelten Anweisung if C_1 then if C_2 then S_1 else S_2 entsprechen auch zwei verschiedene Möglichkeiten zur Ausführung:

Gilt z.B. C_1 nicht, so wird im ersten Fall die gesamte Anweisung übergangen, während im zweiten Fall das Statement S_2 ausgeführt wird.

In PASCAL wird diese Mehrdeutigkeit beseitigt durch die Festlegung, daß die Konstruktion
if C_1 then if C_2 then S_1 else S_2 zu interpretieren ist als:

```
if C1 then
      begin
        if C2 then S1 else S2
      end
```

Also ist der unter 1. angegebene Ableitungsbaum zu wählen bei der Übersetzung einer solchen PASCAL-Anweisung.

Es ergibt sich hier die Frage, ob diese Mehrdeutigkeit durch Wahl einer anderen Grammatik vermeidbar ist oder nicht.

Definition 2.8:

Eine kontextfreie Grammatik G heißt mehrdeutig, wenn es ein Wort $w \in L(G)$ gibt, für das es zwei verschiedene Linksableitungen gibt. Sonst heißt G eindeutig. Eine kontextfreie Sprache L heißt eindeutig, wenn es eine eindeutige kontextfreie Grammatik G gibt mit $L = L(G)$. Sonst heißt L inhärent mehrdeutig.

Man kann zeigen, daß es inhärent mehrdeutige kontextfreie Sprachen gibt. Ein Beispiel ist die Sprache $L = \{a^i b^j c^k \mid i=j \text{ oder } j=k\}$ (vgl. Maurer, 1977, p. 188).

Das oben angegebene Beispiel 2.7 ist keine Sprache mit inhärenter Mehrdeutigkeit: Man kann BNF-Regeln angeben, so daß ein mehrfach geschachteltes if-Statement nur einen Ableitungsbaum besitzt.

3. Transformationen kontextfreier Grammatiken

Wie bei den regulären Mengen machen wir auch für kontextfreie Sprachen die Beobachtung, daß dieselbe kontextfreie Sprache durch verschiedene kontextfreie Grammatiken verschieden effizient erzeugt werden kann. Unter Effizienz verstehen wir hier, wegen der Hauptanwendung kontextfreier Grammatik zur Definition von Programmiersprachen, eine möglichst günstige Form für Zwecke der Syntaxanalyse.

Wir kümmern uns zunächst um die Elimination von ε-Regeln (Regeln der Form $A \to \varepsilon$), da solche Regeln offensichtlich keinen "echten Beitrag" zur Worterzeugung liefern. Die betreffende Konstruktion wird uns auch den direkten Vergleich zwischen den Klassen der kontextfreien und kontextsensitiven Sprachen, $\mathcal{L}_2$ und $\mathcal{L}_1$ ermöglichen.

Definition 3.1:

Eine kontextfreie Grammatik $G = (V_N,V_T,R,S)$ heißt ε-frei, wenn keine der Regeln in R die Form $A \to \varepsilon$ mit $A \in V_N$ hat.

Satz 3.2:

Zu jeder kontextfreien Grammatik $G = (V_N,V_T,R,S)$ kann man eine ε-freie kontextfreie Grammatik G' konstruieren, derart, daß $L(G') = L(G)-\{\varepsilon\}$.

Beweis:

G' kann aus G dadurch gewonnen werden, daß man in allen rechten Seiten von Regeln aus R keine, einige oder alle Vorkommen solcher Variablen streicht, aus denen in endlich vielen Schritten das leere Wort erzeugt werden kann. Genauer geht man wie folgt vor:

Es wird eine Teilmenge $U \subseteq V_N$ bestimmt, die genau alle Variablen enthält, die in endlich vielen Schritten in das leere Wort überführbar sind. U kann wie folgt ermittelt werden:

<u>*begin*</u>

$U_{neu} := \{X | X \to \varepsilon \text{ in } R\};$

<u>*repeat*</u> $U_{alt} := U_{neu};$

$U_{neu} := U_{alt} \cup \{X | X \to \alpha \text{ in } R, \alpha \in U^*_{alt}\}$

<u>*until*</u> $U_{neu} = U_{alt};$

$U := U_{neu}$

<u>*end*</u>.

Offenbar gilt für jedes $X \in V_N : X \overset{*}{\Longrightarrow} \varepsilon$ gdw $X \in U$.
Insbesondere ist also $\varepsilon \in L(G)$ gdw $S \in U$.
Sei nun $G' = (V_N, V_T, R', S)$ mit

$R' = \{X \to \alpha' | \alpha' \neq \varepsilon$, zu α' gibt es ein α, so daß $X \to \alpha$ in R und α' entsteht aus α durch Weglassen einiger Vorkommen von Variablen aus U$\}$

Man nimmt also den möglichen Übergang der Variablen aus U in das leere Wort in den anderen Regeln vorweg.
Daher ist klar, daß $L(G') = L(G)-\{\varepsilon\}$ gilt. □

Zur Erzeugung nichtleerer Worte sind also ε-Regeln in kontextfreien Grammatiken nicht nötig. Ist L kontextfrei und $\varepsilon \notin L$, dann kann L auch durch eine kontextfreie Grammatik erzeugt werden, die als spezielle kontextsensitive Grammatik aufgefaßt werden kann. Enthält eine kontextfreie Sprache L das leere Wort, so kann man zu einer kontextfreien Grammatik G mit $L = L(G)$ stets eine äquivalente Grammatik G_1 finden, so daß $S_1 \to \varepsilon$ die einzige Regel in G_1 mit rechter Seite ε ist (S_1 Startsymbol von G_1). Man konstruiere zu G zunächst die ε-freie Grammatik G' wie in Satz 3.2

angegeben und setze dann
$G_1 = (V_N \cup \{S_1\}, V_T, R_1, S_1)$ mit: $R_1 = R' \cup \{S_1 \to S, S_1 \to \varepsilon\}$.
Offensichtlich ist dann $L(G) = L(G_1)$.

Die so konstruierte Grammatik G_1 kann nun unmittelbar als spezielle kontextsensitive Grammatik im Sinne von Definition 1.4 aufgefaßt werden. Wir erhalten daher:

Korollar 3.3:

Jede kontextfreie Sprache ist kontextsensitiv, d.h. $\mathcal{L}_2 \subseteq \mathcal{L}_1$.

Eine kontextfreie Grammatik G kann möglicherweise nutzlose Nichtterminalzeichen enthalten: Das sind solche Nichtterminalzeichen, die in keiner Ableitung wenigstens eines Wortes aus L(G) auftreten. Man kann diese Nichtterminalzeichen zusammen mit allen Regeln, in denen sie vorkommen, weglassen, ohne dadurch L(G) zu verändern.

Es ist möglich, die nutzlosen Nichtterminalzeichen effektiv aus jeder kontextfreien Grammatik $G = (V_N, V_T, R, S)$ zu eliminieren: Zunächst bestimmt man alle Variablen X aus V_N, aus denen wenigstens ein Terminalwort erzeugbar ist, d.h. die Menge
$V_N^T = \{X \in V_N \mid$ es gibt ein $w \in V_T^*$ mit $X \overset{*}{\Longrightarrow} w\}$.

Jede Variable in $V_N - V_N^T$ ist offensichtlich nutzlos, also wird sie entfernt zusammen mit allen Regeln, in denen sie auftritt. Dies ergibt eine neue Grammatik $G' = (V_N', V_T, R', S)$ in der wir nun die Menge V_N^S bestimmen:
$V_N^S = \{X \in V_N' \mid$ es gibt eine Ableitung $S \overset{*}{\Longrightarrow} \alpha X \beta\}$.

Wiederum können wir jede Variable in $V_N' - V_N^S$ eliminieren zusammen mit den zugehörigen Regeln, ohne daß die Sprache verändert wird.

Verfahren zur expliziten Konstruktion der Mengen V_N^T und V_N^S können ähnlich wie das Verfahren zur Bestimmung der Menge U im Beweis von Satz 3.2 entworfen werden.

Eine Grammatik G heißt reduziert, wenn sie keine nutzlosen Symbole enthält. Wir setzen von jetzt an stets voraus, daß Grammatiken reduziert sind.

Definition 3.4:

Eine kontextfreie Grammatik $G = (V_N, V_T, R, S)$ ist in Chomsky Normal Form, wenn alle Regeln von der Form $X \to YZ$ oder $X \to a$ mit $X,Y,Z \in V_N$ und $a \in V_T$ sind.

Dies bedeutet natürlich eine starke Einschränkung der möglichen Ableitungsschritte, so wird z.B. ein Wort $w \in L(G)$ in genau $2 \cdot \text{Länge}(w) - 1$ Ableitungsschritten erzeugt.
Natürlich kann eine Grammatik in Chomsky Normal Form das leere Wort ε nicht erzeugen. Abgesehen hiervon bedeutet jedoch die Einschränkung der Regelformen auf $X \to YZ$, $X \to a$ keinen Verlust, was die Möglichkeiten der Spracherzeugung angeht.

Satz 3.5:

Zu jeder kontextfreien Grammatik $G = (V_N, V_T, R, S)$ mit $\varepsilon \notin L(G)$ kann man eine äquivalente kontextfreie Grammatik G' in Chomsky Normal Form angeben (d.h. mit $L(G) = L(G')$).

Zum Beweis kann man zunächst o.E. annehmen, daß G ε-frei ist. Der Beweis erfolgt dann in drei Schritten:

Schritt 1 besteht in der Elimination von Regeln der Form $X \to Y$ mit $Y,X \in V_N$.

Schritt 2 sorgt dafür, daß nur noch Regeln der Form $X \to Y_1 \ldots Y_n$ mit $n \geq 2$ und $X \to a$ vorliegen, wobei X und $Y_1, \ldots, Y_n \in V_N$ und $a \in V_T$ sind.

Schritt 3 stellt schließlich die Chomsky Normal Form her.

Zu 1:

Wir bestimmen für jedes $X \in V_N$ die Menge der aus X ableitbaren einzelnen Terminal- und Nichtterminalzeichen
$U(X) = \{Y \in V_N \cup V_T \mid X \overset{*}{\Longrightarrow} Y\}$ wie folgt:

$U_{neu} := \{X\}$
repeat $U_{alt} := U_{neu}$;
   $U_{neu} := U_{alt} \cup \{Y \in V_N \cup V_T \mid es\ gibt\ Z \in U_{alt} : Z \to Y \in R\}$
until $U_{neu} = U_{alt}$;
$U(X) := U_{neu}$.

Weil U_{neu}, U_{alt} endliche Teilmengen von $V_N \cup V_T$ sind, kann die repeat-Schleife höchstens endlich oft durchlaufen werden.

Das Verfahren zur Bestimmung von U(X) bricht also nach endlich vielen Schritten ab.

Ferner gilt für jedes $X \in V_N$ und $Y \in V_N \cup V_T$: $X \overset{*}{\Longrightarrow} Y$ gdw $Y \in U(X)$. Also gilt insbesondere für jedes $a \in V_T$: $a \in L(G)$ gdw $a \in U(S)$.

Nach diesen Vorbereitungen transformieren wir $G = (V_N, V_T, R, S)$ in die äquivalente Grammatik $G_1 = (V_N \cup \{S_1\}, V_T, R_1, S_1)$ wie folgt:

R_1 enthält genau die Regeln:
(1) $S_1 \to a$, für alle $a \in V_T \cap U(S)$
(2) Für jede Regel $X \to X_1X_2...X_n$, $n \geq 2$, alle Regeln
   $Y \to Y_1Y_2...Y_n$ mit $X \in U(Y)$ und $Y_i \in U(X_i)$.

Falls $X_i \in V_T$, ist natürlich nur $Y_i = X_i$ möglich.

Hierdurch wird eine in G mögliche Ableitung der Form

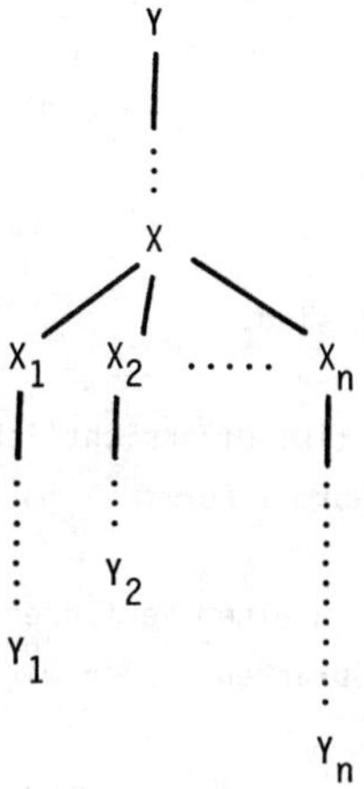

ersetzt durch

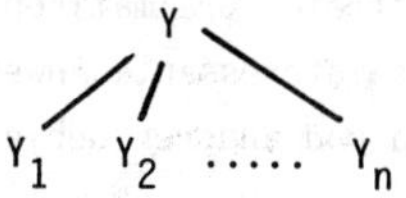

in G_1.

Es ist offensichtlich, daß $L(G) = L(G_1)$ ist und G_1 keine Regeln der Form $X \rightarrow Y$ mit $X,Y \in V_N$ enthält.

Im <u>Schritt 2</u> ersetzt man nun jedes Terminalzeichen a in allen Regeln von G_1, deren rechte Seite mindestens die Länge 2 hat, durch eine neue Variable X_a und fügt $X_a \rightarrow a$ als neue Regel zu den Regeln von G_1 hinzu. Dadurch entsteht eine Grammatik G_2, deren sämtliche Regeln die Form haben

$X \rightarrow a$, mit $a \in V_T$ oder
$X \rightarrow X_1 \ldots X_n$, mit $X_1,\ldots,X_n \in V_N$, $n \geq 2$.

Im Schritt 3 ersetzt man schließlich alle Regeln der Form $X \to X_1 \dots X_n$, mit $X_i \in V_N$, $n \geq 3$, durch n-1 Regeln

$$X \to X_1 Z_1$$
$$Z_1 \to X_2 Z_2$$
$$\vdots$$
$$Z_{n-2} \to X_{n-1} X_n$$

wobei $Z_1, \dots, Z_{n-2}$ neue Variablen sind.

Sei G' die so entstehende Grammatik. Offensichtlich ist $L(G) = L(G')$ und G' in Chomsky Normal Form. □

Die Anwendung dieser Normalform in einem Verfahren der Syntaxanalyse allgemeiner kontextfreier Sprachen werden wir im Abschnitt 5 dieses Kapitels vorstellen.

Eine weitere Normal Form kontextfreier Grammatiken ist die "Greibach Normal Form", die ebenfalls interessante Anwendungen bei den "Top-down-Parsing"-Techniken und anderen Gebieten findet.

Definition 3.6:

Eine kontextfreie Grammatik $G = (V_N, V_T, R, S)$ ist in Greibach Normal Form, wenn jede Regel in R von der Form $X \to aW$ ist mit $a \in V_T$ und $W \in V_N^*$.

Wir können also Grammatiken in Greibach Normal Form im wesentlichen als die "natürlichen kontextfreien Erweiterungen" der rechtslinearen ansehen, bei denen wir nach 2.4 b) nur Regeln der Form $A \to aB$ und $A \to a$ benötigten.

Bei einer Ableitung in solchen Grammatiken entsteht bei jedem Ersetzungsschritt genau ein Terminalzeichen, also benötigt die

Erzeugung eines Wortes w aus der Sprache genau Länge(w) Schritte. Betrachten wir ferner speziell die Linksableitungen in Greibach Normal Form Grammatiken, so besteht jede auftretende Satzform aus einem String von Terminalzeichen gefolgt von einem String von Nichtterminalzeichen. Mit der obigen Definition ist also jede Satzform von der Gestalt xZ mit $x \in V_T^*$, $Z \in V_N^*$ und beim nächsten Schritt der Linksableitung wird eine Satzform xaZ' mit $a \in V_T$, $Z' \in V_N^*$, erzeugt. Es liegt hier also ein strenges Schema der möglichen Ableitungen vor, welches für bestimmte kontextfreie Sprachklassen zu effizienten Verfahren der Syntaxanalyse führt.

Analog wie für die Chomsky Normal Form gilt, daß sich mit Grammatiken in Greibach Normal Form alle kontextfreien Sprachen erzeugen lassen, die das leere Wort nicht enthalten.

Satz 3.6:

Zu jeder kontextfreien Grammatik G mit $\varepsilon \notin L(G)$ kann man eine äquivalente kontextfreie Grammatik G' in Greibach Normal Form angeben, also L(G') = L(G).

Für diesen Satz gibt es mehrere Beweise, die jedoch recht umfangreich bzw. nicht elementar sind. Wir wollen deshalb auf einen expliziten Beweis verzichten und den interessierten Leser auf die Arbeiten von Greibach, 1965 und Rosenkrantz, 1967 verweisen.

Beispiel 3.7:

Die in Beispiel 2.6 angegebene Sprache der vereinfachten arithmetischen Ausdrücke wird auch durch die folgende kontextfreie Grammatik in Greibach Normal Form erzeugt:
G = ({E,K,O},{(,+,*,a,)},R,E) mit den folgenden Regeln in R:

E → (EK | aOE | a
K →)OE |)
O → + | *

Der Ableitungsbaum für (a+a)*a sieht nun so aus:

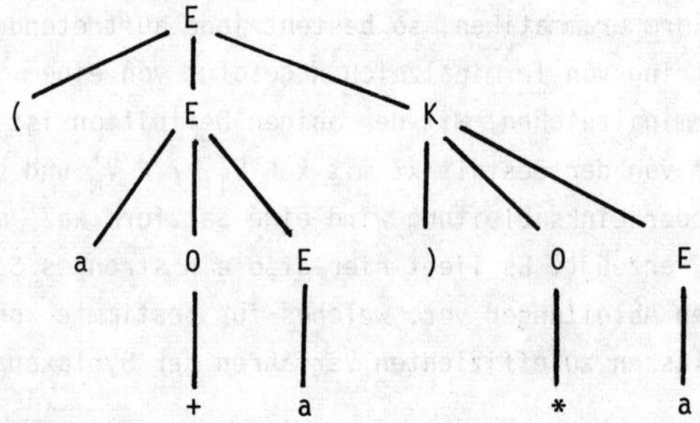

Dieser Baum ist offensichtlich schneller erzeugt als derjenige in Beispiel 2.6.

4. Schleifensatz und Abschlußeigenschaften

In diesem Abschnitt analysieren wir zunächst die Struktur genügend langer Worte in kontextfreien Sprachen.

Dies gibt uns ein mächtiges Hilfsmittel, um von vielen Sprachen zu beweisen, daß sie nicht kontextfrei sein können. Ferner zeigen wir für verschiedene Operationen auf kontextfreien Sprachen, daß sie wieder kontextfreie Sprachen liefern, so z.B. für Vereinigung, Verkettung, Stern, jedoch nicht immer kontextfreie Sprachen erzeugt werden bei Durchschnitts- oder Komplementbildung.

Zuerst wollen wir den sogenannten Schleifensatz ("Pumping Lemma") intuitiv herleiten. Betrachtet man einen Ableitungsbaum eines "langen" Wortes einer kontextfreien Sprache, so wurden entsprechend viele Ableitungsschritte durchgeführt.

Genauer gesagt können wir die Länge des längsten Pfades im Ableitungsbaum nach unten abschätzen durch eine monotone Funktion über der Länge des erzeugten Wortes. Auf einem entsprechend langen Pfad muß also mindestens ein Nichtterminalzeichen mehrfach auftreten. Wir haben somit an mindestens einer Stelle eine Teilableitung der Art $X \overset{*}{\Longrightarrow} \alpha X \beta$ vorliegen, wobei $\alpha\beta$ nicht das leere Wort ist. Diese Teilableitung können wir immer wieder von dem erzeugten X aus neu starten und damit gültige Ableitungen erzeugen, bei denen wir die Worte jeweils durch die neuen Stücke α,β "aufpumpen".

<u>Satz 4.1:</u> (Pumping Lemma)

Für jede kontextfreie Sprache L gibt es natürliche Zahlen p und q, so daß jedes Wort $z \in L$ mit Länge(z) > p sich schreiben läßt in der Form $z = uvwxy$ mit Länge(vwx) $\leqq q$, $vx \neq \varepsilon$ und $uv^iwx^iy \in L$ für alle $i \geqq 0$.

Beweis:

Wir können o.E. annehmen, daß $\varepsilon \notin L$ und L von einer Grammatik $G = (V_N, V_T, R, S)$ in Chomsky Normal Form erzeugt wird.

Da nur die Regelformen $A \to BC$, $A \to a$ in R erlaubt sind, kann also jeder Knoten in einem Ableitungsbaum höchstens zwei Söhne besitzen.

Man überlegt sich leicht, daß ein Ableitungsbaum in G, dessen längster Pfad k+1 Knoten enthält, höchstens ein Wort mit Länge $\leq 2^k$ erzeugen kann. Mit anderen Worten heißt das, daß ein Ableitungsbaum, der ein Wort mit Länge $> 2^k$ erzeugt, einen Pfad mit mehr als k+1 Knoten enthält. Man kann dies durch vollständige Induktion über k im Detail beweisen.

Gibt es nun n Nichtterminalzeichen in G, $\#V_N = n$, so wählen wir $p = 2^n$, $q = 2^{n+1}$.

Existiert also ein $z \in L$ mit $\text{Länge}(z) > p = 2^n$, so gibt es in einem zugehörigen Ableitungsbaum immer einen Pfad mit wenigstens n+2 Knoten.

Darunter müssen n+1 mit Nichtterminalzeichen beschriftet sein. Da V_N nur n Nichtterminalzeichen enthält, muß wenigstens eine Variable - etwa X - mehrfach als Beschriftung auftreten. Seien v_1 und v_2 zwei Knoten auf dem genannten Pfad, die mit X beschriftet sind. Offenbar kann man annehmen, daß v_1 oberhalb von v_2 liegt und der längste Pfad im Teilbaum mit Wurzel v_1 höchstens n+2 Knoten enthält. Der Ableitungsbaum T für z hat also folgende Gestalt:

T:

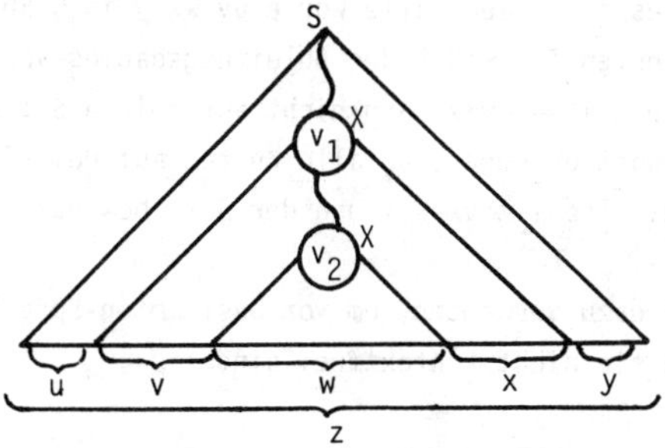

Der Teilbaum mit Wurzel v_1 erzeugt vwx, und es folgt mit den obigen Überlegungen: Länge(vwx) $\leqq 2^{n+1} = q$.
Ferner kann man das Teilstück, das zur Ableitung $X \overset{*}{\Longrightarrow} vXx$ gehört, entfernen oder beliebig oft wiederholen, so daß man Ableitungsbäume der Art erhält:

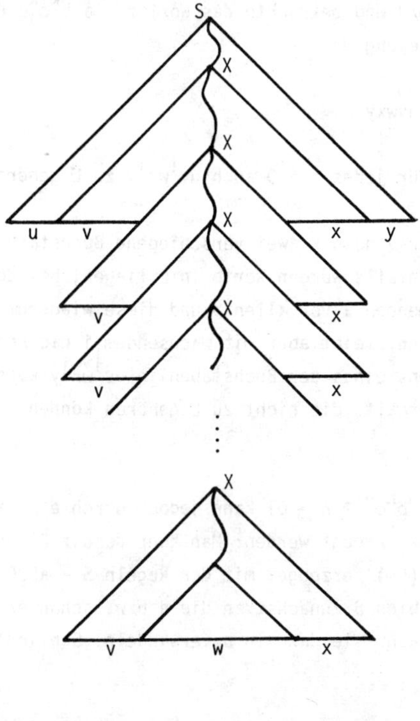

Also sind für jedes $i \geqq 0$ auch alle Worte uv^iwx^iy in G ableitbar. Die dem oben genannten Teilstück des Ableitungsbaumes von T entsprechende Ableitung $X \stackrel{+}{\Longrightarrow} vXx$ kann nicht auf beiden Seiten zugleich das leere Wort erzeugen, da alle Knoten auf dem Pfad von X nach X binär sind. Also ist $vx \neq \varepsilon$ und der Satz bewiesen. □

Man kann Satz 4.1 dazu verwenden, um von bestimmten Sprachen nachzuweisen, daß sie nicht kontextfrei sind.

<u>Beispiel 4.2:</u>

Sei $L = \{a^nb^nc^n \mid n \geqq 0\}$.

L ist nicht kontextfrei. Denn angenommen, das sei doch der Fall. Sind dann p und q die nach Satz 4.1 zu L existierenden Zahlen, so wähle man $k > p/3$ und betrachte das Wort $z = a^kb^kc^k$. Dieses Wort muß eine Zerlegung

$$z = a^kb^kc^k = uvwxy$$

besitzen, so daß für jedes $i \geqq 0$ auch uv^iwx^iy zu L gehört.

Offenbar kann weder v noch x zwei verschiedene Buchstaben enthalten, denn andernfalls würden Worte in L liegen, bei denen nicht alle vorkommenden a <u>vor</u> allen b und diese wiederum vor allen c stehen. Dann bleibt aber mit wachsendem i die Anzahl der Vorkommen wenigstens eines der Buchstaben in uv^iwx^iy konstant, so daß man Worte erhält, die nicht zu L gehören können - ein Widerspruch.

Die Sprache $L = \{a^nb^nc^n \mid n \geqq 0\}$ kann jedoch durch eine kontextsensitive Grammatik erzeugt werden: Man kann dazu z.B. zunächst für jedes $i \geqq 0$ $a^i(BC)^i$ erzeugen mit den Regeln $S \to aSBC|\varepsilon$. Nun muß man alle Variablen B zunächst an die a bzw. schon erzeugten b heranziehen und kann sie dann in b verwandeln. Schließlich kann man auch die Variablen C in Terminalzeichen c verwandeln. Das wird erreicht durch die Regeln

$$aB \to ab,\ bB \to bb,\ CB \to BC,\ C \to c$$

Diese Regeln sind alle kontextsensitiv mit Ausnahme der "Vertauschungsregel" CB → BC. Ersetzt man diese jedoch durch die drei Regeln

$$CB \to CX,\ CX \to BX,\ BX \to BC,$$

wobei X eine neue Variable ist, so erhält man insgesamt eine kontextsensitive Grammatik, die L erzeugt.

Als Folgerung aus Satz 4.1 und Beispiel 4.2 haben wir damit

Korollar 4.3:

$$\mathscr{L}_2 \subsetneqq \mathscr{L}_1$$

Beweis:

$L = \{a^n b^n c^n \mid n \geqq 0\} \in \mathscr{L}_1 - \mathscr{L}_2$. □

Da diese Sprache $L = \{a^n b^n c^n \mid n \geqq 0\}$ nicht kontextfrei erzeugbar ist, kann man sich fragen, ob es auch in Programmiersprachen Konstrukte gibt, die nicht durch kontextfreie Regelmengen (BNF-Systeme) erfaßbar sind.

Für ALGOL 60 untersuchte man hierzu bald nach der Herausgabe des Sprachstandards die Sprache

L' = {<u>begin</u> <u>integer</u> x^n; x^n := x^n <u>end</u> | $n \geqq 1$}

im Zusammenhang mit der Forderung:
"Jeder verwendete Name muß deklariert sein". Offensichtlich ist L'

nur eine Variante von L und ebenso nicht kontextfrei. (Siehe Floyd, 1962).
Da man für 'kontextfrei' auch manchmal die Bezeichnung 'ALGOL-ähnlich' ("ALGOL-like") gebraucht, gilt also der Merksatz, daß ALGOL 60 keine ALGOL-ähnliche Sprache ist.

Eine weitere Forderung, die sich nicht mit kontextfreien Regeln erzwingen läßt, ist z.B. "Bei jedem Aufruf einer Prozedur muß die Anzahl der aktuellen Parameter übereinstimmen mit der vorgegebenen Anzahl der formalen Parameter".

Solche verbal festgelegten Eigenschaften von Programmen finden sich in den definierenden Dokumenten der meisten höheren Programmiersprachen.
Durch eine mangelnde "Kopierfähigkeit" kontextfreier Grammatiken können wir also diese Sprachen nicht exakt erzeugen. Beispielsweise ist schon die Sprache $\{ww \mid w \in \{a,b\}^*\}$, nicht kontextfrei, wie man über den Schleifensatz zeigen kann.

Man beschränkt sich daher bei der Spezifikation von Programmiersprachen durch kontextfreie Grammatiken (in BNF-Notation) darauf, eine Obermenge der zulässigen Zeichenreihen (Programme) exakt zu beschreiben, aus denen die eigentlichen Programme durch verbal formulierte Einschränkungen ausgesondert werden.

Wir schließen diesen Abschnitt mit einigen Resultaten über Abschlußeigenschaften kontextfreier Sprachen:

<u>Satz 4.4:</u>

Die Familie der kontextfreien Sprachen ist abgeschlossen gegen Vereinigung, Verkettung, Iteration und Spiegelbild.

Beweis:

Wir haben zu zeigen:
Sind L_1 und L_2 kontextfreie Sprachen, so auch $L_1 \cup L_2$, $L_1 \cdot L_2 = \{w_1 w_2 \mid w_1 \in L_1, w_2 \in L_2\}$, L_1^* und $sp(L_1) = \{sp(w) \mid w \in L_1\}$.

Sind nämlich $L_i = L(G_i)$ für die kontextfreien Grammatiken $G_i = (V_{N,i}, V_{T,i}, R_i, S_i)$, $i = 1,2$, so kann man leicht explizit Grammatiken angeben, die $L_1 \cup L_2$, $L_1 \cdot L_2$, L_1^* und $sp(L_1)$ erzeugen. Man führe ein neues Startsymbol S_o ein und verwende jeweils die Regeln $S_o \to S_1 \mid S_2$, zusammen mit $R_1 \cup R_2$ für die Vereinigung, $S_o \to S_1 S_2$ mit $R_1 \cup R_2$ für die Verkettung und $S_o \to S_o S_1 \mid \varepsilon$ mit R_1 für die Iteration.

Schließlich erhält man $sp(L(G_1))$ durch Spiegelung aller rechten Seiten von Regeln in R_1.

Das Beispiel 4.2 einer kontextsensitiven aber nicht kontextfreien Sprache kann man benutzen, um zu zeigen:

Satz 4.5:

Die Familie der kontextfreien Sprachen ist nicht abgeschlossen gegen Durchschnitt, Komplement und Mengendifferenz.

Beweis:

Man betrachte die Sprachen

$$L_1 = \{a^n b^n c^m \mid n,m \geqq 0\}$$

$$L_2 = \{a^n b^m c^m \mid n,m \geqq 0\}$$

Beide Sprachen sind kontextfrei. Beispielsweise kann man L_1 erzeugen durch eine kontextfreie Grammatik mit den folgenden Regeln:

$$S \to AC,\ A \to aAb|\varepsilon,\ C \to CC|c|\varepsilon.$$

Jedoch ist (vgl. Beispiel 4.2)

$$L_1 \cap L_2 = \{a^n b^n c^n \mid n \geqq 0\}$$

nicht kontextfrei.

Die übrigen Behauptungen erhält man unter Benutzung der bekannten de Morganschen Regel

$$L_1 \cap L_2 = \overline{\overline{L_1} \cup \overline{L_2}} = \Sigma^* - ((\Sigma^* - L_1) \cup (\Sigma^* - L_2)). \quad \square$$

Es sei hier daran erinnert, daß die kleinere Sprachfamilie der regulären Sprachen unter den in 4.5 genannten Operationen abgeschlossen ist (vgl. I.2.8).

Die kontextfreien Sprachen sind nach 4.5 nicht abgeschlossen unter Durchschnitt, jedoch gilt die schwächere Aussage, daß für eine kontextfreie Sprache L_1 und eine reguläre Sprache L_2 der Durchschnitt $L_1 \cap L_2$ wiederum kontextfrei ist.

Unter diesen Voraussetzungen ist dann auch $L_1 - L_2$ wieder kontextfrei.

Es gibt noch weitere kompliziertere Operationen, unter denen die kontextfreien Sprachen abgeschlossen sind, so z.B. die Übersetzung mit Maschinen, die ähnlich wie endliche Automaten arbeiten ("generalized sequential machines"), oder auch die Einsetzung kontextfreien Sprachen in kontextfreie Sprachen ("nested iterated substitution"). Untersuchungen hierzu findet man z.B. in Ginsburg, 1975.

5. Analytische Charakterisierung der kontextfreien Sprachen

Kontextfreie Grammatiken eignen sich insbesondere zur korrekten Erzeugung von klammerartigen Strukturen. Solche Klammerungen unbeschränkter Tiefe treten auf bei der Spezifikation arithmetischer Ausdrücke, bei der Schachtelung von Blöcken, der geschachtelten Verwendung von begin und end, z.B. um mehrere Anweisungen zu einem (compound-)Statement zusammenzufassen,und an vielen anderen Stellen bei der syntaktischen Spezifikation von Programmiersprachen. Man kann die Sprache $L = \{a^n bc^n \mid n \geq 1\}$ als besonders einfache, abstrakte Version einer solchen Klammerstruktur auffassen. L wird erzeugt von einer kontextfreien Grammatik G mit den Regeln

$$S \rightarrow aSc \mid abc.$$

Unter dem Analyseproblem (auch "Wortproblem" genannt) für ein Wort w und eine kontextfreie Grammatik G versteht man nun das Problem, festzustellen, ob $w \in L(G)$ ist oder nicht; und im Falle, daß $w \in L(G)$ ist, eine Ableitung von w mit den Regeln von G zu finden.

Im Abschnitt I.2 hatten wir gezeigt, wie das Analyseproblem für endliche Automaten behandelt wird. Im einfachsten Fall eines determinierten Automaten folgt man einfach dem mit w beschrifteten Pfad im Übergangsgraphen und prüft, ob der zuletzt erreichte Zustand ein Endzustand ist.

Zunächst ist klar, daß man das Analyseproblem bei kontextfreien Sprachen nicht durch Verwendung endlicher Automaten lösen kann. Denn man sieht leicht, daß es beispielsweise keinen endlichen Automaten gibt, der genau die oben angegebene Sprache $L = \{a^n bc^n \mid n \geq 1\}$ akzeptiert. Infrage kommen nur Automaten, die in der Lage sind, in irgendeiner Weise beliebig weit zu "zählen", also sich etwa jedes gelesene a "merken" und nach dem Lesen des b's für jedes c ein a "streichen". Bei endlichen Automaten kann Information über gelesene Teile des Eingabeworts nur in den endlich vielen Zuständen gespeichert werden. Da aber hier die Anzahlen der a's nicht beschränkt sind, benötigen wir außer der endlichen Kontrolle einen unbegrenzten Speicher. Wir benützen als Speicher ein einseitig unbeschränktes Band, dessen einzelne Zellen entweder leer oder mit genau einem Symbol eines Alphabets beschrieben sind. Auf diesem Speicher arbeitet ein Schreib-Lesekopf, jedoch immer nur am oberen Ende des beschriebenen Teils des Bandes.

Ein solcher Speichermechanismus hießt <u>Kellerspeicher</u> (Stapel oder pushdown-store).

Vor dem Lesen des ersten Zeichens des Eingabewortes steht der Schreib-Lesekopf über dem Kellerstartsymbol, das sich zu diesem Zeitpunkt als einziges Zeichen im Keller befindet.

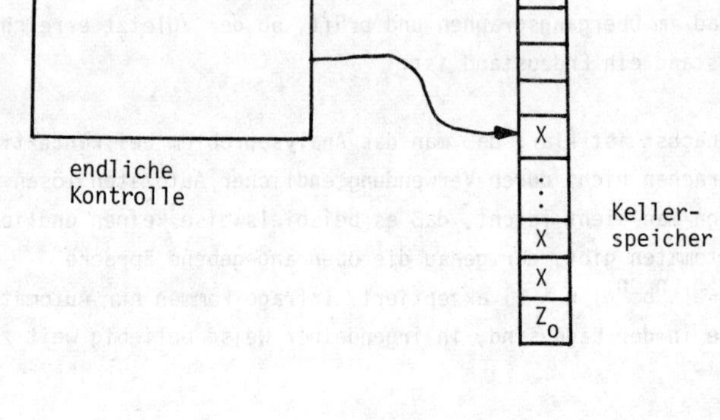

Die Aktionen eines "Pushdown Automaten" werden nun bestimmt durch drei Komponenten, nämlich: (nächstes Eingabezeichen, aktueller Zustand, oberstes Kellersymbol).

In Abhängigkeit hiervon geht der Automat in den nächsten Zustand über und löscht das aktuelle Kellersymbol oder schreibt ein oder mehrere Symbole auf die Kellerspitze und bleibt auf dem obersten Symbol stehen.

Für unser Beispiel $L = \{a^n bc^n \mid n \geq 1\}$ beinhaltet die endliche Kontrolle die drei Zustände q_a, q_c, q_f und auf dem Kellerspeicher seien das "Kellerstartsymbol" Z_o und als weiteres Symbol X erlaubt.

Wir können damit die Analyse von Eingabeworten durch das folgende Programmstück beschreiben:

```
begin
   Zustand := q_a;
   Zeichen := erstes Eingabezeichen;
   schreibe Z_o auf Stapel;
   while Ende des Eingabeworts noch nicht erreicht do
      begin {Verarbeitung eines Eingabesymbols}
        Fall := (Zustand, Zeichen, oberstes Stapelelement);
        case Fall of
        (q_a,a,Z_o),(q_a,a,X): schreibe X auf Stapel;
        (q_a,b,X): begin Zustand := q_c;
                         lösche oberstes X von Stapel
                   end;
        (q_c,c,X): lösche oberstes X von Stapel;
        (q_c,c,Z_o): begin Zustand := q_f;
                           lösche Z_o vom Stapel
                     end;
```

```
        sonst: begin
                 write ('Eingabewort nicht in L');
                 Analyse abbrechen
               end
      end {case}
      Zeichen := nächstes Eingabezeichen
    end {while};
  if Zustand = q_f then write ('Eingabewort in L')
                   else write ('Eingabewort nicht in L')
end.
```

Bei Analyse des Eingabewortes aaabccc nach obigem Verfahren werden beispielsweise folgende Situationen der Reihe nach durchlaufen:

Zustand	restliche Eingabe	Kellerspeicher
q_a	aaabccc ↑	Z_o ↑
q_a	aabccc ↑	XZ_o ↑
q_a	abccc ↑	XXZ_o ↑
q_a	bccc ↑	$XXXZ_o$ ↑
q_c	ccc ↑	XXZ_o ↑
q_c	cc ↑	XZ_o ↑
q_c	c ↑	Z_o ↑
q_f	↑	↑

Die Pfeile "↑" weisen dabei jeweils auf das aktuelle Eingabezeichen bzw. auf das oberste Kellerzeichen.

In diesem Beispiel können wir das Verhalten des Automaten als determiniert bezeichnen, da jede Aktion eindeutig durch aktuellen Zustand, Eingabesymbol und oberstes Kellersymbol festgelegt ist.

Zusätzlich wurde hier bei jedem Schritt genau ein Eingabesymbol abgearbeitet. In der nachfolgenden Definition der determinierten Pushdown Automaten kann der Lesekopf der Eingabe auch auf Eingabesymbolen verharren und Zustandswechsel und Kelleroperationen durchführen, aber nur unter der Voraussetzung, daß für den vorliegenden Zustand und das aktuelle oberste Kellersymbol kein Eingabesymbol existiert, für das ein Übergang definiert ist.

Definition 5.1:

Ein determinierter Pushdown (oder Keller) Automat $M = (S,\Sigma,K,\delta,s_0,Z_0,F)$ besteht aus

- einer endlichen Menge S von Zuständen
- einer endlichen Menge Σ von Eingabezeichen
- einer endlichen Menge K von Kellerzeichen
- einer (partiellen) Übergangsfunktion

  $\delta: S \times (\Sigma \cup \{\varepsilon\}) \times K \to S \times K^*$

  mit der Eigenschaft: ist $\delta(s,\varepsilon,k)$ definiert, so ist für alle $a \in \Sigma$ $\delta(s,a,k)$ nicht definiert,
- einem Anfangszustand $s_0 \in S$,
- einem Kellerstartsymbol $Z_0 \in K$ und
- einer Menge $F \subseteq S$ von Endzuständen.

Ist $s \in S$ ein Zustand von M, $\alpha \in K^*$ ein Kellerinhalt und $w \in \Sigma^*$ ein noch nicht gelesenes Endstück eines Eingabewortes, so bezeichnet man das Tripel (s,w,α) als Konfiguration von M. Die Konfiguration (s_0,w,Z_0) heißt Anfangskonfiguration.

Zwischen Konfigurationen wird nun eine Übergangsrelation "$\underset{M}{\vdash}$"

(oder einfach "$\vdash$", wenn klar ist, daß M gemeint ist) definiert.

Für beliebige $s,s' \in S$, $a \in \Sigma \cup \{\varepsilon\}$, $w \in \Sigma^*$, $k \in K$, $\alpha,\beta \in K^*$ ist:

$(s,aw,k\alpha) \vdash_M (s',w,\beta\alpha)$ gdw $\delta(s,a,k) = (s',\beta)$

Bezeichnet "$\overset{*}{\vdash}$" die transitive und reflexive Hülle der Relation "$\vdash$", so erklärt man als <u>Menge der von M akzeptierten Worte</u>

$T(M) = \{w \in \Sigma^* \mid$ es gibt $s \in F$, $\alpha \in K^*$: $(s_o,w,Z_o) \overset{*}{\vdash} (s,\varepsilon,\alpha)\}$

Wie bei endlichen Automaten geschieht das Akzeptieren von Eingabeworten mit Hilfe von Endzuständen, wobei dann der Inhalt des Kellerspeichers beliebig sein kann.

In anderen Definitionen des Pushdown Automaten erklärt man das Akzeptieren durch leeren Kellerspeicher:

$N(M) = \{w \in \Sigma^* \mid$ es gibt $s \in S$: $(s_o,w,Z_o) \overset{*}{\vdash} (s,\varepsilon,\varepsilon)\}$

und kann damit auf die Einführung von Endzuständen verzichten.

Die beiden Definitionen erweisen sich als äquivalent, was die Menge der jeweils akzeptierbaren Sprachen angeht. Wir wollen im folgenden die erste Definition verwenden, da in der Konstruktion von T(M) am anschaulichsten die Verbindung zwischen Pushdown Automaten und endlichen Automaten ablesbar sind.

Es ist nicht schwer, das oben angegebene Beispiel zur Sprache $\{a^nbc^n \mid n \geq 1\}$ so zu formulieren, so daß es unter die angegebene Definition fällt (vgl. auch Beispiel 5.6).

Ein Übergang $\delta(s,a,k) = (s',\varepsilon)$ entspricht offenbar dem Löschen des obersten Kellerzeichens k (sogenannte "pop"-Operation). Ist $\delta(s,a,k) = (s',\beta)$ mit $\beta = k_1 \ldots k_r$, $r \geq 1$, so wird das oberste Kellerzeichen k durch r neue Zeichen $k_1,\ldots,k_r$ ersetzt; es werden zunächst also eine pop-Operation, dann r sogenannte "push"-Operationen durchgeführt.

Die Analyse eines Eingabewortes w durch einen determinierten Pushdown Automaten besteht also aus einer Folge von push- und pop-Operationen, die durch w eindeutig bestimmt wird. Diesen eindeutigen Bezug von Eingabe zum inneren Zustand eines Automaten kennen wir auch bei den determinierten endlichen Automaten.

Bei den endlichen Automaten hatten wir das Modell des determinierten endlichen Automaten formal erweitert, indem zu einem vorliegenden Paar aus (Zustand, Eingabesymbol) mehrere Folgezustände und auch "spontane" Übergänge erlaubt wurden.

Wir konnten jedoch zeigen, daß mit diesem allgemeineren Typ des nichtdeterminierten endlichen Automaten genau dieselben Sprachen erfaßt werden wie bei der determinierten Version.

Analog werden wir nun <u>nichtdeterminierte Pushdown Automaten</u> einführen und deren Eigenschaften untersuchen.

Anders als bei endlichen Automaten kann man jedoch jetzt zeigen, daß dies allgemeinere Modell eines Pushdown Automaten mächtiger als das in Definition 5.1 eingeführte Modell ist. In Übereinstimmung mit dem üblichen Sprachgebrauch nennen wir diese Automaten einfach Pushdown Automaten.

<u>Definition 5.2:</u>

$M = (S,\Sigma,K,\delta,s_0,Z_0,F)$ heißt <u>Pushdown Automat</u>, wenn gilt:

- $S, \Sigma, K, s_o, Z_o, F$ sind wie in 5.1 definiert,
- δ ordnet jedem Tripel (s,a,k) aus $S \times (\Sigma \cup \{\varepsilon\}) \times K$ eine endliche (eventuell leere) Menge von Paaren aus $S \times K^*$ zu. δ ist also eine Abbildung von $S \times (\Sigma \cup \{\varepsilon\}) \times K$ in die Potenzmenge von $S \times K^*$.

Konfigurationen werden wie vorher definiert, jedoch wird die Übergangsrelation "$\vdash_M$" nun wie folgt erklärt: Für beliebige $s \in S$,

$a \in \Sigma \cup \{\varepsilon\}$, $w \in \Sigma^*$, $k \in K$, $\alpha \in K^*$ gilt:

$(s,aw,k\alpha) \vdash_M (s',w,\beta\alpha)$ gdw $(s',\beta) \in \delta(s,a,k)$.

Ist wieder "$\vdash^*$" die reflexive und transitive Hülle von "$\vdash$", so kann die <u>von M akzeptierte Menge</u> T(M) genau so definiert werden wie vorher.

Man kann jeden determinierten Pushdown Automaten im Sinne von Definition 5.1 als speziellen Pushdown Automaten im Sinne von Definition 5.2 auffassen:
Die Übergangsfunktion δ liefert für alle Tripel (s,a,k) eine Menge, die höchstens ein Element enthält und zusätzlich gilt:
$\#(\delta(s,a,k) \cup \delta(s,\varepsilon,k)) \leq 1$ für alle $a \in \Sigma$.

<u>Beispiel 5.3:</u>

Wir geben einen Pushdown Automaten M an, der genau die vereinfachten arithmetischen Ausdrücke von Beispiel 2.5 akzeptiert.
Diese Ausdrücke werden erzeugt durch die Regelmenge
$E \rightarrow E{+}T \mid T, \quad T \rightarrow T{*}F \mid F, \quad F \rightarrow (E) \mid a$
mit der Startvariablen E.
Es sei $M = (\{s_o\}, \Sigma, K, \delta, s_o, Z_o, \{s_o\})$ mit
$\Sigma = \{a, (,), +, *\}$, $K = \Sigma \cup \{E,T,F\}$, $Z_o = E$ und die obige Regelmenge wird wie folgt in die Übergänge von δ übertragen:

$\delta(s_0,\varepsilon,E) = \{(s_0,E+T),(s_0,T)\},$

$\delta(s_0,\varepsilon,T) = \{(s_0,T*F),(s_0,F)\},$

$\delta(s_0,\varepsilon,F) = \{(s_0,(E)),(s_0,a)\},$

$\delta(s_0,\alpha,\alpha) = \{(s_0,\varepsilon)\}$; für jedes $\alpha \in \Sigma$.

Dann gilt beispielsweise für das Eingabewort (a+a)*a:

$$
\begin{array}{lll}
 & (s_0,(a+a)*a, & E) \\
\vdash & (s_0,(a+a)*a, & T) \\
\vdash & (s_0,(a+a)*a, & T*F) \\
\vdash & (s_0,(a+a)*a, & F*F) \\
\vdash & (s_0,(a+a)*a, & (E)*F) \\
\vdash & (s_0,\ a+a)*a, & E)*F) \\
\vdash & (s_0,\ a+a)*a, & T)*F) \\
\vdash & (s_0,\ a+a)*a, & F)*F) \\
 & \vdots & \\
\vdash & (s_0,\ a, & F) \\
\vdash & (s_0,\ a, & a) \\
\vdash & (s_0,\ \varepsilon, & \varepsilon)
\end{array}
$$

Also ist $(s_0,(a+a)*a,E) \overset{*}{\underset{M}{\vdash}} (s_0,\varepsilon,\varepsilon)$ und damit $(a+a)*a \in T(M)$.

Offenbar entsprechen die von M durchlaufenen Konfigurationen den bei der Linksableitung von (a+a)*a im Beispiel 2.6 erhaltenen Linkssatzformen:

Der Pushdown Automat M "rät" gewissermaßen eine Linksableitung der zu analysierenden Terminalzeichenreihe. Dies Raten führt genau dann zum Ziel, d.h. hier in eine Endkonfiguration $(s_0, \varepsilon, \varepsilon)$, wenn die Terminalzeichenreihe zu der durch die kontextfreie Grammatik gegebenen Sprache gehört.

Das letzte Beispiel läßt sich sofort verallgemeinern zu folgendem Satz:

Satz 5.4:

Zu jeder kontextfreien Grammatik $G = (V_N, V_T, R, S)$ kann man einen Pushdown Automaten M angeben, derart, daß $L(G) = T(M)$ ist.

Beweis:

Man definiere $M = (\{s_0\}, V_T, V_N \cup V_T, \delta, s_0, S, \{s_0\})$ mit

$\delta(s_0, \varepsilon, X) = \{(s_0, w) \mid X \to w \text{ in } R\}$ für jedes $X \in V_N$
$\delta(s_0, a, a) = \{(s_0, \varepsilon)\}$ für jedes $a \in V_T$
$\delta(s_0, \alpha, k) = \emptyset$ sonst.

Dann zeigt man leicht, daß für jedes $x \in V_T^*$ gilt:

$S \overset{*}{\Longrightarrow} x$ gdw $(s_0, x, S) \underset{M}{\overset{*}{\vdash}} (s_0, \varepsilon, \varepsilon)$. □

Dieser Satz ist natürlich in keiner Weise tiefliegend, sondern nur eine andere Sicht des Ableitungsprozesses mittels kontextfreier Grammatiken. Insbesondere kann die Konstruktion des Pushdown Automaten zu einer gegebenen kontextfreien Grammatik nicht als Lösung des Analyseproblems angesehen werden. Dazu wäre eine determinierte Simulation des nichtdeterminierten Pushdown Automaten erforderlich, in dem das "Raten" von Übergängen zwischen Konfigurationen durch ein systematisches Ausrechnen ersetzt wird. Bemerkenswert am obigen Satz 5.4 ist lediglich, daß offenbar Pushdown Automaten mit nur einem einzigen Zustand ausreichen, um eine beliebige durch eine kontextfreie Grammatik erzeugte Sprache zu akzeptieren.

Ferner kann man für eine kontextfreie Grammatik G in Greibach Normalform, bei der also jede Regel die Gestalt $X \to aW$ mit $a \in V_T$ und $W \in V_N^*$ hat, eine Variante der obigen Konstruktion von δ verwenden:

$\delta(s_0,a,X) = \{(s_0,W) \mid X \to aW \in R\}$ für jedes $a \in V_T$, $X \in V_N$

$\delta(s_0,\alpha,k) = \phi$ sonst.

Für ein Wort $x \in L(G)$ existiert also in M eine Übergangsfolge von genau Länge(x) Schritten, die von (s_0,x,S) nach $(s_0,\varepsilon,\varepsilon)$ führt. Da M nichtdeterminiert ist, können wir diese akzeptierende Folge mit unserem bisherigen Wissensstand nur durch Ausrechnen der eventuell exponentiell vielen möglichen Übergangsfolgen finden und damit das Analyseproblem lösen. Später werden wir aber ein Verfahren vorstellen, das das Analyseproblem für kontextfreie Grammatiken in der Größenordnung von $(\text{Länge}(x))^3$ Schritten löst. Zunächst wollen wir jedoch zeigen, wie man beliebige Pushdown Automaten durch kontextfreie Grammatiken simulieren kann, so daß die Grammatik G genau diejenigen Worte erzeugt, die von dem vorgegebenen Pushdown Automaten akzeptiert werden.

Um die technischen Details im Beweis des nachfolgenden Satzes möglichst einfach darstellen zu können, werden wir für den Pushdown Automaten $M = (S,\Sigma,K,\delta,s_0,Z_0,F)$ dort voraussetzen, daß die Menge F der Endzustände nur aus dem einzigen Zustand s_f besteht und zusätzlich gilt:

$$(s_0,x,Z_0) \overset{*}{\vdash} (q,\varepsilon,\varepsilon) \quad \text{gdw} \quad q = s_f.$$

Denn sollte M diese Bedingungen nicht erfüllen, so ersetzt man M durch den äquivalenten Pushdown Automaten M':

$M' = (S \cup \{s_o', s_f, d\}, \Sigma, K \cup \{Y_o\}, \delta', s_o', Y_o, \{s_f\})$

mit

$\delta'(s_o', \varepsilon, Y_o) = \{(s_o, Z_oY_o)\}$,

$\delta'(q, \varepsilon, A) \;\; = \delta(q, \varepsilon, A) \cup \{(d, \varepsilon)\}$ für alle $q \in F$, $A \in K$

$\delta'(d, \varepsilon, A) \;\; = \{(d, \varepsilon)\}$ für alle $A \in K$

$\delta'(q, \varepsilon, Y_o) \;\; = \{(s_f, \varepsilon)\}$ für alle $q \in F \cup \{d\}$ und

$\delta'(s, a, k) \;\; = \delta(s, a, k)$ für alle anderen Tripel (s, a, k).

Wird von M ein Wort x akzeptiert, also $(s_o, x, Z_o) \overset{*}{\underset{M}{\vdash}} (q, \varepsilon, \alpha)$ mit $q \in F$, $\alpha \in K^*$, so arbeitet M' folgendermaßen:

$$(s_o', x, Y_o) \underset{M'}{\vdash} (s_o, x, Z_oY_o)$$
$$\overset{*}{\underset{M'}{\vdash}} (q, \varepsilon, \alpha Y_o)$$

und nun, falls $\alpha = \varepsilon$, ist nur noch der Übergang $\underset{M'}{\vdash} (s_f, \varepsilon, \varepsilon)$ möglich.

Für $\alpha = A\beta$ mit $A \in K$, $\beta \in K^*$ können wir fortfahren:

$$\underset{M'}{\vdash} (d, \varepsilon, \beta Y_o)$$
$$\overset{*}{\underset{M'}{\vdash}} (d, \varepsilon, Y_o)$$
$$\underset{M'}{\vdash} (s_f, \varepsilon, \varepsilon).$$

Wir haben so den Automaten M eingebettet in den Pushdown Automaten M', der nach beendeter Arbeit von M noch den Kellerspeicher leert und dann in den Zustand s_f geht.

Satz 5.5:

Zu jedem Pushdown Automaten $M = (S, \Sigma, K, \delta, s_o, Z_o, F)$ kann man eine kontextfreie Grammatik G angeben mit $T(M) = L(G)$.

Beweis:

Zum Aufbau der Grammatik $G = (V_N, V_T, R, S')$ benützen wir die sogenannte Tripelkonstruktion. Dieser Name erklärt sich daraus, daß die in V_N auftretenden Variablen alle von der Form $[q,A,q']$ sind mit $q,q' \in S$, $A \in K$.

Dahinter steckt die folgende Idee:
Für einen Übergang der Art
$(q,x,A) \overset{*}{\underset{M}{\vdash}} (q',\varepsilon,\varepsilon)$,
d.h. der Abarbeitung eines Eingabestücks x und eines Kellersymbols A bei einer Zustandsänderung von q nach q', soll in G gerade
$[q,A,q'] \overset{*}{\underset{G}{\Longrightarrow}} x$
als Ableitung möglich sein und umgekehrt.

Mit den vorhin erläuterten nicht einschränkenden Voraussetzungen für M
- $F = \{s_f\}$, $(s_0,x,Z_0) \overset{*}{\vdash} (q,\varepsilon,\varepsilon)$ gdw $q = s_f$ -
hätten wir dann insbesondere für ein $x \in T(M)$:

$(s_0,x,Z_0) \overset{*}{\underset{M}{\vdash}} (s_f,\varepsilon,\varepsilon)$ gdw
$[s_0,Z_0,s_f] \overset{*}{\underset{G}{\Longrightarrow}} x$.

Wir definieren also $G = (V_N, V_T, R, S')$ durch:

$V_N = \{[q,A,q'] \mid q,q' \in S,\ A \in K\}$,

$V_T = \Sigma$,

$S' = [s_0,Z_0,s_f]$;

ferner enthalte R genau die folgenden Regeln:

(1) Wenn $(q_1,B_1 \ldots B_m) \in \delta(q,a,A)$ mit $m \geqq 1$, $a \in \Sigma \cup \{\varepsilon\}$, dann seien in R für alle $q_2,q_3,\ldots,q_{m+1} \in S$ die folgenden Regeln $[q,A,q_{m+1}] \to a[q_1,B_1,q_2][q_2,B_2,q_3]\ldots[q_m,B_m,q_{m+1}]$.

(2) Für $(q',\varepsilon) \in \delta(q,a,A)$ mit $a \in \Sigma \cup \{\varepsilon\}$ enthalte R die Regel $[q,A,q'] \to a$.

Bei den Regeln unter (1) liegt also in M die folgende Situation vor:

Der aktuelle Zustand ist q, das oberste Kellersymbol A und wir "raten" nun, daß der Pushdown Automat nach Abarbeiten des zu A gehörenden Stücks des Eingabeworts im Zustand q_{m+1} sei. Wir probieren also, ob eine Konfigurationenfolge:

$$
\begin{aligned}
(q,ax_1x_2\ldots x_m,A) &\vdash (q_1,x_1x_2\ldots x_m,B_1B_2\ldots B_m)\\
&\vdash^* (q_2,\; x_2\ldots x_m,\; B_2\ldots B_m)\\
&\;\;\vdots\\
&\vdash^* (q_m,\; x_m,\; B_m)\\
&\vdash^* (q_{m+1},\; \varepsilon,\; \varepsilon)
\end{aligned}
$$

vorliegt, die A und eine gewisse Eingabefolge zum Verschwinden bringt.

Analog gilt bei den Regeln unter (2), daß a von der Eingabe und A von der Kellerspitze verschwinden können beim Zustandsübergang von q nach q'.

Natürlich nehmen wir durch das Raten in (1) i.a. auch sehr viele Regeln auf, für die der Übergang q_i nach q_{i+1} beim Abarbeiten von B_i überhaupt nicht möglich ist.

Bei Anwendung einer solchen "falschen" Regel muß die Ableitung jedoch später blockieren, da eine Variable $[q,A,q']$ nur durch eine Regel vom Typ (2) $[q,A,q'] \to a$ in ein Terminalzeichen oder ε umgewandelt werden kann, und hier ein korrekter Zustandsübergang von M notwendig ist.

Der detaillierte Beweis von T(M) = L(G) erfolgt durch Nachweis der Aussage:

Für alle $q,q' \in S$, $A \in K$, $x \in \Sigma^*$ gilt

$(q,x,A) \overset{*}{\underset{M}{\vdash}} (q',\varepsilon,\varepsilon)$ gdw $[q,A,q'] \overset{*}{\underset{G}{\Longrightarrow}} x$.

Dazu zeigt man jede Richtung dieser Äquivalenz durch vollständige Induktion über die Länge der Konfigurationenfolge bzw. Länge der Ableitung. Der interessierte Leser wird dies selbst an Hand der obigen intuitiven Erklärungen bewältigen können, so daß wir hier auf diese Einzelheiten verzichten. □

Wir greifen das Beispiel zu Beginn dieses Abschnitts noch einmal auf und konstruieren für den Pushdown Automaten, der $\{a^n bc^n \mid n \geq 1\}$ akzeptiert, nach dem Verfahren von Satz 5.5 eine zugehörige kontextfreie Grammatik.

Beispiel 5.6:

Sei $M = (\{q_a,q_c,q_f\}, \{a,b,c\}, \{X,Z_0\},\delta,q_a,Z_0,\{q_f\})$

gegeben mit

$\delta(q_a,a,Z_0) = \{(q_a,XZ_0)\}$

$\delta(q_a,a,X) = \{(q_a,XX)\}$

$\delta(q_a,b,X) = \{(q_c,\varepsilon)\}$

$\delta(q_c,c,X) = \{(q_c,\varepsilon)\}$

$\delta(q_c,c,Z_0) = \{(q_f,\varepsilon)\}$

und $\delta(q,\alpha,k) = \phi$ sonst.

Wir konstruieren nun zu M die kontextfreie Grammatik $G = (V_N,\{a,b,c\},R,S)$ durch:

$V_N = \{[q,A,q'] \mid q,q' \in \{q_a,q_c,q_f\},\ A \in \{X,Z_0\}\}$

Die Startvariable S ist $[q_a,Z_o,q_f]$ und wir haben die folgenden Regeln in R:

(i) $[q_a,Z_o,q_3] \to a[q_a,X,q_2][q_2,Z_o,q_3]$

für alle $q_2,q_3 \in \{q_a,q_c,q_f\}$

(ii) $[q_a,X,q_3] \to a[q_a,X,q_2][q_2,X,q_3]$

für alle $q_2,q_3 \in \{q_a,q_c,q_f\}$ und ferner

$[q_a,X,q_c] \to b$

$[q_c,X,q_c] \to c$

$[q_c,Z_o,q_f] \to c$

Man prüft leicht nach, daß nur in den beiden folgenden Regeln aus (i) und (ii) keine überflüssigen Nichtterminalzeichen enthalten sind:

$[q_a,Z_o,q_f] \to a[q_a,X,q_c][q_c,Z_o,q_f]$

$[q_a,X,q_c] \to a[q_a,X,q_c][q_c,X,q_c]$

Der Ableitungsbaum zu aaabccc sieht also folgendermaßen aus:

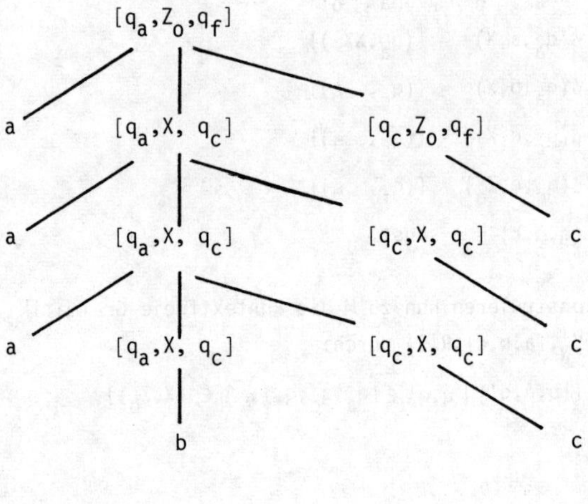

Man vergleiche hierzu die akzeptierende Konfigurationenfolge zu Beginn von Abschnitt 5.

Die Sätze 5.4 und 5.5 zeigen, daß die kontextfreien Sprachen genau diejenigen sind, die von nichtdeterminierten Pushdown Automaten akzeptierbar sind. Wir haben also auch für diese Familie von Sprachen die Möglichkeit der dualen Darstellung einmal durch einen generativen Mechanismus - die kontextfreie Grammatik - und zum anderen durch einen Akzeptor - den nichtdeterminierten Pushdown Automaten -. Entsprechendes galt ja auch für die regulären Mengen mit den Repräsentationen durch rechtslineare Grammatiken und endliche Automaten.

Wir wenden uns nun dem Analyseproblem für kontextfreie Sprachen zu, also der Frage, ob für eine gegebene kontextfreie Sprache L und ein Wort w gilt: "$w \in L$" oder "$w \notin L$".

Nun stehen wir hier aber vor der unangenehmen Situation, daß nicht für jeden nichtdeterminierten Pushdown Automaten auch ein äquivalenter determinierter Pushdown Automat existiert. (Eine inhärent mehrdeutige kontextfreie Sprache ist von keinem determinierten Pushdown Automaten akzeptierbar.)

Anders als bei regulären Mengen können wir also nicht die Existenz eines (nichtdeterminierten) Akzeptors umsetzen in ein (determiniertes) Analyseverfahren. Die Familie der von determinierten Pushdown Automaten akzeptierten Sprachen - die sogenannten <u>deterministischen</u> kontextfreien Sprachen - ist also echt enthalten in der kontextfreien Sprachfamilie. Man kann dies z.B. dadurch zeigen, daß man nachweist, daß die Familie der deterministischen kontextfreien Sprachen abgeschlossen ist unter Komplementbildung, die Familie aller kontextfreien Sprachen aber nicht (vgl. Harrison, 1978).

Das nun vorgestellte Verfahren zur Lösung des Analyseproblems allgemeiner kontextfreier Sprachen basiert also nicht auf einer Darstellung durch Pushdown Automaten, sondern setzt eine kontextfreie Grammatik in Chomsky Normal Form voraus.

Dieses Verfahren von Cocke/Kasami/Younger gestattet für eine beliebige kontextfreie Grammatik G in Chomsky Normal Form und ein Wort w in größenordnungsmäßig $(\text{Länge}(w))^3$ Schritten zu entscheiden, ob $w \in L(G)$ ist oder nicht.

Dem Algorithmus liegt die folgende Idee zugrunde:

Nehmen wir an, wir hätten für das zu analysierende Wort $w = a_1 a_2 \ldots a_n$, $n \geq 1$, bereits eine Ableitung gefunden und A sei ein Nichtterminalzeichen, das irgendwo in der Ableitung verwendet wird, also:

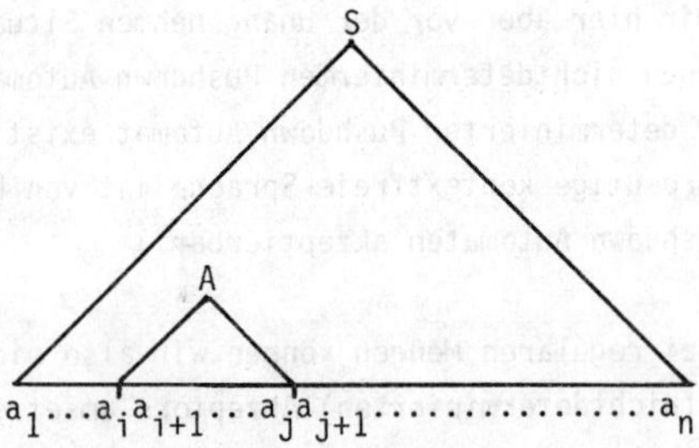

Da G in Chomsky Normal Form vorliegt, erzeugt A also ein nichtleeres Teilwort $a_{i+1} \ldots a_j$ von w. Im Cocke/Kasami/Younger-Verfahren bestimmt man nun für jedes i,j mit $0 \leq i \leq j \leq n$ die Menge M_{ij} aller der Nichtterminalzeichen A, aus denen das Teilstück $a_{i+1} \ldots a_j$ von w ableitbar ist, also $M_{ij} = \{A \mid A \overset{*}{\Longrightarrow} a_{i+1} \ldots a_j\}$.

Offenbar ist dann: $w \in L(G)$ gdw $S \in M_{0,n}$.

Wir ermitteln die $M_{i,j}$ nun für immer längere Teilworte von w, gehen also gewissermaßen von den Blättern eines Ableitungsbaumes zur Wurzel.

Zunächst sind die Mengen M_{ij}, falls $j = i+1$ ist, unmittelbar aus den Regeln der gegebenen kontextfreien Grammatik $G = (V_N, V_T, R, S)$ in Chomsky Normalform ablesbar; denn es ist offenbar:

$$\begin{aligned} M_{i,i+1} &= \{A \mid A \overset{*}{\Longrightarrow} a_{i+1}\} \\ &= \{A \mid A \to a_{i+1} \text{ ist Regel in R}\}, \text{ für } 0 \leqq i < n. \end{aligned}$$

Nehmen wir nun an, wir kennen bereits die Mengen M_{ik} und M_{kj} für jedes k mit $i < k < j$. Dann kann man daraus die Menge M_{ij} ermitteln wie folgt:

$$M_{ij} = \bigcup_{\substack{k \\ i<k<j}} \{A \mid A \to BC \text{ ist Regel in R und } B \in M_{ik},\ C \in M_{kj}\}$$

Für die A's im M_{ij} ist also eine Ableitung der folgenden Art möglich:

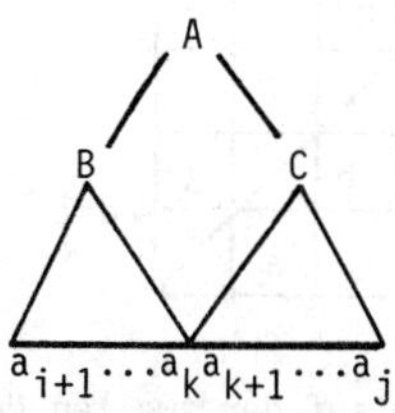

Also kann man die Mengen M_{ij} induktiv über die Differenz $d = j-i$ bestimmen. Es ist bequem, diese Mengen in einer "Analysematrix" darzustellen:

Die Menge M_{ij} ist das Matrixelement in Zeile i und Spalte j. Dann berechnet man die Matrixelemente auf den Nebendiagonalen, ausgehend von der Nebendiagonalen d = 1. (Die d-te Nebendiagonale enthält genau alle Elemente M_{ij} mit j-i = d).

Wir erläutern das Verfahren an folgendem Beispiel (nach Younger, 1967):

Sei $G = (\{S,A,B\}, \{a,b,c\},R,S)$, mit
$R = \{S \rightarrow SA \mid a,\ A \rightarrow BS,\ B \rightarrow BB|BS|b|c\}$, und $w = abacba = a_1 \ldots a_6$.

Zuerst nun die Mengen $M_{i,i+1}$:
Da $S \rightarrow a$ die einzige Regel mit rechter Seite a ist, ist
$M_{01} = M_{23} = M_{56} = \{S\}$. Weil $B \rightarrow b$ bzw. $B \rightarrow c$ die jeweils einzigen Regeln mit rechter Seite b bzw. c sind, ist ferner
$M_{12} = M_{45} = \{B\}$ und $M_{34} = \{B\}$. Man geht also aus von der Matrix

M_1 =

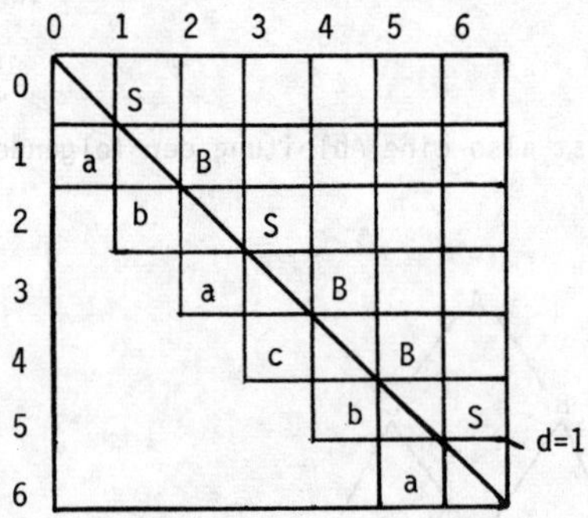

Dann berechnet man die Mengen auf der zweiten Nebendiagonalen, also die Mengen M_{ij} mit d = j-i = 2, 0 < k < j < n, gemäß

$M_{i,i+2} = \{X \mid X \rightarrow YZ \text{ in } R \text{ und } Y \in M_{i,i+1},\ Z \in M_{i+1,i+2}\}$.

Das ergibt hier die Matrix M_2:

M_2 =

	0	1	2	3	4	5	6
0		S					
1	a		B	A,B			
2		b		S			
3			a		B	B	
4				c		B	A,B
5					b		S
6						a	

Hier findet man z.B. A in $M_{1,3}$ weil $B \in M_{1,2}$, $S \in M_{2,3}$ und $A \to BS$ eine Regel in R ist.

Entsprechend werden die Mengen auf den übrigen Nebendiagonalen berechnet; beispielsweise die Mengen $M_{i,i+3}$, $0 < i \leqq n-3$, gemäß

$$M_{i,i+3} = \{X \mid X \to YZ \text{ in R und } Y \in M_{i,i+1}, Z \in M_{i+1,i+3}\}$$
$$\cup \{X \mid X \to YZ \text{ in R und } Y \in M_{i,i+2}, Z \in M_{i+2,i+3}\}$$

Auf diese Weise erhält man schließlich:

M_6 =

	0	1	2	3	4	5	6
0		S		S			S
1	a		B	A,B	B	B	A,B
2		b		S			S
3			a		B	B	A,B
4				c		B	A,B
5					b		S
6						a	

M_6 ist die gesuchte Analysematrix für w und G. (Matrixfelder oberhalb der Nebendiagonalen ohne Eintrag enthalten die leere Menge).

Nun bedeutet $S \in M_{0,6}$: $S \overset{*}{\Longrightarrow} a_1 \ldots a_6$, also abacba $\in L(G)$. Ganz allgemein gilt für jedes Wort w der Länge n: w $\in$ L(G) genau dann, wenn das Startsymbol in der Menge $M_{0,n}$ der Analysematrix zu G und w liegt.

Das skizzierte Verfahren zur Berechnung der Analysematrix hat eine gewisse formale Ähnlichkeit mit der Berechnung der transitiven Hülle einer Matrix: Ist $\mathcal{A}$ eine quadratische Matrix, so ist die transitive Hülle von $\mathcal{A}$ definiert als

$$\sum_{i=1}^{\infty} \mathcal{A}^i \text{, mit } \mathcal{A}^1 = \mathcal{A}, \mathcal{A}^{i+1} = \mathcal{A}^i \cdot \mathcal{A} .$$

Dabei sind die üblichen Operationen zur Addition bzw. Multiplikation von z.B. ganzzahligen oder booleschen Matrizen gemeint. Ist $\mathcal{A}$ eine n×n obere Dreiecksmatrix, so ist bereits

$$\sum_{i=1}^{n} \mathcal{A}^i = \mathcal{A}^+.$$

Analysematrizen haben Mengen von Nichtterminalzeichen als Matrixelemente. Statt der arithmetischen Addition nimmt man jetzt die Vereinigung von Mengen von Variablen. Die Multiplikation für zwei Mengen von Variablen U und V wird, in Abhängigkeit von der gegebenen Grammatik G = (V_N,V_T,R,S) in Chomsky Normal Form definiert durch:

$$U \cdot V = \{X \mid \text{Es gibt } Y,Z: X \to YZ \text{ in } R,\ Y \in U,\ Z \in V\}$$

Man sieht nun leicht, daß die so definierte Multiplikation nicht mehr assoziativ ist. Dasselbe gilt dann auch für die Multiplikation von Matrizen, deren Elemente Mengen von Nichtterminalzeichen von G sind. Man kann daher die transitive Hülle einer derartigen

Matrix nicht mehr so einfach definieren, wie im Falle arithmetischer oder boolescher Matrizen: An Stelle der i-ten Potenz einer Matrix M betrachtet man die Summe (also: die Vereinigung) über alle formal verschieden geklammerten Produkte von i gleichen Faktoren M. Im Falle oberer Dreiecksmatrizen ist damit die transitive Hülle M^+ einer n×n Matrix definiert durch

$$M^+ = M \cup \underbrace{(M\cdot M)}_{=M^{(2)}} \cup \underbrace{[M\cdot(M\cdot M) \cup (M\cdot M)\cdot M]}_{=M^{(3)}} \cup \ldots \cup M^{(n)}$$

wobei $M^{(i)}$ die Vereinigung über alle formal verschieden geklammerten Produkte von i Faktoren M ist.

Sind nun eine kontextfreie Grammatik $G = (V_N,V_T,R,S)$ in Chomsky Normal Form und ein Wort $w = a_1 \ldots a_n$, $n \geqq 1$, gegeben, so definiert man

$$M = (M_{ij}) \text{ mit: } M_{i,i+1} = \{X \mid X \rightarrow a_{i+1} \text{ in } R\},\ 0 \leqq i < n,$$
$$\text{und: } M_{ij} = \phi,\ \text{falls } j \neq i+1.$$

Dann ist M^+ die Analysematrix für G und w; d.h. $w \in L(G)$ genau dann, wenn das rechte obere Element von M^+ das Startsymbol S von G enthält. Dieser Zusammenhang ist für das oben angegebene Beispiel leicht zu verifizieren.

Interessant ist dieser Zusammenhang vor allem deshalb, weil damit effiziente Verfahren zur Berechnung der transitiven Hülle einer Matrix (für ein nicht assoziatives Matrizenprodukt) unmittelbar zu effizienten Lösungen des Analyseproblems für kontextfreie Sprachen führen. Es ist relativ leicht zu sehen, daß die transitive Hülle einer n×n oberen Dreiecks-Matrix in größenordnungsmäßig n^3 Schritten bestimmt werden kann. Wesentlich verfeinerte Multiplikations-Verfahren erreichen Schrittzahlen in der Nähe von $n^{2.5}$. (Pan, 1980, 1981).

Dieselben Schrittzahlen folgen damit auch für Verfahren zur Lösung des Analyseproblems für eine Grammatik G und ein Wort w der Länge n.

Für das oben angegebene Verfahren von Cocke/Kasami/Younger zur Bestimmung der Analysematrix hätte man auch leicht direkt zeigen können, daß größenordnungsmäßig n^3 Schritte zur Bestimmung der Analysematrix für ein Wort der Länge n ausreichen.

Wir möchten noch bemerken, daß es nicht schwer ist, aus der Analysematrix für G und w eine Linksableitung für w zu finden, falls w in L(G) ist.

Wir fassen unsere obigen Überlegungen zusammen in folgendem Satz:

<u>Satz 5.7:</u>

Das Analyseproblem für eine kontextfreie Grammatik $G = (V_N, V_T, R, S)$ in Chomsky Normal Form und ein Wort $w = a_1 \ldots a_n$, $n \geq 1$, kann durch Aufstellen der Analysematrix gelöst werden. Diese Analysematrix läßt sich nach dem Verfahren von Cocke/Kasami/Younger in $O(n^3)$ Schritten bestimmen. Sie ist zugleich die transitive Hülle M^+ der Matrix $M = (M_{ij})$, deren einzige, von ϕ verschiedene Elemente, die Elemente $M_{i,i+1} = \{X \mid X \rightarrow a_{i+1} \text{ in } R\}$ $(0 \leq i < n)$ sind.

6. Syntaxanalyse von Programmiersprachen

Das im vorigen Abschnitt vorgestellte Analyseverfahren für kontextfreie Grammatiken könnten wir im Prinzip auch für Programmiersprachen anwenden, die (im wesentlichen) durch BNF-Systeme definiert sind. Wir könnten also für ein Quellprogramm der Länge n in $O(n^3)$ Schritten feststellen, ob es den BNF-Regeln entsprechend syntaktisch korrekt ist und übersetzt werden kann.

In der Praxis sind aber Analysezeiten dieser Größenordnungen untragbar und man kann nur Verfahren als vernünftig anzusehen, die in linearer Zeit - oder wenig schlechter - arbeiten.

Man sondert daher Teilklassen aus der kontextfreien Sprachfamilie aus, mit denen sich die wichtigen Sprachkonstruktionen der Programmiersprachen auch noch abdecken lassen, und die schnellere Analyseverfahren ermöglichen. Wir können jedoch nicht bis zu den regulären Mengen zurückkehren, wie wir zu Beginn dieses Kapitels deutlich gemacht haben.

Der Teil des Compilers, der die Syntaxanalyse durchführt, heißt Parser. Er ist der lexikalischen Analyse nachgeschaltet und übernimmt von dieser Phase die Eingabe bereits in der internen normierten Form der Tokens, (vgl. Abschnitt I.3.3). Die Aufgabe des Parsers besteht nun darin, für die abgelieferte Tokenfolge den zugehörigen Ableitungsbaum zu erzeugen, bzw. Fehlermeldungen für unzulässige Konstruktionen auszugeben. Dieser Baum kann explizit als verkettete Listenstruktur aufgebaut werden, so z.B. bei einem Übersetzer der neuen Programmiersprache ADA, (Uhl et al., 1982). Häufig wird der Ableitungsbaum nur implizit verwendet, um eine Vorstufe des lauffähigen Objektprogramms, den sogenannten Zwischencode, zu erzeugen.

Man klassifiziert nun die wichtigsten Parsing-Verfahren zunächst danach, ob der Ableitungsbaum von oben nach unten - "top-down" - oder von unten nach oben - "bottom-up" - aufgebaut wird.

Hierbei arbeitet man die Eingabefolge von links nach rechts ab. Dies bedeutet für ein Top-down-Verfahren, daß man versucht, eine Linksableitung für die Eingabe zu erzeugen. Entsprechend durchläuft man eine Rechtsableitung in umgekehrter Richtung bei Bottom-up-Verfahren (vgl. Abschnitt II.1.1).

Wir beginnen mit der Darstellung einer besonders einfach zu implementierenden Top-down-Analyse.

Das Problem, eine zur Eingabe passende Linksableitung zu finden, können wir folgendermaßen präzisieren:

Sei $G = (V_N, V_T, R, S)$ eine kontextfreie Grammatik (ein BNF-System) und $w = a_1 a_2 \ldots a_n \in V_T^*$.

Angenommen, wir haben bereits eine Linksableitung erzeugt, die für $a_1 a_2 \ldots a_i$, $i < n$, "passt", also eine Linksableitung der Art $S \stackrel{*}{\Longrightarrow} a_1 a_2 \ldots a_i A W$ mit $A \in V_N$, $W \in (V_N \cup V_T)^*$, welche Regel müssen wir zur Ersetzung von A benützen, um ein Anfangsstück von $a_{i+1} a_{i+2} \ldots a_n$ zu erzeugen?

Im Ableitungsbaum dargestellt, liegt also die folgende Situation vor:

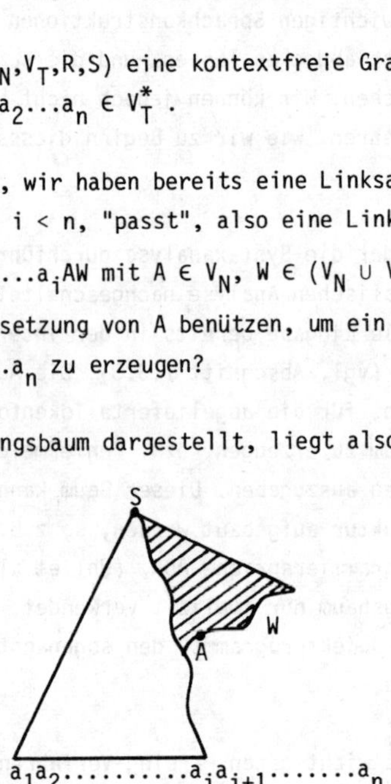

Da wir das Wort w von links nach rechts inspizieren, wäre es also wünschenswert, wenn sich allein schon aus der Kenntnis einiger weiterer Eingabesymbole, z.B. $a_{i+1}...a_{i+k}$ schon eindeutig die für A zu wählende Regel bestimmen ließe.

Dies hängt natürlich stark von der Regelmenge selbst ab, wie wir nun zeigen wollen.

Beispiel 6.1:

Wir betrachten wiederum unser Beispiel der vereinfachten arithmetischen Ausdrücke (vgl. II.2.6) mit der Regelmenge

$$E \to E+T \mid T$$
$$T \to T*F \mid F$$
$$F \to (E) \mid a$$

und zwei Eingabeworte der Art

$$w_1 = (a + \ldots\ldots\ldots\ldots) + a \quad \text{und}$$
$$w_2 = (a + \ldots\ldots\ldots\ldots) \quad ,$$

wobei die Punkte in der Klammer für irgendein beliebiges sehr langes Wort stehen sollen.

Offensichtlich muß eine Ableitung für w_1 mit $E \Rightarrow E + T$ starten, und für w_2 mit $E \Rightarrow T$. Aber man kann zur gegebenen Regelmenge keine Konstante k angeben, so daß aus den nächsten k Symbolen immer ablesbar wäre, welche Regel nun anzuwenden ist. Wir kommen also für diese Regelmenge mit keinem beschränkten "Lookahead" aus. Deshalb ändern wir nun die Regeln, ohne aber die Sprache selbst zu ändern.

Mit den E-Regeln kann man offensichtlich die Linkssatzformen:

T, T+T, T+T+T,...,T+T+...+T,... erzeugen und zwar durch das

"linksrekursive" Nichtterminalzeichen E in E → E+T.

Wir können nun einfach die "Linksrekursion" durch eine "Rechtsrekursion" ersetzen, in dem wir statt E → E+T | T die Regelmenge

$$E \rightarrow TX$$
$$X \rightarrow +TX \mid \varepsilon$$

verwenden. Analog ersetzen wir

$T \rightarrow T{*}F \mid F$ durch
$T \rightarrow FY$
$Y \rightarrow {*}FY \mid \varepsilon$

und übernehmen die F-Regeln unverändert.

Wir erhalten also die äquivalente Regelmenge

$$E \rightarrow TX$$
$$X \rightarrow +TX \mid \varepsilon$$
$$T \rightarrow FY$$
$$Y \rightarrow {*}FY \mid \varepsilon$$
$$F \rightarrow (E) \mid a$$

Nun genügt bereits <u>ein</u> Zeichen der restlichen Eingabe, um die korrekte Regelersetzung zu vollziehen.

Man überprüfe dies am folgenden Beispiel für das Wort (a+a):

Nächstes Symbol	Linksableitung
(	$E \Longrightarrow$
	$TX \Longrightarrow$
	$FYX \Longrightarrow$
a	$(E)YX \Longrightarrow$
	$(TX)YX \Longrightarrow$
	$(FYX)YX \Longrightarrow$
+	$(aYX)YX \Longrightarrow$
	$(aX)YX \Longrightarrow$
a	$(a+TX)YX \Longrightarrow$
	$(a+FYX)YX \Longrightarrow$
)	$(a+aYX)YX \Longrightarrow$
	$(a+aX)YX \Longrightarrow$
	$(a+a)YX \Longrightarrow$
	$(a+a)X \Longrightarrow$
	$(a+a)$.

Im obigen Beispiel hatten wir die unmittelbare Linksrekursion in

$E \rightarrow E+T \mid T$ ersetzt durch
$E \rightarrow TX$
$X \rightarrow +TX \mid \varepsilon$.

Analog kann man bei unmittelbarer Linksrekursion in mehreren Alternativen vorgehen. Man ersetzt
$A \rightarrow A\alpha_1 \mid A\alpha_2 \mid \ldots \mid A\alpha_m \mid \beta_1 \mid \ldots . \mid \beta_n$, wobei kein β_i mit A beginnt durch

$A \rightarrow \beta_1 X \mid \ldots \mid \beta_n X$
$X \rightarrow \alpha_1 X \mid \ldots\ldots. \mid \alpha_m X \mid \varepsilon$.

Die allgemeinere Form der Linksrekursion, bei der sich ein Nichtterminalzeichen A nach einigen Ableitungsschritten wieder am linken Wortende reproduziert, $A \overset{*}{\Longrightarrow} A\gamma$, ist um einiges schwieriger zu bewältigen.

Man kann dazu folgendermaßen vorgehen. Zunächst beseitigt man alle Zyklen $A \overset{+}{\Longrightarrow} A$ und ε-Erzeugungen $A \overset{*}{\Longrightarrow} \varepsilon$ in der Regelmenge, z.B. durch Erstellen der Chomsky Normal Form (vgl. II.3.5).

Nun ordnet man die Nichtterminale in irgendeiner beliebigen, aber festen Reihenfolge:
$A_1, A_2, \ldots\ldots, A_n$.

Für i = 1,2,...,n prüft man, ob eine Regel $A_i \to A_j\gamma$ mit $j < i$ vorliegt. Sind $A_j \to \delta_1 \mid \delta_2 \ldots \mid \delta_k$ die derzeitigen A_j-Regeln, so ersetzt man $A_i \to A_j\gamma$ durch $A_i \to \delta_1\gamma \mid \delta_2\gamma \mid \ldots \mid \delta_k\gamma$.

Unter den A_i-Regeln beseitigt man dann die eventuell auftretende unmittelbare Linksrekursion.

Bei diesem Verfahren kann u.U. eine Regelmenge entstehen, die um ein Vielfaches größer als die ursprüngliche ist.

Auch können hier immer noch Regeln der Art $A \to \alpha\beta \mid \alpha\gamma$ mit $\alpha \neq \varepsilon$, auftreten, die genauso wie die Linksrekursion die eindeutige Bestimmung der nächsten Ersetzungsregel bei der Top-down-Analyse verhindern können.

Solche Regeln werden "linksfaktorisiert" durch Einführen einer neuen Variablen B und der Ersetzung von $A \to \alpha\beta \mid \alpha\gamma$ durch

$$A \to \alpha B$$
$$B \to \beta \mid \gamma.$$

Man verschiebt so die Entscheidung, welche Alternative zu wählen ist, auf den späteren Zeitpunkt, an dem B abgearbeitet wird. Man beachte jedoch, daß u.U. zu diesem Zeitpunkt nicht entschieden werden kann, welche der Alternativen zu wählen ist.

Nach diesen Vorarbeiten des Eliminierens von Linksrekursionen und des Linksfaktorisierens können wir hoffen, eine Regelmenge gefunden zu haben, mit der sich jedes Eingabewort, "ohne probieren zu müssen", top-down analysieren läßt.

Natürlich können wir dies nicht für jede beliebige kontextfreie Sprache erwarten, so z.B. bei den inhärent mehrdeutigen Sprachen, bei denen es ja zu einem Wort mehrere Linksableitungen geben kann, oder auch bei der "dangling else" Konstruktion (vgl. II.2.7).

Wir kehren nun zurück zur Regelmenge, die in Beispiel 6.1 erzeugt wurde:

$$E \to TX$$
$$X \to +TX \mid \varepsilon$$
$$T \to FY$$
$$Y \to *FY \mid \varepsilon$$
$$F \to (E) \mid a$$

Diese Regeln sollen zunächst mit Hilfe von "Syntaxgraphen" dargestellt und daraus ein Programmfragment entwickelt werden, das die Top-down-Analyse der vereinfachten arithmetischen Ausdrücke darstellt.

Syntaxgraphen erzeugt man aus einer Regelmenge R folgendermaßen:

Jeder möglichen rechten Seite r ordnet man durch Induktion über den Aufbau von r einen Graphen

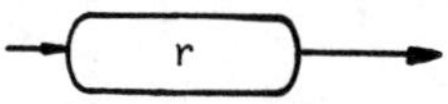

wie folgt zu:

(0) Für ein Nichtterminalzeichen A ist

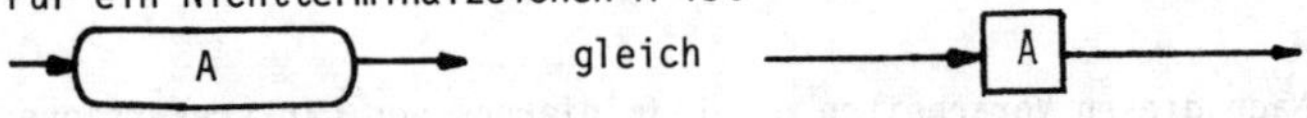

Für ein Terminalzeichen a ist

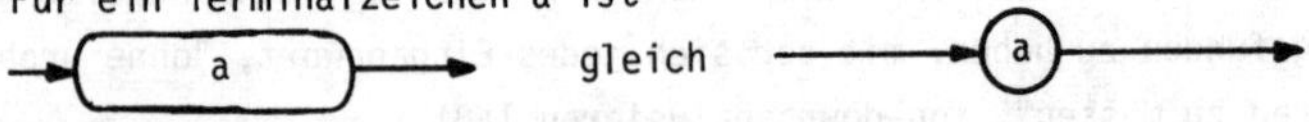

Für das leere Wort ε ist

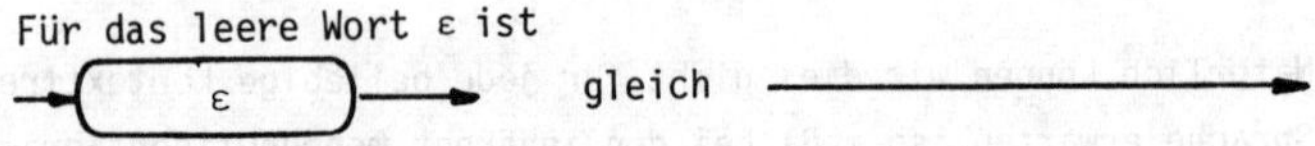

(1) Für ein Wort $X_1X_2...X_m$ ist

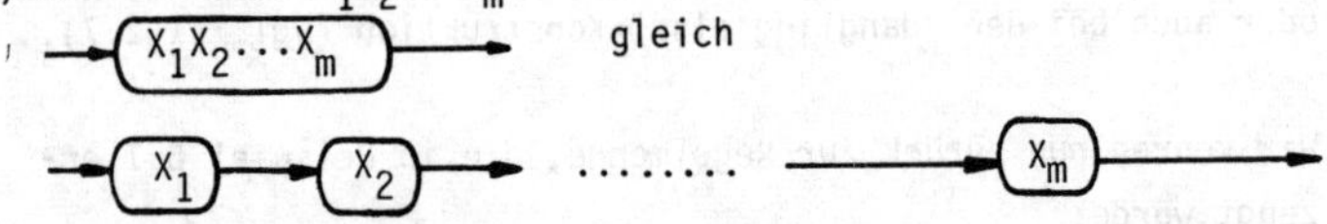

(2) Für einen Term der Form {α} ist

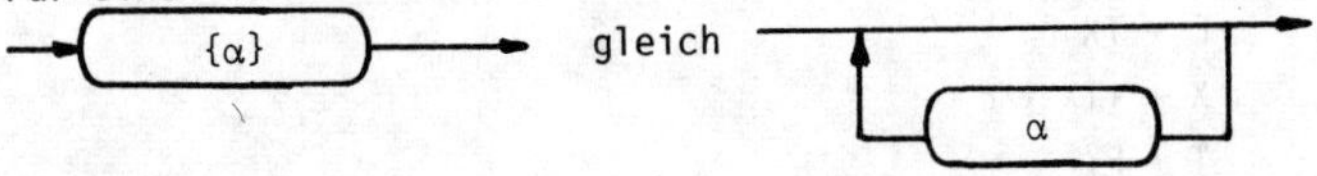

(3) Für einen Term der Form $\alpha_1 \mid \alpha_2 \mid \dots \mid \alpha_k$ ist

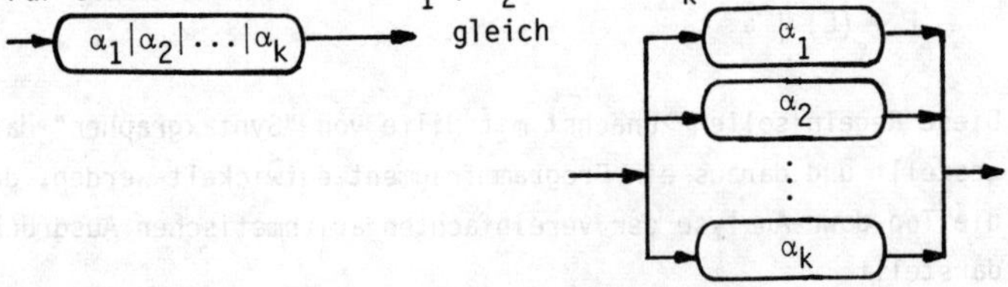

Ist nun $A \to \alpha_1 \mid \alpha_2 \mid \dots \mid \alpha_k$ die Menge aller A-Regeln in einer Regelmenge R, so ordnen wir als Syntaxgraphen zu:

A: 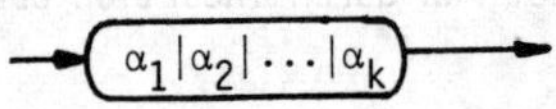

Beispiel 6.2:

Für die Regelmenge

E → TX
X → +TX | ε
T → FY
Y → *FY | ε
F → (E) | a

können wir mit Hilfe der Iteration die kürzere BNF-Darstellung wie folgt verwenden:

E ::= T {+T}
T ::= F {*F}
F ::= (E) | a

Hierzu gehören die Syntaxgraphen:

E:

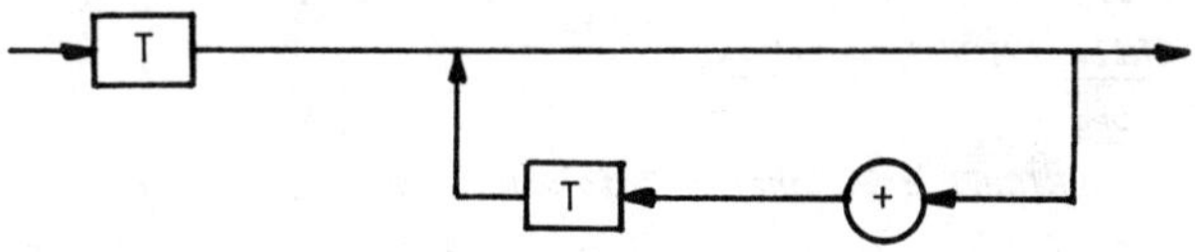

T:

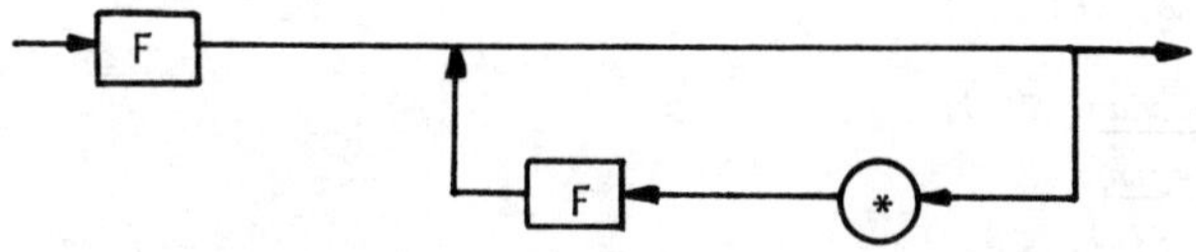

F:

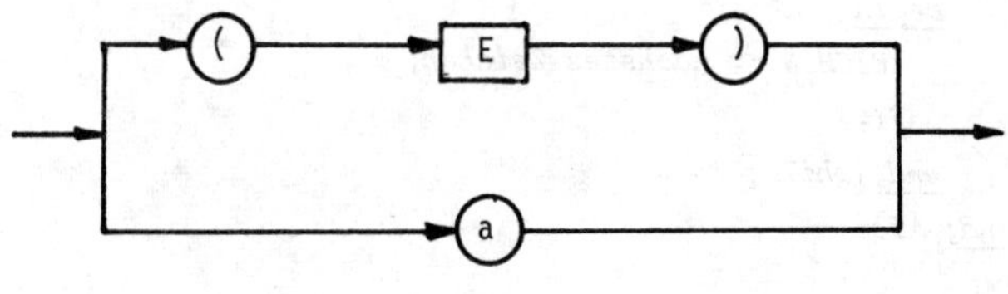

Nun ordnen wir jedem Nichtterminalzeichen A eine Prozedur zu, die versucht, die A-Regeln bei der Top-down-Analyse anzuwenden. Dies bedeutet, daß wir aus der Prozedur für A im allgemeinen andere Prozeduren aufrufen, die zu Nichtterminalen auf den rechten Regelseiten gehören.

Dazu betrachten wir die Syntaxgraphen als Abstraktionen der Flußdiagramme der jeweiligen Prozeduren.

Wir erhalten somit ein System von Prozeduren, das im allgemeinen auch rekursive Prozeduraufrufe ermöglicht.

Für unsere vorliegenden Syntaxgraphen sieht das System dieser rekursiven Prozeduren (als PASCAL-Fragmente dargestellt) wie folgt aus:

```
procedure E(.);
  begin
    T(.);
    while ZEICHEN = '+' do
      begin
        ZEICHEN := nächstes Zeichen;
        T(.)
      end {while}
  end; {E}
procedure T(.);
  begin
    F(.);
    while ZEICHEN = '*' do
      begin
        ZEICHEN := nächstes Zeichen;
        F(.)
      end {while}
  end; {T}
```

```
procedure F(.);
  begin
    if ZEICHEN = 'a' then ZEICHEN := nächstes Zeichen
       else if ZEICHEN = '(' then
            begin
              ZEICHEN := nächstes Zeichen;
              E(.);
              if  ZEICHEN = ')' then
                  ZEICHEN := nächstes Zeichen
                else FEHLER(.) {')' erwartet}
            end
            else FEHLER(.) {'a' oder '(' erwartet}
  end; {F}
```

In (Aho/Ullman, 1977) wird das System der rekursiven Prozeduren für die eingangs dieses Beispiels 6.2 angegebene größere Regelmenge mit den Hilfsvariablen X,Y aufgestellt.

Hat man zur Implementation des Compilers eine Sprache zur Verfügung, die rekursive Prozeduren erlaubt und eine effiziente Behandlung der Aufrufe vornimmt, so bietet sich diese einfache Art der Regelübertragung zur Top-down-Analyse an.

Ist bei diesen rekursiven Prozeduren jede Regelanwendung eindeutig bestimmt, - man muß also nicht verschiedene Alternativen durchprobieren und später eventuell zurücksetzen - so spricht man von einem "Recursive-Descent" Parser.

Man kann dieses Verfahren variieren, indem man die Prozedur-Aufrufe selbst explizit mit Hilfe eines Kellerspeichers handhabt. Zu jedem Zeitpunkt der Analyse stehen im Kellerspeicher die noch abzuarbeitenden Prozeduraufrufe in der richtigen Reihenfolge.

Bei den bekanntesten Parsern dieser Art, den LL(k)-Parsern

(Linksableitung, Lookahead von k Symbolen), liegt durch die aktuelle Variable und die nächsten k Zeichen des Eingabeworts eindeutig die anzuwendende Regel fest. Die jeweils nächste anzuwendende Regel kann man in einer "Parsing Tabelle" angeben.

Beispiel 6.3: (vgl. Aho/Ullmann, 1977)

Die Regelmenge von Beispiel 6.1

$E \to TX$

$X \to +TX \mid \varepsilon$

$T \to FY$

$Y \to *F \mid \varepsilon$

$f \to (E) \mid a$

ist LL(1) und man kann ohne Probleme aus der folgenden Parsing-Tabelle ein Analyse-Verfahren ableiten.

Wir verwenden das Zeichen $ als Markierung für das Ende des Eingabeworts.

	a	+	*	(	)	$
E	E→TX			E→TX		
X		X→+TX			X→ε	X→ε
T	T→FY			T→FY		
Y		Y→ε	Y→*FY		Y→ε	Y→ε
F	F→a			F→(E)		

Jedes leere Tabellenfeld stellt einen Fehlerfall dar.

Die Verwaltung des Kellerspeichers wollen wir an der Analyse von a*a demonstrieren.

restliche Eingabe	Kellerinhalt
a * a$	E$
a * a$	TX$
a * a$	FYX$
a * a$	aYX$
* a$	YX$
* a$	*FYX$
a$	FYX$
a$	aYX$
$	YX$
$	X$
$	$

Zum Schluß dieser Behandlung von Top-down-Analysen sei noch angemerkt, daß z.B. beliebig geschachtelte if-then-else- und if-then-Statements durch diese Verfahren nicht korrekt erfasst werden können.

Nun wollen wir jedoch eine Familie von Bottom-up-Verfahren vorstellen, die alle wesentlichen Konstruktionen, die in Programmiersprachen überhaupt mit kontextfreien Regeln darstellbar sind, auch schon abdecken.

Zwischen diesen sogenannten "LR-Verfahren" und der Arbeitsweise von determinierten Kellerautomaten besteht ein tiefgehender Zusammenhang, der die Mächtigkeit dieser Methode belegt (vgl. dazu Definition 5.1).

An einem Beispiel, das eine Abstraktion der geschachtelten if-then-else-Statements darstellt, sollen nun die grundsätzlichen Probleme bei der Rekonstruktion einer (Rechts-)Ableitung von unten nach oben erläutert werden.

Beispiel 6.4:

In der Regelmenge

S → iBtReS | iBtS | a
R → iBtReR | a
B → b

können wir a,b,i,t,e der Reihe nach als "atomarer Ausdruck", "boolescher Ausdruck" , "if", "then" und "else" interpretieren.

Zur Analyse der Eingabefolge ibtibtaea suchen wir jeweils von links her das erste Teilwort, das durch Anwendung einer der gegebenen Regeln reduziert werden kann.

In ibtibtaea ist dies das "b" an der zweiten Position, das wir mit Hilfe der Regel B → b reduzieren.

Diesen Reduktionsschritt charakterisieren wir durch das Paar (reduzierende Regel, Position, an der reduziert wird), also hier (B → b, 2). Nach derselben Methode führen wir weitere Reduktionsschritte aus und erhalten insgesamt:

1. ibtibtaea ; (B → b, 2)
2. iBtibtaea ; (B → b, 5)
3. iBtiBtaea ; (R → a, 7)
4. iBtiBtRea ; (S → a, 9)
5. iBtiBtReS ; (S → iBtReS, 9)
6. iBtS ; (S → iBtS, 4)
7. S

Man beachte, daß z.B. eine Reduktion mit R → a in Zeile 4. uns zu

5'. iBtiBtReR

6'. iBtR

und damit in eine Sackgasse geführt hätte. Offensichtlich ist die obige Folge von Satzformen - in der Reihenfolge 7.,6.,.... 2.,1. betrachtet - eine Rechtsableitung des ursprünglichen Eingabeworts.

Die dabei verwendeten Ersetzungsregeln stehen in den zugehörigen Paaren (Regel, Ersetzungsposition). Diese Paare heißen "Handles". Es sind gewissermaßen die "Henkel", an denen die weitere Analyse angepackt werden muß.

Damit können wir diese Bottom-up-Analyse auch so beschreiben, daß jeweils in einer gegebenen Rechtssatzform das zugehörige Handle zu bestimmen und die entsprechende Reduktion auszuführen ist.

Man beachte, daß die Folge der Handles natürlich nur für eindeutige kontextfreie Grammatiken stets eindeutig bestimmt ist, da nur für derartige Grammatiken ein Terminalwort der Sprache eine einzige Rechtsableitung besitzt.

Für ein praktikables Analyse-Verfahren aber ist selbst die Eindeutigkeit der Rechtsableitungen noch nicht ausreichend. Es genügt nicht, für eine gegebene Rechtssatzform zu wissen, daß es (höchstens) ein Handle hierin gibt, sondern wir benötigen die Information, welches dieses Handle ist. Diese Zusatzinformation, mit der jeweils das nächste Handle gefunden wird, ist üblicherweise in Tabellen abgelegt. Somit steuern wir bei Bottom-up-Verfahren im allgemeinen die Aktionen eines determinierten Pushdown Automaten durch zusätzliche Tabellen, in denen Information über die gegebene Grammatik abgelegt ist.

Wir präzisieren nun den Begriff des Handles folgendermaßen:

Definition 6.5:

Es sei $G = (V_N, V_T, R, S)$ eine kontextfreie Grammatik und

$S \overset{*}{\Longrightarrow} \alpha A w \Longrightarrow \alpha\beta w$ eine Rechtsableitung in G mit

$\alpha\beta w = \gamma \in (V_N \cup V_T)^*$.

Dann heißt $(A \rightarrow \beta, i)$ ein Handle für γ, wenn $A \rightarrow \beta \in R$ und $i = \text{Länge}(\alpha\beta)$ ist.

Bei LR(k)-Grammatiken kann man nun die Schritte der Bottom-up-Analyse wie folgt steuern: Für eine Rechtssatzform δw, mit $\delta \in (V_N \cup V_T)^*$, $w \in V_T^*$, ist durch den bisher bearbeiteten Teil δ und die ersten k Symbole von w das zugehörige Handle eindeutig bestimmt.

Gerade dieser Sachverhalt ist in der Definition der LR(k)-Grammatiken beschrieben, wobei wir für ein Wort $z = a_1 a_2 \ldots a_n$, $a_i \in V_N \cup V_T$ mit $\text{pref}_k(z)$ gerade das Präfix der Länge k von z bezeichnen.

Genauer gesagt gilt für das obige Wort z:

$$\text{pref}_k(z) = a_1 \ldots a_k, \text{ wenn } k \leq n \text{ ist}$$

und $\text{pref}_k(z) = z$ sonst.

Definition 6.6:

Es sei $k \geq 0$ und $G = (V_N, V_T, R, S)$ eine kontextfreie Grammatik, die keine überflüssigen Symbole enthält und die keine Ableitung $S \overset{+}{\Longrightarrow} S$ ermöglicht. G heißt LR(k)-Grammatik, wenn für alle $w, w', x \in V_T$, $\alpha, \alpha', \beta, \beta', \delta \in (V_N \cup V_T)^*$, $A, A' \in V_N$ gilt, daß für Rechtsableitungen $S \overset{*}{\Longrightarrow} \alpha\ A\ w \Longrightarrow \alpha\ \beta\ w = \delta w$

$$S \overset{*}{\Longrightarrow} \alpha' A' x \Longrightarrow \alpha' \beta' x = \delta w'$$

mit $\text{pref}_k(w) = \text{pref}_k(w')$ folgt:

$(A \rightarrow \beta, \text{Länge}(\alpha\beta)) = (A' \rightarrow \beta', \text{Länge}(\alpha'\beta'))$.

Bei unserer Bottom-up-Analyse ist somit für die Rechtssatzform $\delta w = \alpha\beta w$ der Reduktionsschritt zu αAw durch $\alpha\beta$ und $pref_k(w)$ eindeutig bestimmt.

Angenommen, wir würden nun in einer LR(k)-Grammatik jeweils $pref_{k+1}(w)$ zur Bestimmung des nächsten Reduktionsschritts heranziehen, so könnten wir immer dasselbe Handle festlegen wie zuvor bei $pref_k(w)$. Daraus folgt unmittelbar, daß jede LR(k)-Grammatik auch eine LR(k+1)-Grammatik ist. Man kann jedoch für jedes $k \geq 0$ Beispiele von LR(k+1)-Grammatiken angeben, die keine LR(k)-Grammatiken sind.

Anders formuliert: Die Familien der LR(k)-Grammatiken bilden für $k = 0,1,2,3,\ldots$ eine unendliche echt aufsteigende Hierarchie. Wohlgemerkt, diese Hierarchieeigenschaft gilt für die LR(k)-Grammatiken; für die so erzeugten Sprachfamilien gilt im Gegensatz hierzu, daß jede LR(k)-Sprache auch schon eine LR(1)-Sprache ist.
Auf den Beweis hierzu werden wir später noch näher eingehen. Zunächst wenden wir uns einem offensichtlichen Zusammenhang zwischen LR(k)-Grammatiken und eindeutigen Grammatiken zu.

Satz 6.7:

Jede LR(k)-Grammatik ist eindeutig.

Beweis:

In Definition 2.8 hatten wir die Eindeutigkeit kontextfreier Grammatiken als die Eigenschaft festgelegt, daß zu jedem Wort der erzeugten Sprache genau eine Linksableitung existiert.

Aus der Definition einer LR(k)-Grammatik G folgt sofort, daß für ein Wort der Sprache L(G) genau eine Rechtsableitung existiert.

Die Umwandlung einer Rechtsableitung in eine Linksableitung des selben Worts ist wegen der identischen Darstellung im Ableitungsbaum umkehrbar eindeutig. Somit gibt es zu jedem Wort, das von einer LR(k)-Grammatik G erzeugt wird, auch genau eine Linksableitung, was die Eindeutigkeit von G beweist. □

Diese Eindeutigkeit von LR(k)-Grammatiken ist natürlich eine erwünschte Eigenschaft bei der syntaktischen Analyse von Programmiersprachen. In der Tat haben sich verschiedene Versionen des LR(1)-Parsing in der praktischen Anwendung als genügend mächtig in ihren Sprachkonstrukten und effizient in ihrer Implementation erwiesen. Diese Parsing-Verfahren basieren alle auf einem ursächlichen Zusammenhang zwischen LR(k)-Grammatiken und determinierten Pushdown Automaten. Es gelten nämlich die folgenden Sätze:

Satz 6.8:

Zu jeder LR(k)-Grammatik G gibt es einen determinierten Pushdown Automaten,der genau L(G) akzeptiert.

Satz 6.9:

Zu jedem determinierten Pushdown Automaten M gibt es eine LR(1)-Grammatik, die genau die Sprache T(M) erzeugt.

Da die (konstruktiven) Beweise zu diesen Sätzen recht umfangreich sind, wollen wir uns mit intuitiven Erläuterungen begnügen und verweisen auf Harrison, 1978, für eine detaillierte Beweisführung.

Für Satz 6.8 kann man zur Grammatik G den folgenden Pushdown Automaten konstruieren: Den Lookahead von k Symbolen speichern wir jeweils in den Zuständen der endlichen Kontrolle ab.

Den Kellerspeicher denken wir uns in zwei Spuren zerlegt, wobei auf einer Spur die Symbole der Grammatik stehen und auf der zweiten gewissermaßen die Information über den darunterliegenden Kellerinhalt zusammengefaßt wird. Somit haben wir beim Bearbeiten einer Rechtssatzform $\delta w = \alpha\beta w$ mit $x = pref_k(w)$ die Information über δ im obersten Kellerfeld und über x im aktuellen Zustand parat, um die passende Reduktion zu αAw ausführen zu können. Die hierbei jeweils abgelegte Information kann durch Zustände endlicher Automaten charakterisiert werden.

Zum Beweis von 6.9 kann man z.B. so vorgehen, daß man die im Beweis zu Satz 5.5 beschriebene Tripelkonstruktion anwendet und anschließend die LR(1)-Eigenschaft der so erzeugten Grammatik nachweist. In Harrison, 1978, wird der Nachweis über Darstellungssätze von LR(1)-Sprachen durch LR(0)-Sprachen, sowie deren Gegenstücke in den determinierten Pushdown Automaten geführt.

Als einfache Folgerung aus 6.8 und 6.9 erhält man die bereits erwähnte Aussage, daß für jedes $k \geq 0$ zu einer beliebigen LR(k)-Sprache L immer auch eine LR(1)-Grammatik existiert, die genau L erzeugt.

Am Beispiel der vereinfachten arithmetischen Ausdrücke wollen wir die Arbeitsweise eines LR-Parsers nun demonstrieren. Die Grundstruktur ist der eines determinierten Pushdown Automaten nachgebildet:

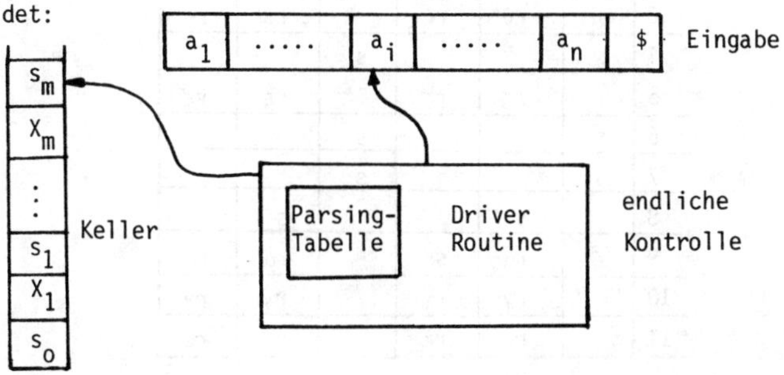

Hier sind jeweils die X_i Grammatiksymbole, also Terminal- oder Nichtterminalzeichen, und die s_i Zustände, die die Information des darunterliegenden Kellerabschnitts zusammenfassen. Die in der obigen Figur angegebene Konfiguration entspricht einer Rechtssatzform $X_1X_2...X_m a_i a_{i+1}...a_n$ in der Ableitung von $a_1...a_n$. In der endlichen Kontrolle verändert eine Driver Routine den Kellerinhalt gesteuert durch die Einträge der Parsing Tabelle, die aus zwei Teilen, nämlich der sogenannten "Action"- und der "Goto"-Tabelle besteht.

<u>Beispiel 6.10:</u> (vgl. Aho/Ullmann, 1977)

Für die Regelmenge

(α) E → E + T
(β) E → T
(γ) T → T ∗ F
(δ) T → F
(ε) F → (E)
(ζ) F → a

haben wir eine Action-Tabelle:

	0	+	∗	(	)	$
0	s			s		
1		s				akz.
2		rβ	s		rβ	rβ
3		rδ	rδ		rδ	rδ
4	s			s		
5		rζ	rζ		rζ	rζ
6	s			s		
7	s			s		
8		s			s	
9		rα	s		rα	rα
10		rγ	rγ		rγ	rγ
11		rε	rε		rε	rε

Das $-Zeichen markiert das Ende des Eingabeworts und es bedeutet

s : Schreibe das aktuelle Eingabezeichen auf den Keller

rη : Reduziere mit der Regel (η), indem die Grammatiksymbole der rechten Seite der Regel zusammen mit den darüberliegenden Zuständen entfernt werden und das Nichtterminalzeichen der linken Seite auf den Keller geschrieben wird.

akz: Akzeptiere das Eingabewort als syntaktisch richtig.

Die Goto-Tabelle legt fest, welcher Zustand jeweils auf der Kellerspitze eingetragen wird. Die Goto-Funktion kann aufgefaßt werden als Übergangsfunktion eines endlichen Automaten, der in seinem Zustand den jeweils aktuellen Kellerinhalt (vergröbert) zusammenfaßt.

	a	+	*	(	)	$	E	T	F
0	5			4			1	2	3
1		6							
2			7						
3									
4	5			4			8	2	3
5									
6	5			4				9	3
7	5			4					10
8		6			11				
9			7						
10									
11									

Diese Tabelle wird folgendermaßen benützt: Ist X ein Grammatiksymbol, das durch eine der Aktionen s oder rη auf die Spitze des Kellers gekommen ist und j der unmittelbar darunter stehende Zustand, so wird über X der Zustand Goto(j,X) als neues oberstes Kellersymbol abgelegt. Es ist z.B. Goto(0,a) = 5.

Leere Felder bedeuten in beiden Tabellen Fehlerfälle.

Wir betrachten nun die Analyse für das Eingabewort (a+a)$, in dem wir die Folge der Kellerinhalte immer nach Gebrauch von Action- und Goto-Tabelle angeben:

Eingabe:

Eingabe:	(	a	+				a	)			$		
Kellerinhalte:								5	3	9			
								a	F	T			
							6	6	6	6		11	
							+	+	+	+		)	
			5	3	2	8	8	8	8	8	8	8	
			a	F	T	E	E	E	E	E	E	E	
		4	4	4	4	4	4	4	4	4	4	4	1
		(	(	(	(	(	(	(	(	(	(	(	E
Kellerboden →	0	0	0	0	0	0	0	0	0	0	0	0	0
													akz.

Zeit →

Die Berechnung von Action- und Goto-Tabellen zu gegebenen Grammatiken ist i.a. eine langwierige Aufgabe. Für das oben gezeigte Beispiel findet man die Herleitung der Tabellen in Aho/Ullmann, 1977.

Die Zustandszahlen bei Grammatiken für Programmiersprachen wie z.B. PASCAL sind bereits so groß, daß eine Implementation von Hand dadurch praktisch unmöglich gemacht wird.

Man hilft sich nun dadurch, daß die Tabellenerstellung selbst einem Programm - einem sogenannten LR-Parser-Generator - übertragen wird. Dieser Parser-Generator erhält als Eingabe die Grammatik sowie einige Zusatzinformation und produziert, falls dies für diese Regelmenge möglich ist, die Parsing-Tabelle oder meldet andernfalls die Regeln, die die LR-Eigenschaft zerstören.

Für verschiedene Varianten der Tabellenberechnung entstehen so Zustandsmengen, die je nach vorliegender Sprache und verwendeter Methode zwischen einigen hundert und einigen tausend Zuständen beinhalten.

7. Entscheidbare und aufzählbare Sprachen

In den beiden vorangegangenen Abschnitten haben wir u.a. gezeigt, daß das Analyseproblem für kontextfreie Sprachen in $O(n^3)$ Schritten lösbar ist. Ferner wissen wir, daß für wichtige Teilklassen der kontextfreien Sprachen Analyseverfahren existieren, die in linearer Zeit arbeiten und somit auch in der Praxis zur syntaktischen Analyse von Programmen eingesetzt werden können.

Man nimmt dabei in Kauf, daß mit diesen Formalismen nicht alle Eigenschaften und formalen Einschränkungen an die syntaktische Gestalt von Programmen beschrieben werden, die man mit Chomsky Grammatiken erfassen kann. In diesem Abschnitt wollen wir auf einer recht intuitiven Basis einmal die prinzipielle Reichweite von Chomsky Grammatiken überhaupt abstecken.

Zunächst gehen wir der Frage nach, wie kompliziert Sprachen sein können, für die das Analyseproblem noch lösbar ist. Dies gilt z.B. außer für die kontextfreien auch noch für die kontextsensitiven Sprachen, wie die folgende Überlegung zeigt:
Sei $G = (V_N, V_T, R, S)$ eine kontextsensitive Grammatik und w ein zu analysierendes Wort.
Alle Regeln in R haben die Form $\alpha A\beta \to \alpha\gamma\beta$ mit $\gamma \neq \varepsilon$ oder $S \to \varepsilon$.
Wir können o.E. annehmen, daß $w \neq \varepsilon$ und die Regel $S \to \varepsilon$ zur Ableitung von w nicht verwendet wird. Um festzustellen, ob $w \in L(G)$ ist, betrachten wir alle endlichen Folgen von Worten über dem Alphabet $V_N \cup V_T$ der Gestalt

$$S = w_0, w_1, \ldots, w_n = w, \text{ mit: } \begin{array}{l} w_i \neq w_j \text{ für } i \neq j, \\ \text{Länge}(w_i) \leqq \text{Länge}(w_j) \\ w_i \in (V_N \cup V_T)^*. \end{array}$$

Offenbar gibt es nur endlich viele verschiedene Folgen von Worten dieser Art. Für jede Folge können wir überprüfen, ob für alle i,

$0 \leq i < n$, gilt $w_i \Longrightarrow w_{i+1}$, indem wir jedesmal die endlichen vielen Regeln von R daraufhin durchsehen, ob eine von ihnen auf w_i anwendbar ist und w_{i+1} erzeugt. Damit können wir also durch systematisches Probieren feststellen, ob $S \overset{*}{\Longrightarrow} w$ gilt oder nicht.

Definition 7.1:

Eine Sprache L heißt entscheidbar (oder rekursiv), wenn es einen Algorithmus gibt, der für jedes Wort w über dem Alphabet von L entscheidet, ob $w \in L$ ist oder nicht.

Wir haben hier nicht genau gesagt, was wir unter einem Algorithmus verstehen. Jedoch dürfte klar sein, daß das oben skizzierte Verfahren zur Entscheidung der Frage "$w \in L(G)$?", für eine kontextsensitive Grammatik G als Beschreibung eines Algorithmus angesehen werden kann. (Genauer wird auf den Algorithmenbegriff im Kapitel III eingegangen). Wir erhalten damit:

Satz 7.2:

Jede kontextfreie Sprache ist entscheidbar.

Betrachten wir nun die Familie aller entscheidbaren Sprachen, so sind insbesondere folgende Fragen von Interesse: Fällt diese Familie mit der der kontextsensitiven zusammen? Gehören die Typ 0 Sprachen zur Familie der entscheidbaren Sprachen? Wir werden beide Fragen negativ beantworten.

Definition 7.3:

Eine Sprache L heißt (rekursiv-)aufzählbar, wenn es ein Verfahren (einen Algorithmus) gibt, das genau die zu L gehörenden Worte (mit oder ohne Wiederholungen) auflistet.

Man mache sich zunächst intuitiv klar, daß eine aufzählbare Sprache nicht auch schon entscheidbar sein muß: Denn, hat man für eine

Sprache L ein Verfahren, das Worte $w_0, w_1, \ldots$ erzeugt, so daß jedes Wort w_i in L liegt und jedes zu L gehörende Wort in dieser Liste auftritt, so kann man für ein bestimmtes Wort w aus der Tatsache, daß w bis zu irgendeinem Zeitpunkt noch nicht aufgelistet wurde, nicht schließen, daß $w \notin L$ gilt. w könnte ja später noch kommen. Jedoch gilt:

Satz 7.4:

Eine Sprache L über dem Alphabet Σ ist rekursiv genau dann, wenn sowohl L als auch $\overline{L} = \Sigma^* - L$ aufzählbar sind.

Beweis:

Ist L rekursiv, so kann für jedes Wort $w \in \Sigma^*$ die Frage "$w \in L$?" in endlich vielen Schritten nach einem allgemeinen Verfahren beantwortet werden. Um alle Worte aus L aufzulisten, erzeuge man nun die Folge aller Worte über dem Alphabet Σ, z.B. in lexikographischer Reihenfolge mit wachsender Länge, und streiche aus dieser Folge alle Worte, die nicht zu L gehören, bzw. diejenigen, die zu L gehören, um L bzw. $\overline{L}$ aufzuzählen.

Gibt es umgekehrt Algorithmen A_1 und A_2, die die Mengen L und Σ^*-L auflisten, so kann man diese Algorithmen wie folgt zur Lösung des Wortproblems "$w \in L$?", für ein Wort w über dem Alphabet Σ heranziehen: Sei w gegeben. Dann liste man L und Σ^*-L simultan mit A_1 und A_2 auf. Nach endlich vielen Schritten muß w entweder in der von A_1 produzierten oder in der von A_2 produzierten Liste auftreten. Je nachdem, welcher Fall eintritt, gilt $w \in L$ bzw. $w \notin L$. □

Wir hatten als allgemeinste Form von Grammatiken die Typ 0 Grammatiken eingeführt, deren Regelmengen keinerlei Beschränkungen unterworfen waren. Man kann zeigen, daß durch derartige Grammatiken definierbare Sprachen i.a. nicht entscheidbar sind.

Um diesen Nachweis führen zu können, muß man zunächst eine Präzisierung des Algorithmenbegriffs vornehmen. Zu beweisen ist nämlich etwa folgende Aussage: Es gibt eine Typ 0 Sprache L, für die kein Algorithmus A existiert, so daß der Algorithmus A für jedes Wort w nach endlich vielen Schritten die Frage "$w \in L$?" entscheidet. Man muß also eine Übersicht über alle nur denkbaren Algorithmen haben. Dazu reicht unsere intuitive Vorstellung nicht aus. (Vgl. hierzu III.5). Einfacher zu zeigen ist folgender Satz:

Satz 6.5:

Jede Typ 0 Sprache ist (rekursiv-)aufzählbar.

Beweis:

Sei $G = (V_N, V_T, R, S)$ eine Typ 0 Grammatik und $L = L(G)$. Dann lassen sich sämtliche Elemente von L wie folgt aufzählen: Man betrachte Ableitungen aus dem Startsymbol S mit wachsender Länge. Sei M_k die Menge aller aus S durch k Ableitungsschritte erzeugbaren Satzformen, also

$$M_k = \{w \mid w \in (V_N \cup V_T)^*, \exists w_1, \ldots, w_k: S \Longrightarrow w_1 \Longrightarrow \ldots \Longrightarrow w_k = w\}$$

M_{k+1} erhält man aus M_k, indem man zuerst alle Terminalworte $w \in M_k$ der Liste der Worte aus L hinzufügt und aus M_k entfernt. Dann wendet man auf alle restlichen Worte in M_k an allen möglichen Stellen der Reihe nach alle Regeln aus R (jeweils genau eine Regel an einer Stelle in einem Wort) an und erhält so alle Worte in M_{k+1}. Aus der Folge $M_1, M_2, \ldots$ kann offenbar zugleich eine Liste aller Worte in L erzeugt werden. □

Satz 7.6:

Es gibt entscheidbare Sprachen, die nicht kontextsensitiv sind.

Beweis:

Der Beweis ist ein "Diagonalschluß", der wie folgt grob skizziert werden kann:
Man betrachte kontextsensitive Grammatiken über dem Alphabet {a,b}: Die Menge aller derartigen kontextsensitiven Grammatiken kann man in einer Folge $G_o, G_1, G_2, \ldots$ anordnen, indem man sie z.B. zunächst nach der Länge ihrer Beschreibungen ordnet und bei gleicher Länge eine "lexikographische" Ordnung festlegt.

Nun kodiert man die Beschreibung jeder derartigen Grammatik G_i durch ein Wort Code(G_i) über dem Alphabet {a,b}.

In die Sprache L über {a,b} nehmen wir nun genau diejenigen Worte Code(G_i) auf, die nicht gleichzeitig in L(G_i) liegen:

$$L = \bigcup_{i=0}^{\infty} \{w_i \mid w_i = \text{Code}(G_i) \notin L(G_i)\}$$

L kann nicht kontextsensitiv sein. Angenommen, das wäre doch der Fall, dann muß eine L erzeugende Grammatik in der Folge $G_o, G_1, \ldots$ vorkommen. Sei etwa $L = L(G_{i_o})$. Dann folgt nach der Definition von L:

$$\text{"}w_{i_o} \in L(G_{i_o}) = L \quad \text{gdw} \quad w_{i_o} \notin L(G_{i_o})\text{"}$$

ein eklatanter Widerspruch!

Es genügt also, eine Aufzählung aller kontextsensitiven Grammatiken über dem Alphabet {a,b} und ihre Kodierung durch Worte über dem Alphabet {a,b} anzugeben. Schließlich müssen wir zeigen, daß L entscheidbar ist.

Offenbar kommt es auf die Namen der Variablen einer Grammatik nicht an. Daher können wir o.E. annehmen, daß alle kontextsensitiven Grammatiken mit dem Alphabet V_T = {a,b} Nichtterminalzeichen aus der abzählbar unendlichen Menge $\{X_i;\ i \geq 0\}$ und X_0 als Startsymbol haben. Ist $\{P_1 \to Q_1,\ldots,P_n \to Q_n\}$ Regelmenge einer derartigen Grammatik, dann wird die Grammatik durch das Wort

$$P_1 \to Q_1 \# P_2 \to Q_2 \# \ldots \# P_n \to Q_n$$

vollständig beschrieben. Ein derartiges Wort kann man durch einen Homomorphismus h wie folgt umkehrbar eindeutig in ein Wort über $\{a,b\}$ kodieren:

$$h(a) = bab,\ h(b) = ba^2b,\ h(\to) = ba^3b,$$
$$h(\#) = ba^4b,\ h(X_i) = ba^{i+5},\ \text{für } i \geq 0.$$

Damit wird jede Grammatik durch ein Wort über $\{a,b\}$ kodiert. Umgekehrt kann man für jedes Wort über dem Alphabet $\{a,b\}$ leicht feststellen, ob es Kodifikat einer kontextsensitiven Grammatik der betrachteten Art ist.

Man ordne nun alle Worte über dem Alphabet $\{a,b\}$ zunächst der Länge nach, und bei gleicher Länge lexikographisch. Durch Wegstreichen aller Worte aus dieser Liste, die nicht Kodeworte von kontextsensitiven Grammatiken sind, erhält man die gewünschte Aufzählung von kontextsensitiven Grammatiken.

Die oben angegebene Sprache L ist entscheidbar. Denn ist ein Wort w gegeben, so kann man zunächst effektiv feststellen, ob w Kodifikat einer kontextsensitiven Grammatik ist oder nicht. Wenn dies der Fall ist, kann man auch effektiv einen Index i in der oben angegebenen Aufzählung finden, für den $w = w_i$ ist. Weil das Wortproblem für kontextsensitive Sprachen effektiv lösbar ist (vgl. Satz 7.2), kann man die Frage, ob $w_i \in L(G_i)$ ist oder nicht, effektiv entscheiden. Damit hat man insgesamt ein Verfahren, um festzustellen, ob $w \in L$ ist oder nicht. □

Das im vorigen Satz verwendete Diagonalisierungsargument macht wesentlichen Gebrauch von der Entscheidbarkeit des Wortproblems für kontextsensitive Sprachen. Genau diese Eigenschaft gilt für Typ 0 Sprachen nicht mehr allgemein. Daher versagt obiger Diagonalschluß im Falle von Typ 0 Sprachen.

Man kann sich fragen, ob es allgemeinere Verfahren zur Erzeugung und Aufzählung von Sprachen gibt, als die Typ 0 Grammatiken. Die Erfahrung hat gezeigt, daß dies nicht der Fall ist: Alle sonst noch erfundenen Mechanismen zur effektiven Erzeugung aller Worte einer Sprache haben sich als nicht leistungsfähiger als Typ 0 Grammatiken herausgestellt. Diese Tatsache ist ein starkes Argument für die <u>These</u>, daß jede effektiv aufzählbare Sprache schon durch eine Chomsky Grammatik vom Typ 0 erzeugbar ist. Das ist nichts als eine andere Version der in III. 5 formulierten <u>Churchschen These</u>. Wenn man bereit ist, diese These zu akzeptieren, so erhält man aus unseren Überlegungen als Folgerung den letzten noch fehlenden Teil des Hierarchiesatzes:

<u>Korollar 7.7:</u>

$$\mathcal{L}_1 \subsetneqq \mathcal{L}_0$$

<u>Beweis:</u>

Die im Beweis zu Satz 7.6 angegebene Sprache L ist nicht kontextsensitiv, aber entscheidbar, also aufzählbar und damit, nach obiger These, durch eine Typ 0 Grammatik erzeugbar.

Folglich gilt: $L \in \mathcal{L}_0 - \mathcal{L}_1$. □

Wir haben im Beweis zu Korollar 7.7 die Churchsche These nur aus Bequemlichkeitsgründen benutzt: Um zu zeigen, daß die im Beweis verwendete Sprache eine Typ 0 Sprache ist, hätten wir auch eine Typ 0 Grammatik explizit angeben können, die die genannte

Sprache erzeugt. Wirklich kritisch ist der Gebrauch der Churchschen These nur, wenn man von einer irgendwie spezifizierten Sprache behauptet, daß sie überhaupt nicht effektiv erzeugt werden kann. Wir kommen auf Behauptungen dieser Art im nächsten Kapitel III wieder zurück.

Man kann den Bereich der Typ 0 Sprachen (also die Familie der aufzählbaren Sprachen) noch weiter untergliedern. Wir haben nur zwischen Sprachen mit (algorithmisch) lösbarem bzw. nicht lösbarem Wortproblem unterschieden. In der Literatur findet man einerseits eine ganze Reihe von Vorschlägen zur Erzeugung entscheidbarer Sprachen, die die kontextsensitiven (echt) einschließen. Andererseits hat man die Familie der aufzählbaren, aber nicht entscheidbaren Sprachen in (unendlich viele) Äquivalenzklassen, die sogenannten Turinggrade, unterteilt und deren Struktur genau untersucht.

Zur Definition von Programmiersprachen beschränkt man sich jedoch praktisch bereits auf einen Teil der kontextfreien Grammatiken, nämlich auf solche, für die das Wortproblem effizient lösbar ist.

Bibliographische Hinweise

Als die Anfänge einer Theorie der formalen Sprachen werden heute meistens die Arbeiten von Thue, (Thue, 1914) über kombinatorische Probleme in Zeichenreihen angesehen. Jedoch erst mit der systematischen Untersuchung der Beschreibungsmittel zur Spezifikation von (natürlichen) Sprachen durch Chomsky, 1956 und 1959, wurden die Grundlagen für die heutige Ausrichtung der Theorie der formalen Sprachen geschaffen.
Im ALGOL 60 Report (Naur, 1963) wird dann die BNF-Darstellung als einheitliches, kompaktes Werkzeug zur Definition der Sprachkonstrukte verwendet.

Seither ist das Problem, effiziente Spezifikationen von Programmiersprachen zu finden, innerhalb der formalen Sprachen sicherlich eine der am häufigsten untersuchten Fragen und auch das bisher wichtigste Anwendungsgebiet geblieben (vgl. Aho/Ullman, 1977, Uhl et al. 1982)

Übersichten über den Stand der Theorie formaler Sprachen findet man u.a. in Salomaa, 1973, Ginsburg, 1975, Maurer, 1977, Harrison, 1978, Hopcroft/Ullman, 1979, Book, 1980, Rozenberg/Salomaa, 1980, Hotz/Estenfeld, 1981; sowie in den dort angegebenen Referenzen auf Originalarbeiten.

Kapitel III: Maschinen

1. Intuitives zum Algorithmenbegriff

Weder die im Kapitel I behandelten endlichen Automaten noch die Kellerautomaten aus Kapitel II sind geeignete Modelle, um das, was mit Rechenanlagen "im Prinzip" machbar bzw. nicht machbar ist, beschreiben zu können. Wir wollen daher in diesem Kapitel ein möglichst allgemeines Konzept automatisch arbeitender Maschinen entwickeln und deren prinzipielle Leistungsfähigkeit von oben her abstecken.

Man kann Maschinen als eine Möglichkeit zur Realisierung automatisch arbeitender Verfahren ansehen. Wir beginnen daher zunächst mit einer Diskussion des Verfahrensbegriffs. Allgemeine, effektiv (oder "mechanisch") ausführbare Verfahren nennt man in der Informatik Algorithmen. Der Algorithmenbegriff ist ein für die Informatik ganz zentraler, auch Maschinen einschließender Begriff.

Wir haben ihn in den vorangehenden Kapiteln wiederholt verwendet, ohne ihn genauer zu analysieren. Das soll nun geschehen. Natürlich haben wir eine intuitive Vorstellung davon, was ein Algorithmus ist: Wir denken z.B. an die Verfahren zum Addieren, Subtrahieren oder Multiplizieren von in Dezimaldarstellung gegebenen Zahlen oder an nichtnumerische Verfahren wie das Ausfüllen von Formularen nach bestimmten Vorschriften oder das genaue Befolgen von Bedienungs- und Gebrauchsanweisungen. Hier sind auch zu nennen die in den vorangehenden Kapiteln besprochenen Verfahren zur Mustererkennung, lexikalischen Analyse und Syntaxanalyse für kontextfreie Sprachen. Schließlich hat der Einsatz moderner, programmgesteuerter Rechenanlagen eine beinahe unübersehbare Fülle von Problemen aus allen möglichen Lebensbereichen algorithmisch erschlossen.

Man könnte so zu dem Schluß verleitet werden, daß es genügt, ein Problem nur hinreichend präzise zu formulieren und einen geschickten Programmierer zu finden, um es schließlich mit Hilfe einer Rechenanlage zu lösen. Wir werden später sehen, daß dieser Schluß viel zu optimistisch ist.

Mit einem Algorithmus verbindet man üblicherweise die Vorstellung eines rein mechanisch ausführbaren, schrittweise ablaufenden Prozesses: Jeder zur Ausführung notwendige Schritt ist bis ins Detail festgelegt. Nach Ausführung eines Schritts steht genau fest, welcher Schritt als nächster auszuführen ist und dieser hängt höchstens von den Eingangsdaten und den bisher erhaltenen Zwischenergebnissen ab. Schließlich liefert ein Algorithmus höchstens ein, nur von den Eingangsdaten abhängiges Resultat.

Man könnte noch weitere Algorithmen üblicherweise zuerkannte Eigenschaften nennen, jedoch ist eine präzise, allgemein anerkannte Definition des Algorithmenbegriffs auf diese Weise kaum zu erhalten. Das ist auch nicht erforderlich, solange es nur darum geht, bestimmte konkrete Verfahren unter das Algorithmenkonzept zu subsummieren. Denn man wird verhältnismäßig leicht eine Übereinkunft darüber erzielen, daß beispielsweise das aus der Schule bekannte Verfahren zur Division zweier Dezimalzahlen ein Algorithmus ist. Schwieriger wird es allerdings, wenn man von einem Problem behauptet, daß es sich einer algorithmischen Lösung prinzipiell entzieht. Ein Beispiel ist die Behauptung, daß es keinen Algorithmus gibt, mit dem man zu jedem beliebigen PASCAL-Programm ein äquivalentes optimales finden kann, also eines, das etwa die minimal mögliche Rechenzeit zur Ausführung benötigt.

Eine solche negative Aussage ("es gibt keinen Algorithmus mit...") sagt ja nicht nur etwas über die heute existierenden Algorithmen, sondern meint, daß jeder Versuch einer algorithmischen Lösung des Problems scheitern muß. Dazu ist offenbar eine präzise Vorstellung des Algorithmenbegriffs nötig.

Von einer derartigen Präzisierung wird man mindestens folgendes erwarten: Alle bekannten Algorithmen sollen unter den präzisen Begriff fallen. Er soll die intuitive Vorstellung von Algorithmen möglichst gut treffen und allgemein anerkannt sein. Schließlich soll das präzise Konzept eines Algorithmus mathematisch leicht handhabbar sein.

Bereits vor dem Bau der ersten programmgesteuerten Rechenanlagen, etwa im Jahre 1936, wurden eine ganze Reihe von formal zunächst sehr verschiedenen Vorschlägen für eine Präzisierung des Algorithmenkonzepts gemacht. Man kann ganz grob drei verschiedene Ansätze unterscheiden, die für die Auswahl der jeweiligen Definitionen entscheidend waren:

<u>1.) Präzisierung des Algorithmenkonzepts mit Hilfe von Maschinen:</u>

Weil Algorithmen rein mechanisch ausführbar sind, können sie "im Prinzip" auch von Maschinen ausgeführt werden. Als mathematische Modelle solcher (Rechen-)Maschinen wurden vorgeschlagen: Turingmaschinen, Registermaschinen, Random Access Maschinen, u.a.m.

<u>2.) Präzisierung des Algorithmenkonzepts über Klassen von Funktionen:</u>

Es werden aus der Mathematik Erfahrungen eingebracht, die beim Auswerten (Ausrechnen) von Funktionen gesammelt wurden. Dabei beschränkt man sich üblicherweise auf Funktionen mit Argumenten und Werten im Bereich natürlicher Zahlen (sog. "zahlentheoretische Funktionen"). Dies ist keine wesentliche Einschränkung, weil andere durch Algorithmen manipulierte Objekte sich meistens auf einfache Art durch natürliche Zahlen verschlüsseln lassen. Statt den Algorithmenbegriff zu präzisieren, definiert man den Begriff der berechenbaren zahlentheoretischen Funktion. Beispiele für derartige Definitionen sind:

μ-rekursive, allgemein rekursive, partiell rekursive, λ-definierbare Funktionen.

3.) Präzisierung des Algorithmenkonzepts über Worte verarbeitende Kalküle:

Eine Analyse des "schriftlichen" Rechnens und auch etwa im Bereich (formaler) Sprachen gemachte Beobachtungen führten dazu, Eingabe- und Ausgabedaten von Algorithmen stets als Worte (Zeichenreihen) über einem jeweils passenden endlichen Alphabet auffassen und einen Algorithmus als eine Vorschrift (einen Kalkül) zur schrittweisen Veränderung von Zeichenreihen zu definieren. Beispiele für solche Definitionen sind Markov Algorithmen, Postsche normale Systeme, Grammatiken (Chomsky Sprachen, vgl. Kapitel II) aber auch die bereits genannten Turingmaschinen.

Man kann auch die 2.) und 3.) Präzisierung des Algorithmenbegriffs als verschiedene Abstraktionen von Maschinen ansehen:
Faßt man die Speicherinhalte eines Rechners als Darstellungen von natürlichen Zahlen auf, so läuft die durch einen Rechner verursachte Änderung der Speicherinhalte auf die Berechnung einer Funktion mit Argumenten und Werten im Bereich der natürlichen Zahlen hinaus. Schließlich ist auch die Manipulation von Worten nur eine andere Möglichkeit, die Tätigkeit eines Rechners zu sehen: Sowohl die Eingabe als auch die Ausgabe wird meistens in Form von "Worten" über eine Tastatur ein- bzw. über einen Drucker o.ä. ausgegeben.

Wir werden im nächsten Abschnitt eine spezielle Art von Registermaschinen und in Abschnitt 6 auch Turingmaschinen behandeln. Ferner werden wir die Definition partiell rekursiver Funktionen bringen. Man hat nun zeigen können (und wir werden den Nachweis für die von uns eingeführten Konzepte skizzieren), daß alle genannten Präzisierungen des Algorithmenbegriffs äquivalent zueinander sind. Das ist ein sehr starkes Argument dafür, daß man mit jeder dieser Definitionen wohl die intuitive Vorstellung von Algorithmen getroffen hat. Diese Überzeugung läßt sich natürlich nicht beweisen, weil der intuitive Algorithmenbegriff nicht Gegenstand eines formalen Beweises sein kann.

Ein mit Programmiersprachen vertrauter Leser wird sich über die scheinbare Armut und Einfachheit der im folgenden eingeführten Konzepte wundern und nicht ohne weiteres glauben wollen, daß gegenüber so mächtigen Sprachen zur Formulierung von Algorithmen wie FORTRAN, PASCAL oder COBOL nichts Wesentliches verlorengeht, außer vielleicht einigem Komfort. Ebenso schwer dürfte er davon zu überzeugen sein, daß Registermaschinen, Turingmaschinen und andere einfache mathematische Modelle von Rechenanlagen "im Prinzip" so leistungsfähig sind wie die heutigen Großrechenanlagen.

Wir verweisen hier zunächst auf die inzwischen mehr als 40jährige Erfahrung im Umgang mit formalen Algorithmenkonzepten, die die schon 1936 von A. Church aufgestellte These bestätigt, daß der intuitiv verstandene Algorithmenbegriff mit einem der genannten formalen Begriffe zusammenfällt. Dennoch ist natürlich die Frage berechtigt, weshalb man nicht "reale" Programmiersprachen und Rechenanlagen zur Präzisierung des Algorithmenbegriffs heranzieht.

Wir wollen dazu einige Argumente anführen und zugleich eine kurze Vorschau auf die in den folgenden Abschnitten genauer behandelten Sachverhalte geben:

Reale Rechenanlagen und Programmiersprachen sind so komplex und umfangreich, daß eine vollständige, exakte Beschreibung sehr unübersichtlich und schwer verständlich wird. Wir geben im nächsten Abschnitt 2 ein auf das Wesentliche beschränktes Modell eines Rechners an, dessen "Hardware" und "Software" sich mit wenigen Sätzen vollständig beschreiben läßt. An diesem Modell (der Registermaschine) erläutern wir eine Reihe von Konzepten, die auch für das Verständnis realer Rechenanlagen und Programmiersprachen wichtig sind:

An Hand einer sehr einfachen, auf das Maschinenmodell zugeschnittenen (goto-freien) Programmiersprache werden verschiedene Möglichkeiten zur präzisen und vollständig formalen Beschreibung der Semantik, also der Bedeutung von sprachlichen Konstrukten in Programmiersprachen erläutert.

Erst die Präzisierung der Semantik einer Programmiersprache ermöglicht es, sich von der inhaltlichen Korrektheit eines Programms zu überzeugen. Dazu reicht es nämlich i.a. nicht aus, ein Programm nur zu testen; man muß beweisen, daß es die spezifizierte Aufgabe löst. Es genügt ja auch nicht, einen syntaktisch richtig formulierten mathematischen Satz dadurch zu beweisen, daß man seine Gültigkeit an einigen Beispielen belegt.

Die verschiedenen Verfahren zur formalen Definition der Semantik von Programmiersprachen sind für diese Aufgabe der Programmverifikation unterschiedlich gut geeignet. Wir werden im Abschnitt 2 eine Methode kennenlernen (die "axiomatische Methode"), die sich dazu ganz gut eignet. Jedoch gehen wir nicht soweit, Korrektheitsbeweise in einem voll formalisierten System zu führen.

Es wird weiter gezeigt, wie sich eine funktionale (oder denotationale) Semantikdefinition in eine operationale (oder interpretative) transformieren läßt (vgl. Abschnitt 4). Zugleich lassen sich dabei so wichtige Begriffe wie Rekursion, Kodierung, und Simulation gut verdeutlichen.

Das Simulieren eines Maschinentyps durch einen anderen wird in Abschnitt 6 am Beispiel der Simulation von Registermaschinen durch Turingmaschinen erläutert. Für das zuletzt genannte und historisch älteste Maschinenmodell lassen sich präzise Maße für Rechenzeit und Speicherbedarf ganz natürlich definieren. Das gibt uns die Möglichkeit, nicht nur den Begriff des "überhaupt" Berechenbaren, sondern auch des praktisch Berechenbaren, d.h. in "angemessener" Zeit mit "vertretbarem" Speicheraufwand Berechenbaren, zu präzisieren und genauer zu studieren. (Vgl. Abschnitt 7).

Das Hauptanliegen dieses Kapitels ist jedoch zunächst eine Präzisierung des intuitiven Algorithmenkonzepts, also des "überhaupt" Berechenbaren.

Wie auch immer man das intuitive Algorithmenkonzept präzisiert: Jeder Algorithmus muß durch eine endliche Beschreibung spezifiziert sein. Deshalb kann es jedenfalls nur abzählbar unendlich viele Algorithmen geben. Andererseits gibt es aber bereits überabzählbar viele Funktionen mit Argumenten und Werten im Bereich der natürlichen Zahlen. Daher können nicht alle derartigen Funktionen algorithmisch berechenbar sein.

Dieses reine Anzahlargument liefert zwar unmittelbar die Existenz prinzipiell nicht berechenbarer Funktionen, nicht aber eine Aussage folgender Form:
Diese oder jene konkrete Funktion bzw. Eigenschaft ist algorithmisch nicht berechenbar bzw. feststellbar. Um solche ganz konkreten Aussagen über die Grenzen der Leistungsfähigkeit von Algorithmen und Rechnern zu erhalten, benutzt man eine auf G. Cantor zurückgehende Schlußweise, den Diagonalschluß. (Wir haben einen derartigen Schluß bereits im Beweis zu Satz II.7.6 benützt.) Diese Beweistechnik basiert jeweils auf einer effektiven, konkreten Abzählung der Menge der betrachteten Objekte, hier also aller Algorithmen (oder Rechenmaschinen). (Für Registermaschinen wird im Abschnitt 4 von einer solchen, effektiven Abzählung Gebrauch gemacht.) Wirklich vollständig angeben kann man eine sol-

che Abzählung wohl nur für so einfache Modelle von Maschinen wie etwa die im folgenden eingeführten Registermaschinen. Auf dieser Basis können Diagonalisierungsbeweise dann präzise geführt werden. Akzeptiert man nun die Churchsche These, so lassen sich daraus eine ganze Reihe von Unmöglichkeitsaussagen auch für konkrete Rechenmaschinen und reale Programmiersprachen folgern. (Vgl. dazu Abschnitt 5).

2. Registermaschinen

Jede Rechenanlage besteht ganz grob aus einem Speicher und einem programmgesteuerten Rechenwerk, durch das eine schrittweise Veränderung der Speicherinhalte bewirkt werden kann.

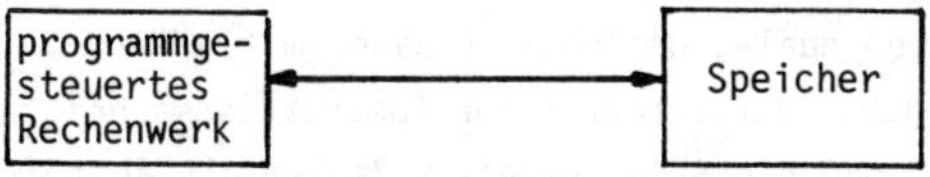

Der Speicher ist zwar stets endlich, aber bei Bedarf doch beliebig erweiterbar. Wir gehen daher der Einfachheit halber gleich von einem Speicher unbeschränkter Größe aus. Als Verallgemeinerung und Idealisierung konkreter Rechenanlagen unterscheiden wir zwei Typen von Maschinenmodellen:

Typ 1: Maschinen mit endlich vielen Speicherzellen, die jede eine beliebig große Information aufnehmen können. (Registermaschinen)

Typ 2: Maschinen mit beliebig vielen Speicherzellen, die jede nur eine beschränkte Information aufnehmen können. (Turingmaschinen)

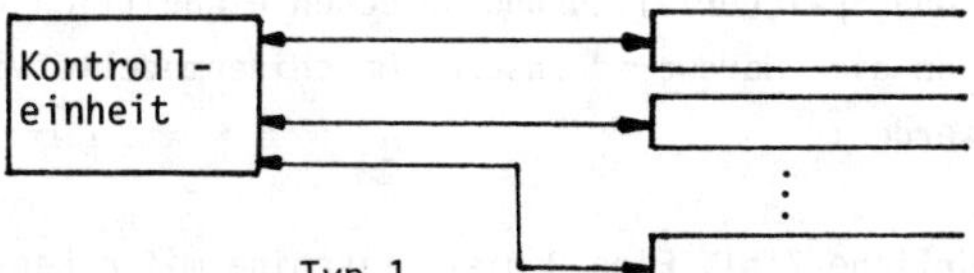

Typ 1

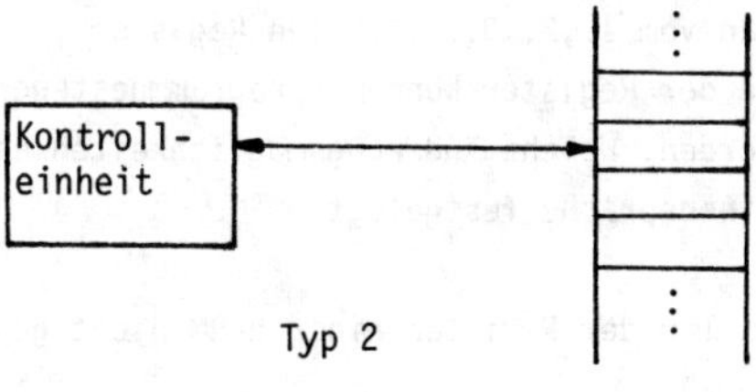

Typ 2

Wir behandeln in diesem Abschnitt Maschinen des Typs 1. Üblicherweise sind die Inhalte von Speicherzellen Bitfolgen, die man als Dualdarstellungen von Zahlen auffassen kann. Da wir annehmen wollen, daß die in einer Speicherzelle abgelegte Information beliebig groß sein kann, kann also jede Speicherzelle eine beliebig große (Dual-)Zahl aufnehmen. Es kommt uns allerdings auf die Art der Zahldarstellung (ob dual-, dezimal-, hexadezimal-) überhaupt nicht an. Wir gehen daher noch einen Abstraktionsschritt weiter und nehmen an, daß die Speicherzellen Zahlen als abstrakte Objekte und nicht Zahlendarstellungen speichern können. Dabei beschränken wir uns darauf, nicht negative ganze Zahlen als Inhalte von Speicherzellen zuzulassen.

Bei realen Rechnern unterscheidet man üblicherweise zwischen Registern und (adressierbaren) Speicherzellen. Arithmetische Operationen sind direkt nur mit den Inhalten von Registern möglich. Um die Inhalte von Speicherzellen zu verändern, werden sie zunächst in Register geladen, dort verändert und dann zurückgeschrieben. Anstelle einer solchen indirekten Änderungsmöglichkeit nehmen wir der Einfachheit halber an, daß die Inhalte von Speicherzellen direkt verändert werden können. Wir unterscheiden also nicht zwischen Registern und Speicherzellen und sprechen einheitlich von Registern. Damit kann die "Hardware" unseres Maschinenmodells wie folgt beschrieben werden:

Sei $n \geq 1$ eine natürliche Zahl. Eine Registermaschine mit n Registern (kurz: n-RM) besitzt n Register zur Speicherung beliebig großer nicht negativer ganzer Zahlen. Die Register sind der Reihe nach angeordnet, so daß man vom 1.,2.,3.,...,n-ten Register sprechen kann. Die Inhalte der Register können (programmgesteuert, schrittweise) verändert werden. Welche Änderungsmöglichkeiten es gibt, ist durch die Maschinensprache festgelegt.

Wir werden häufig die Anzahl n der Register einer n-RM nicht genau spezifizieren, sondern uns hinreichend groß, fest gewählt denken und sprechen einfach von Registermaschinen (kurz: RM).

Wir kommen nun zur Beschreibung der "Software" und führen Syntax und Semantik einer einfachen Programmiersprache für RM zunächst informell ein. Diese Sprache stellt zwei sehr einfache arithmetische Operationen bereit, und verfügt im übrigen nur über eine spezielle Form einer while-Schleife:

Definition 2.1:

Wir definieren induktiv simultan, was ein Programm einer n-RM (kurz: RM-Programm) ist und was die Wirkung eines solchen Programms ist:

(1) a_i ist ein RM-Programm ($1 \leq i \leq n$).
Wirkung: Es wird eine 1 zum Inhalt des i-ten Registers addiert.

(2) s_i ist ein RM-Programm ($1 \leq i \leq n$).
Wirkung: Es wird eine 1 vom Inhalt des i-ten Registers subtrahiert, wenn dieser von Null verschieden ist, sonst bleibt der Inhalt unverändert.

(3) Sind M_1 und M_2 RM-Programme, so auch M_1M_2.
Wirkung: Es wird zunächst M_1 und anschließend M_2 ausgeführt.

(4) Ist M ein RM-Programm, so auch $(M)_i$, ($1 \leq i \leq n$).
Wirkung: Solange der Inhalt des i-ten Registers verschieden von 0 ist, wird M ausgeführt.

(5) Nur die nach (1) - (4) gewonnenen Programme sind RM-Programme.

Man nennt M_1M_2 die Hintereinanderausführung von M_1 und M_2 und $(M)_i$ eine Iteration von M.
Offenbar ist jedes Programm einer n-RM auch Programm einer m-RM für jedes $m \geq n$. Es genügt daher zu verlangen, daß die Anzahl n der Register so groß gewählt ist, daß auf alle im Programm explizit genannten Register Bezug genommen werden kann. Beispielsweise

ist $(s_1 a_2 a_3)_1$ ein RM-Programm für jede n-RM mit $n \geq 3$.

Die Syntax der oben informell eingeführten Programmiersprache kann leicht formal präzise z.B. durch eine kontextfreie Grammatik (in BNF-Notation) beschrieben werden.
Um die Wirkung von RM-Programmen, also die Semantik obiger Programmiersprache exakt zu beschreiben, hat man die Wahl zwischen einer Reihe verschiedener Möglichkeiten.

Wir wollen zunächst eine sogenannte Compiler-Semantik für RM-Programme angeben. Dies Verfahren zur Definition der Semantik einer neuen Programmiersprache besteht in der Zurückführung auf die Semantik einer als bereits bekannt vorausgesetzten Programmiersprache.

Setzen wir einmal die Bedeutung von PASCAL Programmen als bekannt voraus. Setzen wir ferner n als Konstante und nninteger als Datentyp vereinbart voraus, der genau die nicht negativen ganzen Zahlen umfaßt. Dann können wir uns die Register einer n-RM als array R wie folgt vereinbart denken:

var R: array[1...n] of nninteger

Jetzt können wir die Wirkung eines RM-Programms so beschreiben, daß wir jedem RM-Programm M ein PASCAL Programmstück P(M) durch Induktion über den Aufbau von M wie folgt zuordnen:

(1) $P(a_i)$: *R[i] := R[i]+1*

(2) $P(s_i)$: *if R[i] > 0 then R[i] := R[i]-1*

(3) $P(M_1 M_2)$: *begin P(M₁); P(M₂) end*

(4) $P((M)_i)$: *while R[i] > 0 do P(M)*

Man kann diese Zuordnung von PASCAL-Programmstücken zu RM-Programmen noch stärker formalisieren und z.B. an den Ableitungsprozeß von RM-Programmen mit Hilfe einer kontextfreien Grammatik koppeln. Wir haben auch ohne eine derartige weitgehende Formalisierung eine über die zunächst angegebene, informelle Beschreibung der Bedeutung von RM-Programmen hinausgehende Präzisierung erreicht:

Aus der in Definition 2.1 angegebenen verbalen Erklärung geht nicht zweifelsfrei hervor, welche Wirkung ein RM-Programm der Form $(M)_i$ hat:

Wird zunächst M ausgeführt und dann geprüft, ob der Inhalt des i-ten Registers 0 ist oder umgekehrt? Was geschieht insbesondere im Falle, daß der Inhalt des i-ten Registers von Anfang an 0 ist? Diese Unklarheit ist durch die Zuordnung des while-Konstrukts in PASCAL zu derartigen RM-Programmen und die als bekannt vorausgesetzte Bedeutung des while-Statements in PASCAL beseitigt.

Es wird zuerst geprüft, ob der Inhalt des i-ten Registers Null ist und M nur dann ausgeführt, wenn der Inhalt nicht Null ist.

Wir wollen nun einige Beispiele von RM-Programmen angeben und ihre Wirkung erläutern. Dazu stellen wir uns vor, daß wir einen vollständigen Einblick in das "Innere" von RM haben:
Wir listen die Inhalte sämtlicher Register der Reihe nach auf und versuchen, uns eine Übersicht über die durch RM-Programme bewirkten Veränderungen ihrer Inhalte zu verschaffen.

Beispiel 2.2:

a) Leeren eines Registers:
Steht etwa im ersten Register die natürliche Zahl m, so ist die Wirkung der RM

$$(s_1)_1,$$

daß m schließlich durch die Zahl 0 ersetzt wird.

Entsprechend wird durch $(s_i)_i$ der Inhalt des i-ten Registers "gelöscht".

b) Transferieren des Inhalts des Registers i in das Register j, $i \neq j$:

Nehmen wir an, im Register i stehe die nicht negative Zahl m und im Register j die Zahl 0. Dann bewirkt das RM-Programm

$$(s_i a_j)_i$$

offenbar, daß der Inhalt des i-ten Registers in das j-te gebracht wird. Anschließend ist also der Inhalt des i-ten Registers 0 und der des j-ten Registers m.

c) Soll beim Kopieren eines Registers der Inhalt des ursprünglichen Registers erhalten bleiben, so muß man ein Hilfsregister verwenden. Nehmen wir etwa an, im ersten Register stehe die Zahl m, im zweiten und dritten Register die Zahl 0. Dann liefert das RM-Programm

$$(s_1 a_2 a_3)_1$$

im ersten Register eine 0 und im zweiten und dritten Register die Zahl m. Durch das Programm

$$(s_3 a_1)_3$$

kann man den Inhalt des dritten Registers in das erste Register zurückkopieren. Das ergibt also m im ersten und zweiten und eine 0 im dritten Register. Hintereinanderausführung dieser beiden Programme liefert also das gewünschte Ergebnis.

Wir können diese soeben verbal beschriebene Wirkung von RM-Programmen in diesem Fall kurz wie folgt mitteilen:

$$m,0,0 \xrightarrow{(s_1a_2a_3)_1} 0,m,m \xrightarrow{(s_3a_1)_3} m,m,0$$

d) Wir sind nun bereits in der Lage, die Summe zweier Registerinhalte in einem dritten, anfangs leeren Register zu ermitteln, ohne daß dabei die Anfangsregisterinhalte verloren gehen:
Wir geben eine 4-RM A an, die folgendes leistet:

$$m,n,0,0 \xrightarrow{A} m,n,m+n,0$$

Die Aufgabe von A läßt sich durch Zusammensetzen zweier Teilprogramme lösen:

$$m,n,0,0 \xrightarrow{(s_1a_3a_4)_1(s_4a_1)_4} m,n,m,0 \xrightarrow{(s_2a_3a_4)_2(s_4a_2)_4} m,n,m+n,0$$

Also leistet $A = (s_1a_3a_4)_1(s_4a_1)_4(s_2a_3a_4)_2(s_4a_2)_4$ das Verlangte.

Wir weisen darauf hin, daß unsere in diesen Beispielen benutzte Art der Beschreibung der Wirkung von RM-Programmen sich zu einer alternativen, formalen Definition der Semantik von RM-Programmen ausbauen läßt:
Die Wirkung eines RM-Programms M wird definiert durch die Menge aller vor und nach Ausführung von M gültigen Aussagen über die Inhalte von Registern.

Ein Beispiel für eine solche Aussage ist die folgende Aussage P:

P: Der Inhalt des ersten Registers ist m und der des zweiten Registers 0.

Eine weitere Aussage ist:

Q: Der Inhalt des ersten Registers ist 0 und der des zweiten Registers ist 2m.

Betrachten wir nun als Beispiel das folgende RM-Programm M:

$(s_1 a_2 a_2)_1$

Ist vor Ausführung von M die Aussage P richtig, so nach Ausführung von M die Aussage Q. Man schreibt diese Beziehung meistens symbolisch in der Form

{P} M {Q}

und nennt P und Q Zusicherungen (assertions). Wir teilen diese Beziehung entsprechend der im Beispiel 2.2 bereits verwendeten folgenden Form mit:

m,0
$\downarrow (s_1 a_2 a_2)_1$
0,2m

Für dasselbe Programm gelten aber beispielsweise auch

m,x,0
$\downarrow (s_1 a_2 a_2)_1$
0,x+2m,0

und

0,y,z
$\downarrow (s_1 a_2 a_2)_1$
0,y,z

und noch (unendlich viele) weitere Beziehungen zwischen vor und nach Ausführung des Programms gültigen Zusicherungen.

Die Definition der Bedeutung von RM-Programmen geschieht nun durch die Angabe aller Paare von Zusicherungen, die jeweils vor und nach Ausführung eines Programms gültig sind. Um das formal präzise machen zu können, muß man zunächst die Sprache genau fixieren, in der Zusicherungen formuliert werden können. (Üblicherweise nimmt man eine um arithmetische Ausdrucksmittel angereicherte Prädikatenlogik). Dann muß die Menge aller gültigen Paare von Zusicherungen auf endliche Weise beschrieben werden. Dazu formuliert man wie in der Logik Axiomenschemata und Schlußregeln, die (möglichst) alle gültigen Zusicherungen herzuleiten gestatten. Diese Methode ist in der Literatur unter dem Stichwort "axiomatische Semantik" und "inductive assertion method" bekannt.

Da wir keine formalen Korrektheitsbeweise führen wollen, ziehen wir aus dieser Methode der Semantikdefinition für RM-Programme nur die ganz pragmatische Konsequenz, bei komplexeren Programmen, insbesondere bei (geschachtelten) Schleifen einige Zusicherungen, insbesondere sogenannte "Schleifeninvarianten" explizit anzugeben, und die Wirkung von Programmen für bestimmte Registerinhalte wie oben angegeben mitzuteilen. Dazu ein weiteres Beispiel:

Beispiel 2.3:

Wir wollen ein RM-Programm M angeben, das zu zwei Zahlen x und y im ersten und zweiten Register und sonst leeren Registern das Produkt xy im dritten Register liefert. Dabei sollen x und y im ersten und zweiten Register erhalten bleiben und alle Register ab dem dritten nach Ausführung von M wieder leer sein. D.h. M soll folgendes leisten:

$$x,y,0,\overline{0} \xrightarrow{M} x,y,xy,\overline{0}$$

Dabei haben wir eine endliche Folge von Registern mit nicht näher spezifizierter Länge, die sämtlich den Inhalt 0 haben, kurz mit $\overline{0}$ bezeichnet. Diese Konvention werden wir im folgenden beibehalten.

Nun erinnern wir uns daran, daß man die Multiplikation zweier Zahlen als iterierte Addition auffassen kann:
Wir schreiben zunächst ein Programm N, das den Inhalt des 2. zum Inhalt des 3. Registers hinzuaddiert und ein "Zählregister" um 1 herunterzählt. Sei u > 0; x,y,z beliebig.

$$x,y,z,0,u \xrightarrow{(s_2a_3a_4)_2(s_4a_2)_4s_5 = N} x,y,z+y,0,u-1$$

Kopiert man nun anfangs x in das 5. Register und führt N solange aus, bis das 5. Register leer ist, erhält man im 3. Register xy:

$$x,y,0,0,0 \xrightarrow{(s_1a_4a_5)_1(s_4a_1)_4 = K} x,y,0,0,x \xrightarrow{(N)_5} x,y,xy,0,0$$

Damit leistet das Programm $K(N)_5$ also das Verlangte.

Wir haben die Wirkung des resultierenden Programmes nur deshalb leicht übersehen können, weil wir uns zunächst klargemacht haben, was bei einmaliger Ausführung der "Programmschleife" $(N)_5$ geschieht.

Es kann vorkommen, daß RM-Programme für bestimmte Anfangsregisterinhalte niemals halten. Beispielsweise hält das Programm $a_1(a_1s_1)_1$ nie - ganz gleich, welche Zahl anfangs im ersten (oder irgend einem anderen) Register steht. Das kann manchmal als ganz natürliches Verhalten einer RM angesehen werden: Nehmen wir etwa an, wir hätten eine RM, die die Divisionsfunktion berechnet. Wie kann sie berücksichtigen, daß "Division durch Null verboten" ist? Am einfachsten und natürlichsten doch wohl so, daß die RM nicht (mit einem definierten Ergebnis) hält, wenn eine solche Division durch Null dennoch versucht wird.

Man kann RM also in offensichtlicher Weise auch zur Berechnung partieller, d.h. nicht überall definierter Funktionen verwenden: Wir verlangen einfach, daß ein eine partielle Funktion f berechnendes RM Programm für alle Argumente, für die f nicht definiert ist, nicht halten soll. Genauer:

Definition 2.3:

Eine n-stellige (partielle) Funktion f mit Argumenten und Werten im Bereich der nicht negativen ganzen Zahlen heißt RM-berechenbar, wenn es ein Programm M für eine RM mit wenigstens n+1 Registern gibt, so daß für beliebige nicht negative Zahlen $x_1,\ldots,x_n$ gilt:

(1) M hält, angesetzt auf $x_1,\ldots,x_n,\overline{0}$, genau dann nach endlich vielen Schritten, wenn $f(x_1,\ldots,x_n)$ definiert ist, und:

(2) Wenn $f(x_1,\ldots,x_n)$ definiert ist, so gilt:

$$\begin{array}{l} x_1,\ldots,x_n,\overline{0} \\ \quad\downarrow M \\ x_1,\ldots,x_n,\ f(x_1,\ldots,x_n),\ \overline{0} \end{array}$$

Wir verlangen also, daß die n Argumente einer n-stelligen RM-berechenbaren Funktion stets in den ersten n Registern stehen und der Funktionswert, falls er existiert, im (n+1)-ten Register bereitgestellt wird. Durch diese willkürliche Normierung vermeiden wir es, über Ein- und Ausgabe von Daten bei RM explizit reden zu müssen. Die Gründe für die Forderung, daß die Argumente durch die Rechnung der RM nicht gelöscht werden sollen, werden erst im nächsten Abschnitt klar werden.

Wir haben in den vorangehenden Beispielen bereits gezeigt, daß die Addition und Multiplikation totale, d.h. überall definierte, RM-berechenbare Funktionen sind.

Für den Nachweis, daß eine bestimmte Funktion RM-berechenbar ist, ist es häufig mühsam, ein die Funktion berechnendes RM-Programm explizit anzugeben. Es wäre sicherlich vernünftiger, eine möglichst große Klasse von Funktionen zu spezifizieren, von der man zeigt, daß alle darin enthaltenen Funktionen RM-berechenbar sind. Denn dann muß man sich, um nachzuweisen, daß eine gegebene Funktion RM-berechenbar ist, nur noch davon überzeugen, daß sie zu der genannten Funktionsklasse gehört. Wir geben im nächsten Abschnitt eine solche Funktionsklasse an. Es wird sich herausstellen, daß sie bereits sämtliche RM-berechenbaren (partiellen) Funktionen enthält.

3. Partiell rekursive Funktionen

Wenn wir Summe und Produkt zweier Zahlen berechnen können, sollten wir "im Prinzip" auch beliebige Polynome ausrechnen können. Betrachten wir als Beispiel die Funktion

$$f(x) = x^2 + 3x + 7$$

Man kann sich f als durch wiederholte, geschachtelte Einsetzung aus den Funktionen

Addition: $a(x,y) = x+y$ und
Multiplikation: $m(x,y) = xy$

wie folgt entstanden denken:

$$f(x) = a(m(x,x), a(m(3,x),7)))$$

Außer Einsetzungen von Funktionen ineinander werden hier noch weitere Prozesse zur Definition von Funktionen stillschweigend benutzt: das "Identifizieren" zweier Variablen (die zwei Argumente der Multiplikationsfunktion in m(x,x)) und das Einsetzen von Konstanten (die Zahlen 3 bzw. 7) an Stelle von Variablen. Weitere üblicherweise zugelassene Operationen, die aber in obigem Beispiel nicht auftreten, sind das Vertauschen und das Einfügen von fiktiven Argumenten von Funktionen.

Sieht man einmal von diesen formalen Operationen an Argumenten von Funktionen ab, so handelt es sich bei der o.a. Funktion f im wesentlichen um eine Funktion, die durch einen <u>Einsetzungsprozeß</u> aus den Funktionen Addition und Multiplikation hervorgeht. Aus mehreren zweistelligen Funktionen, d.h. Funktionen, die von zwei Argumenten abhängen, haben wir auf diese Weise eine einstellige Funktion erhalten. Man kann alle genannten Manipulationen an den

Argumenten von Funktionen und alle möglichen Einsetzungsvarianten unter ein einziges, einheitliches Schema subsummieren, wenn man wie folgt vorgeht:

1. a) Wir definieren für jedes n und k eine n-stellige Funktion C_n^k (Konstantenfunktion) mit dem konstanten Wert k; d.h. für beliebige $x_1,\ldots,x_n$ gilt

$$C_n^k(x_1,\ldots,x_n) = k$$

   b) Wir definieren für jedes n und jedes i mit $1 \leqq i \leqq n$ eine Funktion U_n^i (Projektionsfunktion), die aus n Argumenten genau das i-te als Wert abliefert; d.h. für beliebige $x_1,\ldots,x_n$ gilt

$$U_n^i(x_1,\ldots,x_n) = x_i$$

2. Wir erlauben für jedes n und r als einzigen Einsetzungsprozeß das Einsetzen von r n-stelligen Funktionen in eine r-stellige Funktion und erhalten als Ergebnis eine n-stellige Funktion. Genauer: Sind $h_1,\ldots,h_r$ bereits bekannte n-stellige Funktionen (die also sämtlich von der gleichen Anzahl n von Argumenten abhängen) und ist g eine bereits bekannte r-stellige Funktion, so dürfen wir eine neue Funktion f wie folgt definieren:

$$(*)\qquad f(x_1,\ldots,x_n) = g(h_1(x_1,\ldots,x_n),\ldots,h_r(x_1,\ldots,x_n))$$

Diese starke Normierung des Einsetzungsprozesses wird allerdings erkauft durch einen beträchtlichen Aufwand beim Nachweis, daß neue Funktionen aus bereits bekannten definiert werden können. (Daß die Normierung auch Vorteile hat, werden wir beim Nachweis von Satz 3.1 sehen.)

Im Falle unseres o.a. Beispiels müssen wir korrekterweise f

wie folgt darstellen:

$$f(x) = a(m(U_1^1(x),\ U_1^1(x)),\ a(m(C_1^3(x),\ U_1^1(x)),\ C_1^7(x)))$$

f ist natürlich eine totale, d.h. für alle Argumente x (aus dem zugelassenen Bereich der nicht negativen Zahlen) definierte Funktion, weil alle zur Definition von f herangezogenen Funktionen total sind. Wir möchten allerdings auch partielle Funktionen ineinander einsetzen können.

Dazu legen wir zusätzlich fest, daß eine durch Einsetzung von $h_1,\ldots,h_r$ in g entsprechend (*) definierte Funktion f für die Argumente $x_1,\ldots,x_n$ genau dann nicht definiert sein soll, wenn für wenigstens ein i, $1 \leqq i \leqq r$, $h_i(x_1,\ldots,x_n)$ nicht definiert ist oder aber zwar alle Funktionen $h_1,\ldots,h_r$ für die Argumente $x_1,\ldots,x_n$ definiert sind, jedoch
$g(h_1(x_1,\ldots,x_n),\ldots,h_r(x_1,\ldots,x_n))$ nicht definiert ist.
Wir zeigen nun den folgenden

<u>Satz 3.1:</u>

Seien g, $h_1,\ldots,h_r$ RM-berechenbare (partielle) Funktionen. Entsteht die Funktion f durch Einsetzung aus diesen Funktionen, d.h. ist

$$f(x_1,\ldots,x_n) = g(h_1(x_1,\ldots,x_n),\ldots,h_r(x_1,\ldots,x_n))$$

so ist auch f eine RM-berechenbare Funktion.

Beim <u>Beweis</u> dieses Satzes zahlt sich die in Definition 2.3 enthaltene Forderung aus, daß die Argumente von RM-berechenbaren Funktionen nicht gelöscht werden dürfen.

Seien also $g,h_1,\ldots,h_r$ RM-berechenbare Funktionen und seien

$M_0, M_1, \ldots, M_r$ jeweils RM-Programme, die die Funktionen $g, h_1, \ldots, h_r$ berechnen. In all diesen Programmen wird nur auf endlich viele Register, etwa höchstens k Stück, explizit Bezug genommen. Man kann also bei der Berechnung von $f(x_1, \ldots, x_n)$ Register mit Indizes grösser als k gefahrlos zur Speicherung von Zwischenresultaten heranziehen, ohne eine Kollision mit Berechnungen von $M_0, \ldots, M_r$ befürchten zu müssen. Damit kann der Funktionswert $f(x_1, \ldots, x_n)$ genau so ermittelt werden, wie man es der Definition von f entsprechend erwartet (falls $f(x_1, \ldots, x_n)$ überhaupt existiert):

Ausgehend von den Registerinhalten

$$x_1, \ldots, x_n, \overline{0}$$

berechnen wir zunächst der Reihe nach für $i = 1, 2, \ldots, r$ mit Hilfe von M_i den Wert $h_i(x_1, \ldots, x_n)$ und speichern den Wert jeweils in dem Register k+i zwischen. Dann merken wir uns die Ausgangsargumente in (geeigneten) Registern mit Index > k und schreiben die Zwischenergebnisse in die ersten r Register. Das liefert folgende Situation:

$$\underbrace{h_1(x_1, \ldots, x_n), h_2(x_1, \ldots, x_n), \ldots, h_r(x_1, \ldots, x_n), \overline{0},}_{\text{wenigstens } k > n \text{ Register}} x_1, \ldots, x_n, \overline{0}$$

Nun können wir das Programm M_0 anwenden und erhalten im (r+1)-ten Register den gesuchten Funktionswert, wenn er überhaupt existiert. Abschließend müssen wir nur noch die Zwischenergebnisse in den ersten r Registern löschen, den Funktionswert in das (n+1)-te Register schreiben und die n Argumente in die ersten Register zurückübertragen, um

$$x_1, \ldots, x_n, f(x_1, \ldots, x_n), \overline{0}$$

zu erhalten.

Nach unseren Kenntnissen über RM-Programme ist es nicht schwer, entlang dieser Idee ein von $M_0, M_1, \ldots, M_r$ abhängiges RM-Programm zur Berechnung von f anzugeben. Damit ist der Satz beweisen. □

Daß für alle n und k die Funktionen C_n^k und für alle n und i mit $1 \leq i \leq n$ die Funktionen U_n^i RM-berechenbar sind, kann man leicht durch direkte Angabe geeigneter Programme sehen. (Beispiel: Die Funktion U_7^2 wird berechnet durch das RM-Programm $(s_2a_8a_9)_2(s_9a_2)_9$).

Damit wissen wir, daß alle zur Definition der eingangs dieses Abschnitts genannten Funktion $f(x) = x^2 + 3x + 7$ herangezogenen Funktionen RM-berechenbar sind. Aus dem soeben bewiesenen Satz folgt, daß dann auch f RM-berechenbar ist: Wir können aus der angegebenen Definition von f und der im Beweis von Satz 3.1 skizzierten Konstruktion sogar effektiv ein RM-Programm zur Berechnung von f gewinnen.

Natürlich hätten wir ein viel einfacheres und kürzeres RM-Programm zur Berechnung von f allein angeben können. Was wir mit Satz 3.1 gewonnen haben, ist jedoch viel mehr, nämlich eine Art Werkzeug zur Entwicklung von RM-Programmen für eine große Klasse von Funktionen. Dazu gehört nicht nur die o.g. Funktion f, sondern insbesondere alle, von endlich vielen Variablen abhängigen Polynome, wie z.B.:

$$f_1(x,y) = 7x^3y + x^2 + 8y + 6$$

$$f_2(u,v,w) = u^2 + v^2 + 2uvw.$$

usw.

Unsere bisherigen Kenntnisse erlauben es noch nicht, auf die

RM-Berechenbarkeit so wichtiger Funktionen wie:

$$f(y) = 2^y,\ g(x,y) = x^y,\ h(y) = y!, \ldots$$

und anderer "stark wachsender" Funktionen zu schließen. Das gelingt erst, wenn wir zeigen, daß ein weiteres sehr gebräuchliches Schema zur Definition neuer Funktionen aus bereits bekannten von RM-berechenbaren Funktionen wieder zu solchen führt:

Definition 3.2:

Seien g und h bereits bekannte Funktionen, die jeweils von n, bzw. n+2 Argumenten abhängen. Die (n+1)-stellige Funktion f entsteht durch primitive Rekursion aus g und h, wenn gilt:

$$f(x_1,\ldots,x_n,0) = g(x_1,\ldots,x_n)$$
$$f(x_1,\ldots,x_n,y+1) = h(x_1,\ldots,x_n,y,f(x_1,\ldots,x_n,y)).$$

Der Funktionswert $f(x_1,\ldots,x_n,y+1)$ wird also durch "Rückgriff" (Rekursion) auf den unmittelbar vorangehenden Funktionswert $f(x_1,\ldots,x_n,y)$, und damit mittelbar durch Rückgriff auf alle Werte von f für Argumente mit kleinerer letzter Komponente berechnet.

Wir zeigen zunächst, daß die o.a. Funktionen auf diese Weise aus uns bereits bekannten Funktionen erhalten werden können.

Beispiel 3.3:

Es seien die uns bereits bekannten Funktionen Addition $a(x,y) = x+y$, Multiplikation $m(x,y) = xy$, sowie die Konstanten- und Identitätsfunktionen C_n^k und U_n^i gegeben. Dann gilt:

a) Für die Funktion $f(y) = 2^y$:

$f(0) = 2^0 = 1 = C_0^1$
$f(y+1) = 2f(y) = f(y) + f(y) = h(y,f(y))$,
wenn h die wie folgt durch Einsetzung definierte Funktion ist:
$h(u,v) = a(U_2^2(u,v),U_2^2(u,v))$

b) Für die Funktion $g(x,y) = x^y$:

$g(x,0) = 1 = C_1^1(x)$
$g(x,y+1) = xx^y = xg(x,y) = m(x,g(x,y)) = h(x,y,g(x,y))$,
wenn h die wie folgt durch Einsetzung definierte Funktion ist:
$h(x,y,z) = m(U_3^1(x,y,z),U_3^3(x,y,z))$

c) Für die Funktion $g(y) = y!$:

$g(0) = 0! = 1 = C_0^1$
$g(y+1) = (y+1)! = (y+1)y! = (y+1)g(y) = h(y,g(y))$ für eine geeignet definierte Funktion h, die durch Einsetzung aus der Additions- und Multiplikationsfunktion entsteht.

Man kann das Schema der Definition einer neuen Funktion f durch primitive Rekursion aus bereits bekannten Funktionen g und h wie in Definition 3.2 angegeben als Spezialfall eines in vielen höheren Programmiersprachen (z.B. PASCAL) erlaubten Schemas zur rekursiven Deklaration einer Funktion interpretieren. Nehmen wir etwa an, daß die Funktionen g und h schon deklariert sind, dann ist folgende Deklaration von f in PASCAL zulässig:

```
function f(x_1,...,x_n,y: integer): integer;
  begin
    if y = 0
      then f := g(x_1,...,x_n)
      else f := h(x_1,...,x_n,y-1,f(x_1,...,x_n,y-1))
  end;
```

Bei einer Berechnung von $f(x_1,\ldots,x_n,y)$ (einem "Aufruf" von f für diese Argumente) muß f natürlich schließlich von unten her berechnet werden:

$$f(x_1,\ldots,x_n,0) = g(x_1,\ldots,x_n)$$
$$f(x_1,\ldots,x_n,1) = h(x_1,\ldots,x_n,0,f(x_1,\ldots,x_n,0))$$
$$f(x_1,\ldots,x_n,2) = h(x_1,\ldots,x_n,1,f(x_1,\ldots,x_n,1))$$
$$\vdots$$
$$f(x_1,\ldots,x_n,y) = h(x_1,\ldots,x_n,y-1,f(x_1,\ldots,x_n,y-1))$$

Weil nach Voraussetzung g und h für beliebige Argumente effektiv ausgerechnet werden können, kann man auch f für beliebige Argumente effektiv ausrechnen.
Falls die Funktionen g oder h an im Verlaufe dieser Rechnung benötigten Argumentstellen nicht definiert sind, also auch nicht berechnet werden können, soll auch die neu definierte Funktion f für die Ausgangsargumente nicht definiert sein. Das in Definition 3.2 angegebene Schema der primitiven Rekursion ist daher auch für partielle Funktionen g und h sinnvoll. Allerdings ist mit g und h auch f eine totale Funktion.

Das Rekursionsschema, das bei der Definition bzw. Deklaration von f verwendet wurde, ist insofern speziell, als wir von vornherein abschätzen können, wie oft die Funktion h (iteriert) ausgerechnet werden muß: Das hängt nur vom Anfangswert der sogenannten Rekursionsvariablen y ab.

Daher ist es leicht, eine durch primitive Rekursion definierte Funktion iterativ auszurechnen. Wir zeigen jetzt:

Satz 3.4:

Seien g und h RM-berechenbare (partielle) Funktionen und sei f durch primitive Rekursion aus g und h entstanden, dann ist auch f RM-berechenbar.

Beweis:

Sind M und N RM-Programme zur Berechnung von g und h, so konstruieren wir wie folgt ein RM-Programm zur Berechnung von f:

Wir orientieren uns an dem oben intuitiv erläuterten Schema zur Berechnung von f und konstruieren zunächst ein RM-Programm P, das folgendes leistet:

$$x_1,\ldots,x_n,y,z,\overline{0}$$

$$\downarrow P$$

$$x_1,\ldots,x_n,y+1,h(x_1,\ldots,x_n,y,z),\overline{0}$$

Die Funktion h wird durch das RM-Programm N berechnet und liefert den Wert $h(x_1,\ldots,x_n,y,z)$ im (n+3)-ten Register. Daher können wir setzen:

$$P = N(s_{n+2})_{n+2}(s_{n+3}a_{n+2})_{n+3}a_{n+1}$$

Wir nehmen an, daß die RM-Programme M und P nur auf Register mit Indizes $\leq$ k zugreifen, so daß wir das (k+1)-te Register zur Speicherung von Zwischenergebnissen benutzen können.

Die durch primitive Rekursion aus g und h entstehende Funktion f wird nun berechnet durch ein RM-Programm, das man wie folgt erhält:

$$x_1,\ldots,x_n,y,\overline{0}$$
$$\Big\downarrow\ (s_{n+1}a_{k+1})_{n+1}M$$
$$x_1,\ldots,x_n,g(x_1,\ldots,x_n),\overline{0},y$$
$$\Big\downarrow\ (s_{n+1}a_{n+2})_{n+1}$$
$$x_1,\ldots,x_n,0,g(x_1,\ldots,x_n),\overline{0},y$$
$$\Big\downarrow\ (Ps_{k+1})_{k+1}$$
$$x_1,\ldots,x_n,y,f(x_1,\ldots,x_n,y),\overline{0} \qquad \square$$

Dieser Satz liefert uns ein einheitliches effektives Verfahren zur Erzeugung von RM-Programmen für sehr viele Funktionen, insbesondere für die in Beispiel 3.3 behandelten Funktionen.

Die auf diese Weise erhaltenen Programme sind natürlich nicht immer die einfachsten: In vielen Fällen lassen sich für konkrete, spezielle Funktionen einfachere RM-Programme direkt angeben.

Kehren wir noch einmal zu Beispiel 2.3 zurück: Dort haben wir ein spezielles RM-Programm zur Berechnung der Multiplikation angegeben. Ausgehend von Programmen zur Berechnung der Additionsfunktion, der konstanten Funktion C_n^k und der Projektionsfunktion U_n^i hätten wir auch auf dem "Umweg" über den Satz 3.1 ein (natürlich viel komplizierteres) RM-Programm zur Berechnung der Multiplikationsfunktion $m(x,y) = xy$ erhalten können. Denn m lässt sich wie folgt durch primitive Rekursion und Einsetzungen aus der Addition a erhalten:

$$m(x,0) = 0 = C_1^0(x)$$
$$m(x,y+1) = x + m(x,y) = a(x,m(x,y))$$

für die wie folgt definierte Funktion h:

$$h(x,y,z) = a(U_3^1(x,y,z),U_3^3(x,y,z)).$$

Man kann sogar die Addition durch primitive Rekursion aus einer noch einfacheren Funktion, der Nachfolgerfunktion, die nur die Addition der Konstanten 1 erlaubt, erhalten. Wir verzichten darauf und definieren:

Definition 3.5:

Die Klasse $\mathscr{P}$ der primitiv rekursiven Funktionen ist die kleinste Klasse von Funktionen (mit Argumenten und Werten im Bereich der nicht negativen ganzen Zahlen) für die folgendes gilt:

(1) $\mathscr{P}$ enthält für jedes n und k
die n-stellige Funktion

$$C_n^k ,$$

die für alle Argumente den Wert k hat,
die Additionsfunktion

$$a \text{ mit } a(x,y) = x+y,$$

und für jedes n und i mit $1 \leq i \leq n$
die n-stellige Projektionsfunktion

$$U_n^i ,$$

für die gilt: $U_n^i(x_1,\ldots,x_n) = x_i$.

(2) Sind $g,h_1,\ldots,h_r \in \mathscr{P}$, so auch die wie folgt durch Einsetzung definierte Funktion f:

$$f(x_1,\ldots,x_n)=g(h_1(x_1,\ldots,x_n),\ldots,h_r(x_1,\ldots,x_n)).$$

(3) Sind g und h in $\mathscr{P}$, so auch die wie folgt durch primitive Rekursion definierte Funktion f:

$$f(x_1,\ldots,x_n,0) = g(x_1,\ldots,x_n)$$
$$f(x_1,\ldots,x_n,y+1) = h(x_1,\ldots,x_n,y,f(x_1,\ldots,x_n,y)).$$

Weil die in (1) genannten Ausgangsfunktionen total sind und die Prozesse Einsetzung und primitive Rekursion von totalen Funktionen wieder zu solchen führen, sind alle Funktionen in $\mathscr{P}$ total. Wir können unsere bisherigen Überlegungen zusammenfassen in dem folgenden Satz:

Satz 3.6:

Jede primitiv rekursive Funktion ist RM-berechenbar.

Natürlich gibt es RM-berechenbare Funktionen, die nicht primitiv rekursiv sind:
Jede RM-berechenbare, echt partielle, d.h. nicht für alle nicht negativen ganzen Zahlen definierte Funktion ist ein Beispiel.

Schwieriger ist es schon, Beispiele für totale RM-berechenbare Funktionen anzugeben, die nicht primitiv rekursiv sind. Das wohl bekannteste Beispiel für eine solche Funktion ist die sogenannte Ackermann-Funktion A. Eine (von Hermes, 1971, angegebene) Variante dieser Funktion ist wie folgt definiert:

$$A(0,y) = y+1$$
$$A(x+1,0) = A(x,1)$$
$$A(x+1,y+1) = A(x,A(x+1,y))$$

Der Nachweis, daß diese Funktion nicht in $\mathscr{P}$ liegt, beruht auf der Tatsache, daß die Funktion A sehr stark wächst, nämlich stärker als jede primitiv rekursive Funktion. Für die Details des (umfangreichen) Beweises verweisen wir auf Hermes, 1971.

Die Ackermann-Funktion ist sicher im intuitiven Sinne berechenbar. Es ist auch nicht sehr schwer, ein RM-Programm zur Berechnung von A anzugeben. Die Klasse der RM-berechenbaren (totalen) Funktionen ist also echt größer als die Klasse $\mathscr{P}$ der primitiv rekursiven Funktionen.

Die Klasse $\mathscr{P}$ der primitiv rekursiven Funktionen muß daher als eine zu enge Präzisierung des intuitiven Konzepts einer berechenbaren Funktion angesehen werden. Der wesentliche Grund liegt darin, daß es ein besonderer, im allgemeinen nicht vorliegender Glücksfall ist, wenn man für eine rekursiv definierte (bzw. deklarierte) Funktion von vornherein die Anzahl der rekursiven Aufrufe abschätzen kann.

Ein sehr populäres Beispiel dafür, daß das u.U. schwierig ist, ist die sogenannte <u>Ulamsche Funktion.</u>

<u>Beispiel 3.7:</u>

Sei die Funktion g wie folgt definiert:

$$g(y) = \begin{cases} y/2; & \text{falls } y \text{ gerade} \\ 3y+1; & \text{falls } y \text{ ungerade} \end{cases}$$

Setzen wir g als bereits deklariert voraus, so kann die Ulamsche Funktion in PASCAL folgendermaßen deklariert werden:

```
function Ulam(y:integer):integer;
  begin
    if y=1 then Ulam:=1
            else Ulam:=Ulam(g(y))
  end;
```

Beispielsweise ist Ulam(10) = Ulam(5)
= Ulam(16)
= Ulam(8)
= Ulam(4)
= Ulam(2)
= Ulam(1)
= 1

Es wird vermutet, daß <u>jede</u> derartige Berechnungsfolge schließlich mit dem Wert 1 abbricht. Bewiesen ist das bisher jedoch nicht. Viel weniger kann man die <u>Länge</u> einer solchen Berechnungsfolge in jedem Fall abschätzen.

Es gibt also einen wesentlichen Unterschied zwischen dieser rekursiven Deklaration der Ulamschen Funktion und einer auf den ersten Blick ähnlich aussehenden Deklaration einer Funktion, die durch primitive Rekursion entsteht:

Im Falle einer durch primitive Rekursion definierten Funktion ist die Anzahl der zur Auswertung für bestimmte Argumente erforderlichen Schritte (d.h. die Anzahl der "rekursiven Aufrufe") durch den (Anfangs-)Wert des letzten Arguments y beschränkt. Im Falle der Ulamschen Funktion ist die Anzahl der zur Berechnung nötigen Schritte nicht vorhersehbar; es ist nicht auszuschließen, daß eine nicht abbrechende Folge von rekursiven Aufrufen in Gang gesetzt wird.

Man hätte dieselbe Funktion natürlich auch nicht rekursiv mit Hilfe einer möglicherweise nicht abbrechenden <u>while</u>-Schleife wie folgt deklarieren können:

```
function Ulam(y:integer):integer;
  begin
    while y ≠ 1 do y := g(y);
    Ulam := y
  end;
```

Die zunächst gegebene rekursive Deklaration ebenso wie diese iterative Deklaration (mit Hilfe des while-Statements) sind Möglichkeiten, mit denen wir präzise ausdrücken können, daß die Funktion g solange iteriert angewendet werden soll bis ein Abbruchkriterium ("y=1") erfüllt ist. Dabei sind sowohl die zu iterierende Funktion als auch die die Abbruchbedingung testende Funktion total; die entstehende Funktion jedoch möglicherweise nicht.

Man wird die Ulamsche Funktion sicherlich als eine im intuitiven Sinne berechenbare, möglicherweise partielle Funktion ansehen und auch leicht ein RM-Programm zu ihrer Berechnung angeben können. Der zur Definition verwendete Prozeß geht jedoch über die zur Bildung primitiv rekursiver Funktionen erlaubten Operationen hinaus.

Wir führen daher einen weiteren Prozeß zur Definition von Funktionen ein, der von im intuitiven Sinne berechenbaren Funktionen wieder zu solchen Funktionen führt.

Definition 3.8:

Seien g und h totale, d.h. stets definierte Funktionen. Dann entsteht f durch bedingte Iteration aus g und h, wenn gilt:

$$f(x_1,\ldots,x_n,y) = \begin{cases} y; \text{ falls } h(x_1,\ldots,x_n,y) = 0 \\ f(x_1,\ldots,x_n,g(x_1,\ldots,x_n,y)); \text{ sonst.} \end{cases}$$

Wir haben das Schema der Definition einer Funktion durch bedingte Iteration so wie in der Mathematik üblich als Funktionsgleichung geschrieben, um nicht von vornherein auf ein programmiersprachliches Konstrukt oder auf ein bestimmtes Berechnungsverfahren zurückzugreifen. Die Ulamsche Funktion könnte auf diese Weise unter Rückgriff auf die im Beispiel 3.7 genannte Funktion g wie folgt geschrieben werden:

$$\text{Ulam}(y) = \begin{cases} y; \text{ falls } y-1 = 0 \\ \text{Ulam}(g(y)); \text{ sonst} \end{cases}$$

Aber es ist natürlich wie im Falle der Ulamschen Funktion klar, daß man eine durch bedingte Iteration aus g und h entstehende Funktion f sowohl rekursiv wie auch iterativ hätte deklarieren können:
Nehmen wir an, g und h sind bereits deklarierte Funktionen, so kann man die durch bedingte Iteration aus g und h entstehende Funktion f in PASCAL wie folgt deklarieren:

(a) rekursive Deklaration von f:

```
function f(x1,...,xn,y: integer):integer;
  begin
    if h(x1,...,xn,y) = 0
    then f := y
       else f := f(x1,...,xn,g(x1,...,xn,y))
  end;
```

(b) iterative Deklaration von f:

```
function f(x1,...,xn,y:integer):integer;
  begin
    while h(x1,...,xn,y) ≠ 0 do
      y := g(x1,...,xn,y);
    f := y
  end;
```

Damit ist klar, daß mit g und h auch die durch bedingte Iteration aus g und h entstehende Funktion f im intuitiven Sinne berechenbar ist. Es ist jedoch offensichtlich möglich, daß die bei einem Aufruf von f in Gang gesetzte Berechnungsfolge nicht abbricht.

Der Prozeß der Definition einer Funktion f durch bedingte Iteration aus g und h führt damit i.a. von totalen Funktionen zu partiellen, d.h. möglicherweise nicht für alle Argumente definierten Funktionen.

Dies ist der Grund dafür, daß wir von vornherein partielle Funktionen betrachtet haben und die Prozesse des Einsetzens von Funktionen ineinander und der Definition von Funktionen durch primitive Rekursion auch für partielle Funktionen erklärt haben.

Wir werden künftig das Gleichheitszeichen "=" zwischen zwei Funktionen nur noch dann verwenden, wenn beide Seiten überall definiert sind und denselben Wert haben. Dagegen verwenden wir das Zeichen "≃", um anzudeuten, daß die linke Seite definiert ist, genau dann, wenn es auch die rechte ist, und daß beide Seiten denselben Wert haben, wenn sie definiert sind.

Definition 3.9:

Die Klasse $\mathcal{F}$ der partiell rekursiven Funktionen ist die kleinste Klasse von Funktionen mit:

(1) $\mathcal{F}$ enthält alle Funktionen C_n^k, U_n^i und die Additionsfunktion a.

(2) $\mathcal{F}$ ist abgeschlossen gegen die Einsetzung von Funktionen ineinander.

(3) $\mathcal{F}$ ist abgeschlossen gegen primitive Rekursion.

(4) $\mathcal{F}$ enthält mit je zwei totalen Funktionen g und h stets auch

die durch bedingte Iteration aus g und h entstehende Funktion.

Aus der Definition von $\mathscr{F}$ folgt sofort, daß $\mathscr{P} \subseteq \mathscr{F}$ gilt. Diese Inklusion ist echt, weil $\mathscr{F}$ echt partielle Funktionen enthält, $\mathscr{P}$ aber nicht.

Satz 3.10:

Jede partiell rekursive Funktion ist RM-berechenbar.

Zum Beweis bemerken wir zunächst, daß die zum Nachweis von Satz 3.6 konstruierten RM-Programme unmittelbar auch die Fälle (1), (2) und (3) der Definition von $\mathscr{F}$ erledigen. Denn diese Programme haben die zusätzliche Eigenschaft, daß sie nicht halten, wenn die jeweiligen Funktionen nicht definiert sind. Es genügt also, den Fall (4) zu behandeln, daß eine Funktion f durch bedingte Iteration aus Funktionen g und h definiert ist. Wir können annehmen, daß wir bereits RM-Programme M und N haben, die g und h berechnen und daß M und N höchstens k Register beeinflussen.

Die Berechnung von f verläuft nun wie oben schon intuitiv angedeutet: Ausgehend von den Registerinhalten

$\overline{x},y,\overline{0}$

wenden wir einmal N an und erhalten

$\overline{x},y,h(\overline{x},y),\overline{0}$

(Dabei haben wir $x_1,\ldots,x_n$ durch $\overline{x}$ abgekürzt.) Nun prüfen wir, ob im (n+2)-ten Register 0 steht. Falls nicht, löschen wir das (n+2)-te Register und ersetzen y im (n+1)-ten Register durch $g(\overline{x},y)$. Dazu benutzen wir natürlich das gegebene Programm M. Wir erhalten:

$\overline{x},g(\overline{x},y),\overline{0}$

Wir wenden erneut das Programm N an, erhalten

$\overline{x},g(\overline{x},y),h(\overline{x},g(\overline{x},y)),\overline{0}$

und prüfen wieder, ob jetzt der Inhalt des (n+2)-ten Registers 0 ist. Falls nicht, gehen wir genauso vor wie vorher: Der Inhalt des (n+2)-ten Registers wird gelöscht und der Inhalt z des (n+1)-ten Registers durch $g(\overline{x},z)$ ersetzt usw. Wir benötigen also ein Programm M', das folgendes leistet:

$$\begin{array}{l} \overline{x},z,u,\overline{0} \\ \quad\big\downarrow M' \\ \overline{x},g(\overline{x},z),0,\overline{0} \end{array}$$

Offenbar kann man $M' = (s_{n+2})_{n+2}M(s_{n+1})_{n+1}(s_{n+2}a_{n+1})_{n+2}$ setzen. M' und N werden solange abwechselnd ausgeführt, bis das (n+2)-te Register leer ist. Nehmen wir etwa an, das sei nach endlich vielen Schritten der Fall, d.h. es sei $f(\overline{x},y)$ definiert. Dann gilt auf Grund unserer bisherigen Überlegungen:

$$\begin{array}{l} \overline{x},y,\overline{0} \\ \quad\big\downarrow N \\ \overline{x},y,h(\overline{x},y),\overline{0} \\ \quad\big\downarrow (M'N)_{n+2} \\ \overline{x},f(\overline{x},y),\overline{0} \end{array}$$

Das RM-Programm $N(M'N)_{n+2}$ leistet leider nicht ganz das Gewünschte. Denn es zerstört im Verlauf der Rechnung (möglicherweise) das Argument y und liefert den gesuchten Funktionswert auch nicht im richtigen, nämlich im (n+2)-ten Register. Beides läßt sich aber leicht beheben, wenn man y vor Beginn der o.a. Rechnung in ein nicht beeinflußtes Register speichert und am Ende in das (n+1)-te

Register zurückkopiert. Insgesamt erhält man so das gewünschte RM-Programm zur Berechnung von f. □

Wir haben in diesem Abschnitt die Klasse der partiell rekursiven Funktionen als eine Klasse von im intuitiven Sinne berechenbaren Funktionen eingeführt. Ist diese Klasse als eine mögliche Präzisierung (vgl. Abschnitt 1) des Algorithmenbegriffs geeignet? Diese Frage können wir bisher nicht beantworten, sondern auf Grund unserer bisherigen Überlegungen nur sagen, daß alle partiell rekursiven Funktionen RM-berechenbar sind. Die Präzisierung des Algorithmenbegriffs mit Hilfe von RM könnte durchaus zu einer die partiell rekursiven Funktionen echt umfassenden Klasse von (algorithmisch) berechenbaren Funktionen führen.

Wir werden im nächsten Abschnitt sehen, daß das jedoch nicht der Fall ist: Jede RM-berechenbare Funktion muß schon partiell rekursiv sein. Das ist keineswegs offensichtlich und auch nicht so leicht zu beweisen wie die Umkehrung (Jede partiell rekursive Funktion ist RM-berechenbar):
Beim Nachweis von Satz 3.10 konnten wir entlang der Definition einer partiell rekursiven Funktion f (aus den Anfangsfunktionen mit Hilfe der Prozesse Einsetzung, primitive Rekursion und bedingte Iteration) ein f berechnendes RM Programm unter Rückgriff auf bereits früher konstruierte Programme effektiv konstruieren.

Ein analoges Vorgehen ist beim Nachweis, daß jede RM-berechenbare Funktion partiell rekursiv ist, nicht möglich. Dazu muß man sich vielmehr eine Übersicht über alle mit RM möglichen Rechnungen verschaffen und schließlich nachweisen, daß diese Rechnungen auch durch partiell rekursive Funktionen beschrieben werden können. Wir werden das im nächsten Abschnitt genauer erläutern.

4. Funktionale und operationale Semantik von RM-Programmen

Im vorigen Abschnitt haben wir die RM-Berechenbarkeit einer großen Klasse von im intuitiven Sinne berechenbaren Funktionen zeigen können und so die Leistungsfähigkeit von Registermaschinen und RM-Programmen belegt. Daß auch umgekehrt jede RM-berechenbare Funktion im intuitiven Sinne effektiv berechenbar ist, scheint uns offensichtlich zu sein.

Dennoch wollen wir den Prozeß des Auswertens von RM-Programmen auf Registermaschinen in diesem Abschnitt noch einmal genauer analysieren. Es wird sich herausstellen, daß RM-Programme nach einem einheitlichen Verfahren ausgewertet werden können. Wir werden dies Verfahren zunächst umgangssprachlich informal beschreiben.

Als Ziel haben wir jedoch, das Verfahren zur Auswertung von RM-Programmen exakt, und zwar schließlich als eine partiell rekursive Funktion zu beschreiben.

Wir haben das Verfahren zur Auswertung von RM-Programmen bereits einmal in Abschnitt 2 indirekt dadurch präzisiert, daß wir RM-Programme in eine Programmiersprache (nämlich PASCAL) mit als bekannt vorausgesetzter Semantik transformiert haben. Jetzt wollen wir versuchen, das Auswertungsverfahren als Funktion zu schreiben: Gesucht ist eine Auswertungsfunktion, die für ein gegebenes RM-Programm M und eine beliebige Folge gegebener Anfangsregisterinhalte die durch M bewirkte Veränderung, also die Ergebnisregisterinhalte berechnet.

Leider können wir von einer solchen funktionalen Beschreibung der Wirkung von RM-Programmen nicht erwarten, daß sie genau den Regeln zur Bildung partiell rekursiver Funktionen folgt. Denn es sind ja weder RM-Programme und beliebig lange Folgen von Registerinhalten, also Zahlenfolgen, als Argumente noch Zahlenfolgen als Werte von partiell rekursiven Funktionen zugelassen. Gravierender als diese eher formale Schwierigkeit ist allerdings, daß eine unmittelbar an der induktiven Definition 2.1 von RM-Programmen orientierte funktionale Beschreibung der Wirkung von RM-Programmen nicht unter die zur Definition partiell rekursiver Funktionen erlaubten Schemata subsummierbar ist.

Glücklicherweise führt uns jedoch eine genaue Analyse der schrittweisen Berechnung der Auswertungsfunktion zu einer gleichwertigen, einer sogenannten operationalen Beschreibung der Wirkung von RM-Programmen, die verhältnismäßig leicht durch partiell rekursive Funktionen beschreibbar ist.

Als Konsequenz unserer Überlegungen werden wir nicht nur die Aussage erhalten, daß alle RM-berechenbaren Funktionen partiell rekursiv sind, sondern auch eine Normalform für partiell rekursive Funktionen herleiten und auf die Existenz "universeller" RM schließen können.

Wir beginnen nun mit der funktionalen Beschreibung der Wirkung von RM-Programmen. Dazu müssen wir uns zunächst überlegen, was die Argumente und Werte der Auswertungsfunktion sind:

Die Registerinhalte einer k-RM können wir auffassen als eine Folge $x = x_1.x_2.x_3...$ nicht negativer ganzer Zahlen, in der alle Glieder x_i mit $i > k$ den Wert 0 haben. Umgekehrt kann jede derartige Folge von Zahlen als Zusammenfassung der Registerinhalte einer RM mit einer endlichen, aber nicht näher spezifizierten Anzahl von Registern aufgefaßt werden. Wir bezeichnen das i-te Glied einer derartigen Zahlenfolge x mit x_i und teilen x auch explizit mit in der Form $x = x_1.x_2.x_3...x_k.\overline{0}$, wenn für alle $i > k$ gilt: $x_i = 0$.

Die Zahlenfolgen der genannten Art wollen wir Zahlentupel nennen in Anlehnung an den üblichen Begriff "k-Tupel" zur Bezeichnung einer endlichen Folge von Zahlen der Länge k.

Wir verwenden den Punkt als Trennzeichen zwischen Zahlen eines Zahlentupels, um einer späteren Kollision mit dem Komma als Trennzeichen zwischen Argumenten von Funktionen vorzubeugen.

Für beliebige Zahlentupel x und beliebige nicht negative ganze Zahlen n und i $\geq$ 1 wird definiert:

$$\mathrm{add}(x,i) = x_1.x_2\ldots(x_i+1).x_{i+1}\ldots\overline{0}$$

$$\mathrm{sub}(x,i)=\begin{cases} x_1.x_2\ldots x_i-1\ \ldots; & \text{falls } x_i > 0 \\ x & ;\ \text{sonst} \end{cases}$$

D.h.: Das Tupel add(x,i) bzw. sub(x,i) stimmt überall mit x überein mit Ausnahme des i-ten Gliedes, das um 1 vergrößert bzw. (wenn es geht) um 1 verkleinert wird.

Wir können nun RM-Programme als Operatoren zur Veränderung von Zahlentupeln auffassen. Aus der Definition 2.1 kann man unmittelbar eine Funktion <u>Wert</u> ablesen, die die Bedeutung dieser Operatoren und damit (erneut) die Wirkung von RM-Programmen funktional beschreibt. Sei x ein Zahlentupel. Dann ist:

$$\underline{\mathrm{Wert}}(a_i,x) = \mathrm{add}(x,i)$$

$$\underline{\mathrm{Wert}}(s_i,x) = \mathrm{sub}(x,i)$$

$$\underline{\mathrm{Wert}}(M_1M_2,x) = \underline{\mathrm{Wert}}(M_2,\underline{\mathrm{Wert}}(M_1,x))$$

$$\underline{\mathrm{Wert}}((M)_i,x) = \begin{cases} x;\ \text{falls } x_i=0 \\ \underline{\mathrm{Wert}}((M)_i,\underline{\mathrm{Wert}}(M,x));\ \text{sonst} \end{cases}$$

Diese Gleichungen sind als Anweisung zur Auswertung eines RM-Programms zu verstehen, die sich an der Gestalt des Programms entlang der induktiven Definition von RM-Programmen orientiert. Man erhält daraus ein eindeutiges Berechnungsverfahren, wenn man stets den am weitesten innen stehenden Term der Form <u>Wert</u>(...,...) umformt und Folgen von RM-Programmen von links nach rechts abbaut. Dafür kommt jedesmal genau eine der angegebenen vier Gleichungen in Frage.

Schreiben wir zur Abkürzung M[x] statt <u>Wert</u>(M,x), so ist z.B. für $M = (s_1a_2a_3)_1$ und $x = 2.0.0.\overline{0}$:

$$\begin{aligned}
& (s_1a_2a_3)_1[2.0.0.\overline{0}] \\
&= (s_1a_2a_3)_1[s_1a_2a_3[2.0.0.\overline{0}]] \\
&= (s_1a_2a_3)_1[a_2a_3[s_1[2.0.0.\overline{0}]]] \\
&= (s_1a_2a_3)_1[a_2a_3[1.0.0.\overline{0}]] \\
&= (s_1a_2a_3)_1[a_3[a_2[1.0.0.\overline{0}]]] \\
&= (s_1a_2a_3)_1[a_3[1.1.0.\overline{0}]] \\
&= (s_1a_2a_3)_1[1.1.1.\overline{0}] \\
&= (s_1a_2a_3)_1[s_1a_2a_3[1.1.1.\overline{0}]] \\
&= (s_1a_2a_3)_1[a_2a_3[s_1[1.1.1.\overline{0}]]] \\
&= (s_1a_2a_3)_1[a_2a_3[0.1.1.\overline{0}]] \\
&= (s_1a_2a_3)_1[a_3[a_2[0.1.1.\overline{0}]]] \\
&= (s_1a_2a_3)_1[a_3[0.2.1.\overline{0}]] \\
&= (s_1a_2a_3)_1[0.2.2.\overline{0}] \\
&= 0.2.2.\overline{0}
\end{aligned}$$

Es kann offenbar vorkommen, daß das Verfahren zur Berechnung von <u>Wert</u>(M,x) für gewisse RM-Programme M und Zahlungstupel x niemals abbricht. <u>Wert</u> ist also eine partielle Funktion.

<u>Wert</u> ist "rekursiv" definiert in dem Sinne, daß zur Definition

dieser Funktion auf (hoffentlich) bereits definierte Werte derselben Funktion zurückgegriffen wird.

Jedoch fällt die Definition von Wert nicht unter die in Definition 3.9 genannten Schemata zur Bildung partiell rekursiver Funktionen. D.h. selbst wenn es uns gelingt, die Argumente von Wert irgendwie als Zahlen aufzufassen, können wir aus den Wert definierenden Gleichungen nicht schließen, daß Wert partiell rekursiv ist. Dazu analysieren wir das Verfahren zur Berechnung dieser Funktion genauer:

Aus dem Umgang mit rekursiven Prozeduren in höheren Programmiersprachen wissen wir, daß rekursive Prozeduren unter Verwendung eines Stapels ausgewertet und iterativ aufgelöst werden können. Das angegebene Beispiel der Auswertung von $\underline{Wert}((s_1a_2a_3)_1,2.0.0.\overline{0})=(s_1a_2a_3)_1[2.0.0.\overline{0}]$ liefert einen Hinweis darauf, wie die iterative Berechnung von Wert mit Hilfe eines Stapels erfolgen kann: Lassen wir in dem genannten Beispiel alle Klammern "[" und "]", in Wirklichkeit also das Funktionszeichen Wert, fort und trennen wir das Zahlentupel von der übrigen Rechnung, so erhalten wir eine Folge von "Programmstapeln", die zusammen mit dem Zahlentupel schrittweise verändert wird. Für das o.a. Beispiel ergibt sich:

Programmstapel	Zahlentupel
$(s_1a_2a_3)_1$	$2.0.0.\overline{0}$
$(s_1a_2a_3)_1,s_1a_2a_3$	$2.0.0.\overline{0}$
$(s_1a_2a_3)_1,a_2a_3,s_1$	$2.0.0.\overline{0}$
$(s_1a_2a_3)_1,a_2a_3$	$1.0.0.\overline{0}$
$(s_1a_2a_3)_1,a_3,a_2$	$1.0.0.\overline{0}$
$(s_1a_2a_3)_1,a_3$	$1.1.0.\overline{0}$
$(s_1a_2a_3)_1$	$1.1.1.\overline{0}$

$(s_1a_2a_3)_1, s_1a_2a_3$	$1.1.1.\overline{0}$
$(s_1a_2a_3)_1, a_2a_3, s_1$	$1.1.1.\overline{0}$
$(s_1a_2a_3)_1, a_2a_3$	$0.1.1.\overline{0}$
$(s_1a_2a_3)_1, a_3, a_2$	$0.1.1.\overline{0}$
$(s_1a_2a_3)_1, a_3$	$0.2.1.\overline{0}$
$(s_1a_2a_3)_1$	$0.2.2.\overline{0}$
$\emptyset$	$0.2.2.\overline{0}$

Der Programmstapel besteht aus einer Folge von (durch Kommata getrennten) RM-Programmen, die am rechten ("oberen") Ende verändert werden kann. Anfangs besteht der Programmstapel aus einem einzigen Element, dem RM-Programm, das ausgewertet werden soll. Am Ende ist der Programmstapel leer. Das Zahlentupel ist anfangs eine Zusammenfassung der Anfangsregisterinhalte und am Schluß, d.h. wenn der Programmstapel leer ist, das gesuchte Ergebnis der Funktion <u>Wert</u>.

Man erhält den neuen, in die jeweils nächste Zeile geschriebenen Stapel und das jeweils nächste Zahlentupel aus den vorangehenden, wenn man wie folgt vorgeht:

Prüfe, ob der Programmstapel S bereits leer ist. Wenn ja, stoppe; sonst prüfe das oberste Element von S und evtl. das Zahlentupel x: Hat das oberste Element von S

a) die Form a_i, so entferne a_i von S und ersetze x durch das Zahlentupel add(x,i).

b) die Form s_i, so entferne s_i von S und ersetze x durch das Zahlentupel sub(x,i).

c) die Form M_1M_2 (wobei M_1 von der Form a_i oder s_i oder $(M)_i$ ist) so entferne M_1M_2 von S und füge stattdessen M_2, M_1 in dieser

Reihenfolge als neue (oberste) Elemente an. Das Zahlentupel x bleibe unverändert.

d) die Form $(M)_i$, so prüfe, ob $x_i = 0$ ist: Wenn $x_i = 0$ ist, entferne das oberste Element $(M)_i$ des Stapels und lasse x unverändert. Wenn $x_i \neq 0$ ist, füge M als neues oberste Element an den Stapel S an und lasse x unverändert.

Man kann die soeben angegebene Vorschrift als Definition zweier Funktionen NS und NT (für "Neuer Stapel" und "Neues Tupel") auffassen, die die gerade verbal beschriebenen Veränderungen bewirken:
In Abhängigkeit vom jeweils vorliegenden Programmstapel S und Zahlentupel x liefern NS(S,x) und NT(S,x) den neuen Programmstapel und das neue Zahlentupel. Man beachte, daß NS und NT explizite und (im Gegensatz zu Wert) nicht rekursiv definierte Funktionen sind mit Argumenten und Werten, die nicht Zahlen sind. Sie können als totale Funktionen angesehen werden, wenn man $NS(\emptyset,x) = \emptyset$ und $NT(\emptyset,x) = x$ setzt.

Wir fassen nun die Berechnung der Funktion Wert als schrittweise Veränderung von Zuständen auf: Ein Zustand Z besteht aus zwei Komponenten, einer Komponente Z.S vom Typ Programmstapel und einer Komponente Z.T vom Typ Zahlentupel. Die schrittweise Veränderung von Zuständen kann durch eine Funktion NZ (für "Neuer Zustand") beschrieben werden, die etwa wie folgt unter Rückgriff auf die Funktionen NS und NT deklariert werden kann:

```
function NZ(Z: Zustand): Zustand;
  var ZZ: Zustand;
  begin
    ZZ.S := NS(Z.S,Z.T);
    ZZ.T := NT(Z.S,Z.T);
    NZ := ZZ
  end;
```

Der zu Beginn der Rechnung einer RM M mit den Anfangsregisterinhalten $x = x_1.x_2....\overline{0}$ vorliegende Zustand hat die Programmstapelkomponente M und die Tupelkomponente x.

Wir wollen annehmen, daß dieser Anfangszustand durch eine Funktion AZ geliefert wird, d.h. es ist:

$$AZ(M,x).S = M \quad \text{und} \quad AZ(M,x).T = x$$

Um das Resultat der Anwendung des RM-Programms M auf die im Zahlentupel x zusammengefaßten Registerinhalte zu ermitteln, müssen wir nun ausgehend vom Anfangszustand AZ(M,x) die Zustandsübergangsfunktionen NZ solange iterieren, bis ein Zustand mit leerer Programmstapelkomponente erreicht ist.

Das Ergebnis der Auswertung ist dann in der Tupelkomponente des erreichten "Endzustandes" enthalten.

Deklarieren wir also eine Funktion NZ^* analog zu einem bei der Definition einer Funktion durch bedingte Iteration (Definition 3.9) angegebenen Schema entweder rekursiv oder iterativ wie folgt:

```
function NZ*(Z: Zustand): Zustand;
  begin
     if Z.S = ∅
        then NZ* := Z
        else NZ* := NZ*(NZ(Z))
  end;
```

oder

```
function NZ*(Z: Zustand): Zustand;
  begin
    while Z.S ≠ ∅ do Z := NZ(Z);
    NZ* := Z
  end;
```

so gilt offensichtlich:

$$\underline{\text{Wert}}(M,x) \simeq NZ^*(AZ(M,x)).T \qquad (*)$$

Wir haben damit das zunächst verbal beschriebene Verfahren zur Auswertung von RM-Programmen präzisiert und als Zustandsübergangsfunktion formuliert. Diese Funktion ist solange zu iterieren, bis ein die Beendigung der Auswertung signalisierendes Abbruchkriterium erfüllt ist ("Programmstapel leer"). Das Ergegnis ist die Tupelkomponente des erreichten Endzustandes.

Beide Seiten der Gleichung (*) beschreiben die Wirkung von RM-Programmen auf verschiedene Weise. Sie können als Beispiel für zwei übliche Methoden zur Definition der Semantik einer Programmiersprache dienen: Die funktionale (auch: denotationale) Semantik beschreibt die Wirkung eines Programms durch Angabe einer Funktion, die den Eingabedaten die vom Programm gelieferten Ergebnisdaten zuordnet. Die Definition dieser Funktion kann dabei auf beliebig hohem Niveau erfolgen und muß keinen ersichtlichen Bezug zur Auswertung eines Programms auf einer konkreten Rechenmaschine haben. Die Funktion Wert ist ein Beispiel hierfür.

Auf der anderen Seite kann man versuchen, die Wirkung eines Programms operational (auch: interpretativ) zu beschreiben, d.h. durch schrittweise Veränderung eines Zustandes einer realen oder fiktiven Maschine, die solange durchzuführen ist, bis ein Abbruchkriterium erfüllt ist. Man kann die Funktion NZ so interpretieren. Denn jeden durch NZ veränderten Zustand kann man als kompakte Zusammenfassung eines vollständigen Maschinenzustandes einer RM verstehen. Es sind nicht nur sämtliche, zu einem bestimmten Zeitpunkt vorliegenden Registerinhalte bekannt, sondern es ist aus dem im Zustand enthaltenen Programmstapel auch genau ablesbar, welche einzelne Instruktion als nächste bzw. welche Instruktionen insgesamt noch ausgeführt werden müssen.

Kurz zusammengefaßt haben wir also eine zunächst funktionale Beschreibung der Semantik von RM-Programmen in eine operationale Beschreibung überführt.

Unsere Überlegungen gelten natürlich insbesondere für RM-Programme, die Funktionen berechnen:
Sei f eine n-stellige, RM-berechenbare (partielle) Funktion und M ein f berechnendes RM-Programm. Dann gilt (nach der Festlegung in Definition 2.3) für Argumente $x_1,\ldots,x_n$, für die $f(x_1,\ldots,x_n)$ definiert ist:

$$\begin{array}{l} x_1,\ldots,x_n,\overline{0} \\ \downarrow M \\ x_1,\ldots,x_n,f(x_1,\ldots,x_n),\overline{0} \end{array}$$

und M hält für die angegebenen Argumente nicht, falls f nicht definiert ist.

Das als Ergebnis der Rechnung von M gelieferte Zahlentupel kann mit Hilfe der Funktion <u>Wert</u> berechnet werden. Daher folgt aus der Gleichung

$$\underline{\text{Wert}}(M,x) \simeq NZ^*(AZ(M,x)).T$$

daß für beliebige nichtnegative ganze Zahlen $x_1,\ldots,x_n$ gilt:

$$f(x_1,\ldots,x_n) \simeq \text{die (n+1)-te Zahl im Zahlentupel } \underline{\text{Wert}}(M,x_1.\ldots.x_n.\overline{0}) \qquad (**)$$

und:

$$f(x_1,\ldots,x_n) \simeq \text{die (n+1)-te Zahl im Zahlentupel } NZ^*(AZ(M,x_1.\ldots.x_n.\overline{0})).T \qquad (***)$$

Wir haben damit zwei neue Darstellungen der RM-berechenbaren Funktion f erhalten und fragen uns, aus welcher wir wohl schließen können, daß f partiell rekursiv ist.

Dabei sehen wir zunächst einmal von der bereits erwähnten eher technischen Schwierigkeit ab, daß auf den rechten Seiten der Gleichungen (**) und (***) keine Zahlen als Argumente auftreten, sondern RM-Programme und Zahlentupel.

Zur Definition von Wert wurde ein Rekursionsschema verwendet, das weder unter das Schema der primitiven Rekursion noch unter das Schema der bedingten Iteration fällt. Dagegen wurde die Funktion NZ^* durch eine bedingte Iteration aus NZ definiert. Wir nehmen daher die Gleichung (***) und nicht (**) als Ausgangspunkt für den Nachweis, daß f partiell rekursiv ist.

In der Gleichung (***) werden explizit oder implizit folgende Funktionen verwendet:

- die Iterierte NZ^* der Zustandsübergangsfunktion NZ
- die den Anfangszustand berechnende Funktion AZ
- die Funktion ".T", die zu einem Zustand Z die Tupelkomponente Z.T liefert
- die Funktion, die aus einem Zahlentupel die (n+1)-te Zahl herausholt

Alle diese Funktionen sind sicher im intuitiven Sinne berechenbar, aber natürlich nicht unmittelbar als partiell rekursiv erkennbar. Das liegt schon allein daran, daß diese Funktionen Daten relativ komplexer Typen, nämlich Zustände und Zahlentupel, als Argumente und Werte haben und nicht Zahlen, wie partiell rekursive Funktionen. Diese Tatsache ist jedoch unwesentlich wie folgende Überlegung zeigt:

Wir haben RM-Programme, Zahlentupel, Programmstapel und damit Zustände durch Zeichenreihen mitgeteilt, die sich auf verschiedene Art als nicht negative ganze Zahlen auffassen lassen:

Wenn wir einen Zustand notieren, benutzen wir dazu Ziffern, Buchstaben, Klammern, Kommata und andere Zeichen, die auf einer Schreibmaschine oder einem Computerterminal vorhanden sind. Nun wissen wir, daß jedes derartige Zeichen durch eine Zahl kodiert werden kann.

Im ASCII Code dienen beispielsweise Bitfolgen der Länge 7 zur Kodierung von 128 verschiedenen Zeichen, darunter große und kleine Buchstaben, Ziffern und einige Sonderzeichen. Wir können daher einen Zustand beispielsweise als eine Binärzahl auffassen, die sich durch Hintereinanderschreiben der zum Aufschreiben des Zustands verwendeten Zeichen im ASCII Code ergibt. Unter Umständen kann es sinnvoll sein, Zustandsbeschreibungen mit Hilfe des ASCII Zeichensatzes ganz bestimmten Normen zu unterwerfen oder auch eine ganz andere Kodierung zu wählen.

In jedem Fall soll es möglich sein, aus dem Kodifikat, d.h. aus der den Zustand repräsentierenden Zahl den Zustand selbst effektiv zurückzugewinnen. Nur das und nicht die spezielle Wahl der Kodierung ist für das Folgende wichtig. Wir wollen Kodifikate durch zwei hochgestellte Häkchen "⌜ ⌝" kennzeichnen:

Zeichenreihe	Kodifikat
RM-Programm M	$\ulcorner M \urcorner$
Programmstapel S	$\ulcorner S \urcorner$
Zahlentupel x	$\ulcorner x \urcorner$
Zustand Z	$\ulcorner Z \urcorner$

Es ist nicht nötig zu verlangen, daß jede nicht negative ganze Zahl auch als Kodifikat auftritt. Jedoch setzen wir stillschweigend voraus, daß man von jeder Zahl effektiv feststellen kann, ob sie Kodifikat eines RM-Programms oder eines Programmstapels oder eines Zahlentupels oder eines Zustandes ist.

Verschiedenen Programmen, Programmstapeln, Zahlentupeln und Zuständen sollen natürlich verschiedene Zahlen als Kodifikate zugeordnet sein.

Die Kodierung von Programmen, Programmstapeln, Zahlentupeln und Zuständen erlaubt es, den oben angegebenen, in der Gleichung (***) auftretenden Funktionen entsprechende Funktionen mit Argumenten und Werten im Bereich der nicht negativen ganzen Zahlen zuzuordnen.

Beispielsweise entspricht der Zustandsveränderungsfunktion NZ eine Funktion nz, die zum Kodifikat eines Zustandes das Kodifikat des nächstfolgenden Zustandes berechnet. D.h.: Es gilt für beliebige Zustände Z:

$$nz(\ulcorner Z \urcorner) = \ulcorner NZ(Z) \urcorner$$

Folgendes Diagramm muß also kommutativ sein:

$$\begin{array}{ccc} Z & \xrightarrow{\ulcorner\ \urcorner} & \ulcorner Z \urcorner \\ \downarrow NZ & & \downarrow nz \\ Z' & \xrightarrow{\ulcorner\ \urcorner} & \ulcorner Z' \urcorner \end{array}$$

Weil wir den Prozeß des Kodierens und Dekodierens von Zuständen als (einfach) effektiv durchführbar angenommen haben, ist nz sicher eine im intuitiven Sinne berechenbare Funktion. Auch nz kann als totale Funktion vorausgesetzt werden, wenn man sie für Argumente, die nicht Kodifikate von Zuständen sind, beliebig fest definiert.

Die durch die Funktion NZ realisierte Veränderung eines Zustandes wurde explizit beschrieben und ist relativ einfach und übersichtlich. Daher ist es plausibel, daß auch das zahlentheoretische Analogon der Funktion NZ, die mit den Kodifikaten von Zuständen rechnende Funktion nz, eine einfache Funktion ist und sogar primitiv rekursiv gewählt werden kann.

Der Funktion NZ^* entspricht eine wie folgt aus nz durch bedingte Iteration definierte Funktion nz^*:

$$nz^*(z) = \begin{cases} z; & \text{falls z Kodifikat eines Zustandes mit leerer Programmstapelkomponente ist} \\ nz^*(nz(z)); & \text{sonst} \end{cases}$$

D.h. es ist für alle Zustände Z:

$$nz^*(\ulcorner Z \urcorner) \simeq \ulcorner NZ^*(Z) \urcorner$$

Es folgt sofort, daß nz^* partiell rekursiv ist, wenn wir annehmen, daß nz primitiv rekursiv ist und es eine primitiv rekursive Funktion s ("<u>S</u>ignalfunktion") gibt, mit der wir feststellen können, ob eine Zahl Kodifikat eines Zustandes mit leerer Programmstapelkomponente ist.

Um die Gleichung

$$f(x_1,...,x_n) \simeq \text{die (n+1)-te Zahl im Zahlentupel } NZ^*(AZ(M,x_1.....x_n.\overline{0})).T$$

in eine Gleichung zwischen Funktionen mit Argumenten und Werten im Bereich der natürlichen Zahlen zu überführen, benötigen wir auch noch für die restlichen darin auftretenden Funktionen zahlentheoretische Analoga:

Der Funktion AZ entspricht eine Schar von Eingabefunktionen:

Aus dem Kodifikat $\ulcorner M \urcorner$ eines RM-Programms und aus einem gegebenen Zahlentupel $x = x_1 \ldots x_n.\bar{0}$ kann man effektiv das Kodifikat des Zustandes Z mit Programmstapelkomponente Z.S = M und Tupelkomponente Z.T = x berechnen. D.h. wir setzen für jede natürliche Zahl $n \geqq 1$ die Existenz einer (n+1)-stelligen Eingabe-Funktion e_n voraus, für die gilt:
Für beliebige nicht negative ganze Zahlen $x_1, \ldots, x_n$ und beliebige RM-Programme M ist

$$e_n(\ulcorner M \urcorner, x_1, \ldots, x_n) = \ulcorner AZ(M, x_1 \ldots \ldots x_n.\bar{0}) \urcorner$$

Wir können o.E. annehmen, daß e_n total ist, also auch für solche Argumente (beliebig fest) definiert ist, die nicht Kodifikate von RM-Programmen sind.

Der Funktion ".T" entspricht eine Resultatfunktion:
Das ist eine effektiv berechenbare, totale Funktion r, die aus dem Kodifikat eines Zustandes die Tupelkomponente herausholt. D.h. es soll für beliebige Zustände Z gelten:

$$r(\ulcorner Z \urcorner) = \ulcorner Z.T \urcorner$$

Aus dem Kodifikat eines Zahlentupels müssen sich die einzelnen Glieder zurückgewinnen lassen. D.h.: Wir setzen die Existenz einer effektiv berechenbaren Funktion g voraus, so daß für beliebige Zahlentupel x und natürliche Zahlen $i \geqq 1$ gilt:

$$g(\ulcorner x \urcorner, i) = x_i$$
$$= \text{das i-te Glied des Zahlentupels } x$$

Auch g kann o.E. als totale Funktion vorausgesetzt werden.

Wie kompliziert diese Funktionen sind und wie sie konkret definiert und berechnet werden, hängt natürlich von der Wahl der Kodierung "$\ulcorner\ \urcorner$" ab. Es gibt in der Literatur eine Reihe von Vorschlägen für die Wahl der Kodierung, die zeigen, daß alle genannten Funktionen sogar primitiv rekursiv gewählt werden können.

Wir fassen unsere <u>Annahmen über die benutzte Kodierung</u> wie folgt zusammen:

<u>Annahme 4.1:</u>

Es gibt eine Kodierung $\ulcorner\ \urcorner$ von RM-Programmen, Programmstapeln, Zahlentupeln und Zuständen und primitiv rekursive, totale Funktionen e_n (für jedes $n \geq 1$), g,s,r und nz derart, daß gilt:

(a) Für beliebige RM-Programme M und Zahlen $x_1,\ldots,x_n$ ist $e_n(\ulcorner M \urcorner, x_1,\ldots,x_n) = \ulcorner Z \urcorner$ genau dann, wenn Z.S = M und $Z.T = x_1 \ldots x_n.\overline{0}$ ist, d.h. $Z = AZ(M, x_1.\ldots.x_n.\overline{0})$.

(b) Für beliebige Zahlentupel x und natürliche Zahlen $i \geq 1$ ist $g(\ulcorner x \urcorner, i) = x_i$.

(c) Für beliebige Zustände Z ist
$r(\ulcorner Z \urcorner) = \ulcorner Z.T \urcorner$
$nz(\ulcorner Z \urcorner) = \ulcorner NZ(Z) \urcorner$

(d) Für beliebige nicht negative ganze Zahlen z ist s(z) = 0 genau dann, wenn z Kodifikat eines Zustandes Z mit Z.S = ∅ ist (d.h. $z = \ulcorner Z \urcorner$).

Es sei noch einmal ausdrücklich betont, daß wir obige Annahmen nur aus Bequemlichkeitsgründen gemacht haben, um uns den mit der konkreten Angabe solcher Funktionen verbundenen technischen Aufwand zu ersparen. Wer nicht bereit ist, die Annahme ungeprüft zu akzeptieren, kann sich Funktionen mit den vorausgesetzten Eigenschaften selbst definieren (oder in der Literatur finden, siehe z.B. Hermes, 1971, Rödding, 1972).

Als Folgerung aus Annahme 4.1 können wir jetzt zeigen:

Satz 4.2:

Jede RM-berechenbare Funktion ist partiell rekursiv.

Zum Beweis nehmen wir an, daß M ein RM-Programm ist, das die n-stellige (partielle) Funktion f berechnet. Startet man M mit den Anfangsregisterinhalten $x_1,\ldots,x_n,\overline{0}$, so liefert M nach endlich vielen Schritten den Funktionswert $f(x_1,\ldots,x_n)$ im (n+1)-ten Register, wenn f für die Argumente $x_1,\ldots,x_n$ definiert ist. Ausgehend vom Anfangszustand $AZ(M,x_1.\ldots.x_n.\overline{0})$, dessen Kodifikat durch $e_n(\ulcorner M\urcorner,x_1,\ldots,x_n)$ berechnet wird, liefert die Iterierte NZ^* der Zustandsveränderungsfunktion NZ einen (End-)Zustand mit leerem Programmstapel und einer Tupelkomponente, die als (n+1)-tes Glied den gesuchten Funktionswert von f enthält. Definieren wir also das zahlentheoretische Analogon nz^* zu NZ^* durch

$$nz^*(z) = \begin{cases} z; \text{ falls } s(z) = 0 \\ nz^*(nz(z)); \text{ sonst} \end{cases}$$

so gilt offenbar:

$$\begin{aligned} f(x_1,\ldots,x_n) &\simeq \text{die (n+1)-te Zahl im Zahlentupel} \\ &\quad NZ^*(AZ(M,x_1.\ldots.x_n.\overline{0})).T \\ &\simeq g(r(nz^*(e_n(\ulcorner M\urcorner,x_1,\ldots,x_n))),n+1) \end{aligned}$$

Die Funktion nz entsteht durch bedingte Iteration aus den primitiv rekursiven Funktionen nz und s und ist daher partiell rekursiv. Damit zeigt die letzte Gleichung, daß f durch Einsetzung aus partiell und primitiv rekursiven Funktionen ineinander definierbar ist. Daher ist f partiell rekursiv. □

Aus Satz 3.10 und Satz 4.2 folgt, daß die Klasse der RM-berechenbaren Funktionen mit der Klasse der partiell rekursiven Funktionen zusammenfällt.

Aus dem Beweis zu Satz 4.2 kann man noch eine weitere wichtige Folgerung ziehen:

Es sei für jedes $n \geqq 1$ eine (n+1)-stellige Funktion U_n definiert durch:

$$U_n(m,x_1,\ldots,x_n) \simeq g(r(nz^*(e_n(m,x_1,\ldots,x_n))),n+1)$$

Dann hat U_n die folgende bemerkenswerte Eigenschaft:

<u>Satz 4.3 (Kleene, 1936)</u>

a) Für jede Zahl m ist $U_n(m,x_1,\ldots,x_n)$ eine n-stellige partiell rekursive Funktion der Argumente $x_1,\ldots,x_n$ und:

b) Zu jeder n-stelligen partiell rekursiven Funktion f gibt es eine Zahl m so daß für alle $x_1,\ldots,x_n$ gilt $U_n(m,x_1,\ldots,x_n) \simeq f(x_1,\ldots,x_n)$.

Es genügt nämlich, m als Kodifikat eines f berechnenden RM-Programms zu wählen.

Die Funktion U_n heißt <u>Aufzählungsfunktion</u> für die n-stelligen partiell rekursiven Funktionen, weil einerseits jede n-stellige, partiell rekursive Funktion in der Liste der Funktionen

$$U_n(0,x_1,\ldots,x_n),\ U_n(1,x_1,\ldots,x_n),\ U_n(2,x_1,\ldots,x_n),\ldots$$

vorkommt und andererseits jede dieser Funktionen eine n-stellige partiell rekursive Funktion ist. Daher heißt Satz 4.3 auch Kleene's Aufzählungstheorem.

Eine weitere wichtige Erkenntnis, die wir aus den Überlegungen dieses Abschnitts gewinnen können, ist die Existenz "universeller" RM-Programme. Das sind RM-Programme, die jedes andere RM-Programm zu simulieren erlauben.

Man muß im Grunde nur das in der Zustandsveränderungsfunktion NZ enthaltene einheitliche Verfahren zur Auswertung von RM-Programmen selbst als RM-Programm schreiben. Das kann man durchaus explizit durchführen, wenn man zunächst RM-Programme und deren Ausgangsdaten anderen RM-Programmen als Eingangsdaten zugänglich macht. Da RM-Programme als Eingabe Zahlen in ihren endlich vielen Registern verlangen, genügt es, anstelle der RM-Programme selbst (als "abstrakte" Objekte oder als Zeichenreihen) ihre Kodifikate, d.h. Zahlen zu nehmen. (Man denke z.B. daran, daß ja jedes RM-Programm als die durch seine ASCII-Verschlüsselung gegebene Zahl aufgefaßt werden kann.)
Entsprechendes gilt für Zahlentupel und Zustände.

Das einheitliche Verfahren zum Auswerten beliebiger RM-Programme kann man damit beispielsweise wie folgt durch ein RM-Programm durchführen lassen:

Sei ein RM-Programm M einer n-RM und seien Anfangsregisterinhalte $x_1,\ldots,x_n$ für M gegeben. Um das Ergebnis der Anwendung von M auf diese Registerinhalte zu erhalten, schreibt man zunächst das Kodifikat $\ulcorner M \urcorner$ des Anfangsprogrammstapels in das erste Register und das Kodifikat des die Registerinhalte $x_1,\ldots,x_n$ darstellenden Anfangszahlentupels in das zweite Register. Dann benötigt man ein

RM-Programm M_z, das zum Kodifikat $\ulcorner S \urcorner$ eines Programmstapels S im ersten und zum Kodifikat $\ulcorner x \urcorner$ eines Zahlentupels $x = x_1.\ldots.x_n.\overline{0}$ im zweiten Register die Kodifikate des nächsten Programmstapels $\ulcorner NS(S,x) \urcorner$ und des nächsten Zahlentupels $\ulcorner NT(S,x) \urcorner$ wieder im ersten und zweiten Register errechnet.

$$\begin{array}{l} \ulcorner S \urcorner,\ \ulcorner x \urcorner,\ \overline{0} \\ \big\downarrow M_z \\ \ulcorner NS(S,x) \urcorner, \ulcorner NT(S,x) \urcorner, \overline{0} \end{array}$$

M_z muß solange iteriert werden bis im ersten Register das Kodifikat des leeren Programmstapels steht. Nehmen wir einmal an, daß der leere Programmstapel durch die Zahl 0 kodiert wird, so berechnet $(M_z)_1$ das Kodifikat desjenigen Zahlentupels im zweiten Register, das durch Anwendung des RM-Programms M auf die Anfangsregisterinhalte $x_1,\ldots,x_n$ herauskommt (wenn M überhaupt hält). Kurz:

$$\begin{array}{c} x_1,\ldots,x_n \\ \big\downarrow M \\ y_1,\ldots,y_n \end{array} \quad \text{gdw} \quad \begin{array}{l} \ulcorner M \urcorner, \ulcorner x_1.\ldots.x_n.\overline{0} \urcorner, \overline{0} \\ \big\downarrow (M_z)_1 = U \\ 0. \ulcorner y_1.\ldots.y_n.\overline{0} \urcorner, \overline{0} \end{array}$$

Wir haben also die Rechnung von M mit den Daten $x_1,\ldots,x_n$ durch eine Rechnung von $(M_z)_1 = U$ mit den Daten $\ulcorner M \urcorner, \ulcorner x_1\ldots x_n.\overline{0} \urcorner, \overline{0}$ <u>simuliert</u>. Wir definieren daher:

Definition 4.4:

Ein RM-Programm U heißt <u>universell</u>, wenn für beliebige $n \geq 1$, ein beliebiges Programm M einer n-RM und beliebige Anfangsregisterinhalte $x_1,\ldots,x_n$ gilt:

(1) M hält angesetzt auf $x_1,\ldots,x_n$ genau dann, wenn U angesetzt auf $\ulcorner M \urcorner, \ulcorner x_1.\ldots.x_n.\overline{0} \urcorner, \overline{0}$ (nach endlich vielen Schritten) hält.

(2) Wenn M angesetzt auf $x_1,\ldots,x_n$ nach endlich vielen Schritten hält, so gilt

$$
\begin{array}{ccc}
x_1,\ldots,x_n & & \ulcorner M\urcorner,\ulcorner x_1\ldots x_n.\overline{0}\urcorner.\overline{0} \\
\Big\downarrow M & \text{gdw} & \Big\downarrow U \\
y_1,\ldots,y_n & & 0,\ulcorner y_1\ldots\ldots y_n,\overline{0}\urcorner,\overline{0}
\end{array}
$$

Damit können wir unsere obigen Überlegungen zusammenfassen zu folgendem Satz:

<u>Satz 4.5:</u>

Es gibt ein universelles RM-Programm U.

Durch Satz 4.5 wird ausgedrückt, daß zur Auswertung beliebiger RM-Programme mit beliebigen Anfangsdaten ein einziges RM-Programm genügt. Das ist ein uns auch von realen Rechnern und Programmiersprachen wohlbekannter Sachverhalt:

Es gibt beispielsweise in PASCAL geschriebene Compiler zur Übersetzung von PASCAL Programmen. Ein solcher Compiler (zusammen mit dem Laufzeitsystem) kann als universelles PASCAL Programm aufgefaßt werden.

5. Churchsche These, unlösbare Probleme

Wir haben gesehen, daß die Klassen der partiell rekursiven und der RM-berechenbaren Funktionen übereinstimmen. Man hat noch von einer Reihe weiterer Ansätze zur Präzisierung des Begriffs der berechenbaren zahlentheoretischen Funktion zeigen können, daß die resultierenden Funktionenklassen mit den hier angegebenen übereinstimmen. Ferner hat man bis heute keine im intuitiven Sinne berechenbare Funktion mit Argumenten und Werten im Bereich der natürlichen Zahlen gefunden, von der man nicht zeigen konnte, daß sie partiell rekursiv oder RM-berechenbar ist. Das sind starke Argumente dafür, daß man mit dem Begriff der partiell rekursiven oder auf Registermaschinen berechenbaren Funktion das intuitive Konzept des Begriffs der berechenbaren zahlentheoretischen Funktion erfaßt hat. Diese Überzeugung hat ihren Niederschlag in der 1936 von A. CHURCH formulierten und heute allgemein anerkannten Churchschen These gefunden:

Churchsche These

Die im intuitiven Sinne berechenbaren partiellen Funktionen mit Argumenten und Werten im Bereich der nicht negativen ganzen Zahlen sind genau die partiell rekursiven (RM-berechenbaren) Funktionen.

Da eine zahlentheoretische Funktion f berechenbar ist genau dann, wenn es einen Algorithmus zur Berechnung von f gibt, hat man mit dem Begriff der berechenbaren zahlentheoretischen Funktion auch den Begriff des Algorithmus schlechthin präzisiert.

Darüberhinaus ist die Beschränkung auf berechenbare zahlentheoretische Funktionen keine so wesentliche Einschränkung, wie das zunächst scheinen mag. Denn von vielen anderen, von den natürlichen Zahlen verschiedenen Bereichen wie den Bereichen der ganzen und rationalen Zahlen, dem Bereich der Worte über einem endlichen

Alphabet, dem Bereich aller RM-Programme u.a.m. kann man zeigen, daß sich alle diese Bereiche eindeutig und effektiv in die Menge der natürlichen Zahlen abbilden lassen, und zwar so, daß man von jeder natürlichen Zahl n effektiv erkennen kann, ob und gegebenenfalls welches Element n kodiert.

Jede Funktion F mit Argumenten und Werten in solchen Bereichen besitzt also ein zahlentheoretisches Analogon f. F ist im intuitiven Sinne berechenbar genau dann, wenn f es ist, d.h. auf Grund der Churchschen These, wenn f partiell rekursiv ist.

Da wir nunmehr über ein präzises Algorithmenkonzept verfügen, können wir die algorithmische Unlösbarkeit konkreter Probleme beweisen. D.h. wir können konkrete Probleme angeben, die sich einer algorithmischen Lösung prinzipiell entziehen. Solche Probleme heißen unentscheidbar oder rekursiv unlösbar oder einfach unlösbar.

Wir haben RM-Programme durch Zahlen kodiert und sind damit in der Lage, auch umgekehrt Zahlen als Programme von RM zu deuten. Insbesondere könnten wir ein beliebiges, gegebenes RM-Programm M ansetzen auf die Registerinhalte $\ulcorner M \urcorner$, $\overline{0}$, also auf die Kodierung seines eigenen Programms.

Unter dem speziellen Halteproblem für RM-Programme versteht man nun das Problem, für ein beliebiges RM-Programm M festzustellen, ob M angesetzt auf $\ulcorner M \urcorner$, $\overline{0}$ nach endlich vielen Schritten hält oder nicht.

Satz 5.1:

Das spezielle Halteproblem für RM-Programme ist unlösbar.

Beweis:

Wir nehmen an, das spezielle Halteproblem sei doch lösbar. Dann gibt es einen Algorithmus, der für jedes RM-Programm M feststellt, ob M angesetzt auf $\ulcorner M \urcorner, \overline{0}$ schließlich hält oder nicht. Unter Benutzung dieses Algorithmus ergibt sich, daß folgende Funktion f im intuitiven Sinne berechenbar ist:

$$f(m) = \begin{cases} 0; \text{ falls m Kodifikat eines RM-Programms M ist (also:} \\ \quad m = \ulcorner M \urcorner\text{), das angesetzt auf } \ulcorner M \urcorner, \overline{0} \text{ nicht hält} \\ \text{undefiniert; sonst} \end{cases}$$

Nach der Churchschen These ist f partiell rekursiv, also RM-berechenbar. Sei M ein f berechnendes RM-Programm. Dann gilt für beliebige Zahlen x: M hält, angesetzt auf x, $\overline{0}$ nach endlich vielen Schritten genau dann, wenn f(x) definiert ist. Daher gilt insbesondere für $x = \ulcorner M \urcorner$:

M hält, angesetzt auf $\ulcorner M \urcorner, \overline{0}$, genau dann, wenn $f(\ulcorner M \urcorner)$ definiert ist. Nach Definition von f ist aber $f(\ulcorner M \urcorner)$ definiert genau dann, wenn M, angesetzt auf $\ulcorner M \urcorner, \overline{0}$ nicht hält.

Dieser Widerspruch zeigt, daß die Annahme, das Halteproblem für RM sei lösbar, falsch sein muß. □

Man darf den Satz 5.1 nicht mißverstehen! Es kann durchaus möglich sein, für ein <u>bestimmtes</u> RM-Programm M festzustellen, ob M, angesetzt auf die speziellen Anfangsregisterinhalte $\ulcorner M \urcorner, \overline{0}$ schließlich hält oder nicht. Satz 5.1 besagt lediglich, daß es kein <u>allgemeines</u> Verfahren gibt, das auf <u>beliebige</u> Kodifikate von RM-Programmen anwendbar ist und das Halteproblem entscheidet. Positiv formuliert heißt dies:
Zur Entscheidung der Frage, ob ein gegebenes RM-Programm M angesetzt auf $\ulcorner M \urcorner, \overline{0}$ schließlich hält oder nicht, kommt höchstens ein spezielles auf M zugeschnittenes Verfahren in Frage.

Wir haben im Beweis von Satz 5.1 die Churchsche These herangezogen, um die RM-Berechenbarkeit einer im intuitiven Sinne berechenbaren, partiellen Funktion zu begründen. Das ist nur aus Gründen der Einfachheit der Argumentation geschehen. Für unsere Argumente hätte die intuitiv viel weniger kritische Aussage ausgereicht, daß die konkret angegebene und im intuitiven Sinne berechenbare Funktion f auch schon RM-berechenbar ist, dann hätten wir schließen können, daß die im Beweis definierte Funktion f jedenfalls nicht RM-berechenbar sein kann. Gewicht erhält diese Aussage erst durch die, ebenfalls in der Churchschen These steckende Aussage:

Ist f nicht durch eine Registermaschine berechenbar, so auch auf keine andere Weise, d.h. f ist ein Beispiel einer algorithmisch überhaupt nicht berechenbaren Funktion.

Man kann Satz 5.1 zum Ausgangspunkt nehmen, um von einer ganzen Reihe weiterer Probleme zu zeigen, daß sie algorithmisch unlösbar sind. Dieser Nachweis wird durch ein Übersetzungs- oder "Reduktions"-Verfahren geführt:
Will man von einer Klasse von Problemen zeigen, daß sie algorithmisch unlösbar ist, so zeigt man, daß die algorithmische Lösbarkeit der Klasse von Problemen die algorithmische Lösbarkeit des speziellen Halteproblems für RM (oder irgend eines anderen bereits als unlösbar erkannten Problems) nach sich zieht. Wir erläutern dies Verfahren an einem einfachen Beispiel:

<u>Satz 5.2:</u>

Es gibt keinen Algorithmus, mit dessen Hilfe man feststellen kann, ob

a) ein beliebiges RM-Programm M angesetzt auf leere Register nach endlich vielen Schritten hält.

b) das universelle RM-Programm U angesetzt auf beliebig gegebene Registerinhalte nach endlich vielen Schritten hält.

Zum Beweis von a) nehmen wir an, es gäbe doch einen derartigen Algorithmus. Wir benutzen dann diesen Algorithmus, um für ein beliebiges RM-Programm M festzustellen, ob M, angesetzt auf $\ulcorner M \urcorner, \overline{0}$ schließlich hält:
Sei M ein beliebiges gegebenes RM-Programm. Dann betrachten wir das RM-Programm $N = \underbrace{a_1 a_1 \ldots . a_1}_{\ulcorner M \urcorner \text{ mal}} M$, das zunächst das Kodifikat von M in das erste Register schreibt und sich dann wir M, angesetzt auf $\ulcorner M \urcorner, \overline{0}$ verhält. D.h. N hält, angesetzt auf leere Register, genau dann, wenn M, angesetzt auf $\ulcorner M \urcorner, \overline{0}$, hält.

Nach Annahme können wir feststellen, ob N angesetzt auf leere Register stoppt. Damit können wir auch feststellen, ob M, angesetzt auf $\ulcorner M \urcorner, \overline{0}$, stoppt. Wir haben damit ein allgemeines Verfahren, um für eine beliebige RM M festzustellen, ob M angesetzt auf $\ulcorner M \urcorner, \overline{0}$ schließlich hält oder nicht. Das ist ein Widerspruch zu Satz 5.1.

Der Beweis von b) verläuft ähnlich: nehmen wir an, es gäbe doch ein allgemeines Verfahren, um für beliebige Anfangsregisterinhalte festzustellen, ob das universelle RM-Programm U (vgl. Satz 4.5) angesetzt auf diese Anfangsregisterinhalte schließlich hält oder nicht. Wir benutzen das Verfahren, um für ein beliebiges RM-Programm M festzustellen, ob M, angesetzt auf $\ulcorner M \urcorner, \overline{0}$ schließlich hält oder nicht:
Ist M beliebig gegeben, so stellen wir fest, ob U, angesetzt auf $\ulcorner M \urcorner, \ulcorner \ulcorner M \urcorner, \overline{0} \urcorner, \overline{0}$ schließlich hält. □

Wir haben bereits in Abschnitt 2 darauf hingewiesen, daß Registermaschinen leicht durch PASCAL Programme simuliert werden können. Entsprechendes gilt für (fast) alle bekannten Programmiersprachen. Wegen Satz 5.1 und Satz 5.2 impliziert diese Tatsache, daß es für (fast) keine Programmiersprache allgemeine Verfahren, d.h. Algorithmen, geben kann, mit denen man für beliebige Programme in dieser Sprache feststellen kann, ob sie bei bestimmten Eingangsdaten schließlich halten oder nicht.

Das ist nur ein Beispiel für eine Eigenschaft des Eingabe/Ausgabe- bzw. Laufzeitverhaltens von Programmen, die nicht nach einem allgemeinen Verfahren, durch Inspektion der Programme entschieden werden kann. Es gibt noch viele andere Eigenschaften, die nicht durch Inspektion von Programmen algorithmisch gelöst werden können. Beispiele sind:
Die (funktionale) Äquivalenz zweier Programme, d.h. ob zwei Programme für gleiche Eingangsdaten stets dieselben Ausgabedaten liefern oder nicht; die Frage, ob ein Programm eine nichttotale, also an wenigstens einer Stelle nicht definierte Funktion berechnet; die Frage, ob ein Programm eine primitiv rekursive Funktion berechnet; und vieles andere mehr.

Man kann zeigen, daß jede nichttriviale Eigenschaft von berechenbaren Funktionen, also des Eingabe/Ausgabeverhaltens von Programmen, algorithmisch nicht gelöst werden kann. Wir wollen das für den Fall der RM-Programme formulieren:

Sei F eine Menge von partiell rekursiven Funktionen und P(F) die Menge aller RM-Programme, die Funktionen aus F berechnen. Dann gilt:

Satz 5.3: (Satz von Rice)

Ist P(F) nichtleer und verschieden von der Menge aller RM-Programme, so gibt es keinen Algorithmus, der für ein beliebiges RM-Programm M feststellt, ob M zu P(F) gehört oder nicht.

Wir skizzieren den Beweis dieses Satzes:
Sei eine Klasse F RM-berechenbarer Funktionen gegeben und sei die Menge P(F) der Funktionen aus F berechnenden RM-Programme weder leer noch die Klasse aller (Funktionen berechnenden) RM-Pro-

gramme.

Wir können annehmen, daß die einstellige, nirgends definierte Funktion g (d.h.: für alle nicht negativen Zahlen x ist g(x) undefiniert) nicht zu F gehört.
(Andernfalls betrachte man die Klasse $\overline{F}$ aller <u>nicht</u> zu F gehörenden RM-berechenbaren Funktionen.) Nach Annahme gibt es ein RM-Programm N, das eine Funktion f berechnet, die zu F gehört. Wir können o.E. annehmen, daß auch f einstellig ist.

Nun konstruieren wir zu jedem gegebenen RM-Programm M ein RM-Programm M' mit folgender Eigenschaft:

Wenn M angesetzt auf $\ulcorner M \urcorner, \overline{0}$ hält, so berechnet M' die Funktion f.
Wenn M angesetzt auf $\ulcorner M \urcorner, \overline{0}$ <u>nicht</u> hält, so berechnet M' die (nirgends definierte) Funktion g.

Man kann M' wie folgt konstruieren:
Ist x eine beliebige nicht negative Zahl, so verhält sich M' angesetzt auf x, $\overline{0}$ zunächst genauso wie M angesetzt auf $\ulcorner M \urcorner, \overline{0}$. M' ignoriert also das Argument x zunächst und verhält sich so wie M angesetzt auf $\ulcorner M \urcorner, \overline{0}$.

Falls M angesetzt auf $\ulcorner M \urcorner, \overline{0}$ mit irgendwelchen Registerinhalten schließlich hält, verhält sich M' anschließend wie die die Funktion f berechnende RM N angesetzt auf x,$\overline{0}$.

Falls M angesetzt auf $\ulcorner M \urcorner, \overline{0}$ <u>nicht</u> hält, hält auch M' angesetzt auf x,$\overline{0}$ nicht, d.h. M' berechnet die Funktion g. Also gilt:

Wenn M angesetzt auf $\ulcorner M \urcorner, \overline{0}$ hält, dann ist M' $\in$ P(F), und
wenn M angesetzt auf $\ulcorner M \urcorner, \overline{0}$ <u>nicht</u> hält ist M' $\notin$ P(F).

Gäbe es nun ein effektives Verfahren, um für ein beliebiges RM-

Programm zu entscheiden, ob es zu P(F) gehört oder nicht, so könnten wir offenbar auch für ein beliebiges RM-Programm M feststellen, ob M angesetzt auf $\ulcorner M \urcorner$, $\overline{0}$ hält oder nicht. Wir überprüfen einfach, ob die zu M konstruierte Maschine M' zu P(F) gehört oder nicht.

Das ist ein Widerspruch zu Satz 5.1. □

Die Bedeutung des Satzes von Rice ergibt sich aus der Tatsache, daß offenbar jede nichttriviale Eigenschaft von RM-berechenbaren Funktionen Anlaß zur Definition einer Klasse von Funktionen mit dieser Eigenschaft gibt, die wiederum zu einer unentscheidbaren Eigenschaft von Programmen führt.

Beispiel 5.4:

Sei f eine gegebene RM-berechenbare Funktion. Wähle F = {f}.Dann ist offenbar $\emptyset \neq$ P(F) $\neq$ Menge aller RM-Programme. Also gibt es nach dem Satz von Rice keinen Algorithmus, der für ein beliebiges RM-Programm M feststellt, ob M zu P(F) gehört oder nicht. Mit anderen Worten: Es gibt keinen Algorithmus, um für ein beliebiges RM-Programm M festzustellen, ob M f berechnet oder nicht.

Es ist unmöglich, eine erschöpfende Liste aller als algorithmisch und folglich auch mit Hilfe von Computern unlösbar nachgewiesenen Probleme aufzustellen. Wir begnügen uns daher damit, einige historisch besonders wichtige und interessante Probleme zu nennen. Der Nachweis der rekursiven Unlösbarkeit dieser Probleme wird dabei stets durch eine Reduktion des jeweiligen Problems auf ein bereits als unlösbar erkanntes Problem geführt. Diese Reduktion verlangt grob gesprochen das Formulieren eines unlösbaren Problems in einem ganz anderen Kontext und setzt damit ein hohes Maß an Geschick und Einfallsreichtum voraus.

Wortproblem für Semi-Thue-Systeme

Ein Semi-Thue System (vgl. Definition II.1.2) über dem Alphabet $\Sigma = V_N \cup V_T$ ist gegeben durch eine endliche Menge R von Ersetzungsregeln

$$L_1 \to R_1, L_2 \to R_2, \ldots, L_r \to R_r$$

Dabei sind die L_i und R_i Worte über dem Alphabet Σ. Die Ersetzungsregeln kann man dazu verwenden, Worte über dem Alphabet Σ schrittweise zu verändern, indem man jeweils ein Vorkommen von L_i durch das zugehörige Wort R_i ersetzt.

Das (allgemeine) Wortproblem für Semi-Thue-Systeme ist nun das Problem, für zwei beliebige Worte x und y über dem Alphabet Σ festzustellen, ob das Wort x mit Hilfe der Ersetzungsregeln in endlich vielen Schritten in das Wort y überführt werden kann, d.h. ob $x \overset{*}{\Longrightarrow} y$ gilt oder nicht.

Dies Problem ist unentscheidbar, sobald man sich nicht auf Semi-Thue-Systeme über einem einelementigen Alphabet beschränkt.

Aus diesem Unentscheidbarkeitsresultat kann man leicht herleiten, daß auch das Wortproblem für Chomsky Typ 0 Sprachen ebenfalls unentscheidbar ist, vgl. II.7.

Wortproblem der Gruppentheorie

Alle endlichen und viele unendlichen Gruppen lassen sich durch endlich viele sogenannte definierende Relationen beschreiben. Das sind spezielle Gleichungen zwischen Darstellungen von Gruppenelementen. Betrachten wir etwa die Permutationsgruppe γ_3 von 3 Elementen: Man kann sämtliche Elemente dieser Gruppe darstellen als Produkt der Transpositionen $\sigma_1, \sigma_2, \sigma_3$ mit:

$$\sigma_1 = \begin{pmatrix} 1 & 2 & 3 \\ 2 & 1 & 3 \end{pmatrix}, \sigma_2 = \begin{pmatrix} 1 & 2 & 3 \\ 1 & 3 & 2 \end{pmatrix}, \sigma_3 = \begin{pmatrix} 1 & 2 & 3 \\ 3 & 2 & 1 \end{pmatrix}$$

Die Darstellung eines Gruppenelementes als Wort über den Erzeugenden ist nicht eindeutig. Z.B. gilt:

$$\sigma_1\sigma_2\sigma_3\sigma_1 = \sigma_3, \; \sigma_1\sigma_1 = \text{id}, \; \sigma_2\sigma_2 = \text{id}, \; \sigma_3\sigma_3 = \text{id}$$

(dabei bezeichnet "id" die Identität".)

Es ist möglich, für γ_3 endlich viele derartiger Gleichungen anzugeben, derart, daß jede Gleichung zwischen irgendwelchen Worten in den Erzeugenden $\sigma_1,\sigma_2,\sigma_3$, id aus diesen Gleichungen (den definierenden Relationen für γ_3) gewonnen werden kann.

Das Wortproblem der Gruppentheorie besteht nun darin, zu jeder durch endlich viele Erzeugende und endlich viele definierende Relationen gegebenen Gruppe und je zwei Worten w_1 und w_2 über dem Alphabet der Erzeugenden festzustellen, ob w_1 und w_2 dasselbe Gruppenelement darstellen oder nicht.

Man kann zeigen, daß dies Problem algorithmisch unlösbar ist.

Zehntes Hilbertsches Problem

Als 10-tes von 23 Problemen stellte Hilbert 1900 die Aufgabe, ein Verfahren zu finden, das für jede diophantische Gleichung in endlich vielen Schritten feststellt, ob sie eine ganzzahlige Lösung besitzt oder nicht. Eine diophantische Gleichung ist gegeben durch ein von n Variablen abhängiges Polynom $P(x_1,...,x_n)$ mit ganzzahligen Koeffizienten, und sie heißt lösbar, wenn es ganze Zahlen $z_1,...,z_n$ gibt mit $P(z_1,...,z_n) = 0$. Erst im Jahre 1970 gelang es Matijasevic zu zeigen, daß das 10-te Hilbertsche Problem algorithmisch unlösbar ist.

Entscheidbarkeitsprobleme für mathematische Theorien

Viele Mathematiker haben sich lange darum bemüht, ein allgemeines Entscheidungsverfahren für mathematische Sätze zu entwickeln: Das ist ein Verfahren, welches zu einer beliebig vorgelegten Aussage einer axiomatisierten mathematischen Theorie in endlich vielen Schritten auf rein mechanische Weise feststellt, ob die Aussage wahr ist oder nicht. Nun hat man für fast alle einigermaßen nichttrivialen mathematischen Theorien zeigen können, daß es ein derartiges Verfahren nicht geben kann. Wir erwähnen als Beispiel nur die elementare Zahlentheorie mit den Grundbegriffen "+" und "·": Eine wahre Aussage dieser Theorie ist z.B.:

Nicht zu jedem x und y gibt es ein z mit $x \cdot z = y$.

Eine falsche Aussage ist:

Für alle x und y ist $x+y = 0$.

Es gibt kein allgemeines Verfahren, das für eine beliebige derartige Aussage stets in endlich vielen Schritten feststellt, ob sie wahr ist oder nicht.

Das Entscheiden,also Beweisen oder Widerlegen mathematischer Sätze kann man also im allgemeinen nicht Computern überlassen. Es verlangt vielmehr die menschliche Intuition in jedem Einzelfall.

Problem zur symbolischen Vereinfachung elementarer Funktionen

Die Klasse der elementaren Funktionen in einer Variablen soll genau die Funktionen enthalten, die durch Ausdrücke der folgenden Klasse bezeichnet werden können:

$\mathcal{E}$ ist die kleinste Klasse aller Ausdrücke, die

(1) die rationalen Zahlen und die zwei reellen Zahlen π und ln2,
(2) die Variable x,
(3) sin(x), e^x, |x|,
(4) mit je zwei Funktionen f(x) und g(x) stets auch f(x) + g(x), f(x)·g(x) und f(g(x)) enthält.

Für zwei Ausdrücke f(x) und g(x) aus $\mathcal{E}$ soll f(x) = g(x) gelten, wenn f und g dieselben Funktionen bezeichnen.

Man kann zeigen, daß es kein Verfahren gibt, um für ein beliebiges f $\in$ $\mathcal{E}$ festzustellen, ob für alle x f(x) = 0 gilt oder nicht.
Aus diesem Grunde gibt es für die Ausdrücke aus $\mathcal{E}$ auch kein allgemeines symbolisches Vereinfachungsverfahren, das in einem Ausdruck f(x) $\in$ $\mathcal{E}$ insbesondere alle die Teilausdrücke durch 0 ersetzen müßte, die identisch Null sind. Schließlich kann man noch zeigen, daß es kein allgemeines Verfahren gibt, um für ein beliebiges f $\in$ $\mathcal{E}$ festzustellen, ob das unbestimmte Integral $\int f(x)dx$ wieder durch einen Ausdruck aus $\mathcal{E}$ bezeichnet wird.

Die nächsten zwei Probleme beschäftigen sich mit der (spielerischen) Manipulation von Figuren in der Ebene.

Conways Game of Life

Dieses Spiel kann man auf einem sehr großen, bei Bedarf erweiterbaren (also potentiell unendlichen) Schachbrett spielen. Dazu benötigt man Spiel-Marken, die Lebewesen repräsentieren:
Jedes Feld des Schachbretts kann höchstens eine Marke enthalten.

Man beginnt mit einer Anfangskonfiguration, die in der Verteilung endlich vieler Marken auf dem Schachbrett besteht.
Jedes Feld besitzt 8 Nachbarfelder (vier orthogonal und vier diagonal). In Abhängigkeit von der Besetzung der Nachbarfelder

mit Marken kann die Marke eines Feldes "sterben", d.h. sie muß entfernt werden, "überleben", d.h. unverändert liegen bleiben oder "geboren werden", d.h. ein Feld ohne Marke erhält eine Marke. Das geschieht nach folgenden Regeln:

1. Überlebensregel: Jede Marke mit zwei oder drei Marken in Nachbarfeldern überlebt für die nächste Generation.
2. Sterberegel: Jede Marke mit 4 oder mehr Marken in Nachbarfeldern stirbt wegen Übervölkerung. Jede Marke mit nur einer oder keiner Marke in allen Nachbarfeldern stirbt wegen Isolation.
3. Geburtsregel: In jedes leere Feld, das genau drei Nachbarfelder mit Marken besitzt, wird (in der nächsten Generation) eine neue Marke gesetzt.

Man hat sich vorzustellen, daß beim Übergang von einer Konfiguration zur nächstfolgenden alle Sterbe- und Geburtsvorgänge simultan erfolgen. Insgesamt liefern sie den nächsten Schritt (die nächste Generation) in der Lebensgeschichte der Anfangskonfiguration. (Es ist reizvoll, die Lebensgeschichten einiger kleiner Konfigurationen zu verfolgen).

Man kann zeigen: Es gibt keinen Algorithmus, der für zwei gegebene Konfigurationen K_1 und K_2 feststellt, ob K_2 in der Lebensgeschichte von K_1 vorkommt oder nicht.

<u>Parkettierungsproblem für Dominospiele</u>

Ein Domino sei ein quadratisches Plättchen, mit Kantenlänge 1, das an seinen vier Seiten (Kanten) bis zu vier verschiedene Farben haben kann. Zwei Dominos heißen äquivalent, wenn sie auf entsprechenden Seiten jeweils dieselben Farben haben. Äquivalente Dominos gehören zur selben Dominoklasse. Zur Charakterisierung einer Dominoklasse genügt die Angabe eines darin vorkommenden Dominos.

Beispiel:

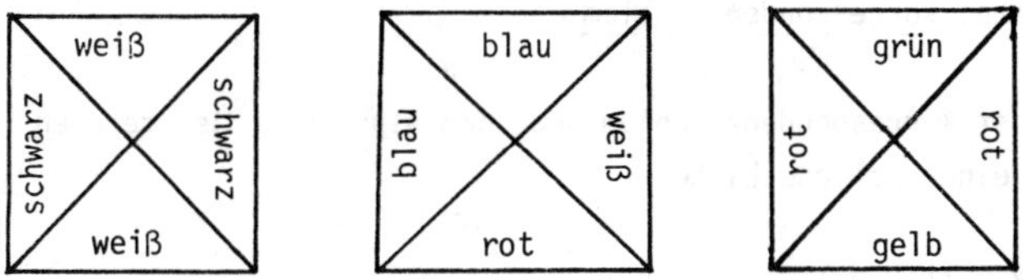

a) b) c)

Ein (allgemeines) Dominospiel ist gegeben durch eine nichtleere Menge D von Dominoklassen. Eine Parkettierung der $\mathbb{Z} \times \mathbb{Z}$ Ebene mit D erhält man, wenn man auf jedes Feld der Ebene einen Domino aus einer der Klassen von D legt. Eine Parkettierung ist kohärent, wenn je zwei aneinanderstoßende Seiten zweier Dominos die gleichen Farben haben. Drehungen sind nicht erlaubt.

Enthält D nur Dominos vom Typ a), so ist offenbar eine kohärente Parkettierung der Ebene möglich. Besteht dagegen D nur aus Dominos vom Typ b) und c), so ist keine kohärente Parkettierung der Ebene mit D möglich.

Obwohl man in diesen (und anderen) Einzelfällen für ein Dominospiel D feststellen kann, ob eine kohärente Parkettierung der $\mathbb{Z} \times \mathbb{Z}$ Ebene möglich ist oder nicht, gilt:

Es gibt kein allgemeines Verfahren, mit dem man für jedes Dominospiel D feststellen kann, ob eine kohärente Parkettierung der $\mathbb{Z} \times \mathbb{Z}$ Ebene mit D möglich ist oder nicht.

Als letztes in unserer Liste unlösbarer Probleme nennen wir ein

Problem, das vor allem in der Theorie der formalen Sprachen immer wieder als Referenzproblem zum Nachweis der Unentscheidbarkeit von Problemen für formale Sprachen benutzt wird (vgl. Kap. II,7):

Postsches Korrespondenzproblem

Ein Post-Korrespondenzproblem über dem Alphabet Σ ist gegeben durch eine endliche Liste

$$K = ((L_1,R_1),\ldots,(L_r,R_r))$$

"korrespondierender" Wortpaare über dem Alphabet Σ, d.h. $L_i,R_i \in \Sigma^*$ für $1 \leqq i \leqq r$.

Das Korrespondenzproblem K hat eine Lösung, wenn es eine natürliche Zahl n und n Indizes $i_1,\ldots,i_n \in \{1,\ldots,r\}$ gibt mit:

$$L_{i_1}L_{i_2}\ldots L_{i_n} = R_{i_1}R_{i_2}\ldots R_{i_n}\,.$$

Beispiel:

$$K_1 = ((L_1,R_1),\ (L_2,R_2),\ (L_3,R_3))$$
$$= ((a,abb),\ (bba,\ abb),\ (bba,a))$$

hat eine Lösung, denn es ist beispielsweise:

$$L_1L_2L_2L_2L_3 = R_1R_2R_2R_2R_3\,.$$

Dagegen hat das Korrespondenzproblem

$$K_2 = ((a,ab),\ (ba,ab))$$

keine Lösung.

Man kann zeigen:
Es gibt kein allgemeines Verfahren, mit dem man für ein beliebiges Korrespondenzproblem (über einem wenigstens zweielementigen Alphabet) feststellen kann, ob es eine Lösung hat oder nicht. Wie kürzlich gezeigt wurde, bleibt diese Aussage auch dann noch richtig, wenn man Listen mit höchstens 9 korrespondierenden Wortpaaren zuläßt (vgl. Pansiot, 1981).

Allerdings konnte bewiesen werden, daß für Korrespondenzprobleme mit höchstens zwei Paaren korrespondierender Worte stets entschieden werden kann, ob sie eine Lösung haben oder nicht. (Siehe hierzu Ehrenfeucht/Rozenberg, 1981, und Ehrenfeucht/Karhumäki/Rozenberg, 1982.)

6. Turingmaschinen

Wir wollen nun das Modell einer Rechenmaschine behandeln, deren Speicher aus unbegrenzt vielen Speicherzellen besteht, die aber jede nur eine beschränkte Information aufnehmen können. (Maschinen des Typs 2, vgl. Abschnitt 3.2). Dieses mathematische Modell einer Rechenmaschine wurde bereits 1936 lange vor dem Bau der ersten elektronischen Rechenanlage von dem englischen Mathematiker Alan Turing vorgeschlagen. Maschinen dieses Typs heißen daher auch Turingmaschinen. Turingmaschinen bilden das obere Ende einer Hierarchie von Maschinen, die mit den in Kapitel I behandelten endlichen Automaten beginnt und in die auch die in Kapitel II behandelten determinierten Pushdown Automaten eingeordnet werden können: Es handelt sich stets um Maschinen, die ihre Eingabe zeichenweise von einem (Eingabe-)Band lesen, es mit Hilfe einer endlichen Kontrolleinheit verarbeiten und dabei gegebenenfalls Zwischenresultate in einem Speicherband unbeschränkter Größe ablegen können. Endliche Automaten verfügen freilich nicht über einen solchen zusätzlichen Speicher und determinierte Pushdown Automaten können auf ihn nur in eingeschränkter Weise zugreifen.

Man unterscheidet bei Turingmaschinen meistens nicht zwischen Eingabe- und Speicherband. Damit lassen sie sich wie folgt beschreiben:

Eine Turingmaschine (kurz: TM) besitzt ein nach beiden Seiten unbegrenztes, in einzelne, linear angeordnete Felder unterteiltes (Rechen-)Band. Ferner besitzt eine TM eine Kontrolleinheit zur Steuerung eines Schreib-Lese-Kopfes, über den die Beschriftung des Rechenbandes planmäßig verändert werden kann. Jedes Feld des Rechenbandes kann mit genau einem von endlich vielen Buchstaben (Zeichen, Symbolen) aus dem (Band-)Alphabet der TM $\{a_0,...,a_n\}$ beschriftet sein. Meistens identifiziert man das Zeichen (den Buchstaben) a_0 mit dem Leerzeichen ("unbeschriftet") und

schreibt "*" statt a_o. Das vom Schreib-Lesekopf gerade bearbeitete oder inspizierte Feld des Rechenbandes heißt das Arbeitsfeld.
Damit kann man sich eine TM etwa wie folgt vorstellen:

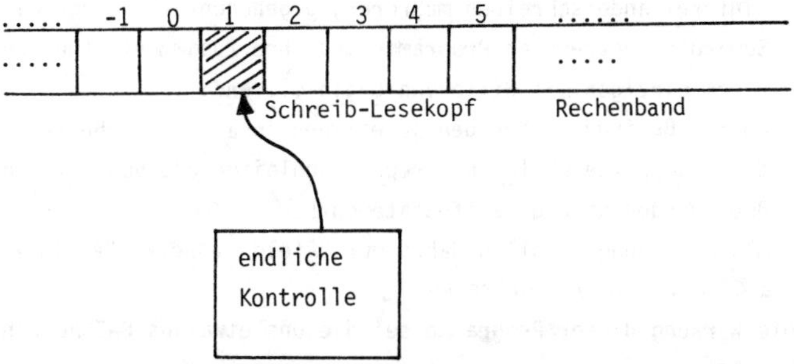

Das (aktuelle) Arbeitsfeld ist hier schraffiert worden.

TM können nur sehr einfache elementare Aktionen ausführen:
Die Beschriftung des Arbeitsfeldes kann verändert werden und das Arbeitsfeld um eine Position nach links oder rechts verschoben werden.

Damit können wir für eine TM mit dem Bandalphabet $\Sigma = \{a_o, a_1, ..a_n\}$ informell TM-Programme einführen und zugleich ihre Wirkung erklären:

Definition 6.1:

(0) Für jedes i, $0 \leqq i \leqq n$, ist print(a_i) ein TM-Programm.

Wirkung: Es wird a_i auf das Arbeitsfeld gedruckt (und dabei zugleich die frühere Inschrift gelöscht).

(1) r ist ein TM-Programm.
Wirkung: Das Arbeitsfeld wird um 1 Feld nach rechts verschoben.

(2) ℓ ist ein TM-Programm.

Wirkung: Das Arbeitsfeld wird um 1 Feld nach links verschoben.

(3) Folgende, etwa aus PASCAL bekannten Möglichkeiten dürfen zur Bildung von TM-Programmen verwendet werden:

- Hintereinanderschreiben mehrerer, gegebenenfalls durch ein Semikolon getrennter Programme und ihre Zusammenfassung zu einem einzigen mit Hilfe von begin ... end;
- an eine Bedingung über den jeweiligen Inhalt des Arbeitsfeldes gekoppelte while- und repeat-Schleifen und von solchen Bedingungen abhängige if-Statements.

  Als Bedingungen sollen dabei nur "Afeld = a" oder "Afeld ≠ a" $a \in \{a_o, \ldots, a_n\}$, auftreten.

Die Wirkung dieser Programme sei die uns etwa aus PASCAL wohlbekannte.

Es ist nicht schwer, sowohl die Syntax als auch die Semantik dieser soeben informell beschriebenen, PASCAL-ähnlichen Programmiersprache für TM formal exakt zu definieren ähnlich wie wir das für RM-Programme in den vorangehenden Abschnitten getan haben.

Die Wirkung eines TM-Programms für eine gegebene Anfangsbeschriftung des Rechenbandes und eine gegebene Anfangsposition des Schreib-Lesekopfes zu Beginn der Rechnung ist durch Angabe der Beschriftungsänderung und durch die Lage des Arbeitsfeldes am Ende der Rechnung vollständig beschrieben. Da wir stets voraussetzen wollen, daß nur endlich viele Bandfelder eine vom Leerzeichen $*$ verschiedene Beschriftung haben, können wir die Anfangs- und Endbeschriftung zusammen mit der jeweiligen Lage des Arbeitsfeldes leicht explizit mitteilen.
Wir erläutern das nun an einigen Beispielen.

Beispiel 6.2:

Sei M das folgende Programm einer TM mit Bandalphabet $\Sigma \supseteq \{*, |\}$:

*while Afeld ≠ * do begin print(*); ℓ end*

Die Wirkung dieses Programms für eine gegebene Anfangsinschrift und eine gegebene anfängliche Lage des Arbeitsfeldes läßt sich leicht übersehen:

Die TM läuft solange nach links und "löscht" dabei alle überlaufenden Buchstaben, bis ein Feld mit Inschrift $a_0 = *$ angetroffen wird. Also gilt beispielsweise:

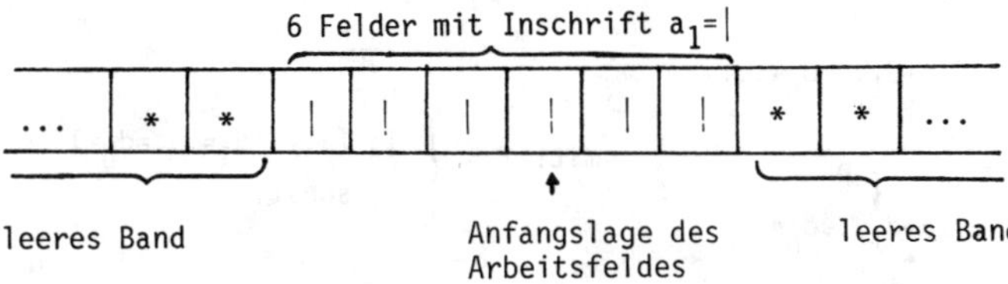

wird durch M überführt in:

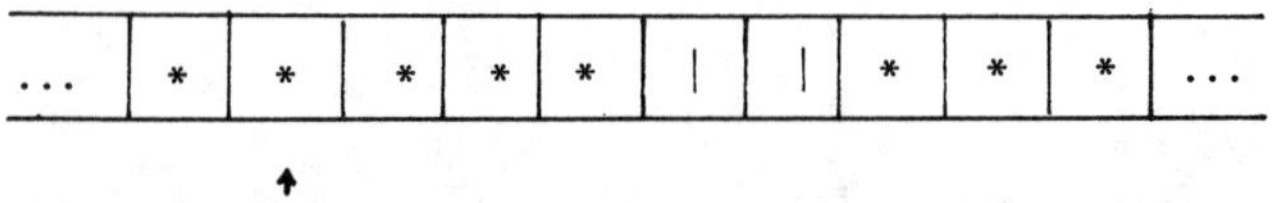

(Offenbar hält M nie, wenn M auf das leere, also nur mit * beschriftete Band, angesetzt wird.)

Wir stellen uns - ähnlich wie bei RM - vor, daß wir den Speicher einer TM, also ihr Band, vollständig übersehen können. Die Wirkung eines TM-Programms können wir dann in unmittelbar verständlicher Weise so mitteilen, daß Anfangs- und Endbeschriftung des Bandes sowie Anfangs- und Endposition des Arbeitsfeldes sofort erkennbar sind. Im Falle dieses Beispiels (und analog für alle weiteren Beispiele) wollen wir kürzer schreiben:

```
.....**||||||**.....
          ↑
         ↓ M
.....******||**.....
      ↑
```

<u>Beispiel 6.3:</u>

Wir wollen ein Programm einer TM mit dem Bandalphabet {*,0,1} schreiben, das eine Folge von Dualziffern daraufhin <u>überprüft</u>, ob sie nur aus Einsen besteht. Genauer: Gesucht ist ein TM-Programm P mit folgender Eigenschaft: Für eine beliebige Ziffernfolge $d_1 \ldots d_n \in \{0,1\}^*$ gilt:

$$\begin{array}{c} \ldots {*}{*} d_1 \ldots d_n {*} \ldots \\ \uparrow \\ \Big\downarrow P \\ \ldots a {*} d_1 \ldots d_n {*} \ldots \\ \uparrow \end{array} \qquad \text{mit: } a = \begin{cases} 1; & \text{falls } d_1 = \ldots = d_n = 1 \\ {*}; & \text{sonst.} \end{cases}$$

Wir prüfen zunächst, ob die Ziffernfolge leer ist:

r;
<u>*if*</u> *Afeld = **
   <u>*then*</u> *{Ziffernfolge leer} ℓ*
   <u>*else*</u> *{Aktionen für nichtleere Ziffernfolge}*

Im Falle, daß die Ziffernfolge nicht leer ist, genügt es, solange nach rechts zu wandern, bis ein nicht mit 1 beschriftetes Feld angetroffen wird:
Hat dies die Inschrift *, müssen alle Ziffern $d_1 = d_2 = \ldots = d_n = 1$ gewesen sein.
Also muß die TM im Falle, daß die Ziffernfolge nicht leer ist, folgende Aktionen ausführen:

```
begin
  while Afeld = 1 do r;
  if Afeld = *
     then {d1=d2=...=dn=1}
       begin
         repeat ℓ until Afeld = *;
         ℓ; print(1); r
       end
     else {wenigstens ein di=0}
       repeat ℓ until Afeld = *
end
```

Beispiel 6.4:

Wir geben ein TM-Programm V an, das eine Ziffernfolge $d_1 \ldots d_n \in \{0,1\}^*$ um eine Position nach rechts verschiebt, also folgendes leistet:

$$\begin{array}{c} \ldots * d_1 d_2 \ldots d_n ** \ldots \\ \uparrow \\ \downarrow V \\ \ldots ** d_1 d_2 \ldots d_n * \ldots \\ \uparrow \end{array}$$

Man überzeugt sich leicht davon, daß folgendes Programm das Verlangte leistet:

```
repeat r until Afeld = *; ℓ;
  while Afeld ≠ * do
    if Afeld = 0
       then {verschiebe eine 0 nach rechts}
         begin print(*); r; print(0); ℓ; ℓ end
       else {verschiebe eine 1 nach rechts}
         begin print(*); r; print(1); ℓ; ℓ end;
r
```

Im Falle, daß die Ziffernfolge leer ist, wird offenbar lediglich das Arbeitsfeld um eine Position nach rechts verschoben.

Beispiel 6.5:

Wir wollen ein Programm S einer TM mit dem Bandalphabet {*,0,1} angeben, das zur Dualdarstellung $d_1 \ldots d_n$ einer nichtnegativen ganzen Zahl die Dualdarstellung $d'_1 \ldots d'_m$ der nächstgrößeren Zahl berechnet. (Es ist also stets $m \leqq n+1$). D.h.:

$$\ldots * \underset{\uparrow}{*} d_1 \ldots d_n * \ldots$$

$$\big\downarrow S$$

$$\ldots \underset{\uparrow}{*} d'_1 \ldots d'_m * \ldots$$

Die TM muß offenbar die vorliegende Dualdarstellung vom rechten Ende her inspizieren und solange Einsen in Nullen verwandeln, bis erstmals eine 0 oder der das linke Ende markierende * angetroffen wird. Dort ist eine 1 zu drucken. Folglich kann man S so schreiben:

```
repeat r until Afeld = *; ℓ;
while Afeld = 1 do
  begin print(0); ℓ end
print(1); ℓ;
while Afeld ≠ * do ℓ;
```

Die Länge der Dualzahl kann also höchstens am linken Ende um 1 wachsen.

Wir wollen nun die Mächtigkeit des Turingmaschinenkonzepts dadurch belegen, daß wir zeigen, daß TM die Rechnungen von RM (vgl. Definition 2.1) simulieren können. Damit das überhaupt geht, müssen wir zunächst angeben, wie wir Registerinhalte, also Zahlen, durch TM verarbeiten. Denn im Gegensatz zu RM, die direkt nicht negative Zahlen als abstrakte Objekte in ihren Registern speichern können, rechnen TM mit Zahlendarstellungen, die auf das Rechenband zu schreiben sind. Wir können hier wie in den vorangehenden Beispielen die übliche Dualdarstellung von Zahlen wählen. Wir wollen die Dualdarstellung einer Zahl x mit D2(x) bezeichnen und dabei stets stillschweigend voraussetzen, daß D2(x) minimal mögliche Länge, also keine führenden Nullen hat. Insbesondere wird also die Zahl 0 durch die leere Zeichenreihe dargestellt. Die Simulation einer RM durch eine TM wird wie folgt erklärt:

Definition 6.6:

Das Programm M einer k-RM wird durch das Programm M' einer TM mit dem Bandalphabet {∗,0,1} simuliert, wenn für beliebige nicht negative ganze Zahlen $x_1,\dots,x_k$ gilt:

(1) M hält angesetzt auf $x_1,\dots,x_k$ genau dann, wenn M' angesetzt auf

$$\dots\underset{\uparrow}{\ast}D2(x_1)\ast D2(x_2)\ast\dots\ast D2(x_k)\ast\dots$$

hält. (D.h. die Anfangsbeschriftung für M' erhält man durch Hintereinanderschreiben der Dualdarstellungen der Registerinhalte, jeweils durch genau ein Leerzeichen getrennt.)

(2) Es gilt

$$\begin{array}{ccc} x_1,\dots,x_k & & \dots\underset{\uparrow}{\ast}D2(x_1)\ast\dots\ast D2(x_k)\ast\dots \\ \downarrow M & \text{gdw} & \downarrow M' \\ y_1,\dots,y_k & & \dots\underset{\uparrow}{\ast}D2(y_1)\ast\dots\ast D2(y_k)\ast\dots \end{array}$$

Wir zeigen nun:

Satz 6.7:

Zu jedem Programm M einer k-RM kann man ein Programm M' einer TM mit Bandalphabet {*,0,1} angeben, das M simuliert.

Beweis:

Wir schließen induktiv über den Aufbau von M entsprechend der Definition 2.1 und skizzieren die Konstruktion von M':

(O) Sei M = a_i, $1 \leq i \leq k$.

Ausgehend von

$$\ldots * D2(x_1) * \ldots * D2(x_i) * \ldots * D2(x_k) * \ldots$$
$$\uparrow$$

wird zunächst geprüft, ob die i-te Bitfolge $D2(x_i)$ leer oder gleich 1..1 ist:

Dazu schreibt man ein TM-Programm P_i analog zu dem Programm aus Beispiel 6.3, das links von der Anfangsposition des Arbeitsfeldes eine 1 druckt gdw $D2(x_i)$ leer oder $D2(x_i)$ = 1...1 ist. Falls P_i eine 1 links vom Startfeld druckt, werden der Reihe nach die k-te, die (k-1)-te,..., die (i+1)-te, die i-te Bitfolge um eine Position nach rechts verschoben. Das gelingt durch geeignete Verwendung des Verschiebe-Programms V aus Beispiel 6.4. Nun kann zur Dualdarstellung von x_i eine 1 hinzuaddiert werden, wie im Beispiel 6.5 angegeben. Am Schluß sorgt man dafür, daß die evtl. durch P_i links vom Startfeld gedruckte 1 gelöscht wird und kehrt zur Ausgangsposition zurück.

Aus diesen Erläuterungen dürfte klar sein, wie ein (PASCAL-ähnliches) TM-Programm M' geschrieben werden kann, das das Verlangte leistet.

(1) Im Falle, daß M = s_i, $1 \leq i \leq k$, ist, kann man so ähnlich

vorgehen, wie im gerade zuvor behandelten Fall:

Man muß die i-te Bitfolge $D2(x_i)$ daraufhin überprüfen, ob sie nicht leer ist. Wenn das so ist, muß $D2(x_i)$ eine von Null verschiedene Zahl ohne führende Nullen darstellen.
Aus dieser Darstellung muß man die Darstellung der nächstkleineren Zahl, also $D2(x_i-1)$, herstellen. Entsteht dabei eine führende Null, ist sie zu löschen und die i-te (i+1)-te,...,k-te Bitfolge müssen der Reihe nach um eine Position nach links verschoben werden.

(2) Ist $M = M_1M_2$, so kann man annehmen, daß man bereits TM-Programme M_1' und M_2' konstruiert hat, die jeweils M_1 und M_2 simulieren. Dann simuliert M_1'; M_2' das RM-Programm M.

(3) Ist $M = (N)_i$ und hat man bereits ein TM-Programm N', das N simuliert, so ist es nicht schwer, daraus ein Programm zu konstruieren, das M simuliert:

Kürzen wir das j-malige Hintereinanderschreiben eines Programmstücks P durch $[P]^j$ ab, so erhält man M' wie folgt:

{*inspiziere den Anfang von* $D2(x_i)$}
[<u>*repeat*</u> *r* <u>*until*</u> *Afeld* = *;]$^{i-1}$ *r*;
<u>*while*</u> *Afeld* $\neq$ * {$D2(x_i)$ *noch* $\neq 0$} <u>*do*</u>
  <u>*begin*</u>
    {*kehre zur Startposition zurück*}
    ℓ; [<u>*repeat*</u> *ℓ* <u>*until*</u> *Afeld* = *;]$^{i-1}$
    N';
    {*inspiziere den Anfang von* $D2(x_i)$}
    [<u>*repeat*</u> *r* <u>*until*</u> *Afeld* = *;]$^{i-1}$ *r*
  <u>*end*</u>;
{*kehre zur Startposition zurück*}
ℓ; [<u>*repeat*</u> *ℓ* <u>*until*</u> *Afeld* = *;]$^{i-1}$

Man beachte, daß in jedem Fall das zu einem RM-Programm M konstruierte TM-Programm M' angesetzt auf die Darstellungen der Registerinhalte auf dem Rechenband genau dann nach endlich vielen Schritten hält, wenn auch das RM-Programm M angesetzt auf die Registerinhalte selbst nach endlich vielen Schritten hält.

Damit ist der Satz bewiesen. □

Satz 6.7 zeigt, daß Turingmaschinen mindestens so leistungsfähig sind wie Registermaschinen. Das "Programmieren" von TM ist allerdings ungleich mühsamer.

Man kann auch umgekehrt beweisen, daß jede Rechnung einer Turingmaschine durch eine Registermaschine simulierbar ist, wenn man das Rechenband und die Lage des Arbeitsfeldes geeignet durch Zahlen kodiert. Wir verzichten auf einen Beweis dieser Tatsache, da auf Grund der Churchschen These ohnehin klar ist, daß jeder denkbare Algorithmus, also auch jede Turingmaschine, durch eine Registermaschine simuliert werden kann.

Turingmaschinen und Programme von Turingmaschinen werden meistens etwas anders eingeführt als wir das getan haben (vgl. z.B. Hermes, 1971, Garey/Johnson 1978, u.v.a.).
Wir haben nämlich keine Marken und Sprünge, dafür aber eine ganze Reihe von aus PASCAL bekannten (strukturierten) Anweisungen in TM-Programmen zugelassen, um einigermaßen übersichtliche und leicht zu verfolgende Programme schreiben zu können.

Man hätte statt dessen auch nur einen einzigen Typ von elementaren Anweisungen zulassen und TM-Programme wie folgt definieren können:

TM-Programme sind Folgen von mit Marken versehenen Einzelanweisungen. Jede Einzelanweisung erlaubt es, in einem "Schritt", abhängig vom Inhalt des Arbeitsfeldes, ein (neues) Zeichen auf das Arbeitsfeld zu drucken, das Arbeitsfeld um ein Feld nach rechts oder links oder gar nicht zu bewegen und eine(neue) Marke anzuspringen. Einzelanweisungen haben damit etwa folgende Form:

<Marke>: <u>*if*</u> *Afeld = <Zeichen>*
<u>then</u> <u>begin</u> print(<Zeichen>);
<move>;
<u>goto</u> <Marke>
<u>end</u>;

Als Marken können dabei beliebige Elemente einer endlichen Menge S, als Zeichen genau die Zeichen des Bandalphabets und als moves die Bewegungen r (rechts), ℓ (links), 0 (keine Bewegung) auftreten. Es ist üblich, eine Marke s_0 als Startmarke zu kennzeichnen und endlich viele Marken als Endmarken zu einer Menge $F \subseteq S$ zusammenzufassen.

Die Ausführung eines Programms beginnt stets mit der Anfangsmarke s_0 und endet, sobald eine Endmarke angesprungen wird. Im übrigen verläuft die Rechnung völlig determiniert.

<u>Bemerkung:</u>

Bei einer Implementation von TM-Programmen als PASCAL-Programme würde man sämtliche Endmarken als Marken vor das ein Programm jeweils abschließende <u>end</u> setzen.

<u>Beispiel 6.8:</u>

Das folgende Programm einer TM mit Bandalphabet {*,a}, druckt den Buchstaben a auf das Arbeitsfeld und hält:

0: <u>*if*</u> *Afeld = **
<u>then</u> <u>begin</u> print(a); 0; <u>goto</u> 1 <u>end</u>

Wir setzen hier also voraus, daß 0 Start- und 1 Endmarke ist.

Offenbar hat dieses Programm dieselbe Wirkung wie das Programm print(a) im Sinne von Definition 6.1.

Programmzeilen der soeben angegebenen Form können ohne Verlust an Klarheit stark verkürzt werden:

    0   *   a   0   1

Wir listen also einfach der Reihe nach auf:

> alte Marke, alter Inhalt des Arbeitsfeldes, zu druckende Marke, Bewegung, neue Marke.

Dann lassen sich auch größere Programme mit vertretbarem Schreibaufwand mitteilen. Wir können dabei sogar die Konvention vorsehen, daß für <u>jedes</u> Paar (alte Marke, alter Inhalt des Arbeitsfeldes) eine (Programm-)Zeile vorkommt, sofern die alte Marke nicht eine Endmarke ist.

Das entspricht dem Vorgang der Komplettierung eines unvollständig definierten, determinierten endlichen Automaten, vgl. I, 1.2.

<u>Beispiel 6.9:</u>

Das folgende Programm einer TM mit dem Bandalphabet {*,|} überführt

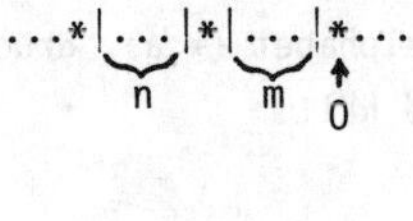

in:

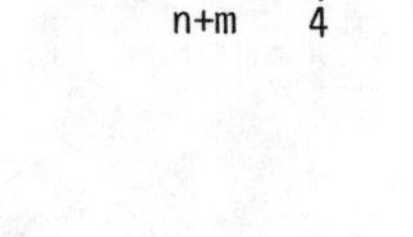

(D.h.: 0 ist Anfangs- und 4 Endmarke.)

0	$*$	$*$	ℓ	0
0	$\mid$	$\mid$	ℓ	1
1	$*$	$\mid$	r	2
1	$\mid$	$\mid$	ℓ	1
2	$*$	$*$	ℓ	3
2	$\mid$	$\mid$	r	2
3	$*$	$*$	0	4
3	$\mid$	$*$	0	4

Bereits die in Definition 6.1 eingeführten TM-Programme, die keine Marken und Sprünge verwenden, erlauben es, alle Rechnungen von RM zu simulieren. Das gilt erst recht, wenn man TM-Programme mit Marken und Sprüngen zuläßt: Es genügt, sich davon zu überzeugen, daß jedes TM-Programm im Sinne von Definition 6.1 übersetzt werden kann in ein TM-Programm mit Marken und Sprüngen. Diese Übersetzung von Programmen einer höheren Sprachebene in Programme einer niederen Sprachebene kann man leicht effektiv entlang der induktiven Definition 6.1 von TM-Programmen durchführen.

Für das Programm print(a) (mit a $\in \Sigma$) ist das klar (vgl. Beispiel 6.8); ebenso für die Programme r und ℓ. Dann überlegt man sich weiter, daß man Programme mit Marken und Sprüngen so zusammensetzen kann, daß sie hintereinander ausgeführt werden. Schließlich lassen sich Verzweigungen mit Hilfe des if-Statements, sowie while- und repeat-Schleifen leicht mit Hilfe von Marken und Sprüngen so realisieren, daß nur zugelassene Programmzeilen auftreten. Auf diese Weise kann man sich davon überzeugen, daß man zu jedem TM-Programm im Sinne von Definition 6.1 ein TM-Programm mit Marken und Sprüngen angeben kann, das dieselbe Wirkung hat (und zwar "Schritt für Schritt").

Den in Definition 6.1 eingeführten TM-Programmen entsprechen also spezielle TM-Programme mit Marken und Sprüngen. Programme mit Marken und Sprüngen sind daher formal allgemeiner als die in Definition 6.1 eingeführten TM-Programme. Wegen der Churchschen These ist das jedoch keine echte Verallgemeinerung: sie führt zu einem gleich mächtigen präzisen Algorithmenkonzept.

Wir haben zwischen Turingmaschinen als abstraktem Modell eines physischen Geräts und Programmen für Turingmaschinen (PASCAL-ähnliche bzw. mit Marken und Sprüngen) deutlich unterschieden. Diese Unterscheidung wurde weder bei den in Kapitel I behandelten endlichen Automaten noch bei den in Kapitel II behandelten determinierten Pushdown Automaten gemacht. Man kann nun auch Turingmaschinen und die zuletzt behandelten Programme mit Marken und Sprüngen anders sehen, so daß ein den endlichen oder determinierten Pushdown Automaten ähnlicher Maschinenbegriff herauskommt:
Man fasse einfach die Marken als Zustände (der Kontrolleinheit) auf und Programme mit Marken und Sprüngen als (tabellarische Darstellung einer) Übergangsfunktion. Das führt zu folgender völlig gleichwertigen Definition von Turingmaschinen, die eher dem in der Literatur üblichen Schema entspricht:

<u>Definition 6.10:</u>

Eine <u>Turingmaschine</u> $M = (S,\Sigma,\delta,s_0,F)$ besteht aus

- einer endlichen Menge S von Zuständen
- einer endlichen Menge Σ von Bandsymbolen, unter denen insbesondere das Leerzeichen $*$ vorkommt
- einem Startzustand $s_0 \in S$
- einer Endzustandsmenge $F \subseteq S$
- einer Übergangsfunktion $\delta\colon (S-F) \times \Sigma \to \Sigma \times S \times \{\ell,0,r\}$

Die Übergangsfunktion legt also das Verhalten der TM fest und ist nichts anderes als ein TM-Programm mit Marken und Sprüngen in anderer Sicht.

Falls $\delta(s,a) = (b,s',d)$ mit $s,s' \in S$; $a,b \in \Sigma$; und $d \in \{\ell,0,r\}$ ist, bedeutet das:

Ist die TM M im Zustand s und hat das Arbeitsfeld die Inschrift a, so geht M in den Zustand s' über, schreibt b auf das Arbeitsfeld und verschiebt den Schreib-Lesekopf (also die Position des Arbeitsfeldes) um ein Feld nach links, falls $d=\ell$, um ein Feld nach rechts, falls d=r, und nicht, falls d=0 ist.

Diese Definition erlaubt es, auf ganz natürliche Weise Rechenschritte und Rechenzeit einzuführen:

In einer Zeiteinheit wird genau eine elementare Aktion, m.a.W. also eine Programmzeile eines Programmes mit Marken und Sprüngen ausgeführt. Rechnungen sind durch die Übergangsfunktion (das "Programm") und die Anfangsbeschriftung des Bandes festgelegte Folgen von Konfigurationen $C_0, C_1, \ldots$

Dabei ist eine Konfiguration C_t von M zum Zeitpunkt t durch folgende drei Angaben festgelegt:

- Eine Funktion Band(t,.), die für jedes $j \in \mathbb{Z}$ den Inhalt des Bandfeldes mit Nummer j zum Zeitpunkt t liefert.
- Zustand(t); das ist der Zustand von M zum Zeitpunkt t
- Afeld(t); das ist die Nummer des Bandfeldes, das zum Zeitpunkt t Arbeitsfeld ist.

Ist nun $x = a_{i_1} \ldots a_{i_r} \in \Sigma^*$ ein gegebenes Eingabewort, dann kann die zugehörige Anfangskonfiguration von M, also die Konfiguration $C_0(x)$ zum Zeitpunkt t=0:

$$\begin{array}{l}\ldots * a_{i_1} a_{i_2} \ldots a_{i_r} * \ldots \\ \uparrow \\ s_o\end{array}$$

wie folgt beschrieben werden:

$$\text{Band}(0,j) = \begin{cases} a_{i_j} \,; & \text{falls } 1 \leqq j \leqq r \\ * \,; & \text{sonst} \end{cases}$$

$$\text{Zustand}(0) = s_o$$

$$\text{Afeld}(0) = 0$$

Man sagt auch: M wird mit $C_o(x)$ <u>gestartet</u>.

Ist die Konfiguration $C_t(x)$ von M zum Zeitpunkt t gegeben durch

Band(t,j), für alle $j \in \mathbb{Z}$,
Zustand(t),
Afeld(t),

so erhält man daraus die <u>Folgekonfiguration</u> zum Zeitpunkt t+1 in Abhängigkeit vom Zustand s = Zustand(t) und der Beschriftung des Arbeitsfeldes a = Band(t, Afeld(t)) mit Hilfe der Übergangsfunktion δ der TM M:

Sei $\delta(s,a) = (b,s',d)$, dann ist:

$$\text{Band}(t+1,j) = \begin{cases} \text{Band}(t,j); & \text{falls } j \neq \text{Afeld}(t) \\ b & ; \text{falls } j = \text{Afeld}(t) \end{cases}$$

$$\text{Zustand}(t+1) = s'$$

$$\text{Afeld}(t+1) = \text{Afeld}(t) + \begin{cases} -1; & \text{falls } d=\ell \\ 0; & \text{falls } d=0 \\ +1; & \text{falls } d=r \end{cases}$$

Falls für ein t Zustand(t) $\in$ F gilt, <u>hält</u> M (angesetzt auf das gegebene Eingabewort $x = a_{i_1} \ldots a_{i_r}$) und die dann erreichte Konfiguration $C_t(x)$ heißt Endkonfiguration.

t ist die Anzahl der Schritte oder die Zeit, die M benötigt, um die Eingabe x zu verarbeiten.

Als Platz, den M zur Verarbeitung von x benötigt, definiert man denjenigen Teil des Rechenbandes, der im Verlauf der Rechnung von M zur Verarbeitung von x jemals vom Schreib-Lesekopf inspiziert wurde.

Wir haben damit präzise Maße für die zur algorithmischen Lösung von Problemen (mit Hilfe von TM) benötigte Zeit und den benötigten (Speicher-)Platz. Aufbauend darauf kann man sowohl eine abstrakte wie auch eine konkrete Komplexitätstheorie entwickeln.

In der abstrakten Komplexitätstheorie werden Platz und Zeit nur als zwei konkrete Beispiele, für die große Zahl möglicher "abstrakter" Komplexitätsmaße genommen. Im Mittelpunkt der Untersuchung stehen prinzipielle, und vom konkreten Komplexitätsmaß unabhängige Fragen wie z.B.: Gibt es für jede berechenbare Funktion ein "bestes" Programm, das sie berechnet, also z.B. eines das minimalen Platz und Zeitbedarf hat? (Die Antwort auf diese Frage ist übrigens: nein!)

In der konkreten Komplexitätstheorie interessiert man sich für die zur Lösung von ganz konkreten Problemen mit Hilfe von Turingmaschinen benötigte Zeit bzw. den benötigten Platz. Wir werden im nächsten Abschnitt sehen, daß solche Fragen von erheblicher Bedeutung für die praktische Lösbarkeit von Problemen auf realen Rechnern sein können.

7. Praktische Berechenbarkeit, das P=NP Problem

Wir haben gesehen, daß es eine Reihe von Problemen gibt, die sich einer algorithmischen Lösung prinzipiell entziehen. Dazu gehören das Halteproblem für Register- und Turingmaschinen, das Äquivalenzproblem für Programme, das zehnte Hilbertsche Problem und viele andere mehr (vgl. Abschnitt 5). Für alle diese Probleme muß man die Hoffnung, sie jemals mit programmgesteuerten Rechenanlagen lösen zu können, aufgeben.

Man könnte jedoch umgekehrt hoffen, daß sich alle Probleme, deren algorithmische Lösbarkeit sich theoretisch ("im Prinzip") beweisen läßt, auch praktisch lösbar sind, also durch genügend große, genügend leistungsfähige Rechenanlagen in absehbarer Zeit bewältigt werden können. Man denke etwa an das Problem, für zwei beliebige reguläre Ausdrücke festzustellen, ob sie dieselbe Menge von Worten über einem bestimmten endlichen Alphabet beschreiben oder nicht:
Dies Problem läßt sich "im Prinzip" wie folgt lösen (vgl. Satz I.2.18 und Satz I.2.20):

Man konstruiert zu den zwei gegebenen regulären Ausdrücken α und β endliche Automaten A und B, die genau die von α und β bezeichneten Mengen von Worten akzeptieren. Dann bestimmt man zu A und B äquivalente Automaten mit minimaler Zustandszahl und stellt fest, ob diese zueinander isomorph sind oder nicht. Ein Programm, das diese Aufgabe löst, wird zwar in den meisten Fällen relativ rasch die Antwort liefern. Man kann jedoch zeigen, daß in gewissen Fällen die Berechnung der Antwort die praktisch zur Verfügung stehende Rechenzeit und den vorhandenen Speicherplatz überschreitet. Für bekannte Probleme aus dem OR, wie etwa das Rundreise-Problem (Travelling Salesman) ist dies eher der Normalfall.

Zeigt diese Erfahrung, daß ungeschickt programmiert wurde, oder ist sie ein Hinweis darauf, daß es Probleme gibt, die eine innere Komplexität besitzen, die ihre praktische Lösbarkeit ausschließen?

Man kann in der Tat zeigen, daß dieser Fall vorliegt: Wenn man Möglichkeiten zur Bildung regulärer Ausdrücke geeignet festlegt, gibt es keinen Algorithmus, der das Äquivalenzproblem für reguläre Ausdrücke immer schnell löst.

Eine ähnliche Situation ist auch bei vielen als entscheidbar nachgewiesenen mathematischen Theorien anzutreffen:
Für diese Theorien, wie etwa die reine Arithmetik von "+", die sogenannte schwache Arithmetik zweiter Stufe u.a.m., kann man zwar zeigen, daß es Algorithmen gibt, die für jede vorgelegte Behauptung innerhalb der Theorie in endlich vielen Schritten feststellen, ob die Behauptung gilt (also ein Satz der Theorie ist) oder nicht. Jedoch kann man zeigen, daß jeder derartige Algorithmus für endlich viele Aussagen der jeweiligen Theorie wenigstens exponentiell viele Schritte benötigt, in Abhängigkeit von der Länge der jeweils zu überprüfenden Behauptung. So kann man etwa in der schwachen Arithmetik zweiter Stufe eine Behauptung formulieren, die nur wenige hundert Zeichen und damit etwa eine halbe Seite lang ist, derart, daß <u>jeder</u> Algorithmus zur Überprüfung dieser Behauptung mehr als 10^{100} Schritte benötigt. Nimmt man an, daß ein Rechner etwa 10^{10} Operationen/sec ausführt, so ergibt sich, daß zur Überprüfung dieser Behauptung mehr als 10^{80} Jahre erforderlich sind - weit mehr als seit dem (wahrscheinlichen) Ursprung des Universums vergangen sind.

Die beiden zuletzt diskutierten Probleme (das Äquivalenzproblem für reguläre Ausdrücke und das Entscheidungsproblem für die schwache Arithmetik zweiter Stufe) sind Beispiele für "theoretisch" zwar lösbare aber in gewissen Fällen "praktisch" nicht lösbare Probleme. Dieser Nachweis der "praktischen Unlösbarkeit" von entscheidbaren Problemen ist noch relativ jungen Datums und könnte offenbar erhebliche Auswirkungen auf unsere Vorstellung von der Lösbarkeit von Problemen haben.

Leider gibt es heute noch keine allgemein anerkannte Vorstellung davon, was man unter einem praktikablen Algorithmus verstehen soll. Während sich eine präzise Vorstellung des Algorithmusbegriffs in der Churchschen These manifestiert hat, die heute allgemein anerkannt wird, gibt es eine allgemein anerkannte Präzisierung des Begriffs "praktikabler Algorithmus" bis heute nicht.

Jedoch besteht weitgehend Einigkeit darüber, daß Algorithmen, die mindestens exponentiell viele Schritte in Abhängigkeit von der Länge des zu lösenden Problems benötigen, nicht praktikabel sind. Die Schrittzahl praktikabler Algorithmen sollte (asymptotisch) durch ein Polynom in der Problemlänge begrenzt sein. Für den zur Ausführung eines Algorithmus erforderlichen Aufwand ist natürlich der Grad des Polynoms von großer Bedeutung. Jedoch hat man bis heute keine Übereinkunft über einen die "Praktikabilität" begrenzenden Polynomgrad erzielen können. Als Arbeitshypothese hat sich die Identifizierung der Klasse der praktikablen Algorithmen mit der Klasse der in Polynomzeit ausführbaren Algorithmen bewährt. Natürlich muß man zur exakten Abgrenzung dieser Klasse von Algorithmen präzis definieren, was unter einem (in einer Zeiteinheit ausführbaren) Schritt zu verstehen ist:

Bei der Vielfalt der heutigen Rechner und der Verschiedenheit der Operationen, die in den einzelnen Rechnern als elementare Maschinenbefehle anzusehen sind, hätte die Messung der Rechenzeit für genügend viele Beispiele auf einem konkreten Rechner wenig Aussagekraft für eine andere Implementation desselben Algorithmus auf einem anderen Rechner. Um ein einheitliches Kostenmaß zu haben, ist es daher üblich, die Anzahl der Schritte zu zählen, die eine Turingmaschine (vgl. Abschnitt 6) zur Ausführung des Algorithmus benötigt.

Die Klasse P der in Polynomzeit entscheidbaren Probleme wird also definiert als die Klasse aller derjenigen Mengen von Problemen, für die gilt: Für jede Problemmenge D der Klasse P gibt es eine TM M, so daß jedes (Einzel-)Problem I $\in$ D durch M in Polynomzeit (in Abhängigkeit von der Länge von I) lösbar ist.
Es stellt sich dann nachträglich heraus, daß diese Definition der Klasse P weitgehend unabhängig ist von dem zur Definition von P verwendeten Modell einer Rechenmaschine:
Dieselbe Klasse von Problemen würde sich ergeben, wenn man statt des Modells einer (determinierten, 1-Band) Turingmaschine, Maschinen mit mehreren oder mehrdimensionalen Bändern oder "Random Access" Maschinen verwendet hätte (siehe z.B. Hopcroft/Ullman, 1979). Wesentlich ist nur, daß das zur Definition der Klasse P verwendete Maschinenmodell nicht zu mächtig ist. Das heißt, die Maschine darf nicht unbeschränkt viele Elementaroperationen gleichzeitig ausführen und man darf die Multiplikation zweier beliebiger natürlicher Zahlen nicht als nur einen Schritt zählen.

Für die Definition der Klasse P ist ferner wesentlich, wie man die Problemgröße, d.h. die Länge des Inputs für einen Lösungsalgorithmus mißt:

Wir haben hier eine "übliche" Form der Eingabe im Sinne, d.h. Zahlen werden in binärer oder dezimaler Darstellung eingegeben, Namen sind über einem wenigstens zweielementigen Alphabet gebildet usw. D.h.insbesondere, daß die Darstellung der Argumente x_i einer berechenbaren zahlentheoretischen Funktion als Strichfolgen der Länge x_i (unäre Darstellung) nicht akzeptabel ist. Ob wir jedoch die Argumente in dualer oder dezimaler Form eingeben, ist unerheblich. Denn beide Eingabeformate lassen sich in Polynomzeit ineinander umrechnen. Die duale oder dezimale Darstellung läßt sich jedoch nicht in Polynomzeit in eine unäre umrechnen, sie ist exponentiell länger als eine duale oder dezimale. Ist also ein Problem in Abhängigkeit von der Länge n des Inputs in Polynomzeit lösbar, wenn der Input in Dualdarstellung eingegeben wird, so gilt dies auch, wenn der Input in Dezimaldarstellung eingegeben wird. Eingabeformate, die sich in Polynomzeit ineinander überführen lassen, können also als gleichwertig angesehen werden.

Man beschränkt sich in der Klasse P auf sogenannte Entscheidungsprobleme. Das sind stets unendlich viele Einzelprobleme desselben Typs enthaltende Problemmengen mit der Eigenschaft, daß jedes Einzelproblem eine ja/nein Antwort hat. Man spricht meistens etwas ungenau einfach von Problemen statt von Problemmengen. Wir geben einige Beispiele:

Das Primzahlproblem enthält für jede natürliche Zahl n die Frage: "Ist n eine Primzahl?"

Das Teilmengen Summen Problem (SUBSET SUM) enthält für jede endliche Menge S positiver, ganzzahliger Gewichte und jede positive ganze Zahl b die Frage: "Gibt es eine Teilmenge $S' \subseteq S$, so daß die Summe der Gewichte in S' gerade b ergibt?"

Das Problem Hamiltonscher Kreis enthält für jeden (endlichen, ungerichteten) Graphen G die Frage: "Hat G einen Hamiltonschen Kreis, d.h. einen einfach geschlossenen Kantenzug, der genau alle Knoten von G durchläuft?"

Viele Probleme sind zunächst nicht als Entscheidungsprobleme, sondern als Optimierungsprobleme definiert. Durch Hinzunahme weiterer Problemparameter können aus ihnen aber oft Entscheidungsprobleme abgeleitet werden, die in einem präzisierbaren Sinne "gleich schwierig" sind. Wir erläutern dies an einem bekannten Problem des Operations Research, nämlich dem Problem für einen gegebenen Graphen einen maximalen Schnitt zu finden. Genauer ist dies kurz MAXCUT genannte Problem wie folgt definiert:

Eingabe: Ein Graph G mit Knotenmenge V und Kantenmenge E und für jede Kante $e \in E$ ein ganzzahliges Gewicht $w(e)$.

Gesucht: Ein maximaler Schnitt von G. D.h.: Bestimme die größte Zahl k und eine Aufteilung der Knotenmenge V von G in zwei disjunkte Teilmengen V_1 und V_2 (also: $V=V_1 \cup V_2$, $V_1 \cap V_2 = \emptyset$) so, daß die Summe aller Gewichte von Kanten aus E mit einem Endpunkt in V_1 und dem anderen Endpunkt in V_2 gerade k ergibt. Eine solche Aufteilung heißt Schnitt mit Gewicht k.

Aus diesem Maximierungsproblem MAXCUT kann das folgende Entscheidungsproblem MAXCD (Decision Version des MAXCUT-Problems) abgeleitet werden:

Eingabe: Graph $G = (V,E)$ und für jedes $e \in E$ ein ganzzahliges Gewicht $w(e)$; eine ganze Zahl k.

Frage: Besitzt G einen Schnitt mit Gewicht $\geq$ k?

Wir wollen im Folgenden eine übliche Beschreibung der Eingabe der Probleme MAXCUT und MAXCD voraussetzen:
Ein Graph könnte etwa durch die zeilenweise hintereinander geschriebene Adjazenzmatrix gegeben sein und die Liste der Kantengewichte und das gegebene Gewicht k in dezimaler Notation geschrieben sein.

Falls man MAXCUT in Polynomzeit lösen kann, in Abhängigkeit von der Länge der Eingabe, so gilt dasselbe auch für das Problem MAXCD: Zur Lösung von MAXCD löse man zunächst MAXCUT für dieselbe Eingabe (wobei k ignoriert wird) und vergleiche das Ergebnis mit der vorgegebenen Schranke k.

In diesem Fall gilt auch die Umkehrung:
Wenn wir das Entscheidungsproblem MAXCD in Polynomzeit lösen können, so auch das Optimierungsproblem MAXCUT. Das kann man sich folgendermaßen klarmachen:
Für einen gegebenen Graphen G mit gegebenen Kantengewichten berechnet man zunächst in Polynomzeit triviale Schranken a und b, so daß für das Gewicht k_{max} eines maximalen Schnittes von G $a \leqq k_{max} \leqq b$ gilt. (Wähle z.B. a als Summe aller negativen und b als Summe aller positiven Kantengewichte). Nun entscheide man MAXCD für $k = a + \lceil (b-a)/2 \rceil$. Je nachdem, welche Antwort man erhält, wähle man eine neue Schranke k mit der Mitte des Intervalls $[a, a + \lceil (b-a)/2 \rceil]$ bzw. $[a + \lceil (b-a)/2 \rceil, b]$ und entscheide wieder MAXCD für dieses neue k usw. Man wendet also das in Polynomzeit ausführbare Entscheidungsverfahren für das Problem MAXCD nach einer dem binären Suchen folgenden Strategie immer wieder an und findet so nach höchstens $O(\log_2(b-a))$ vielen Versuchen den gesuchten, ganzzahligen maximalen Fluß k_{max}.

Sei n die Länge der Eingabe für das Problem MAXCUT; die Beschreibung des Graphen und die Länge der ganzzahligen Kantengewichte hat also die Länge n. Dann kann eine übliche Darstellung der Zahlen $a, b, (b-a), a + \lceil (b-a)/2 \rceil$, usw., die in der Eingabe für das Problem MAXCD auftreten, ebenfalls höchstens die Länge n haben.

Die Eingabe für das MAXCUT zugeordnete Entscheidungsproblem MAXCD ist also höchstens doppelt so lang wie die für das Ausgangsproblem MAXCUT. Zur Lösung von MAXCUT für ein Problem mit Größe n muß MAXCD höchstens $\lceil \log_2(b-a) \rceil$ mal für ein Problem mit Größe 2n gelöst werden. Benötigt man dafür jedesmal höchstens p(2n) Schritte für ein Polynom p, so benötigt man zur Lösung von MAXCUT offenbar höchstens $q(n) = \lceil \log_2(b-a) \rceil p(2n)$ Schritte. Weil

$\lceil \log_2(b-a) \rceil = O(n)$ ist, ist auch q durch ein Polynom in n begrenzt.

Insgesamt haben wir also gezeigt, daß die Probleme MAXCUT und MAXCD entweder beide in Polynomzeit lösbar oder beide nicht in Polynomzeit lösbar sind.

Wir haben bisher nicht genau gesagt, wie eine Turingmaschine $M = (S,\Sigma,\delta,s_0,F)$ im Sinne von Definition 6.10 ein Entscheidungsproblem D löst, d.h. genauer: ein Einzelproblem I (ein "Instance") aus der Problemmenge D.

Zunächst müssen wir natürlich voraussetzen, daß I in "üblicher" Weise so geschrieben ist, daß höchstens Zeichen aus dem Bandalphabet von M verwendet werden. Mit anderen Worten: Wir können annehmen, daß $I = x_1 \cdot \ldots \cdot x_n$ mit $x_i \in \Sigma$ ist. Nun beginnt die Rechnung von M mit der Anfangskonfiguration $C_0(I)$ (vgl. hierzu Abschnitt 6). Nach endlich vielen, etwa t Schritten erreicht M eine Endkonfiguration $C_t(I)$, aus der die Antwort auf das Problem I abgelesen werden kann. Man kann offenbar ohne Einschränkung annehmen, daß die Antwort "ja" durch einen Endzustand $s_Y \in F$ und die Antwort "nein" durch einen Endzustand $s_N \in F$ gekennzeichnet ist.

Unter Rückgriff auf die Definition 6.10 von (determinierten, 1-Band) Turingmaschinen können wir also die Klasse P der in Polynomzeit lösbaren Probleme wie folgt präzise definieren:

Definition 7.1:

Ein aus unendlich vielen Einzelproblemen mit ja/nein Antwort bestehendes Entscheidungsproblem D ist in Polynomzeit lösbar, kurz: $D \in P$, wenn gilt:

Es gibt eine TM $M = (S,\Sigma,\delta,s_0,\{s_Y,s_N\})$ und ein Polynom p, so daß für jedes $I \in D$ gilt: $I \in \Sigma^*$ und startet man M mit I, d.h. mit $C_0(I)$, so hält M nach höchstens p(Länge(I)) Schritten und zwar

- im Zustand s_Y, wenn die Antwort auf I "ja" ist, und
- im Zustand s_N, wenn die Antwort auf I "nein" ist.

Zu jedem Entscheidungsproblem D kann man auf offensichtliche Weise ein <u>komplementäres Entscheidungsproblem $\overline{D}$</u> definieren: $\overline{D}$ enthält genau alle Komplemente von Einzelproblemen aus D. Dabei heißt ein Einzelproblem $\overline{I}$ Komplement des Einzelproblems I, wenn gilt: $\overline{I}$ hat die Antwort "ja" gdw I hat die Antwort "nein", und $\overline{I}$ hat die Antwort "nein" gdw I hat die Antwort "ja".

Aus Definition 7.1 folgt sofort, daß mit einem Entscheidungsproblem D stets auch das Komplementärproblem $\overline{D}$ in Polynomzeit lösbar ist.

Für viele Entscheidungsprobleme ist die Zugehörigkeit zur Klasse P offensichtlich. Wir nennen zwei Beispiele:

Das <u>Quadratzahl</u> Problem:

<u>Eingabe:</u> Eine natürliche Zahl n in Dezimaldarstellung.

<u>Frage:</u> Ist n eine Quadratzahl, d.h. gibt es eine natürliche Zahl m, so daß $n = m^2$ ist?

Es ist nämlich nicht schwierig, das bekannte Verfahren zum "Wurzelziehen" von einer TM durchführen zu lassen und so die Frage, ob dabei eine ganze Zahl herauskommt, in Polynomzeit zu entscheiden.

Wortproblem für kontextfreie Grammatiken:

Eingabe: Eine kontextfreie Grammatik $G = (V_N, V_T, R, S)$ und ein Wort w über dem Terminalalphabet V_T von G.

Frage: Gehört w zur Menge L(G) der von G erzeugten Worte?

Wir haben in Abschnitt II.5 ein Verfahren angegeben, das das Wortproblem in $O(n^3)$, n = Länge(w), Schritten löst (vgl. Satz II.5.7). Der erforderliche Aufwand ist darüberhinaus höchstens quadratisch von der Größe, d.h. etwa der Gesamtlänge aller Regeln der Grammatik G abhängig. Daraus kann man folgern, daß das Wortproblem für kontextfreie Grammatiken zur Klasse P der in Polynomzeit lösbaren Probleme gehört.

Leider gibt es eine große Zahl "klassischer" Entscheidungsprobleme, für die bis heute trotz intensiver Bemühungen keine in Polynomzeit arbeitenden Lösungsalgorithmen gefunden wurden. Beispiele sind bekannte Probleme aus dem Operations Research wie Travelling Salesman, Clique-Partition, ganzzahlige lineare Optimierung u.v.a. Häufig haben diese Probleme aber die Eigenschaft, daß sich eine "geratene" Lösung leicht, d.h. in Polynomzeit verifizieren läßt.

So ist es beispielsweise leicht, von einer natürlichen Zahl n nachzuweisen, daß sie keine Primzahl ist, wenn man zwei von 1 verschiedene natürliche Zahlen kennt, deren Produkt gerade n ergibt. Diesen Nachweis kann man dann (durch eine schriftliche Multiplikation) sicher in einer Anzahl von Schritten führen, die höchstens polynominell von der Länge von n abhängt.

Dagegen ist es i.a. schwierig, zwei solche von 1 verschiedene Zahlen zu finden, deren Produkt gerade n ergibt. Denn es ist bis heute kein schnelles, in Polynomzeit arbeitendes, determiniertes

Verfahren bekannt, um eine beliebige natürliche Zahl in ihre Primfaktoren zu zerlegen.

Ähnlich ist der Fall beim bereits genannten SUBSET SUM-Problem: Um für eine beliebig gegebene Menge S positiver ganzzahliger Gewichte und eine beliebige positive Zahl b festzustellen, ob es eine Teilmenge $S' \subseteq S$ gibt, so daß die Summe der Gewichte aus S' genau b ergibt, ist kein um Größenordnungen effizienteres Verfahren bekannt als das ganz naive:
Man probiert alle 2^n Teilmengen von S durch (n = Anzahl der Elemente von S).

Nehmen wir jedoch einmal an, wir könnten ein "Orakel" befragen, das uns eine Teilmenge S' liefert (falls es überhaupt eine solche gibt), so daß die Summe der Gewichte in S' genau b ergibt. Dann können wir natürlich in polynominell vielen Schritten (abhängig von n) feststellen, ob das Orakel die Wahrheit gesagt hat!

Ähnliche Beobachtungen kann man bei vielen anderen Problemen aus sehr weit auseinanderliegenden Gebieten machen. (Das Buch von Garey/Johnson, 1978, nennt mehrere hundert!) Diese Beobachtung hat zur Definition einer Klasse NP von Problemen geführt, für die eine geratene Lösung in Polynomzeit verifizierbar ist. Genauer definiert man die Klasse NP von Entscheidungsproblemen, als die Klasse aller der Probleme, die durch eine sogenannte "nichtdeterminierte" TM in Polynomzeit entscheidbar sind.

Man könnte nichtdeterminierte TM dadurch definieren, daß man die Übergangsfunktion in Definition 6.10 zu einer Überlangsrelation verallgemeinert und so zulassen, daß in bestimmten Fällen mehrere Übergangsmöglichkeiten nondeterministisch möglich sind. Technisch einfacher, und dem Vorgang des "Ratens" einer Lösung mit anschließender determiniert ablaufender Verifikation eher entsprechend ist folgende Definition:

Definition 7.2:

Ein aus unendlich vielen Einzelproblemen mit ja/nein Antwort bestehendes Entscheidungsproblem D ist nichtdeterminiert in Polynomzeit lösbar, kurz: $D \in NP$, wenn es eine TM $M = (S,\Sigma,\delta,s_0,\{s_Y,s_N\})$ und ein Polynom p gibt, so daß für jedes $I \in D$ gilt: $I \in \Sigma^*$ und:

a) Hat I die Antwort "ja", so gibt es eine Beschreibung $b_1 \ldots b_m$ mit $m = p(\text{Länge}(I))$, so daß M angesetzt auf

$$\ldots **b_1 \ldots b_m * I** \ldots$$
$$\uparrow s_0$$

nach höchstens p(Länge(I)) Schritten im Zustand s_Y hält.

b) Hat I die Antwort "nein", so hält M angesetzt auf jede Beschriftung der p(Länge(I)) Felder links vom Startfeld und I rechts vom Startfeld entweder nie, oder aber im Zustand s_N.

Wir stellen uns also vor, daß wir die Lösung eines Problems I raten und links von I auf dem Rechenband niederlegen. Anschließend wird die geratene Lösung in p(Länge(I)) Schritten verifiziert. Weil eine TM in dieser Zeit ohnehin nicht mehr als p(Länge(I)) viele Felder aufsuchen kann, genügt es (wie in Definition 8.2 geschehen) anzunehmen, daß eine geratene Lösung höchstens diese Länge hat.

Wir lassen es bewußt offen, wie eine geratene Lösung eines Problems auf dem Rechenband dargestellt und von der TM zur Verifikation benutzt wird. Die nichtdeterminierte Lösbarkeit eines Problems in Polynomzeit bedeutet ja gerade, daß es eine Darstellungsmöglichkeit gibt, die die Verifikation in polynominell vielen Schritten erlaubt.

Man beachte die in Definition 7.2 enthaltene Unsymmetrie zwischen "ja" und "nein":
Eine <u>positive</u> Antwort auf ein Einzelproblem I muß in polynominell vielen Schritten verifizierbar sein. Hat I jedoch die Antwort "nein", so kann man sich davon nicht ohne weiteres ebenfalls in polynomiell vielen Schritten überzeugen:
Man müßte dazu zeigen, daß es <u>keine</u> Beschriftung der p(Länge(I)) Felder links vom Startfeld gibt, so daß die TM darauf und auf I angesetzt nach p(Länge(I)) Schritten im Zustand s_Y hält. Das könnte u.U. bedeuten, daß man alle möglichen Beschriftungen ausprobieren muß. Das sind aber bereits exponentiell viele.

Anders als für die Klasse P der in Polynomzeit lösbaren Probleme folgt also für ein Entscheidungsproblem D ∈ NP, das nichtdeterminiert in Polynomzeit lösbar ist, i.a. <u>nicht</u>, daß auch das Komplementärproblem $\overline{D}$ nichtdeterminiert in Polynomzeit lösbar ist.

Beispiele für Entscheidungsprobleme in NP, d.h. für in Polynomzeit verifizierbare Probleme, sind die bereits genannten Probleme MAXCD, SUBSET SUM, Hamiltonscher Kreis und hunderte von weiteren Problemen aus allen möglichen Bereichen der Informatik (vgl. hierzu Garey/Johnson, 1978).

Es ist unmittelbar klar, daß jedes in Polynomzeit lösbare Problem (vgl. Definition 7.1) auch in Polynomzeit verifizierbar ist, d.h. nichtdeterminiert in Polynomzeit lösbar ist (vgl. Definition 7.2). Es gilt also trivialerweise $P \subseteq NP$. Die Frage, ob diese Inklusion echt ist oder nicht, ob also P = NP oder $P \neq NP$ gilt, ist bis heute offen und das wohl bekannteste und wichtigste Problem der theoretischen Informatik.

Die meisten Fachleute glauben, daß $P \neq NP$ gilt. Das ist nicht nur eine vage Vermutung, sondern wird gestützt durch die Existenz

sogenannter NP-vollständiger Probleme und sehr schwieriger Probleme in der Klasse NP:
Das sind Probleme, die in NP liegen und die darüberhinaus die Eigenschaft haben, daß ihre Lösbarkeit in Polynomzeit P = NP impliziert, also die Lösbarkeit aller Probleme aus NP in Polynomzeit nach sich zieht. Die Klasse NP enthält aber Probleme, für die man trotz größter Anstrengungen seit vielen (hundert) Jahren bis heute keine in Polynomzeit ausführbaren, determinierten Lösungsalgorithmen gefunden hat.

Die Existenz NP-vollständiger Probleme wurde erstmals von Cook, 1971, bewiesen. Wir wollen diesen Beweis im folgenden kurz skizzieren.

Dabei gehen wir aus von einem etwas spezielleren Begriff der NP-Vollständigkeit als dem, den wir oben intuitiv verwendet haben:

Definition 7.3:

Seien D_1 und D_2 zwei aus unendlich vielen Einzelproblemen mit ja/nein Antwort bestehende Entscheidungsprobleme. Dann heißt D_1 polynomiell reduzierbar auf D_2, wenn es eine in Polynomzeit berechenbare Funktion $f: D_1 \rightarrow D_2$ gibt (d.h. f ist mit Hilfe einer TM in Polynomzeit in Abhängigkeit von der Länge des jeweiligen Arguments berechenbar), so daß für jedes Einzelproblem I von D_1 gilt:

I hat die Antwort "ja" (bzw. "nein") bzgl. D_1 gdw
f(I) hat die Antwort "ja" (bzw. "nein") bzgl. D_2.

Zur Lösung eines Problems $I \in D_1$ kann man also in Polynomzeit ein Problem $f(I) \in D_2$ berechnen und dann f(I) lösen.

Definition 7.4:

Ein Entscheidungsproblem D heißt NP-vollständig, wenn gilt: $D \in NP$ und für jedes $D' \in NP$ gilt: D' ist polynomiell reduzierbar auf D.

NP-vollständige Probleme haben gewissermaßen die maximal mögliche Komplexität von Problemen in NP: Die Lösung eines einzigen NP-vollständigen Problems in Polynomzeit impliziert bereits die Lösbarkeit aller Probleme aus NP in Polynomzeit. Es gilt also der aus obigen Definitionen unmittelbar folgende Satz:

Satz 7.5:

Sei D ein NP-vollständiges Problem. Dann gilt: $D \in P$ gdw $P = NP$.

Wir wollen jetzt die Existenz eines NP-vollständigen Problems zeigen. Genauer zeigen wir, daß das Erfüllbarkeitsproblem für aussagenlogische Formeln, das sogenannte Satisfiability Problem SAT, NP-vollständig ist. SAT ist das in der Literatur gebräuchlichste Referenzproblem und für den Nachweis der NP-Vollständigkeit besonders geeignet. Wir wollen zunächst das Problem SAT genau formulieren und den Nachweis der NP-Vollständigkeit nur skizzieren.

Sind $x_1,\ldots,x_n$ boolesche Variablen, so heißt eine Menge $L = \{x_1,\ldots,x_n,\overline{x}_1,\ldots,\overline{x}_n\}$ eine Menge von Literalen. Dabei wird jedes $\overline{x}_i$ als Negat von x_i aufgefaßt. Eine Teilmenge $C \subseteq L$ heißt eine Klausel über L. Eine konsistente Belegung ist eine Abbildung der Literale aus L in die Menge der Wahrheitswerte {"wahr", "falsch"} mit der Eigenschaft, daß $\overline{x}_i$ der Wert "wahr" (bzw. "falsch") zugewiesen wird genau dann, wenn x_i der Wert "falsch" (bzw. "wahr") zugewiesen wird.

Wir geben zwei Beispiele für Mengen von Klauseln an:

Beispiel 7.6:

a) $\{x_1,x_2,x_3\}$, $\{x_1,\bar{x}_2,\bar{x}_3\}$, $\{\bar{x}_1,\bar{x}_2,\bar{x}_3\}$ zu dieser Menge von drei Klauseln über $L = \{x_1,x_2,x_3,\bar{x}_1,\bar{x}_2,\bar{x}_3\}$ existiert offenbar keine konsistente Belegung derart, daß in jeder Klausel wenigstens ein Literal den Wert "wahr" erhält.

b) $\{x_1,x_2,x_3\},\{\bar{x}_1,x_3\},\{x_2,x_3,\bar{x}_3\}$.

Belegt man beispielsweise das Literal x_3 mit dem Wert "wahr", und alle übrigen Literale beliebig, aber konsistent, so wird in jeder der drei Mengen von Klauseln wenigstens ein Literal mit dem Wert "wahr" belegt.

Definition 7.7:

Sei $C_1,\ldots,C_m$ eine Menge von Klauseln über einer Menge L von Literalen. Dann heißt diese Menge erfüllbar, wenn es eine konsistente Belegung der in $C_1,\ldots,C_m$ auftretenden Literale aus L gibt, derart, daß in jeder Klausel C_i, $1 \leq i \leq m$, wenigstens ein Literal den Wert "wahr" erhält.

Eine Menge von Klauseln läßt sich als aussagenlogische Formel in konjunktiver Normalform auffassen: Die einzelnen Literale einer Klausel sind mit "oder" und die Klauselmengen mit "und" zu verbinden.

Erfüllbarkeitsproblem SAT:

Eingabe: Eine Menge $C_1,\ldots,C_m$ von Klauseln über einer Menge L von Literalen.

Frage: Ist $C_1,\ldots,C_m$ erfüllbar?

Es ist leicht zu sehen, daß das Problem SAT nichtdeterminiert in Polynomzeit lösbar ist, also SAT $\in$ NP gilt. Denn offenbar kann man für eine gegebene, geratene Belegung in Polynomzeit nachweisen, daß sie in jeder Klausel wenigstens ein Literal wahr macht.

Es ist jedoch schwierig, eine solche konsistente Belegung der Literale in L zu einer gegebenen Menge von Klauseln über L zu finden, wenn es überhaupt eine gibt. Natürlich könnte man alle möglichen konsistenten Belegungen systematisch durchprobieren. Das sind aber, falls in $C_1,\ldots,C_m$ die Literale $x_1,\ldots,x_n$ und $\overline{x}_1,\ldots,\overline{x}_n$ auftreten, 2^n viele Belegungen. Dies naive Verfahren benötigt also exponentielle Zeit.

Gelänge es, die Erfüllbarkeit einer Menge von Klauseln in Polynomzeit zu entscheiden, könnten alle Probleme in NP in Polynomzeit gelöst werden. Das ist die Konsequenz des folgendes Satzes:

Satz 7.8 (Satz von Cook):
Das Problem SAT ist NP-vollständig.

Wir haben bereits darauf hingewiesen, daß SAT $\in$ NP ist. Zum Beweis von Satz 7.8 müssen wir also noch zeigen, daß jedes Problem aus NP auf SAT polynomiell reduzierbar ist.

Sei also ein Entscheidungsproblem D $\in$ NP gegeben. Nach Definition 7.2 gibt es eine TM $M = (S,\Sigma,\delta,s_0\{s_Y,s_N\})$ und ein Polynom p derart, daß eine "geratene" Lösung eines Einzelproblems I $\in$ D in p(Länge(I)) Schritten mit Hilfe von M verifizierbar ist.

Wir geben nun zu M und p ein Verfahren $f_{M,p}$ an, das zu jedem Einzelproblem I $\in$ D eine Menge $f_{M,p}(I)$ von Klauseln liefert, so daß gilt:

a) $f_{M,p}(I)$ kann mit Hilfe einer TM in Polynomzeit berechnet werden. (D.h. es gibt ein Polynom q und eine TM N, so daß N, angesetzt auf eine "übliche" Darstellung von I nach höchstens q(Länge(I)) Schritten auf einer "üblichen" Darstellung der Klauselmenge $f_{M,p}(I)$ hält. Insbesondere hat also $f_{M,p}(I)$ höchstens die Länge q(Länge(I)).)

b) I hat die Antwort "ja" (bzw. "nein") gdw die Klauselmenge $f_{M,p}(I)$ erfüllbar ist.

Damit ist das beliebig gegebene Problem $D \in NP$ polynomiell reduzierbar auf das Erfüllbarkeitsproblem SAT. Das heißt nach Definition 7.4: SAT ist NP-vollständig.

Es bleibt also die Aufgabe, das Verfahren $f_{M,p}$ anzugeben, so daß die Eigenschaften a) und b) gelten.

Nach Wahl der TM M gilt für jedes $I \in D$: I hat die Antwort "ja" (bzw. "nein") genau dann, wenn es eine Beschriftung der p(Länge(I)) Felder links vom Startfeld gibt (bzw. nicht gibt), so daß M angesetzt auf diese Beschriftung und eine "übliche" Darstellung von I nach höchstens p(Länge(I)) Schritten im Zustand s_Y (bzw. im Zustand s_N oder gar nicht) hält. Offenbar muß man nun die Klauselmenge $f_{M,p}(I)$ so wählen, daß sie die Rechnung von M auf einer Darstellung von I und einer "geratenen" Anfangsinschrift beschreibt.

Die Menge der Klauseln verwendet Literale, die die Bandbeschriftung, die Position des Arbeitsfeldes und den Zustand der Turingmaschine M zu jedem Zeitpunkt der polynomiell langen Rechnung wiedergeben. Nehmen wir etwa an, es sei $I = a_{i_1}a_{i_2}\ldots a_{i_n}$, also n = Länge(I). Dann verwenden wir die folgenden booleschen Variablen:

B[t,i,j] für jedes t,i,j mit: $0 \leq t \leq p(n)$, $-p(n) \leq i \leq +p(n)$, $0 \leq j \leq \#\Sigma-1$

B[t,i,j] soll mit dem Wert "wahr" belegt werden (in einer konsistenten Belegung von $f_{M,p}(I)$, die in jeder Klausel wenigstens ein Literal "wahr" macht), gdw die Beschriftung des i-ten Bandfeldes zum Zeitpunkt t der j-te Buchstabe aus dem Bandalphabet Σ ist.

Weiter werden verwendet:
A[t,i] für jedes t,i mit: $0 \leqq t \leqq p(n)$ und $-p(n) \leqq i \leqq +p(n)$

A[t,i] wird mit "wahr" belegt, gdw zum Zeitpunkt t das Arbeitsfeld das Feld mit Nummer i ist.

Z[t,j] für jedes t,j mit: $0 \leqq t \leqq p(n)$ und $0 \leqq j \leqq r$, wobei
$S = \{s_0, s_1, \ldots, s_r\}$

Z[t,j] wird mit "wahr" belegt, gdw zum Zeitpunkt t die TM M im Zustand s_j ist.

Mit Hilfe dieser booleschen Variablen und ihrer Negate formuliert man nun Klauseln, die die Rechnung von M beschreiben:

<u>Klausel (1):</u>

Anfangs steht $I = a_{i_1} \ldots a_{i_n}$ auf den Bandfeldern 1 bis n; links vom Feld 0 ist eine beliebige Beschriftung; rechts vom Feld n bis zum Feld p(n) stehen Leerzeichen, also der Buchstabe a_o:

$\{B[0,1,i_1]\},\ldots,\{B[0,n,i_n]\}$,
$\{B[0,n+1,0]\},\ldots,\{B[0,p(n),0]\}$,
$\{B[0,0,0]\}$

s_o ist Anfangszustand und das Feld mit Nummer 0 das Startfeld:

{Z[0,0]},
{A[0,0]}

Klausel (2):

M ist zu jedem Zeitpunkt in genau einem Zustand. Dabei genügt es, Zeitpunkte t mit $0 \leq t \leq p(n)$ zu betrachten. Da wir $S = \{s_0, s_1, \ldots, s_r\}$ als Zustandsmenge von M voraussetzen, liefert das für jedes t, $0 \leq t \leq p(n)$, die Klauselmengen:
{Z[t,0],...,Z[t,r]},

$\{\overline{Z[t,i]}, \overline{Z[t,j]}\}$; für alle $0 \leq i < j \leq r$.

Entsprechend werden weitere Klauselmengen gebildet, die konsistent, simultan erfüllbar sind, wenn gilt:

Zu jedem Zeitpunkt t hat jedes Bandfeld i, $-p(n) \leq i \leq +p(n)$, genau einen Buchstaben als Inschrift.

Zu jedem Zeitpunkt t ist genau ein Feld i mit $-p(n) \leq i \leq +p(n)$ Arbeitsfeld.

Die Bandbeschriftung zum Zeitpunkt t+1 stimmt für alle Felder mit Ausnahme des Arbeitsfeldes mit der zum Zeitpunkt t überein. (Für jedes t mit $0 \leq t \leq p(n)$.)

Die Beschriftung des Arbeitsfeldes zum Zeitpunkt t+1, die Position des Arbeitsfeldes und der Zustand zum Zeitpunkt t+1 sind der Übergangsfunktion δ der TM M entsprechend aus dem Zustand und der Inschrift des Arbeitsfeldes zum Zeitpunkt t entsprechend bestimmt (für jedes t mit $0 \leq t \leq p(n)$). Zum Zeitpunkt p(n) ist M im Zustand s_Y.

Insgesamt erhält man auf diese Weise eine Menge von Klauseln, die erfüllbar ist, gdw es eine Beschriftung der p(n) Felder links vom Startfeld gibt, so daß M angesetzt auf diese Beschriftung, die Beschriftung I rechts vom Startfeld und im übrigen leeren Band nach p(n) = p(Länge(I)) Schritten im Zustand s_Y hält.

Die Menge dieser Klauseln kann effektiv zu M,p und I konstruiert werden und hat eine Gesamtlänge, die durch ein Polynom (abhängig von M,p) beschränkt ist. Ja, man kann die Berechnung dieser Klauselmenge $f_{M,p}(I)$ einer in Polynomzeit arbeitenden TM überlassen.

Damit ist die polynomielle Reduzierbarkeit (im Sinne von Definition 7.3) des Problems D auf das Erfüllbarkeitsproblem SAT gezeigt und der Satz von Cook bewiesen. □

Ausgehend vom Erfüllbarkeitsproblem SAT konnte die NP-Vollständigkeit, und damit sehr wahrscheinlich die praktische Unlösbarkeit, für eine sehr große Zahl wichtiger Probleme bewiesen werden. Um für ein gegebenes Entscheidungsproblem D die NP-Vollständigkeit zu zeigen, muß man nämlich glücklicherweise nicht den technisch relativ aufwendigen Beweis des Cookschen Satzes wiederholen. Vielmehr genügt es, zu zeigen, daß gilt:

a) $D \in NP$
b) Ein bereits als NP-vollständig bekanntes Problem ist polynomiell reduzierbar auf D.

Das Buch von Garey/Johnson, 1978, enthält einige hundert NP-vollständige Probleme, die alle als mögliche Referenzprobleme für einen solchen Nachweis in Frage kommen. Die Liste NP-vollständiger Probleme wird laufend erweitert; die Zeitschrift Journal of Algorithms, (herausgegeben von D. Knuth und H.S. Wilf) enthält eine ständige Kolumne mit neuen, im Buch von Garey/Johnson noch nicht genannten NP-vollständigen Problemen. Daher ist es in der

Regel nicht all zu schwer, für ein neues, möglicherweise NP-vollständiges Problem D ein geeignetes Referenzproblem zu finden, eine polynomielle Transformation (im Sinne von Definition 7.3) anzugeben und so den Nachweis für die NP-Vollständigkeit von D zu führen.

Bibliographische Hinweise

Die Idee, den Algorithmenbegriff mit Hilfe von Maschinen zu präzisieren, geht zurück auf Turing, 1936. Registermaschinen wurden von Sheperdson/Sturgis, 1963, eingeführt. Die von uns benutzte Variante geht zurück auf Rödding, 1972. Der Nachweis der Äquivalenz verschiedener Präzisierungen des Algorithmenbegriffs ist in fast allen Lehrbüchern über Berechenbarkeit oder Rekursive Funktionen zu finden. Wir nennen als Beispiel Hopcroft/Ullman, 1979, Hermes, 1971, Kleene, 1952. Hier findet man auch eine Reihe verschiedener Beweise für die wichtigsten Sätze aus diesem Bereich, wie Kleenes Aufzählungstheorem, den Satz von Rice, das Rekursionstheorem und andere mehr.

Ausgangspunkt für das noch immer sehr lebendige Forschungsgebiet der Semantik von Programmiersprachen waren Arbeiten von Floyd, 1967, Hoare, 1969, und Scott, 1970. Eine an den heutigen Stand der Forschungen auf diesem Gebiet heranführende Monographie ist de Bakker, 1980.

Die Unlösbarkeit des Wortproblems für Semi-Thue Systeme wurde von Post, 1947, die des Wortproblems der Gruppentheorie von Novikov, 1958, bewiesen. Das Problem der symbolischen Vereinfachung elementarer Funktionen wurde von Richardson, 1966, studiert. Zu Conways game of life findet man Aufsätze von M. Gardner in der Zeitschrift Scientific American, 1970 und 1971. Die Unlösbarkeit des Parkettierungsproblems für eine Version von Domino Spielen wurde von Wang, 1961, gezeigt. Das Postsche Korrespondenzproblem ist in Post, 1946, behandelt.

Die für die abstrakte Komplexitätstheorie grundlegende Arbeit stammt von Blum, 1967. Beweisbar schwierige Probleme wurden erstmals von A. Meyer angegeben. Meyer, 1975, enthält eine Übersicht und weitere Referenzen. Die Arbeiten von Cook, 1971, und Karp, 1972, haben die Untersuchungen über das P=NP Problem initiiert.

Eine an den aktuellen Stand heranführende Monographie ist Garey/Johnson, 1978.

Literaturverzeichnis

Aho, A.V. (1980): "Pattern matching in strings," Formal Language Theory, Perspectives and Open Problems, R. Book (ed.), Academic Press, New York.

Aho, A.V., Corasick, M.J. (1977): "Efficient string matching: an aid to bibliographic search," Commun. ACM 18, 6, 333-340.

Aho, A.V., Hopcroft, J.E., Ullman, J.D. (1974): "The Design and Analysis of Computer Algorithms," Addison-Wesley, Reading, Mass..

Aho, A.V., Ullman, J.D. (1977): "Principles of Compiler Design," Addison-Wesley, Reading, Mass..

De Bakker, J.W. (1980): "Mathematical Theory of Program Correctness," Prentice Hall, Englewood Cliffs, N.J..

Bird, R.S. (1977): "Two dimensional pattern matching," Inf. Process. Lett. 6, 5, 168-170.

Blum, M. (1967): "A machine-independent theory of the complexity of recursive functions," J. ACM 14, 2, 322-336.

Book, R. (ed.) (1980): "Formal Language Theory, Perspectives and Open Problems," Academic Press, New York.

Boyer, R.S., Moore, J.S. (1977): "A fast string searching algorithm," Commun. ACM 20, 10, 262-272.

Brzozowski, J.A. (1962): "A survey of regular expressions and their applications," IRE Trans. on Electronic Computers 11, 3, 324-335.

Brzozowski, J.A. (1964): "Derivatives of regular expressions," J. ACM 11, 4, 481-494.

Chomsky, N. (1956): "Three models for the description of language," IRE Trans. on Information Theory 2, 3, 113-124.

Chomsky, N. (1959): "On certain formal properties of grammars," Inf. Control 2, 2, 137-167.

Commentz-Walter, B. (1979): "A string matching algorithm fast on the average," Automata, Languages and Programming, Sixth Colloquium, H. Maurer (ed.), Lecture Notes in Computer Science, 71, Springer-Verlag, Berlin, Heidelberg, New York, 118-132.

Cook, S.A. (1971): "The complexity of theorem proving procedures," Proc. Third Annual ACM Symposium on the Theory of Computing, 151-158.

Ehrenfeucht, A., Karhumäki, J., Rozenberg, G. (1982): "The (generalized) Post correspondence problem with lists consisting of two words is decidable," Theor. Comput. Sc. 21, 2, 119-144.

Ehrenfeucht, A., Rozenberg, G. (1981): "On the generalized Post correspondence problem with lists of length 2," Automata, Languages and Programming, Eighth Colloquium, S. Even, O. Kariv (eds.), Lecture Notes in Computer Science, 115, Springer-Verlag, Berlin, Heidelberg, New York, 408-416.

Eilenberg, S. (1974): "Automata, Languages, and Machines," Vol.A, Academic Press, New York.

Floyd, R.W. (1962): "On the nonexistence of a phrase structure grammar for ALGOL 60," Commun. ACM 5, 9, 483-484.

Floyd, R.W. (1967): "Assigning meanings to programs," in J.T. Schwartz (ed.), Proc. Symposium in Applied Mathematics, 19, Mathematical Aspects of Computer Science, American Mathematical Society, New York, 19-32.

Floyd, R.W., Ullman, J.D. (1982): "The compilation of regular expressions into integrated circuits," J. ACM 29, 3, 603-622.

Garey, M.R., Johnson, D.S. (1978): "Computers and Intractability: A Guide to the Theory of NP-Completeness," W.H. Freeman, San Francisco.

Ginsburg, S. (1975): "Algebraic and Automata-Theoretic Properties of Formal Languages," North Holland, Amsterdam.

Greibach, S.A. (1965): "A new normal form theorem for context-free phrase structure grammars," J. ACM 12, 1, 42-52.

Harrison, M.A. (1978): "Introduction to Formal Language Theory," Addison-Wesley, Reading, Mass..

Hermes, H. (1961): "Aufzählbarkeit, Entscheidbarkeit, Berechenbarkeit," Springer-Verlag, Berlin, Heidelberg, New York.

Hoare, C.A.R. (1969): "An axiomatic basis of computer programming," Commun, ACM 12, 10, 576-583.

Hopcroft, J.E. (1971): "An n log n algorithm for minimizing the states in a finite automaton," The Theory of Machines and Computations, Z. Kohavi (ed.), Academic Press, New York, 189-196.

Hopcroft, J.E., Ullman, J.D. (1979): "Introduction to Automata Theory, Languages, and Computation," Addison-Wesley, Reading, Mass..

Hotz, G., Estenfeld, K. (1981): "Formale Sprachen," Bibliographisches Institut, Mannheim.

Hotz, G., Walter, H. (1969): "Automatentheorie und Formale Sprachen, II. Endliche Automaten," Bibliographisches Institut, Mannheim.

Hunt, H.B. (1973): "On the time and tape complexity of languages," Proc. Fifth Annual ACM Symposium on the Theory of Computing, 10-19.

Jarvis, H.F. (1976): "Feature recognition in line drawings using regular expressions," Proc. Third Intern. Joint Conf. on Pattern Recognition.

Jensen, K., Wirth, N. (1975): "PASCAL User Manual and Report," Springer-Verlag, Berlin, Heidelberg, New York.

Johnson, W.L., Porter, J.H., Ackley, S.I. Ross, D.T. (1968): "Automatic generation of efficient lexical analyzers using finite state techniques," Commun. ACM 11, 12, 808-813.

Karp, R.M. (1972): "Reducibility among combinatorial problems," Complexity of Computer Computations, Miller and Thatcher (eds.), Plenum Press, New York, 85-104.

Kleene, S.C. (1972): "Introduction to Metamathematics," D. Van Nostrand, Princeton, N. J..

Kleene, S.C. (1956): "Representation of events in nerve nets and finite automata," Automata Studies, C.E. Shannon, J.McCarthy (eds.), Princeton Univ. Press, Princeton, N. J., 3-42.

Knuth, D.E., Morris, J.H., Pratt, V.R. (1977): "Fast pattern matching in strings," SIAM J. Comput. 6, 2, 323-350.

Lesk, M.E. (1975): "LEX - a lexical analyzer generator," CSTR 39, Bell Laboratories, Murray Hill, N.J..

Matijasevic, J.V. (1970): "Enumerable sets are diophantine" Soviet Math. Dokl. 11, 354-358.

Maurer, H. (1977): "Theoretische Grundlagen der Programmiersprachen," Bibliographisches Institut, Mannheim.

McCulloch, W.S., Pitts, W. (1943): "A logical calculus of the ideas immanent in nervous activity," Bull, Math. Biophysics 5, 115-133.

McNaughton, R., Yamada, H. (1960): "Regular expressions and state graphs for automata," IRE Trans. on Electronic Computers 9, 1, 39-47.

Meyer, A.R. (1975): "Weak monadic second order theory of successor is not elementary-recursive," Logic Colloquium Boston, A. Dold, B. Eckmann (eds.), Lecture Notes in Mathematics, 453, Springer-Verlag, Berlin, Heidelberg, New York, 132-154..

Minsky, M.L. (1967): "Computation: Finite and Infinite Machines," Prentice Hall, Englewood Cliffs, N. J..

Naur, P. (ed.) (1963): "Revised report on the algorithmic language Algol 60, "Numerische Mathematik 4, 420-453.

Novikov, P.S. (1955): "Algorithmische Unlösbarkeit des Wortproblems in der Gruppentheorie," (russ.) Akad. Nauk SSSR., Mathem. Inst. Trudy 44, Moskau 1955, engl. Übers. von K.A. Hirsch, Amer. Math. Soc. Translations 9, (1958).

Pan, V. (1980): "New fast algorithms for matrix operations," SIAM J. Comput. 9, 2, 321-342.

Pan, V. (1981): "New combinations of methods for the acceleration of matrix multiplication," Comput. Math. Appl. 7, 1, 73-125.

Pansiot, J.J. (1981): "A note on Posts correspondence problem," Inf. Process. Lett. 12, 5, 233.

Post, E. (1946): "A variant of a recursively unsolvable problem," Bull. AMS 52, 264-268.

Post, E. (1947): "Recursive unsolvability of a problem of Thue," J. Symbolic Logic 12, 1-11.

Rabin, M.O., Scott, D. (1959): "Finite automata and their decision problems," IBM J. Res. Dev. 3, 2, 115-125.

Richardson, D. (1966): "Some unsolvable problems involving functions of a real variable," Notices AMS 13.

Rödding, D. (1972): "Registermaschinen," Der Mathematikunterricht 4, 32-41.

Rosenkrantz, D.J. (1967): "Matrix equations and normal forms for context-free grammars," J. ACM 14, 3, 501-507.

Rozenberg, G., Salomaa, A. (1980): "The Mathematical Theory of L Systems," Academic Press, New York.

Salomaa, A. (1966): "Two complete axiom systems for the algebra of regular events," J. ACM 13, 1, 158-169.

Salomaa, A. (1973): "Formal Languages," Academic Press, New York.

Scott, D.S. (1970): "Outline of a mathematical theory of computation," in Proc. Fourth Ann. Princeton Conf. on Information Science and Systems, Princeton, 169-176.

Thue, A. (1914): "Probleme über Veränderungen von Zeichenreihen nach gegebenen Regeln," Skr. Vidensk. Selsk. Kristinania I, 10, 3-34.

Turing, A.M. (1936): "On computable numbers with an application to the Entscheidungsproblem," Proc. London Math. Soc. 2, 42, 230-265.

Uhl, J., Drossopoulou, S., Persch, G., Goos, G., Dausmann, M., Winterstein, G., Kirchgässner, W. (1982): "An Attribute Grammar for the Semantic Analysis of Ada," Lecture Notes in Computer Science, 139, Springer-Verlag, Berlin, Heidelberg, New York.

Wang, H. (1969): "Proving theorems by pattern recognition II," Bell Syst. Tech. J. 40, 1-41.

Younger, D.H. (1967): "Recognition and parsing of context-free languages in time n^3," Inf. Control 10, 2, 189-208.

Index